FRANCES FYFIELD

UNE PROFONDE AFFECTION

Traduit par
Dominique Wattwiller

PRESSES DE LA CITÉ

Titre original :
UNDERCURRENTS

ISBN : 2-266-13136-2

Pour Jill et Robin Stockwell,
affectueusement,
votre cousine FYFIELD

Remerciements

Merci au Dr Ben Lloyd pour les renseignements qu'il m'a généreusement fournis sur l'hémiplégie. Les erreurs et inexactitudes, s'il y en a, sont de mon fait. Merci également à John Granville, des services pénitentiaires, d'avoir répondu de façon si détaillée à mes questions, et à Stephen Marriott, George Woolford et Senta d'être là. Enfin, merci à Joyce, pour la chanson.

Heureux l'homme que la vérité instruit non à travers des mots éphémères et des figures mais par elle-même, telle qu'elle est. Nos opinions sont souvent erronées, notre vision floue. A quoi bon disséquer l'abscons et l'obscur, dont l'ignorance ne nous sera de toute façon pas reprochée au procès ?

Thomas a Kempis
(1380-1471)

Prologue

Flic, floc, j'entends le bruit des petites vagues. L'eau clapote doucement, les mouettes crient. C'est un été chaud à la plage.

On m'a pris mon châle et on me l'a rendu. On se fait d'étranges politesses dans cet endroit, il y a plus de tolérance que je ne l'aurais imaginé. De même, il y a des aspects de mon comportement dont je ne me serais jamais crue capable. Bien que possédant un certain statut, j'ai dû renoncer à l'illusion que je pouvais avoir un droit de regard sur quoi que ce soit, et il me faut me montrer avare de paroles, utilisant ceci comme substitut. C'est ma seule chance de rationaliser. Au moins je suis seule dans cette pièce.

Mon père m'a appris à maîtriser le langage mais posséder la faculté de s'exprimer peut être redoutable. On en arrive toujours au point où on risque d'en dire trop. Si je leur disais tout, ils entendraient un méli-mélo de mots mais ils n'écouteraient pas. Je comprends bien leur attitude ; tellement même que je n'arrive pas à leur en vouloir. Pourquoi m'écouterait-on alors que la culpabilité nous fait déverser un tel flot de mensonges ? Ce que nous disons ici a beaucoup plus de chances d'être mensonge que vérité. On est obligé de mentir ; c'est presque un devoir si l'on veut échapper à la tyrannie de la conscience. Mais on vole rarement. On m'a rapporté mon châle et j'en suis ridiculement reconnaissante. Quand je parle, je parle de tout et de rien. Comme si j'étais dans une soirée, surveillant mes manières.

La mer me manque plus que tout, c'est terrible de dire ça quand on y pense. Ce sont les enfants qui devraient le plus me manquer. J'aurais dû être plus avare de mes sentiments pour être une meilleure mère. Je suis sans excuses. Je suis coupable mais c'est vrai, je l'avoue...

La mer me manque plus que tout...

Francesca Margaret Chisholm

1

On aurait dû lui déconseiller d'arriver en février. L'hiver, chez lui, il savait à quoi s'en tenir ; un froid vif et sec, un froid supportable même par moins huit, mais il n'avait pas pensé que la côte anglaise pût être associée à un temps aussi glacial. Elle ne le lui avait jamais décrit en ces termes. Elle s'était bornée à mentionner des feux de joie et des promenades menées tambour battant, une brise qui piquait les yeux quand on admirait la mer depuis les remparts d'un château, descriptions qu'il avait aussitôt enjolivées grâce à des réminiscences de Dickens et à des souvenirs de cartes postales suggérant une mince pellicule de neige ou une confortable couche de brouillard, le tout artistiquement mis en scène dans le seul but de faire paraître la flambée accueillante et les toasts chauds plus délicieux. Bref, un froid dépourvu d'hostilité, un froid juste destiné à former un contraste avec le confort d'une pièce soigneusement agencée par un décorateur.

Au sortir de la gare, le vent se jeta sur son blouson tel un chien déchaîné. La pluie fouettée par les rafales de vent lui égratignait le visage, griffait son chapeau. Sa valise faisait lest, le poussant en un sprint oblique à travers le parking. Cela allait à l'encontre de la vague impression de triomphe qu'il avait éprouvée à sa descente du train en ouvrant la porte antédiluvienne tandis que la voiture s'arrêtait dans un cahot devant une pancarte si sombre qu'il avait eu un mal de chien à la déchiffrer. WARBLING, un nom d'oiseau démodé. Le Dr Henry Evans, scientifique amateur de poésie, homme aux références impeccables d'outre-Atlantique et au confortable mode de vie américain, se sentit injustement trahi par la météo et n'apprécia guère qu'on l'ait mené en bateau. Dans le même temps il se félicita de la minutie de ses préparatifs – une manie chez lui. Il s'était procuré une carte ; il avait soigneusement enregistré les instructions qu'on lui avait données au téléphone et savait exactement où il allait.

La pluie lui cracha de nouveau dessus, redoublant de vigueur. Vous pouvez pas le manquer, monsieur. Vous prenez la route qui longe la gare et descend vers la mer ; vous tournez à gauche. Un grand hôtel, monsieur. Nelson y est descendu avant qu'on ne construise la jetée. Henry avait apprécié le train malgré la saleté. Au moins il pouvait ouvrir la fenêtre et respirer. Il détestait se trouver prisonnier d'espaces exigus où il ne contrôlait rien.

Et il avait hâte d'apercevoir la mer. Son cœur était celui d'un terrien, amoureux des doux bruits de l'océan. Il la voyait en pensée, calme et sombre, énigmatique sous la clarté de la lune, pleine d'inspiration. Les magasins qu'il croisa étaient petits et, cadenassés derrière leurs volets, ils ne lui semblèrent pas si étranges que cela. Il remarqua un cinéma désert avec des affiches de films qui dataient bien de dix ans, un bar à vin quasi abandonné avec un unique consommateur, une poste faisant également office de pharmacie et un fleuriste sans fleurs, mais en dehors d'une ou deux enseignes éclairées, les seules lumières dignes de ce nom étaient les clignotants signalant un passage pour piétons. Les globes jaunes firent de l'œil à une femme esseulée, plantée là comme si elle avait besoin qu'on lui donne la permission de traverser une route déserte. Elle était suivie de loin par un gros chien noir, qui semblait tout à fait déplacé. Henry hocha la tête, salua la femme d'un bonsoir. Il n'obtint pas de réponse. Encore une caractéristique des gens du cru. Ils n'étaient pas tant grossiers que préoccupés. Ils ne refusaient pas la main tendue si on la leur agitait sous le nez mais tout geste dont ils n'avaient pas pris l'initiative devait être refait avant qu'ils se décident à le prendre en compte. Ils n'étaient pas désagréables, décida-t-il bravement, seulement pas démonstratifs pour un sou ; et du fait de leur réserve naturelle il lui fallait se montrer plus chaleureux qu'il ne l'était d'ordinaire. *Il te faut apprendre à sortir de ta coquille de bernard-l'ermite, Henry. Nul ne s'en chargera à ta place.* Il essaya de se rappeler à quoi ressemblait un bernard-l'ermite.

La route qui filait en pente vers le passage pour piétons remonta pour rejoindre le front de mer et ses bruits concomitants. Il avait oublié les rafales du parking de la gare jusque-là, relativement abrité du vent et de la pluie qui le frappa là, lui décochant une série de coups si violents, si mauvais qu'il hurla et se rattrapa à la rambarde. Son cri, il dut le ravaler dans une grande goulée d'air glacial ; le vent lui cinglait le bras ; la rambarde était humide et collante au toucher. Tandis qu'il reculait en chancelant dans une encoignure de porte, son nez entra en collision avec une vitre et il se trouva soudain face à une autre affiche représentant une glace surmontée d'une cerise dans un grand verre cannelé et se détachant sur fond de ciel d'un bleu estival. Le vent lui hurlait autour de la tête. Il était content d'avoir un couvre-chef. Le temps aurait été autre, il aurait ri de l'incongruité de cette pub pour crème glacée, mais là, le vent lui martelait le dos. La mer formait un chœur insensé de rugissements animaux, suivis par le sifflement féroce de l'eau furieuse se précipitant sur les pierres dans un vacarme atroce et grinçant de frustration ; puis de nouveau un craquement, grondement, sifflement, une bataille de fureur sifflante, contrebalancée par la basse profonde de l'écho.

Henry enfonça son chapeau sur sa tête, s'arracha à son embrasure de porte, se remémorant les instructions. Tourner à gauche, c'était fait. Traverser la route, il allait le faire. Il revit le chien, ou en était-ce un autre, qui trottait le long du trottoir d'en face. Vous pouvez pas le rater, monsieur, c'est le seul bâtiment de ce côté de la route. Nelson y est descendu jadis. Il se souvint de son petit frisson d'excitation à l'idée de dormir dans un endroit où Nelson avait couché avec lady Hamilton en personne. Il imagina une baignoire au milieu de la chambre, un paravent chargé de vêtements, le déshabillé de la dame, le héros allongé sur une méridienne avec son verre de porto, auréolé de conquêtes. Rideaux épais, masquant la lune... Le vent dans un accès de bonté le poussa sans dommage de l'autre côté de la route. Le ciel était lumineux ; l'écume lui sauta au visage. La masse de l'hôtel se dressait devant lui, sombre, menaçante, et tandis qu'il approchait, d'autres bruits se firent entendre. Des voix, des cris, des machines qui bourdonnaient.

Dans la réception, la lueur d'une bougie lui procura l'impression fugace d'être le bienvenu. Il poussa un soupir de soulagement ; puis la nature incompréhensible du vacarme et l'intensité des courants d'air le refroidirent de nouveau. Un bureau massif était le seul meuble de la pièce, un meuble ancien, solide, trônant sur une moquette d'un rouge profond qui, sous les pas, produisait un bruit de succion, lui donnant la sensation de traverser un marécage couleur de bordeaux. Il avança prudemment, sa valise pesant soudain une tonne. Il y avait un bar au pied de l'escalier, la brochure disait que c'était un lieu de rendez-vous sélect avec vue sur la Manche, occupé pour l'heure par des gens en bottes de caoutchouc qui pataugeaient dans des centimètres d'eau. Un homme se détacha du groupe, gagna tant bien que mal l'étroit corridor où se tenait Henry et lui tendit une pile de coussins en une étrange offrande.

— Otez-vous de là. Qu'est-ce que vous voulez ?

— J'ai réservé une chambre...

— Vous voulez une chambre ? Ici ? Alors ça, c'est la meilleure. Y a un type qui veut une chambre ! hurla-t-il en direction de l'escalier.

Des rires lui répondirent.

— La suite Nelson, ajouta Henry d'un ton d'excuse.

Un bruit de verre brisé se fit entendre au fond, derrière l'escalier, et le vacarme de la mer parut s'être rapproché. Le rire de l'homme mourut de lui-même. Son haleine sentait vaguement le whisky mais rien dans son visage ne pouvait donner à penser qu'il avait bu.

— Vous avez jamais vu d'inondation, bordel ? Revenez la semaine prochaine.

— Ma valise... ma chambre...

— La semaine prochaine.

— Mais où vais-je aller ?

Alors même qu'il parlait, Henry eut le sentiment de prononcer la phrase la plus plaintive de sa vie. Le décalage horaire n'était pas une excuse. Ces mots, il les avait énoncés maintes fois par le passé mais, là, il lui sembla que son intonation était celle d'un enfant et, qui plus est, d'un enfant ridiculement exigeant. Il aurait dû faire quelque chose – retrousser ses manches, se montrer à la hauteur de la situation, se rendre utile ou à défaut s'efforcer de se faire oublier – mais il se sentit soudain terrassé par une immense fatigue et déstabilisé par une vague de déception cataclysmique. Vingt ans qu'il différait son voyage dans la romantique Angleterre, il n'avait pas envie qu'on le dépouille de ses illusions. Il voulait retrouver son optimisme foncier, émoussé par cette saleté de train avec ses toilettes vandalisées, entamé par une ville où, bon Dieu ! tout était *bouclé* à huit heures du soir, attaqué par le vacarme de cette mer empoisonnée. Et puis il avait les pieds trempés, sa valise semblait dotée d'une vie propre, elle s'alourdissait de minute en minute mais impossible de la poser sur ce sol imbibé d'eau fangeuse... alors comment pouvait-il se rendre utile ? Il était au bout du rouleau, c'était lui qui avait besoin d'aide.

— Où est-ce que je pourrais aller ?

— Mais n'importe où, que diable, excepté ici !

L'homme lui fit signe de s'écarter. Mais Henry était dans l'incapacité de bouger. Il était alourdi par ses pieds qui lui semblaient avoir doublé de volume, et il savait qu'il devait avoir sa tête de mule. L'homme le dépassa et dans un concert de bruits de succion se fraya un chemin jusqu'au bureau.

— Tenez-moi cette saloperie de torche.

— Quoi ?

— La torche, imbécile.

— Oh, vous voulez dire la lampe électrique. Volontiers.

Qui disait torche disait flamme. La torche éclairait un barbecue les soirs d'été et aux jeux Olympiques c'était un symbole de paix. Il tint la lampe tandis que l'homme feuilletait un carnet d'adresses avec des gestes qui trahissaient son agacement.

— Ils sont probablement tous complets. Ah, oui, bien sûr. Attendez une minute...

Lueur de méchanceté dans les yeux surprise à la lumière de la lampe. Henry, sentant cette animosité, se rebiffa intérieurement : ce n'était pas juste. L'homme examinait son blouson. Il aurait dû sourire, compatir, faire quelque chose, hasarder une plaisanterie. Quelqu'un d'intelligent, de diplomate aurait fait un effort pour détendre l'atmosphère.

— Je ne vois qu'un endroit pour vous. Et ce chapeau, ajouta l'homme, fermant le carnet d'un geste sec et poussant Henry vers la porte. La Maison des Sortilèges. Un endroit charmant, précisa-t-il d'une voix lourde d'ironie.

— La quoi ?

— La Maison des Sortilèges. C'est comme ça qu'ils l'ont baptisée. Ecoutez, vous n'avez pas de préjugés ? Vous n'êtes pas homophobe ? Les fantômes et les trucs dans ce goût-là ne vous font pas peur ? Alors ça vous ira très bien. (Cette fois, il poussa Henry avec force.) Prenez à droite. Suivez le front de mer sur cent mètres environ. Restez sur votre gauche. Vous pouvez pas la rater, monsieur. Il n'est pas impossible que la Princesse Di y soit descendue. Tout ce qu'on a eu chez nous, c'est ce putain de Nelson.

Henry et sa valise se retrouvèrent sur la route. Il remonta le col de son vêtement. C'était un blouson court pas ordinaire, du cuir gris très souple avec des tas de poches, doublé de fourrure, luxueux mais discret, et il était drôlement content car c'était bien chaud, bien douillet. Il tourna à gauche et marcha côté mer. Sur sa droite, la mer grondait, rampait, mugissait. De l'autre côté de la route, il apercevait les contours irréguliers des maisons, certaines plongées dans l'obscurité, d'autres éclairées, toutes indifférentes au mauvais temps et au carnage qui régnait dans l'hôtel. L'indifférence patente de ces fenêtres éclairées était curieusement réconfortante. La valise, moins chargée de vêtements que des vitamines, produits et médicaments qu'il jugeait indispensables à sa santé, ressemblait à un quartier de roche disgracieux qui rebondissait contre sa jambe. Son couvre-chef – une casquette à double visière et rabats sur les oreilles à la Sherlock Holmes, achetée dans un magasin de chasse et qui ailleurs qu'ici aurait été d'un ridicule achevé – quitta soudain son crâne tel un oiseau prenant son vol et il la regarda à la lumière d'un réverbère se précipiter au milieu des vagues et danser une fraction de seconde sur l'écume. Il n'y avait rien qu'il pût faire. La plage était en pente, les vagues hautes, et il était gelé jusqu'aux os. Après tout ce n'était qu'une casquette ; il n'était même pas capable de conserver un chapeau et ce chapeau lui sembla soudain être l'emblème de sa sottise. Il était perdu.

Les contours d'un mur immense se dressaient non loin. Il n'y avait pas de maisons de ce côté-là. Il dépassa le mur, retrouva des maisons. Pêle-mêle. Il se mit à compter lentement, quatre-vingt-un, quatre-vingt-deux, quatre-vingt-trois, avant que les numéros reviennent à cinquante. Il tenta de siffler pour empêcher les larmes ignominieuses de couler, sentit sur ses lèvres comme un goût de sel. Il avait parcouru tout ce trajet pour retrouver une femme et cela faisait de lui un parfait imbécile.

La Maison des Sortilèges se dressait à un coin sur la portion de route la plus élevée face à la mer. La pièce était élégante bien qu'un peu chargée en mobilier. Seule touche de modernité, la télévision – où passaient des images estivales silencieuses. Peter Piper était assis dans un fauteuil du bow-window, au salon du premier étage, le chien sur les genoux, et désignait du doigt le paysage : crêtes des vagues, lumières au loin.

— Regarde-moi ça, Senta, celui-là, c'est probablement un pétrolier. J'adore la façon dont il est éclairé. On dirait un arbre de Noël. Et il est immobile. Les gars doivent être drôlement contents d'apercevoir la terre. Peut-être qu'ils se disent qu'ils pourraient atteindre le rivage à la nage. Je parie qu'ils aimeraient bien être ici avec nous au lieu d'être là-bas. Tu crois qu'on va réussir à se mettre quelque chose sous la dent ? Tim n'en finit pas. Si ça continue on va mourir de faim. (Il caressa le poil soyeux des oreilles de la chienne.) Encore une, ma jolie, la dernière.

Il cueillit une noix sur une assiette et Senta la lui prit délicatement des doigts. Elle la coinça entre ses pattes, brisa la coque avec ses dents, et avala les fragments de cerneau avec une précision qui fit son admiration.

— Un de ces jours, dit Peter affectueusement, tu iras jusqu'à balayer les morceaux de coque. On donnait des noix à Harry. C'était un bon exercice pour ses mains, le pauvre chou.

Il se leva pour remettre dans le feu une bûche et plusieurs tronçons de vieilles lattes de parquet. C'était peut-être du gâchis de jeter du si beau bois au feu mais ils l'avaient déniché dans une benne et ils utilisaient tout ce qui leur tombait sous la main. La récupération était une forme d'art, un défi, elle appartenait à leur façon de vivre. Le feu crachota. Il y avait toujours un moment crucial quand on préparait une flambée : celui où il fallait prendre la décision de remettre du bois. Cela faisait partie de la discipline.

— Le rituel te guidera, murmura Peter à la chienne en lui offrant une autre noix. Je suis vraiment content que tu sois en vie. Content qu'il n'y ait personne d'autre ici que nous. Qui se soucie de l'argent ?

Il descendit au rez-de-chaussée. La chienne le suivit. La condensation ruisselait sur la fenêtre ; il resserra les pans de son cardigan, les ramenant sur sa poitrine. Les chambres étaient suffisamment chauffées ; les cages d'escalier et les couloirs, glacés ; le contraste, bon pour la santé. Il lui fallait ne pas oublier de mettre les briques chaudes dans les lits. Ces briques dissimulées dans des taies de fourrure coupées dans un vieux manteau de sa mère étaient une invention dont il était particulièrement fier. Elles reflétaient également fort bien l'esprit de l'époque dans laquelle ils auraient souhaité vivre, et, contrairement aux bouillottes traditionnelles, elles ne fuyaient pas.

Pour passer du premier au rez-de-chaussée, il fallait descendre une longue et plutôt majestueuse volée de marches. La salle à manger était à gauche de l'escalier, éclairée par un feu. De la cuisine, que traversait un autre corridor glacial, émanait une odeur de curry. Le couvert était mis pour trois ce soir. Linge immaculé. Parfois, perdant le sens de la mesure, Timothy mettait la table pour cinq ou six personnes dans une débauche de cristal et d'argenterie, et Peter savait qu'ils mangeraient les reliefs du repas sous une autre forme le lendemain ; mais ce soir il n'avait prévu qu'une place supplémentaire à table pour un fantôme ou un hôte de passage, à gauche d'une élégante composition de branches et de feuillages. Le décorum à leur table avait toujours droit de cité : Tim insistait sur ce point. La nourriture, disait-il, est beaucoup trop importante pour être traitée avec mépris. Ils avaient traversé une période difficile où Tim avait envisagé d'élever dans le jardin un cochon et quelques poules. Toutefois par respect pour les voisins il avait fini par s'abstenir, même s'il parlait encore d'avoir une autruche. Susceptible de leur fournir un mois de viande maigre. Si on avait des animaux ici, il nous faudrait les cacher, avait murmuré Peter, et les complications, merci, très peu pour moi. Ils auraient pu installer l'autruche à l'intérieur. Ce n'était pas impossible dans une maison de trois étages, comportant en outre une cave. Une maison idéale pour cacher des gens ou pour les laisser en paix. Une fois les hôtes payants installés qui au grenier, qui au second étage, il n'y avait pas moyen de savoir s'ils étaient là. Seulement Peter avait objecté qu'une autruche ferait du bruit dans l'escalier.

Ou serait une gêne pour l'intimité des uns et des autres. Timothy adorait les pensionnaires mais il avait tendance à en faire trop dès qu'il s'agissait de leur confort. Il croyait que ceux qui se présentaient à leur porte leur étaient envoyés par la divine providence. Peter n'aimait pas parler de ça, mais il avait le sentiment étrange que certains des visiteurs n'étaient pas tant accueillis avec une infinie prévenance que séduits. Et ça n'était pas conforme à la réalité. Ils étaient là parce qu'on avait besoin d'eux.

La tenue du soir de Timothy dépendait de son humeur et des quelques vêtements – il en possédait une collection hétéroclite chinée dans les institutions charitables – qui étaient propres ce jour-là. Cela faisait partie de leur rituel : on se changeait pour le dîner, ce qui ne signifiait pas nécessairement que la tenue de soirée était de rigueur. Il convenait simplement de porter des vêtements qui ne l'avaient pas été pendant la journée, jamais de short ou de maillot de bain, même s'ils comptaient se baigner après avoir dîné dans la chaleur de l'été, où la température pouvait être élevée. Peter avait revêtu le costume de tweed qui réussissait presque à contenir son torse imposant, une chemise non boutonnée dessous, qui laissait apparaître le moins excentrique de ses tatouages, et, pour compléter l'ensemble, des chaussettes d'un blanc immaculé et des baskets. Timothy, pour être en harmonie avec un repas vaguement oriental, portait une lourde djellaba de coton qui lui frôlait les chevilles et, pour éviter de trébucher dessus, il avait relevé la jupe à la taille, à l'aide d'une cordelière de passementerie dont le jaune tranchait sur l'écarlate de la tunique. Avec sa minceur et son nez en bec d'aigle, il ressemblait à un cardinal qui se serait trompé d'adresse. Sur la table, on avait posé du pain cuit à la maison et de la salade ; des pousses d'épinard, constata Peter, salivant déjà, et en quantité suffisante pour nourrir une petite armée. C'est alors que la sonnette se fit entendre.

Ou plutôt qu'elle grésilla. C'était une vieille sonnette d'école fixée à un ressort, activée par une grosse poignée rongée de rouille qu'on tirait du dehors. Rien de tel que les vieux systèmes. Peter jeta un coup d'œil à la place vide à table, adressa un sourire approbateur à Timothy, qui en retour lui fit « tss, tss » et consulta la montre suspendue à son cou.

— Il exagère, non ? Il est huit heures et demie et je meurs de faim. Et s'il veut prendre un bain d'abord ?

— Impossible. La nourriture n'attend pas.

La Maison des Sortilèges était celle que voyait Henry, se détachant de ses voisines tandis qu'il s'en approchait ; elle ne passait pas inaperçue avec ses tourelles pointues qui lui donnaient l'air de sortir d'un conte de fées. Les détails disparaissaient dans l'obscurité et c'était tant mieux car il faisait de son mieux pour oublier ses jambes lourdes et la sensation d'être un imbécile, et chasser un mouvement de dépression qui grondait dans son crâne au rythme des vagues. Il s'efforçait de retrouver son sang-froid et de compter les numéros des maisons, inspectant les portes d'entrée au passage et se demandant à quoi pouvait ressembler une propriété avec un nom pareil. Il comprit en voyant les tourelles qu'il n'avait pas envie que ce soit celle-là. Il aurait voulu quelque chose de plus simple, une maison de pain d'épice, juste assez grande pour abriter une logeuse qui lui servirait un potage bien chaud, histoire de compenser sa déception de n'avoir pu habiter dans une suite où Nelson avait peut-être folâtré avec lady Hamilton. Un peu de gentillesse, voilà tout ce qu'il lui fallait. Il sentit les larmes embuer de nouveau ses yeux, se dit que ça n'avait pas d'importance s'il pleurait. La pluie lui avait collé les cheveux ; il était tout éclaboussé d'écume. Jules César était censé avoir accosté non loin d'ici. Henry se demanda ce qui avait bien pu le pousser jusque-là.

Quelle maison, Peinte en noir ! pour autant qu'on pouvait en juger, avec une porte cloutée, deux marches au-dessus de la rue. Une nouvelle terreur l'assaillit lorsqu'il tira rudement sur la poignée de la sonnette. *Et s'il n'y avait pas de chambre non plus ici ? N'y pense pas. Retourne à la gare, reprends cet épouvantable tortillard. Rends-toi à Douvres. De là, en France. Allez, vas-y.* Il s'était toujours ménagé une solution de repli. Il y eut le bruit d'une sonnette, suivi d'aboiements furieux.

La porte s'entrouvrit avec un craquement. Une vision se tenait devant lui, enveloppée d'écarlate de la tête aux pieds, sourire légèrement impatient aux lèvres de quelqu'un qu'on a interrompu au beau milieu d'une tâche urgente et qui est trop poli pour vous le faire remarquer.

— Oh, entrez, entrez donc. Il fait un temps de chien. Entrez.

La porte se referma derrière lui avec un bruit sourd. On l'entraîna jusqu'au bas d'un escalier raide qui s'élevait vers les hauteurs impressionnantes de la bâtisse dans une débauche d'acajou rutilant ; puis jusqu'au couloir qui s'enfonçait dans les profondeurs de régions inconnues, tapisseries sur les murs, appliques à éclairage au gaz tremblotant, symphonie d'odeurs appétissantes. La vision ecclésiastique l'aidait à retirer son blouson trempé et en admirait la texture ; on le soulagea de sa valise qu'il portait à l'épaule. Avant même d'avoir proféré un mot, il se retrouva avec une serviette dans les mains pour s'essuyer les cheveux et sécher ses larmes, et il se sentit soudain extraordinairement léger.

— Il faut qu'on passe à table tout de suite. Sinon le dîner sera fichu. J'insiste, tout de suite. Asseyez-vous près du feu et retirez vos chaussures. Par ici. Timothy, verse-nous du vin.

Des lampes à gaz encore, une bonne flambée pour

lui chauffer le dos. Le vin violet luisait à travers le cristal de la carafe. Il leva son verre en direction de ses hôtes avant de boire. Seigneur ! délicieux. Le pain qu'on posa sur la petite assiette était tiède, croustillant ; la salade lui piqua le palais avec son arrière-goût de poivre ; on escamota son assiette. Deux élégantes soupières trônaient au centre de la nappe ; il contempla la vapeur fumante qui s'en élevait, ivre déjà de toutes ces odeurs alléchantes. Costume de tweed et pourpre cardinalice l'aidèrent à se servir comme s'il n'était qu'un bébé, lui prodiguant des encouragements.

— Désolé, c'est du riz nature. C'est meilleur. Servez-vous copieusement.

Il obtempéra. Alors qu'il venait de se resservir, la conversation s'engagea *a minima* : Vous venez de loin ? D'Amérique. Oh, c'est pas la porte à côté. Il fait plus chaud là-bas ? Non. Ça ne vous ennuie pas trop que Senta vous renifle les chevilles ? Non, j'ai moi-même un chien.

Cette dernière remarque, alors qu'il avait la bouche pleine, était un mensonge dicté par la politesse. Il n'avait pas de chien ; d'ailleurs il n'avait rien de ce qu'il voulait avoir si ce n'est de l'argent en quantité suffisante ; cela dit, il avait toujours désiré en avoir un et ne voulait pas se montrer désagréable. Le mensonge était un moyen de se faire accepter. Il avait remarqué l'animal en passant, un adorable petit chien de berger tacheté qui mangeait comme ses maîtres mais dans sa gamelle, dans un coin, au grand soulagement de Henry. Assiettes, plats, soupières disparurent aussi miraculeusement qu'ils étaient apparus. Henry n'arrivait pas à se rappeler s'ils s'étaient présentés. Ah, mais oui. Timothy. Peter. Henry. Pas de nom de famille. On n'avait pas parlé tarif non plus. On verrait demain.

— Alors, Henry, quel bon vent vous amène ?

— Moi ? Je suis pharmacien. Le boulot, mais ça n'est pas la seule raison. J'aime les châteaux forts. En fait je ne sais pas très bien pourquoi je suis ici. J'ai voyagé dans le monde entier, mais je ne suis jamais allé en Angleterre. Mon père est mort, j'avais besoin de me changer les idées et...

Retour des larmes, qu'il sentit se presser dans ses yeux alors que le reste de sa personne était sec. Il essaya de remettre ses pieds tout chauds dans ses chaussures ; il tâtonna à la recherche de son mouchoir, qu'il ne trouva pas.

— Vous avez besoin de sommeil, Henry. D'une bonne nuit de sommeil. Vous êtes incapable de parler pour le moment. Venez.

Il était dans un état d'hébétude et de docilité bizarres. On aurait pu tout aussi bien l'entraîner dans un bordel pour masochistes, même si l'idée ne l'effleura pas. Henry n'avait pas ce genre d'imagination. Les marches semblaient interminables. Froissement de robe du cardinal, chambre sous les combles. Lorsqu'il l'atteignit, il était hors d'haleine. L'un d'eux portait sa valise, l'autre ses chaussures et le blouson de cuir acheté spécialement pour le voyage, et les deux hommes jacassaient des explications avec des voix douces d'étourneaux.

— ... Désolé, l'unique baignoire est derrière la cuisine... on laissera les lumières allumées... L'eau va être bientôt chaude de nouveau.

— ... Les toilettes sont sur le palier... les vôtres, je veux dire... Peter, tu as oublié la lampe de chevet... ah ! la voilà...

— ... Les serviettes sont ici... pour éteindre le radiateur électrique, c'est là. On vous préparera une bonne flambée demain.

Le radiateur était une antiquité. Deux barres électriques qui luisaient telles des lucioles parallèles, et donnaient une zone de chaleur qui s'étendait vers le lit mais sans l'atteindre tout à fait. Et le lit... Pas large mais haut sur pattes ; s'il en dégringolait cette nuit, il risquait de se casser une jambe. Du fond de sa fatigue, Henry remarqua les couvre-pieds qui le recouvraient, des verts, des bleus, de la soie ondoyante, seule note d'opulence dans la pièce nue. Ses hôtes lui bourdonnèrent encore un instant aux oreilles avant de battre en retraite. Il eut l'impression que c'était le monde entier qui se retirait avec eux tant était profond le silence qui succéda à leur départ.

Vous n'êtes pas en état de parler maintenant. Ces mots éveillaient un écho. Quand serait-il jamais capable de parler ? Il y avait des années qu'il n'avait parlé librement. Il n'avait jamais trop su quoi dire, excepté à son père. Toutes ces années passées à si peu s'extérioriser. Comme si une infirmité l'empêchait d'exprimer ce que son cerveau lui enjoignait de dire. Langue bridée, fléau du timide. Il aimait la fenêtre, facile à ouvrir ; il aimait les couvre-pieds, qu'il caressa, et malgré la température glaciale de la pièce, il fut soudain infiniment soulagé d'être là. Il se dit qu'il s'était montré au fond plutôt grossier à table ; il aurait dû être reconnaissant à ses hôtes d'avoir réagi aussi rapidement au coup de fil de l'hôtel inondé, et reconnaissant aussi à l'homme qui avait passé le coup de fil leur permettant de se tenir prêts à le recevoir de façon aussi charmante. Et, tandis qu'il se déshabillait et s'efforçait de se rappeler où étaient les toilettes, se disant que tout pouvait attendre le lendemain, tout y compris les jugements, il se rendit compte que l'homme de l'hôtel n'avait sans doute pas téléphoné, qu'il avait dû oublier jusqu'à son existence après son départ... Rien n'avait d'importance.

Vêtu de ses seuls sous-vêtements et de ses chaussettes maintenant sèches, frissonnant, mais juste un peu, il s'approcha de la fenêtre. La lune brillait sur l'eau – placide ruban d'argent. La mer grignotait les galets à petites bouchées d'écume, rongeant le rivage avec l'empressement mesuré de la petite chienne avalant la nourriture dans sa gamelle quelques instants plus tôt. Le tout avait une tranquillité poétique, une banalité qu'il trouva rassurantes. Coup d'œil à la porte de la chambre. Terrifié soudain, et sans raison, à l'idée qu'on ait pu l'enfermer. Quelle drôle d'idée... D'ailleurs, lorsqu'il tourna la poignée, il s'aperçut de son erreur. Maisonnée d'excentriques, voilà tout. Pas de quoi effrayer un cœur vaillant. Il ôta ses chaussettes, se glissa dans le lit, appréciant les draps de lin frais et les épaisses couvertures. Il aurait voulu que le sommeil le défroisse et sombrer débarrassé de ses faux plis dans l'inconscience. Mais alors qu'il s'étirait pour prendre toute la mesure de sa couche, ses pieds rencontrèrent de la fourrure chaude. Il poussa un hurlement. Il y avait un animal dans le lit.

Rejetant drap et couvertures, Henry se rua vers la porte. Silence des paliers inférieurs. Il inspecta la cage de l'escalier, aperçut de la lumière. Quel idiot de se mettre dans un état pareil à cause d'un chat ! Qu'était-il donc, un enfant ? Brandissant la lampe de chevet comme une arme, il décida d'examiner la situation de plus près. « Sors de là ! » cria-t-il. Rien ne bougea. Il approcha prudemment la main de la chose, l'attrapa avec colère. Il avait besoin de son lit. La fourrure était chaude ; un animal malade. Puis il sentit sous ses doigts les contours d'une brique, s'en saisit. Une brique dans une housse de fourrure. Astucieux. Il se refourra au lit, orteils collés contre la source de chaleur. Se mit à sommeiller.

Il s'éveilla avec la clarté de la lune dans les yeux, les aisselles moites, persuadé de nouveau que la fourrure à ses pieds était vivante. Il l'entendit rire, lui dire qu'il n'y avait pas de quoi avoir peur. Tout à fait éveillé maintenant, mû par une soudaine envie de prendre une douche, il s'efforça de se souvenir de ce que le cardinal ou le costume de tweed avait dit au sujet de la douche. Il n'y en avait pas ; il y avait une baignoire, en bas, près de la cuisine. Il crevait de chaleur ; son souci maniaque de l'hygiène s'était envolé sous l'effet de l'épuisement mais maintenant il se sentait crasseux. Il remit ses chaussettes, prit une serviette et partit en reconnaissance.

Il se mit à descendre, descendre... Jetant un regard vers la lumière du gaz dans le couloir, il s'arrêta sur le troisième palier, surprenant un bruit. Un piétinement léger, venant d'une chambre qu'il n'avait pas vue. La silhouette, longue et mince, masse de cheveux clairs, se tenait sur le palier du dessous ; après quelques instants passés dans l'expectative, comme si la dernière volée de marches était vraiment de trop, elle fila le long de l'escalier dans une envolée de chemise de nuit blanche. Il y eut un imperceptible *pan* sur le parquet. La silhouette souffla sur ses mains, agita les doigts et disparut.

Les pieds de Henry semblaient rivés au sol. Il lui sembla être resté là dans le froid une bonne heure avant de se décider à continuer de descendre, sa serviette à la main, se frottant les yeux avec le tissu comme pour dissiper une illusion d'optique.

Il y avait un beau châle indien drapé autour du pilastre. Incroyablement doux au toucher. Aussi doux que la fourrure dans son lit. Ç'aurait pu être le châle de Francesca ; le châle dont il lui avait fait cadeau. Ou celui qui était au fond de sa valise et qu'il comptait lui offrir. Des profondeurs de la bâtisse jaillit un bruit d'eau. Et une voix qui chantait. Gêné, Henry retourna au lit.

La fourrure était encore tiède. Il la posa contre son cœur.

Ne parle pas maintenant.

Il fait toujours chaud ici. Aussi chaud que dans un hôpital ou dans une chambre de bébé. J'ai toujours aimé les enfants – je sais, pour un prof, c'est banal de dire ça. Avant de mourir, mon père a essayé de me dissuader d'entrer dans l'enseignement. D'après lui, cela devait me faire perdre mes illusions sur l'innocence de l'enfance et la faculté de jouer. Je m'apprêtais à suivre son conseil (je suivais toujours ses conseils, qui étaient toujours excellents) lorsqu'il est mort. Comme j'aimerais qu'il soit encore là pour m'en donner... Il est plus facile de recevoir des conseils que d'en prodiguer.

Je me demande ce qu'il penserait de moi maintenant, et je crois que je le sais. On n'arrête pas de revenir à l'enfance ici ; on la tient généralement et à juste titre pour responsable de tout. Pas dans mon cas. La mienne m'a juste donné envie de protéger les autres enfants comme je l'ai été moi-même.

On s'asseyait près de la fenêtre, ma cousine et moi, et on tâchait d'apprendre de la poésie. Il y a pire que d'apprendre des poèmes, disait mon père. Harry n'en aurait sans doute jamais été capable ; il aimait la mer et il voulait apprendre à pêcher. J'ai essayé de lui apprendre des comptines, les traditionnelles, celles qui n'ont ni queue ni tête, parce que j'aime les choses immuables, comme la mer.

Il était une vieille dame qui avait gobé une araignée
Qui se tortillait, se trémoussait dans son estomac ;
L'araignée, elle l'avait gobée pour piéger la mouche,
La mouche, j'ignore pourquoi elle l'avait avalée.
Peut-être qu'elle en mourra.

Les comptines me font penser aux goûters d'anniversaire, et il ne faut pas que j'y pense. Les anniversaires sont dangereux ; ils vous délient la langue. Ce que je consigne là, ce sont mes réflexions, pour me prouver que je suis encore capable de penser à autre chose. Je ne dois pas m'aventurer du côté des faits.

FMC

2

Il mourut le premier. Un temps elle essaya de vivre sans lui mais elle ne put s'y faire, et mourut à son tour.

C'est avec ces mots murmurés venus du fond de sa mémoire que Henry s'éveilla. Le poème était très dense mais il l'émouvait de façon insupportable. Il s'efforça de voir si ça marchait dans l'autre sens : *elle* mourut la première, etc., mais non, cela ne fonctionnait pas. Les bruits qui le troublaient, accompagnant les mots dont il aurait juré qu'on les lui avait chuchotés à l'oreille, étaient ceux d'une cacophonie de mouettes et le battement irrégulier de la mer qui résonnait dans sa chambre, se roulant sur les galets en une succession de soupirs et l'attirant vers la fenêtre.

La fenêtre faisait saillie, formant une petite baie destinée à abriter une personne, calée contre la pente d'une tourelle, si bien que, lorsqu'il se posta dans l'embrasure, il eut l'impression de faire partie du ciel. Des mouettes tourbillonnaient autour de sa tête, se disputant, criant, si près qu'il se baissa machinalement, persuadé que c'était lui qui les avait mises en colère. Il y avait sur la vitre une traînée de fiente qui obscurcissait le soleil. Plus pâle que du jaune d'œuf, opaque, presque incolore. Dans sa profession, il avait l'habitude des couleurs artificielles, criardes, des couleurs primaires des conditionnements et des gélules. Des couleurs faites pour attirer l'attention et se graver dans la mémoire. Pas du tout comme celle-là. Un nuage se déplaçait à travers le soleil teinté de jaune d'œuf. La mer était trop vaste pour qu'on pût la contempler ; l'horizon se fondait dans la brume. Henry baissa les yeux. Le sol n'était pas aussi éloigné qu'il l'aurait cru.

C'était plus réconfortant de regarder en bas que de lever la tête. L'immensité de la mer et du ciel lui donnait l'impression d'avoir rapetissé alors que l'activité de la rue lui donnait la sensation d'être humain. Il y avait un joggeur en blouson laineux rouge qui faisait travailler des muscles rarement sollicités en courant à reculons sur le vaste trottoir en face de la Maison des Sortilèges, en bordure de la mer. Le joggeur s'arrêta, prit une profonde inspiration ; mains sur les hanches une seconde, il examina la mer avant d'étirer ses jambes, posant le pied sur le parapet bas, torse s'inclinant vers sa cuisse. Brave petit, applaudit Henry. Une femme accompagnée d'une troupe d'enfants babillant et d'un bébé dans une poussette dépassa le joggeur, ignorant tout le monde autour d'elle. Elle ralentit avec la poussette afin d'éviter un couple nanti de deux chiens qui jappaient, un petit tacheté et un grand marron surexcité tirant sur leur laisse et se trémoussant frénétiquement en fouettant abondamment l'air de leur queue. Le joggeur continua ses exercices d'étirement. Un autre amateur de jogging apparut, venant de la droite. Une fillette assise attendait un bus, recroquevillée dans son manteau. Un chien noir se tenait au bord de l'eau, rattrapant un objet marron tout chiffonné et jouant avec lui. Henry eut soudain l'impression qu'il s'agissait peut-être de sa casquette et espéra se tromper. Il éprouva un bref et inexplicable moment de bonheur. Il y avait des gens ici, après tout. Un joggeur, des types qui s'entraînaient, rien de plus normal. Les propriétaires des chiens grondaient leurs animaux.

Les chiens le rendaient sentimental. Il n'aurait pas dû mentir, dire qu'il en possédait un juste pour se faire bien voir. Le chien noir, dont on distinguait à peine la queue tellement il la remuait, jappait, grondait au bord de l'eau, gros chien bourru mais secrètement peureux. Henry se gratta la poitrine et lui adressa un sourire d'encouragement. A l'approche d'une grosse vague, le chien battit en retraite, aboyant de toutes ses forces. Tâche de savoir ce que tu veux, mon vieux. Il nous faut tous aboyer, qu'on ait ou non envie de mordre.

De la gauche émergea une étrange silhouette d'homme marchant si vite qu'il aurait pu faire la course avec le joggeur. C'était un grand type mince, vêtu de bric et de broc : costume et manteau semblaient pendre sur sa carcasse filiforme comme une succession d'écharpes. C'était peut-être sa tenue de travail, s'il était directeur d'une entreprise de pompes funèbres. C'était peut-être un rabbin par un mauvais jour, un juif orthodoxe tout ce qu'il y avait de moins orthodoxe, qui fumait, parlait tout seul, décortiquant ses pensées, oubliant, alors même qu'il tirait sur sa cigarette, qu'elle était allumée. Comment pouvait-on fumer avec un vent pareil ? Ses cheveux hirsutes étaient aussi noirs que ses vêtements, ses mains blanches comme de l'albâtre. Il sortit du champ visuel de Henry, agitant les bras, sa cigarette en équilibre instable sur sa lèvre, enfoncé dans un débat avec un interlocuteur invisible, un client, mais peut-être était-ce un confesseur qui prodiguait des conseils à un pénitent, en tout cas il avait l'air tellement sérieux et concentré qu'il en était risible. Henry sourit de nouveau, tout au spectacle ; puis il sentit la présence d'un souffle autre que le sien qui embuait la fenêtre. Quelqu'un se tenait près de lui.

— On passe beaucoup de temps à regarder par la fenêtre, dit Timothy avec un soupir, l'index pointé vers la silhouette en contrebas. Il est complètement givré, ce type-là, mais remarquablement intelligent. Où voulez-vous que je pose ça ?

Il portait un plateau fragile plein d'odeurs appétissantes : café, toasts, pots en argent sous une serviette raide d'amidon. Henry songea qu'il était bizarre qu'une maison dotée de verres en cristal et d'argenterie, de tasses en porcelaine aussi élégants ne soit pas équipée du chauffage central. S'il n'avait tenu qu'à lui, il aurait vendu tout cela et veillé à ce que la bâtisse soit correctement chauffée. Timothy portait un pantalon de velours côtelé, des boots, une chemise, un sweater et un cardigan d'apparence relativement banale et offrant un contraste réconfortant avec sa tenue de la veille, malgré la casquette jaune vissée crânement sur sa tête. Derrière lui rôdait Senta, la chienne, un journal dans la gueule. Journal qu'elle déposa aux pieds de Henry.

— Oh, mais je ne m'attendais pas à ce que vous me serviez un petit déjeuner. Comme c'est gentil ! J'aurais dû me lever plus tôt.

Henry rit d'un rire forcé ; sa timidité, que la fatigue avait, la veille au soir, estompée, refaisait surface.

— Ce n'est pas un petit déjeuner, ce sont simplement des toasts. Le petit déjeuner, c'est autre chose, il faut le commander. En fait ça nous arrange que nos pensionnaires restent dans leur chambre pendant que Peter remet de l'ordre en bas et prépare les flambées. Vous ne pouvez pas imaginer le foutoir. On avait projeté de sortir faire des courses après cela. Ça vous dirait de venir avec nous ? On pourrait vous aider à trouver vos marques.

— Est-ce qu'il y a une douche ? questionna Henry.

— Non, on ne vous l'a pas dit ? Nous n'avons qu'une salle de bains derrière la cuisine. Elle est libre pour l'instant et il y a de l'eau chaude. Mangez les toasts avant qu'ils refroidissent.

L'espace d'un instant, Henry songea que Tim allait rester planté là jusqu'à ce qu'il ait avalé les toasts et bu le café, tel un parent inquiet surveillant un enfant qui chipote. Ou alors qu'il allait lui laisser son chien, mais Tim se contenta d'ajuster sa casquette et s'en alla, tenant la porte pour que le chien passe le premier. Henry l'entendit siffloter jusqu'au second palier puis le bruit mourut, englouti par la distance.

Il rassembla ses forces pour descendre.

Légèrement essoufflé par le long trajet du retour vers sa chambre, Henry se disait que la pièce où il venait de faire de rapides ablutions était vraisemblablement la salle de bains la plus archaïque qu'il eût jamais vue. La baignoire était grande comme un caveau de famille, les robinets impressionnants, le lavabo de proportions tout aussi ahurissantes, la plomberie faisait un bruit de tonnerre et la température n'était pas sans rappeler celle de l'Arctique. Il était à peu près propre mais il lui fallut faire un effort pour boutonner sa chemise avec des doigts gourds. Choisir des vêtements dans sa valise – pulls de cachemire soigneusement pliés, scientifiquement disposés, car Henry en matière de vêtements était un méticuleux – lui posa un problème. Avait-il vraiment envie d'accompagner ces deux types en ville ?

Assis sur le lit haut perché, il boutonna ses poignets de chemise et réfléchit. Il n'était pas homophobe, il n'avait rien contre les gays, pas vraiment. Il n'en connaissait pas ; il n'y en avait pas dans le genre de cercles qu'il fréquentait ou, s'il y en avait, ils ne criaient pas sur les toits qu'ils étaient homosexuels et ils fréquentaient leurs propres clubs. Il ne savait comment se conduire avec ces gens-là. Tout ce qu'il savait, c'est qu'il ne voulait pas qu'on le prenne pour l'un des leurs ; il ne voulait pas se balader dans cette drôle de petite ville en compagnie d'un couple d'hommes bizarrement vêtus et que les gens du cru s'imaginent qu'il appartenait à la même catégorie. Henry regarda de nouveau par la fenêtre. La route le long de la mer s'étirait au loin, se terminant par une jetée. Il ne savait pas de quel côté se trouvaient les magasins. Impossible de se souvenir de la topographie des lieux, impossible de se rappeler par où il était arrivé sous cette pluie insensée. Il prit des comprimés dans sa volumineuse trousse de toilette et les avala avec un frisson. Oui, il avait besoin d'un guide. Et il ne pouvait pas se permettre de faire le difficile. Il avait besoin qu'on le guide. *Tu es un snob, Henry.* Il ferma les yeux au son de sa voix. Francesca Chisholm, avec son accent britannique impeccable, qui disait vivre dans un château et qui le traitait, lui, de snob.

« Il mourut le premier. Un temps elle essaya de vivre sans lui mais elle ne put s'y faire, et mourut à son tour », récita Maggie Chisholm. Ce n'était pas comme cela que c'était censé être, surtout si le *il* en question n'était pas effectivement mort. Elle, en créature émancipée du XXIe siècle, se serait sans doute morfondue quelque temps mais ensuite elle aurait songé aux compensations telles que la liberté, et elle se serait dit de passer outre. Elle se serait rendu compte, au bout d'un moment, que la vie était beaucoup plus qu'un vide émotionnel, en tout cas, elle, c'est comme ça qu'elle réagirait. Il arriverait un stade où elle cesserait de rester assise dans sa chambre tard le soir à lui écrire des lettres de récriminations qui s'adressaient en fait toujours à elle-même. Jamais elle n'essaierait de compter sur les hommes et elle s'immergerait dans le travail. Seulement, pour le moment, c'était difficile. Le bureau où se trouvait Maggie brillait par son inconfort, normalement elle ne s'en serait pas aperçue car le confort ne faisait pas partie de ses priorités. Toutefois, dans l'absence glaciale de lumière d'un matin de février, le fauteuil dans lequel elle s'était installée ne l'aidait guère à se concentrer, d'autant qu'elle avait une légère gueule de bois et qu'elle se sentait dépourvue de courage en présence de la pile de dossiers légèrement humides au toucher. A une autre époque, elle aurait insisté pour modifier un certain nombre de choses autour d'elle, elle se serait mise en colère, elle aurait manifesté sa désapprobation, elle aurait pris un air autoritaire pour améliorer son sort, réclamer un autre siège, mais là, ce n'était ni le moment, ni l'endroit. Elle apposa sa signature au bas d'une lettre d'un geste vif, esquissant un mouvement de désapprobation à la vue des lettres dactylographiées, presque illisibles tellement elles étaient pâles, des fautes d'orthographe qui ponctuaient la missive et qu'elle avait corrigées de sa blanche main à l'encre bleue, bleue comme sa signature. Margaret F. Hooper. Son nom d'épouse, qu'elle utilisait au cabinet. Sa signature dégringolait vers le coin gauche de la feuille comme si elle aussi était d'humeur à fuguer. Ça irait pour l'instant. Si elle s'absentait une heure, personne ne le remarquerait. Les emplois à temps partiel n'étaient pas importants. Elle tuait le temps ; elle n'avait pas envie de s'atteler à des tâches importantes. Ce qu'il lui fallait à ce stade de sa vie, c'était la contemplation de la mer et l'inactivité la plus totale.

Maggie alluma une cigarette et regarda la fumée

s'élever et descendre, livrant un combat inégal à l'air glacial de la pièce. *Va te faire foutre, Philip, pourquoi m'as-tu quittée ? Pourquoi, oh, pourquoi ?*

Il aurait pu l'aider mais maintenant elle n'avait plus le choix. Elle irait du côté de la jetée. La jetée avait une influence bénéfique sur l'âme, car elle pourrissait. Elle faisait la longueur du *Titanic.* Maggie frissonnerait, gèlerait, remettrait à plus tard les tâches importunes. Elle prendrait le petit déjeuner au café, et dans une heure elle serait de retour. Elle bondit de son bureau à la porte d'entrée, qu'elle referma de toutes ses forces.

C'était une porte épaisse et le *clang* résonna à travers tout le bâtiment, rendant son départ tout sauf discret. Elle s'arrêta, le temps d'essuyer la plaque de cuivre avec la manche de son manteau ; cette plaque, c'était vraiment une honte mais la porte du cabinet d'avocats, c'en était une également, si difficile à ouvrir et à fermer en hiver qu'il fallait lui donner un coup de pied ou un coup d'épaule tant elle était gauchie, ce qui n'était pas le genre de comportement à encourager chez des gens en quête d'avis en matière juridique, les gens qu'elle essayait d'éviter. A dix heures du matin, il y avait beaucoup trop de monde dehors à son goût. Trop de visages familiers dans cette rue. Elle était née, elle avait grandi dans cette ville, elle l'avait fuie, elle y était revenue ignominieusement et elle n'avait pas envie, en ce moment, qu'on la remarque. Que quiconque la remarque.

Le claquement de la porte attira un instant son attention. Henry trouvait High Street formidable. Un boucher, un boulanger, un fabricant de bougies, Timothy les lui montrait en passant, un poissonnier, sans compter tous les autres commerces si utiles à l'espèce humaine comme Dixon, qui vendait des téléviseurs, une adorable boutique spécialisée dans le linge et un épicier qui proposait aux chalands lait bien jaune et œufs bien blancs. Mais le clou de la rue aux yeux de Tim, c'étaient les boutiques d'objets et de vêtements d'occasion. Il y en avait bien quatre ou cinq, et chacune lui fut décrite en des termes si enthousiastes que Henry se demanda ce qu'elles pouvaient bien avoir de si extraordinaire. Est-ce que ce seraient des genres de supérettes ? marmonna-t-il, ne sachant trop de quoi il s'agissait et, le temps d'arriver à la hauteur de la porte qui se refermait en claquant, charmé par l'alignement de boutiques disparates, intrigué tout particulièrement par les magasins d'occasion, agacé par le temps qu'ils mettaient à les dépasser. Lorsqu'ils les eurent laissés derrière eux, Henry était tout étourdi de potins et de renseignements. La promenade, assortie d'un long commentaire sur les immeubles, dont chacun était décrit par le menu jusqu'au dernier de ses occupants, s'accompagnait de pauses mystérieuses alors que tout ce qu'il voulait savoir se résumait à : *Est-ce que cette rue est parallèle à la mer ? Où est le château où elle habitait ? Où est-ce que je suis ? Comment dois-je faire pour rentrer ?* Il tapota la carte logée dans la poche du haut de son blouson immaculé. Pas facile d'en détecter la présence sous le cuir mais il avait besoin de sentir qu'elle était là, histoire de se rassurer. Après tout, s'il était venu jusqu'ici, c'était pour se trouver et, même dans l'état de légère désorientation qui était le sien, il eut soudain envie d'être seul. Cette fois encore, il se fit l'effet d'être un grossier personnage. C'était une rue gaie, animée, offrant un contraste rassurant avec la désolation de l'endroit tel qu'il l'avait perçu la veille, et en outre il ne pleuvait pas, pourtant il était toujours impatient.

— Et voilà l'église, disait Timothy, l'attrapant par le bras, lui désignant l'édifice un peu plus bas comme s'il craignait que ce dernier ne s'envole. Enfin, l'une des églises. Car il y en a plusieurs...

Ils étaient arrivés devant un immeuble étroit que sa large porte d'entrée faisait paraître encore plus petit, et sur le flanc duquel était apposée une plaque de cuivre ternie.

Chisholm, Lawton, Cooper, Commissioners for Oaths. Ce fut le nom *Chisholm* qui attira son attention, il se pétrifia car cela lui rappela, s'il en était besoin, le but véritable de son voyage. Pas le but véritable, se reprit-il avec colère, pas le but véritable du tout ; il était là pour gagner sa vie, pour découvrir une partie du monde qu'il ne connaissait que par procuration, pour faire du tourisme. Mais malgré tout son objectif caché lui revint en pleine figure lorsqu'il vit le nom.

— Qu'est-ce que c'est que ça ? dit Henry, l'index tendu vers le panonceau.

— Oh, l'équivalent de vos avocats, je suppose.

Henry s'éclaircit la gorge.

— Il y a beaucoup de Chisholm par ici ? C'est un nom courant dans la région ?

Il s'efforçait de s'exprimer comme si sa question ne sortait pas du cadre de la simple curiosité. Peter fit non de la tête.

— Il y a un certain nombre de Chisholm dans le coin, dit-il prudemment.

— Je crois que je vais entrer.

— Pourquoi ?

Henry haussa les épaules. Peter en fut vexé mais très passagèrement. Il se reprit et sourit.

— N'oubliez pas d'aller faire un tour sur la jetée avant de rentrer à la maison.

A la maison ? Croyait-il qu'il allait prendre pension chez eux ? Avec cette salle de bains ?

Peter et Timothy se donnèrent le bras avec le plus grand naturel et lui firent signe d'aller de l'avant. Henry hésita avant de tirer sur la poignée de la porte et pénétra à l'intérieur. Une petite pancarte au crayon sur un mur lui indiqua de prendre à gauche. Indécis, il resta planté là à se demander pourquoi il avait cédé à son impulsion, regrettant de ne pas avoir préparé d'explication, se sentant légèrement sur la défensive. Mais les avocats étaient les avocats, et ils ne refusaient aucune mission, fût-ce la plus frivole. C'étaient eux qui connaissaient le mieux la région et Henry, qui en avait quelques-uns dans ses relations, savait qu'à leurs yeux le client avait toujours raison. Un client que l'on refusait, ça n'existait pas – à moins qu'il ne soit désargenté. La perte du sens de l'orientation, semblable à celle que connaît un homme atteint de la grippe et qui commençait à devenir chez Henry une habitude, augmenta encore tandis qu'il se tenait là, à essayer de déchiffrer la source d'un *clac-clac-clac* interrompu par le trille d'une sonnette.

Il s'engagea dans une pièce éclairée par une fenêtre dont la lumière nimbait les tables où deux femmes massives tapaient sur des machines à écrire datant d'avant le Déluge, des machines si volumineuses qu'elles arrivaient presque à faire oublier l'ampleur de leurs impressionnantes poitrines. Il se souvint vaguement de son père tapant sur l'une de ces infernales machines lorsqu'il était petit garçon, tapant avec une force incroyable tel un cantonnier réparant une chaussée. Sidéré, il les dévisagea. Celle qui était le plus près de lui, cheveux teints, visage large, s'arrêta de travailler et ôta ses lunettes.

— Oui, qu'est-ce que je peux faire pour vous ?

C'était un ordre plus qu'une question, un ordre accompagné d'un sourire qui lui fit comprendre immédiatement qu'elle pouvait aussi bien le flanquer dehors que lui réserver le meilleur des accueils, que cela dépendait de l'attitude qu'il adopterait.

— Est-ce que je pourrais parler à Mr Chisholm ?

— Ça fait cinquante ans qu'il est mort mais, si vous voulez parler à son successeur, je vais voir si je peux vous le trouver. Je suis sûre qu'il doit être quelque part par là. Enfin, je pense. C'est à quel sujet, si je puis me permettre ? Le remplaçant de Mr Chisholm n'est peut-être pas la personne qu'il vous faut, si ça se trouve.

— Je préférerais ne pas vous le dire. C'est assez personnel.

Elle eut un hochement de tête compréhensif. Le mot « divorce » se lisait dans ses yeux tandis qu'elle hurlait dans la sombre cage d'escalier : « Mr Burns ! » Un écho vague lui répondit. De nouveau, elle hocha la tête.

— Asseyez-vous dans la salle d'attente. Il sera là dans une minute.

On aurait dit que Mr Burns était coincé dans les toilettes et qu'elle ne savait combien de temps ce client devrait patienter avant d'avoir le privilège de rencontrer le grand homme. Quoi qu'il en soit, Henry lui fut reconnaissant.

La pièce dans laquelle on le fit pénétrer lui parut, à la lumière crue d'une ampoule centrale à peine dissimulée par un abat-jour en papier, comporter essentiellement des meubles et éléments métalliques. Le long d'un mur s'alignaient à touche-touche trois coffres-forts massifs, celui du milieu servant de tuteur aux deux autres. Il s'en dégageait une odeur de métal ; ils avaient l'air glacial au toucher ; ils mesuraient deux mètres de haut à vue de nez et, entre le sommet et le plafond, ils laissaient à nu un pan de mur jaune. La touche de vert sur le métal suggérait la présence à l'intérieur de denrées périssables. Henry se détourna, cherchant une chaise.

Il y en avait douze, il les compta. Alignées contre les parois qui n'étaient pas occupées par les coffres, chacune d'un style différent, deux en plastique, deux autres qui n'auraient pas détonné dans un musée, avec leur beauté XVIIIe un peu passée, trois autres d'époque victorienne, d'assez belle facture malgré un pied abîmé ici et là. Le parquet n'était ni particulièrement propre, ni particulièrement bien ciré. Lorsqu'il passa la main sous la chaise qu'il avait choisie, il rencontra un morceau de chewing-gum. Il attendit. La porte extérieure fut claquée avec la violence qui avait attiré son attention quelques instants plus tôt et l'avait incité à entrer. Le *clac-clac-clac* des machines à écrire repartit de plus belle, interrompu par une sonnerie de téléphone et des paroles agacées. Il attendit. Quelqu'un passa le nez à la porte.

— Venez, Mr...

— Evans... Henry Evans.

— Bonjour. Il fait froid, n'est-ce pas ?

Les jambes de pantalon noires devant lui montèrent les marches deux à deux et ils se retrouvèrent dans une pièce plus vaste donnant sur la rue où il y avait de la lumière et, Dieu merci, du chauffage. Il n'y faisait pas assez chaud pour que Henry ait envie de se débarrasser de son blouson mais la température était acceptable.

— Vous êtes américain, Mr Evans ?

— Oh, à quoi voyez-vous ça ?

— A vos vêtements, mon cher, un coup d'œil aux

vêtements et je suis fixé. Egalement à votre poignée de main. C'est votre premier séjour en Angleterre ?

— Oui. Il y a longtemps que j'avais envie de venir mais vous savez ce que c'est...

Se rendant compte qu'il venait de hocher la tête, Henry se reprit. Il essayait de se ressaisir. Mr Burns, peau très blanche, coupe de cheveux invraisemblable, vêtements informes, était l'homme qu'il avait vu passer un peu plus tôt ce matin-là, pressé et parlant seul. Il avait toujours les cheveux en bataille et sa chemise, à y regarder de plus près, était élimée au col. Les poignets en étaient invisibles car les manches de sa veste, trop longues, lui recouvraient les jointures, donnant l'impression que ses doigts longs et fins cherchaient à prendre la tangente. Le bureau de l'avocat avait jadis été magnifique, épithète que Henry n'aurait certes pas utilisée pour décrire son propriétaire, mais le plateau de cuir, rouge à l'origine, avait déteint et viré au rose avec l'âge, et son aspect était tel qu'on aurait dit que Burns ou un de ses animaux familiers s'employait chaque jour à le mâchouiller un peu plus. Sur le bureau, il avisa deux dessous-de-tasse, précaution inutile car la surface du meuble était déjà maculée de traces circulaires et de taches de liquides renversés.

Henry essaya de fixer Burns dans les yeux, d'homme à homme. Toutefois son regard fut happé par un gros poisson empaillé, enfermé dans un bocal de verre et figé au milieu d'algues d'un vert inquiétant. Burns surprit la mimique de Henry.

— Ce n'est pas moi qui l'ai attrapé, oh non. C'est Mr Chisholm vraisemblablement. L'un de mes prédécesseurs, en 1910. Il est remarquablement bien conservé. Vous savez, les avocats, la pêche, c'était leur sport de prédilection. De même qu'aujourd'hui, le passe-temps préféré de mes confrères, c'est le golf. Il y a un excellent terrain de golf ici. Vous allez travailler chez Ferguson, je suppose ?

— Oui. Bien vu, Mr Burns.

— Simple déduction, mon cher, quand on voit un Américain à Warbling, c'est soit qu'il travaille chez Ferguson, soit qu'il fait du tourisme. Or en hiver, des touristes, il n'y en a pas des masses, à part quelques inconscients. J'imagine que vous êtes à la recherche d'une maison.

La chaise de Henry oscilla dangereusement. Il se dit qu'il lui fallait penser à se pencher en avant, surtout pas en arrière. Il y avait quelque chose de délicieusement fourbe chez Mr Burns. Pour sortir dans cette tenue, il fallait de la fourberie.

— Non. Je ne suis pas en quête d'une maison, du moins pas encore. Je ne prends pas mes fonctions chez Ferguson avant une semaine ou deux et j'ignore combien de temps je vais rester mais...

— Seriez-vous là pour tester un autre médicament ? Une version améliorée du Viagra ?

Burns éclata de rire. Les gens ricanent toujours dès qu'on mentionne le produit célèbre dont Ferguson assure la distribution, songea Henry, agacé. Comme des enfants qui découvrent les gros mots. Il patienta quelques secondes, attendant la question suivante, celle qu'on ne manquait pas de lui poser : *Vous n'en auriez pas une boîte pour moi ?,* puis se dit que Mr Burns n'aurait pas le mauvais goût de la proférer. Henry s'efforçait de réconcilier cette gargouille avec l'image des avocats qu'il avait pu croiser, tous merveilleusement vêtus et chaussés, avec des cheveux impeccablement coupés. Il se pencha davantage en avant. De nouveau la chaise grinça. La pièce empestait la fumée.

— Mr Burns, je n'ai pas l'intention d'acheter quoi que ce soit. En fait, ce n'est pas quelque chose mais quelqu'un que je cherche. Une femme. Qui est née et a grandi dans cette région. Je l'ai rencontrée il y a... (Il toussa, gêné.)... il y a environ vingt ans. On était des gamins tous les deux, on s'est connus sac au dos, en Inde, comme ça se faisait beaucoup à l'époque. On a été amis pendant un mois ou deux et puis on a perdu contact. Mais je sais qu'elle est rentrée en Angleterre. Elle m'a dit qu'elle ne pourrait jamais vivre ailleurs. (Il toussa de nouveau et braqua les yeux sur le poisson.) J'ai eu l'impression qu'elle venait d'une famille assez cossue. Une famille de la haute, des Chisholm. Francesca Chisholm. Est-ce que ça vous rappelle quelque chose ? Sinon, est-ce que vous pourriez faire une petite enquête pour moi ? Je me suis dit que, étant avocat dans une ville de cette taille, vous saviez certainement tout concernant les uns et les autres.

Soudain il eut une image de Francesca avec son châle, le dépassant dans ce bus déglingué, le ratant à quelques minutes près. Il avait traînassé, fait ses adieux, un peu guindé, s'était rendu à la gare comme convenu parce qu'il était incapable de changer de programme, et puis il avait trouvé le courage de faire machine arrière, de courir l'arrêter avant qu'elle n'embarque à bord de ce fichu car et de lui dire ou tu viens avec moi, ou c'est moi qui t'accompagne, d'accord ? Peu importe, du moment qu'on part ensemble. Tu ne dois pas partir toute seule, tu n'es pas en état ! Je t'aime. Je vais t'accompagner chez toi. Mais trop tard. Il grimpait la colline comme un dingue sous la chaleur, alors que le car dévalait la pente. Elle ne l'avait pas remarqué mais lui avait vu son visage à la vitre, elle pleurait dans le châle qu'elle portait autour du cou. Abandonnée par lui, et depuis lors elle le hantait.

— Je ne suis pas retourné la chercher, Mr Burns, dit-il soudain. Je ne suis pas revenu en arrière suffisamment tôt comme j'aurais dû le faire. Il fallait qu'elle rentre en Angleterre parce que son père était mort. Je n'ai pas compris. Nous avions des projets. J'ai essayé de changer d'avis. Je m'y suis pris trop tard. J'aurais dû faire demi-tour.

Silence. Doigts qui pianotent sur le plateau esquinté du bureau.

— Ça remonte à vingt ans, Mr Evans ? Vingt ans ? Autant dire une vie.

Les sourcils noirs en broussaille de Burns, qu'il venait de hausser, rejoignaient presque sa tignasse en bataille. Les yeux de Henry se dirigèrent de nouveau vers le poisson dans son aquarium et il se demanda si des animaux de cette taille évoluaient dans la Manche tels des monstres des profondeurs. *Tu sautes d'une idée à l'autre, on dirait une grenouille, Henry,* lui avait dit un jour Francesca. *Tu passes d'un sujet à l'autre avec une soudaineté déconcertante. Jamais tu ne réussiras à te concentrer assez longtemps.* Tout en songeant aux origines possibles du poisson mastodonte afin de détourner son attention de sa gêne, Henry se demandait également si tout ce que Francesca lui avait dit était pertinent ou si c'était sa mémoire qui le lui faisait paraître tel. Ils avaient beaucoup ri ensemble ; il n'avait jamais rencontré de femme qui l'avait autant fait rire ; mais elle lui avait toujours semblé beaucoup plus âgée que lui. Rétrospectivement il avait l'impression qu'elle avait miraculeusement émergé de l'adolescence sous la forme d'une femme accomplie tandis que lui-même était resté un petit garçon.

Burns alluma une cigarette avec la maladresse furtive d'un gamin ; l'odeur ramena Henry au présent et l'aida à prendre conscience qu'il se trouvait dans un vieux bureau qui était soit complètement décrépit soit outrageusement excentrique et qu'y fumer était non seulement mauvais pour la santé mais aussi dangereux. Burns chercha un cendrier au milieu du chaos de son bureau, n'en trouva pas et fit tomber machinalement ses cendres par terre. En bas, la porte claqua ; l'immeuble trembla un instant puis retomba dans une sorte de somnolence.

— Quel dommage que vous ne soyez pas à la recherche d'une maison, Mr Evans ! reprit l'avocat. Parce que là je pourrais vraiment vous aider. Les testaments, l'immobilier, c'est la raison essentielle de notre existence. L'immobilier surtout. Il y a toute une partie de la population, celle qui a les moyens, qui passe son temps à changer de domicile jusqu'à ce que la mort intervienne, et c'est alors que les choses amusantes commencent vraiment. Nous avons aussi notre petit quota de criminalité, bien sûr. Dans cette ville, il y a bien trois dizaines de pubs, des stimulants à gogo et du chômage, d'où des embêtements de temps en temps. Si seulement ils se contentaient de rentrer chez eux prendre du Viagra... il y aurait moins de problèmes.

— Je n'ai pas besoin d'une maison et je n'ai pas envie de faire mon testament, dit Henry.

La cigarette échappa à la main de Burns et atterrit en brasillant sur la moquette. Quelques dizaines de ses congénères avaient dû suivre le même chemin, à en juger par les marques brunes incrustées sur le parquet à côté du bureau. Henry eut un mouvement de recul, il regarda Burns se précipiter pour récupérer la cigarette avec la grâce étonnante d'un oiseau de proie, tirer une bouffée rapide et jeter le reste dans la cheminée derrière lui. Henry se tordit le cou pour voir où le mégot avait atterri, secrètement amusé de suivre les gestes de l'avocat. Burns semblait posséder essentiellement des jambes et des bras d'une longueur démesurée, et un buste court. L'avocat se laissa aller contre le dossier de sa chaise, manœuvre que Henry n'osa imiter, et il croisa ses longs doigts. Ceux-ci disparurent dans les manches de sa veste d'un noir funèbre et poussiéreux à souhait. Sa voix se fit soudain précise, sèche.

— Bien sûr que je connais Francesca Chisholm. Même si je n'étais pas avocat je saurais qui c'est. Il me suffirait de lire les journaux. Mais, étant avocat, Mr Evans, et miss Chisholm étant une de mes clientes, il n'y a absolument rien que je puisse vous dire à son sujet et j'ajoute que vos mobiles m'inspirent la plus grande méfiance. Si ce que vous dites est exact, c'est-à-dire si vous êtes un de ces andropausés à la recherche d'une vieille histoire de cœur, je pourrais empocher votre argent pour vous raconter ce que vous trouveriez gratuitement dans notre excellente bibliothèque municipale. Je ne suis pas détective et mes services ne sont pas à louer. Si ce que vous dites est vrai, le seul conseil que je peux vous donner, c'est de la considérer comme morte. (Il alluma une autre cigarette avec un haussement de ses épaules étriquées pour montrer qu'il était furieux ou du moins qu'il feignait de l'être.) Nous ne sommes pas là pour gagner de l'argent, Mr Evans, mais pour garder les confidences d'autrui dans la mesure du possible. Revenez me voir si vous avez besoin d'une maison ou de faire votre testament.

Henry se sentit à la fois honteux et furieux.

— Je n'avais nullement l'intention de vous importuner, réussit-il à dire. Je ne vous demande pas grand-chose, Mr Burns.

Sourire radieux de l'avocat :

— Dans ce cas, vous n'avez rien en commun avec le reste de ma clientèle. Vous trouverez la sortie ?

Il s'engagea dans l'escalier, la température chutait à mesure qu'il descendait les marches. Une panique soudaine le prit lorsqu'il s'aperçut qu'il n'arrivait pas à ouvrir la porte et qu'il lui faudrait demander de l'aide, il se raidit pour tirer sur la poignée, claqua la porte. Une fois dans la rue animée, la seule chose dont il se souvint, c'était que toutes les routes menaient à la mer. Et que Francesca Chisholm pouvait être considérée comme morte.

Peut-être qu'il n'aurait pas dû regarder fixement le poisson. Peut-être qu'il aurait dû mettre de l'argent sur la table, mais il avait l'impression que cela n'aurait pas fait grande différence.

Je crois l'avoir vue, Mr Burns. Bien sûr qu'elle est vivante. Elle a laissé son châle sur la rampe.

Maggie pénétra dans la pièce avec deux mugs de café qu'elle posa sur le cuir patiné du bureau. Elle fouilla sous une pile de papiers pour déterrer le cendrier qu'elle posa près de lui, lui retira sa cigarette des doigts, tira une bouffée, l'écrasa.

— Tu aurais pu lui faire payer une consultation au moins, Edward. Tu aurais au moins pu faire ça.

— Pourquoi ?

— J'en sais rien. Une idée comme ça. Qu'est-ce qu'il voulait ?

— Rien.

— Bon, bon, tu me le diras dans une minute. Je t'ai entendu lui parler, j'ai eu l'impression que tu étais un peu pète-sec. Ça ne te ressemble pas, Edward.

Elle s'empara du journal posé sur un coin de table, s'assit confortablement dans le siège qu'avait occupé le visiteur et se mit à lire nonchalamment. Les nouvelles de l'avant-veille n'étaient pas trop mauvaises.

Manifestement perturbé, Edward Burns avala une gorgée de café, se brûla la langue.

— D'après Mrs Forbes, il a l'air bien, cet homme, dit-elle. Il est descendu à la Maison des Sortilèges parce que le Nelson n'était pas en mesure de lui offrir l'hospitalité, paraît-il. Smith l'a expédié là-bas pour se venger de ce que son bar a été de nouveau inondé. « Ce type portait un couvre-chef ridicule et c'était le genre de mec à faire de la rétention anale. » Je te répète exactement ses paroles.

Edward hocha la tête.

— Je sais. J'y suis passé ce matin, j'ai examiné les dégâts. Il est tout à fait incapable de gérer cet hôtel, même avec notre aide, enfin je veux dire avec la tienne, puisque c'est toi qui te charges de tenir sa comptabilité et le registre deux fois par semaine. Il est incapable de se débrouiller quand il y a un problème et en plus il déteste les étrangers. Pour un hôtelier, c'est plutôt bizarre.

— Il est comment, cet Américain ? Séduisant ? questionna Maggie mine de rien.

Elle avait l'air plus agitée que d'habitude, se tortillant sur son siège comme un chat qui essaie de se faire un nid sur un coussin, et elle évitait de croiser son regard.

— Extrêmement bien habillé. Sinon il n'a rien de particulièrement remarquable. Dans une foule tu ne le verrais même pas. Enfin je ne sais pas. Je ne remarque pas les choses comme ça.

— Non, Ed, effectivement.

— Il a l'air sympathique. Il va travailler chez Ferguson. Mais qu'est-ce que je pouvais lui dire ? Il veut retrouver Francesca. Il prétend être un de ses vieux amis. Il l'aurait rencontrée en Inde.

— Ah oui. Il y a une éternité de ça. Peut-être que

sa démarche est sincère. Rien ne t'a donné à penser que ça pouvait être un journaliste déguisé ? Francesca, ça n'est plus un scoop. On essaie tous de l'oublier. Comme si c'était possible... Pourtant on devrait. Mais moi en tout cas je n'y arrive pas.

— Tu as assuré sa défense.

— Oui. J'ai fait de mon mieux. Oh, ne fronce pas les sourcils comme ça. Tu as raison. Je suis peut-être avocate mais je suis profondément frivole et j'ai toutes les chances de le rester. Cela dit, ce n'est pas pour autant que je suis incompétente. Je suis seulement bien décidée à fuir les responsabilités. La carrière, le mariage : j'ai donné, merci. Et je m'en fous désormais. J'ai pas de toit au-dessus de ma tête : est-ce que je veux des responsabilités ? Tu parles que non ! Je bosse pour toi seize heures par semaine et ça me suffit. La criminalité, c'est d'un ennui dans ce trou ! On boit, on se tape dessus avec le poing gauche ou avec le poing droit...

— Francesca Chisholm, c'était autre chose. Ta cousine. Dont l'ancêtre a ouvert ce cabinet.

Elle but une gorgée de café sans se presser. Son visage, son teint, normalement très pâles, étaient tout roses de froid.

— Francesca se moquait pas mal de savoir qui assurait sa défense. N'importe qui aurait fait l'affaire. Et deux heures par semaine, ça suffisait amplement pour préparer la défense d'une femme qui déclarait bien haut qu'elle était coupable. En es-tu sûre ? lui disais-je. En es-tu absolument sûre ? Et elle de me répondre : Evidemment que j'en suis sûre, j'étais là, je sais ce que je dis. Ça coûte vingt pence pour pêcher sur la jetée, disait-elle comme si c'était pour elle le plus étonnant dans l'affaire. Et la jetée, elle est de la même longueur que le *Titanic*. Ecoute, ne gaspille pas d'argent pour moi, quelqu'un d'autre en a sûrement davantage besoin. Dis-leur que je suis désolée.

— Tu crois que tu aurais fait du meilleur travail si tu n'avais pas été en plein divorce ?

— Va te faire foutre, Edward. Tu supervisais tout. On s'est contentés d'obéir à la lettre à tes instructions. C'est tout ce qu'on pouvait faire. Je suppose que tu as refusé de dire quoi que ce soit à cet Américain. Tu l'as renvoyé sans un mot ? Sous prétexte que tu es tenu au secret professionnel ? Elle a besoin d'amis, même si elle n'en a pas, et il pourrait en être un. Alors, quelle importance qu'il soit idiot ?

— Elle ne mérite pas d'avoir des amis.

— Mériter ? Mais quel rapport ? Elle ne cesse de répéter : Je ne peux pas parler maintenant. Comme si elle allait se décider à le faire un jour. Tu sais que ça fait presque un an qu'elle est là-bas ? Je déteste les anniversaires. Elle aussi, j'imagine. Où est-il parti, cet homme ?

Edward réfléchit.

— Parti faire un tour sur la jetée. Ecoute, Maggie, officiellement on ne devrait rien lui dire.

— Officiellement, reprit-elle en ramassant les mugs et en regardant par la fenêtre.

Edward soupira de nouveau et partit à la recherche de ses cigarettes.

— Il n'est pas bel homme, Maggie. Il n'y a pas de raison de s'inquiéter.

— Ce n'est qu'un type de plus qui est tombé amoureux de Francesca, dit Maggie. Et qui l'a plaquée. Comme ils l'ont tous fait. Comme ils le font tous. Vous n'êtes que des ordures.

— Oh, pas tous ! dit Edward.

J'attache beaucoup de prix à ce châle parce que c'était un cadeau, pas pour sa valeur intrinsèque, même s'il est utile. Mais je désapprouve le sentiment ou les gestes sentimentaux. Ils vont à l'encontre de l'émotion authentique qu'ils masquent.

J'essayais hier de dresser l'inventaire de tous les gens que j'ai aimés dans ma vie. Pas aimés d'amour ou adorés ; aimés d'amitié. Il y a un homme que j'adorais, cela remonte à longtemps, parce qu'il n'avait pas conscience de sa singularité. J'aurais dû rester en contact avec lui mais je ne l'ai pas fait. A cette époque-là, les gens, je les prenais, je les jetais. Je partais du principe que j'en retrouverais toujours d'autres de la même valeur. Faux. Est-ce que tu irais à la chasse au tigre avec lui ? m'aurait demandé mon père. Oui, mais je préférais les hommes extravertis, les tempéraments sociables. Et puis il y a des gens que j'avais adoptés parce que je trouvais injuste que personne ne s'intéresse à eux. Je ne supporte pas le spectacle de la solitude quand je peux y remédier, mais avoir de l'empathie pour les gens qui ont besoin de vous ce n'est pas la même chose que de les aimer. Pour aimer, il faut respecter ; le respect, c'est important. Angela n'était pas commode à aimer mais elle méritait le plus grand respect. J'aime bien Maggie ; elle ne sait même pas combien elle est généreuse et je ne dois pas abuser de sa gentillesse. J'ai une carte de téléphone. Je pourrais lui téléphoner, mais je ne le fais pas, ce n'est pas bien. Je préfère noircir du papier, évitant les faits et les dates. Papa nous a un jour emmenées chez un de ses amis, un ancien militaire de la vieille école. Il avait des têtes d'animaux empaillées sur les murs. Maggie et moi, hautes comme trois pommes, on regardait ça, horrifiées. C'est Maggie qui a dit que le reste du tigre était derrière le mur, prêt à bondir dès qu'on aurait le dos tourné. Et je l'ai crue.

FMC

3

Henry descendit High Street sur toute sa longueur, prit à gauche et se dirigea vers la mer. Une brise assez violente lui ébouriffait les cheveux et il se promit de se racheter un chapeau en rentrant. Il avait remarqué une boutique spécialisée dans le genre de couvre-chefs que portaient les hommes de la région : une étrange variété de casquette qui ne protégeait pas les oreilles. Mais il nota également que les hommes munis de chapeaux semblaient passer la plupart de leur temps tête nue. A peine entrés dans une boutique, hop, ils l'ôtaient. A peine rencontraient-ils une femme qu'ils se découvraient. Ils ne cessaient de mettre et de retirer leur couvre-chef comme si c'était pour eux une gêne plus qu'autre chose. Il remarqua encore un autre détail dans la bousculade des trottoirs étroits : chaque fois qu'un passant en heurtait un autre, les deux s'empressaient de lancer à l'unisson : « Pardon. » C'était une sorte de mot de passe, qu'on utilisait à tout bout de champ. « Pardon, vous pouvez me tenir la porte... Pardon, je n'ai pas de monnaie aujourd'hui... Pardon, vous m'avez bousculé. » Il semblait obligatoire de s'excuser d'occuper de l'espace.

L'un dans l'autre, Henry avait trouvé sa rencontre avec l'avocat étrangement stimulante malgré l'humiliation qui l'avait accompagnée, et, tout en s'acheminant vers la mer à travers une succession de rues étroites et en s'efforçant de dire « pardon » à tous ceux qu'il croisait, il se demandait pourquoi. Il avait l'impression de s'être délivré d'un fardeau en reconnaissant devant une tierce personne, même si cette personne était aussi loin de lui qu'Edward Burns, que ce qui l'intéressait réellement et avant tout, c'était de retrouver Francesca Chisholm. Il était en effet arrivé à admettre la chose devant un homme qu'il ne connaissait ni d'Eve ni d'Adam. Il avait pris un risque spontanément et il n'avait pas eu l'impression, contrairement à ce qu'il avait craint, de se conduire comme un imbécile. Ça, c'était la première des choses. La suivante, c'était un sentiment de soulagement que l'avocat ne lui ait pas dit : « Francesca qui ? » ou murmuré : « Mais, mon cher, évidemment que Francesca Chisholm est toujours de ce monde, mais comment voulez-vous qu'elle veuille renouer avec un petit branleur de votre acabit ? » Et troisièmement, il éprouvait un sentiment de léger triomphe et ça, c'était ce qu'il y avait de plus difficile à expliquer. Francesca Chisholm était manifestement en vie et non au cimetière, comme c'était le cas de quelques-uns de ses contemporains qui avaient fait des expériences téméraires avec la drogue, l'ambition ou les voitures de course. Il n'imaginait pas Francesca se détruisant. En revanche, il la voyait bien bousillant une voiture. C'était une impulsive ; elle n'aurait pas l'esprit assez scientifique pour savoir comment un moteur fonctionnait. Elle appuierait sur les pédales et lui dirait d'y aller.

Comment sais-tu cela ? se demanda-t-il. *Tu ne sais rien. Tu ne la connaissais pas vraiment ; c'était elle qui semblait te connaître.* Ce qui lui plaisait le plus chez l'avocat au poisson mort, c'était ce qu'il lui avait révélé à propos de Francesca plutôt que ce qu'il lui avait caché. Non seulement elle était vivante mais elle avait fait la une des journaux, chose qui manifestement hérissait le juriste. Peut-être que c'était une célébrité à sa manière, qu'elle avait été à la tête de mouvements contestataires, qu'elle menait une vie agitée, qu'elle avait eu un comportement scandaleux, qu'elle choquait les gens du cru, d'une façon ou d'une autre, et il était fier d'elle pour cela. Ce sentiment de réussite par procuration grandissait à chaque pas. Tu es *connue,* Francesca ; les gens savent qui tu es ; ils parlent de toi. Tu es *quelqu'un* ; tu n'es pas devenue un zéro avec une carrière stérile comme moi ; tu es restée la lumière vive que tu étais. Si vive qu'elle brillait, lui avait-il semblé, même dans le noir, vingt ans auparavant. Parce que sa beauté était spectaculaire ou parce qu'elle présentait une singularité qui faisait qu'on ne pouvait l'oublier même sur fond de paysage spectaculaire, en Inde ? Ciels d'un bleu éclatant, couleurs presque irréelles de la végétation, couleurs de paon des vêtements se détachant devant les bruns ternes des frondaisons des palmiers desséchés qui ombrageaient les maisons des villages, rouge cerise claquant des pastèques éventrées, jaune de l'ananas quotidien... Il se souvenait de l'ivresse lénifiante du festin visuel permanent qu'avait été ce pays. Il se souvenait d'elle vêtue d'un pantalon kaki sans éclat, ses longs cheveux ramenés en chignon. Il se souvenait, avec plus de difficulté, du charisme des femmes indiennes, les pauvres à la campagne, les riches dans les hôtels, toutes exquises mais si douloureusement intouchables. Leurs yeux, leurs costumes, leur langage, leur élégance et certainement l'indifférence qu'elles éprouvaient pour le grand jeune homme qui rosissait au soleil et ne parvenait pas à digérer leur nourriture, tout contribuait à les maintenir à distance de cet étranger qui les regardait par en dessous, conscient de sa gaucherie et de leur fragilité. Il aurait dû se souvenir d'elles, il aurait dû se souvenir de la magnificence du paysage qu'il avait laborieusement essayé de capturer avec son appareil photo, mais la seule personne qu'il se rappelait, c'était elle, qu'il n'avait jamais eu l'autorisation de photographier.

Henry déambula lentement à travers les rues sans rien voir. Lorsqu'ils s'étaient rencontrés, il était fragile, son estomac réussissait tout juste à tolérer des nourritures choisies avec circonspection et des litres d'eau minérale. Les provisions d'eau alourdissaient son sac plus que toute autre chose. Il avait faim de conversation après la solitude de ses voyages. Il avait décidé d'éviter les tribus errantes de routards, avec leur vantardise incessante, logements bon marché, drogues pas chères, bonnes affaires. Il avait voulu escalader des collines, voir des paysages inconnus, il y était presque parvenu ; il en avait assez, il était écœuré de sa propre indolence. Où qu'il allât, tout le monde travaillait. Avec un zèle incessant alors que lui, tout ce qu'il avait fait pendant trois mois, c'était de suivre un itinéraire soigneusement préparé et regarder les autres s'activer à grand renfort de sueur. Il était humilié par leur générosité, irrité au plus haut point par leur incurable pauvreté ; il était seul, nerveux, fatigué de répondre au traditionnel : « Bonjour, comment ça va ? » par la seule phrase possible : « Bien, merci », mensonge qu'il répétait tout au long de la journée. Lorsqu'il avait atteint le sanctuaire d'une pension de famille ombreuse et qu'il l'avait trouvée assise sous la véranda, à raconter des histoires aux enfants, elle l'avait aussitôt séduit, ce qui était inévitable. Peut-être parce qu'elle aimait la poésie et trouvait parfaitement naturel de trimballer un recueil de vers partout où elle allait alors qu'il lui aurait été plus utile d'emporter des noix ou des cacahuètes. La soirée était fraîche ; elle portait un châle bon marché autour des épaules. De dos, il avait cru que c'était une vieille femme.

Henry était arrivé en vue de la jetée sans prêter attention aux immeubles qu'il avait dépassés, perdu dans le souvenir d'une autre époque et d'un autre lieu, et il jura. C'était chez lui l'habitude de toute une vie, se rendre dans des pays étrangers, se déplacer à pied et bizarrement ne rien voir, se balader avec les yeux rivés au sol, occupant un autre espace. C'était pourquoi il avait cessé de s'encombrer d'un appareil photo : lorsqu'il regardait les photos une fois rentré chez lui, il ne reconnaissait rien, c'était comme s'il avait collé un œil aveugle à l'objectif. Il n'avait pas l'impression d'avoir été là et pourtant il y était maintenant.

Tu ne regardes pas vraiment ce qui t'entoure, Henry, n'est-ce pas ? Tu dresses un inventaire et tu passes.

Francesca ne lui avait pas dit ça méchamment. Simplement par curiosité : elle était très curieuse de tout. Et c'était une partie essentielle de son charme.

Il avait vu la jetée depuis la fenêtre de la Maison des Sortilèges, ce matin-là. Il avait remarqué quelle construction bizarre et laide cela pouvait être, béton incolore, dressée sur des pattes d'araignée toutes raides. *Les jambes de la jetée n'ont ni chevilles ni genoux.* La description de Francesca revint le hanter, c'était comme si ses mots avaient été aussi importants à l'époque que le rire qui habitait sa voix. Il y avait quatre abris sur la jetée, construits dans le béton, à l'intention des pêcheurs, et une succession de réverbères bêtement utilitaires aboutissant à un bâtiment bas situé à l'extrémité, lequel abritait un café et des toilettes, et était flanqué en contrebas, plus près de la mer, de plates-formes semi-circulaires. Le café ressemblait à quelque usine miniature, accroupi sur son négoce, tandis que la jetée, elle, ressemblait à une erreur vénielle, route destinée à l'origine à se prolonger au-dessus de la mer et tournant court. Henry se dirigea de ce côté, décidé à ne pas rester les yeux collés au sol et surtout à ne pas penser au froid qui lui pinçait les oreilles.

Inutile de se mettre en quête d'informations : tout était là, sur deux tableaux noirs. Des informations qui pouvaient changer chaque jour, devina Henry, étant donné que les tableaux noirs permettaient au responsable de la jetée de passer un coup de chiffon dessus pour y écrire ce qui lui passait par l'esprit. *Cette jetée qui fait exactement trois cents mètres de long a été mise en service en 1957. Elle a été édifiée sur l'emplacement de la précédente, laquelle a été détruite par un navire au cours de la Seconde Guerre mondiale. L'accès est gratuit sauf pour les pêcheurs, qui doivent s'acquitter d'un droit de pêche de vingt pence. Le vent aujourd'hui est de force 1-2 et la température de l'eau est de zéro.*

C'était peu. Henry se recroquevilla dans son blouson, se rappela qu'il lui faudrait acheter un chapeau puis se dit qu'il lui fallait arrêter de songer à ce qu'il allait faire et se concentrer sur l'instant présent. A savoir, parcourir le pont de béton d'une structure ahurissante et nue, à l'exception des parapluies noirs des pêcheurs, des bancs de bois et des autres promeneurs. C'était relativement calme ; pas de musique grinçante, pas de manifestation de joie intempestive mais des voix sur fond de mer. Il aimait l'infini de la mer et il avait faim ; à cause de ses souvenirs de l'Inde : jamais il n'avait eu une faim de loup mais jamais non plus il n'avait eu l'impression d'être rassasié, et son estomac là-bas gargouillait atrocement. Il mit cela sur le compte de l'air marin. D'une bouche d'aération près de la porte du bâtiment s'échappait l'odeur interdite du bacon en train de frire qui lui mit l'eau à la bouche.

Henry en oublia la vue. L'atmosphère à l'intérieur du café était humide et sous son blouson il se passait une main sur l'estomac, le réconfortant d'un petit massage circulaire, mesurant l'épaisseur de ses bourrelets. Pendant cinq ans il avait été gros, voire gras, et il avait désiré retrouver la minceur exceptionnelle qui avait été la sienne l'année où il avait parcouru le monde sac au dos. Sans cet excédent de poids il aurait pu essayer de la retrouver plus tôt. Il avait trimballé ses bagages bourrés de vitamines, de sels minéraux, de suppléments nutritifs sur plusieurs continents. Ils pesaient davantage que ses réserves d'eau vingt ans plus tôt. Il étudia le menu, y cherchant de la nourriture végétarienne. Dehors, sur la porte, il avait vu une pancarte qui annonçait les heures d'ouverture et de fermeture.

— Est-ce que je peux avoir le menu végétarien ?

— Il n'y en a pas, monsieur.

Cela dit sans mépris, seulement avec patience. Le thé était couleur de rouille. Henry ferma les yeux, le but avec du sucre et alla au comptoir en réclamer encore un peu. Puis il mangea du bacon et des œufs avec des toasts mous et blancs, souffrant le martyre à chaque bouchée. Cela aurait plu à son père. Pas un jour ne s'écoulait sans qu'il pensât à son père.

Henry examina le ciel calme et songea à son père. Décédé trois mois plus tôt et, avec Francesca Chisholm, occupant presque la moitié de ses pensées, et bon nombre de ses rêves. C'était seulement lorsqu'il évoquait son père et ce que celui-ci lui avait transmis de valable que Henry Evans s'autorisait à songer qu'il était peut-être lui-même un type pas si mal que ça, dans le fond. Il regarda la plate-forme de pêche, remarqua qu'il y avait des planches qui manquaient, que l'eau bouillonnait en dessous. Sa sensation de grande fatigue le submergea de nouveau.

Dans son sommeil, l'enfant avait l'air angélique. En la regardant, Angela frémit de plaisir, étonnée de la voir dormir si gracieusement et placidement au lieu de sauter comme une carpe ; aucun signe de détresse dans son sommeil. Elle était couchée sur le ventre, ses mains parfaites contre l'oreiller au-dessus de sa tête, visage de côté, étalant sur le blanc du linge les boucles sombres de sa chevelure. Auburn, admira Angela ; la couleur des marrons d'Inde formant un contraste saisissant non avec le teint pâle et les yeux bleus de la rousse classique mais avec le teint plus mat de qui a reçu la caresse du soleil. Et des yeux bruns remarquables au-dessus d'un nez délicat qui n'était jamais aussi joli que de profil, tandis qu'elle respirait à petit bruit tel un jeune animal repu. Les lèvres étaient entrouvertes ; le bout des doigts délicieusement recourbé ; pas de cauchemars ; c'était un exemple de perfection qui méritait d'être le centre de l'univers ; elle méritait tous les sacrifices et elle dormirait des heures durant. Angela se détourna, satisfaite. L'enfant dormait du sommeil d'une saine fatigue, du grand air, de l'exercice, de la nourriture équilibrée et abondante. C'était une petite chose tout en nerfs. Mais pas si petite, finalement, et incroyablement forte. Peut-être serait-elle un jour une athlète ; elle brillait déjà dans tous les sports et elle y aurait certainement excellé si cela ne l'avait pas autant assommée. Difficile de se plier aux règles. Pourquoi ne pas dépasser tout le monde et mettre la balle dans le filet en prenant le trajet le plus court même si pour cela il fallait sortir du terrain et bousculer les autres ? Pourquoi obéir aux coups de sifflet ? Pourquoi ne pas se servir de sa tête, de ses pieds et de ses poings même si on est censé utiliser uniquement ses mains ou une batte ? Mais elle faisait des progrès, pourtant ; elle apprenait vite. Angela sourit tendrement, effleura l'oreiller en un geste de bénédiction puis toucha ses propres cheveux dissimulés sous un bonnet de douche crissant. C'était le moment de rincer. Vingt minutes maximum, sinon une fois séchés ses cheveux ressembleraient à un feu de joie. Ils n'auraient qu'une ressemblance lointaine avec le moelleux auburn de sa fille. Tanya lui avait dit qu'une fille à l'école lui avait demandé : Pourquoi ta maman elle a pas des cheveux comme les tiens ? L'explication logique, à savoir que seule la moitié des mères qui venaient chercher leur progéniture à la porte de l'école avaient des cheveux de la même teinte que ceux de leurs enfants, ne l'avait pas rassurée. Il y avait des trous dans la logique de Tanya et, si elle voulait que maman ait des cheveux de la même couleur qu'elle, eh bien maman ferait le nécessaire. Angela jeta un coup d'œil dans la glace et se demanda si oncle Joe remarquerait la différence la prochaine fois qu'elle irait lui rendre visite ; elle était prête à prendre des paris là-dessus. Le henné n'était pas facile à utiliser, et appliquer le produit sur le cuir chevelu, c'était comme de s'enduire la tête de bouse tiède, l'odeur et la texture en étaient assez proches en tout cas. Ça tachait la porcelaine ; elle avait passé la moitié du temps d'application à frotter le lavabo, et la serviette autour de son cou ne serait plus jamais la même. Elle se trouverait reléguée au rang de serviette de plage pour l'été. Si jamais elles allaient de nouveau nager. Mais bien sûr qu'elles y retourneraient. A la fin de l'été précédent, Tanya flottait comme un bouchon et elle nageait comme une anguille, même si les anguilles étaient plus à l'aise dans les courants.

Angela se mit en devoir de rincer la mixture collante à l'aide de la douchette, le cou tendu de façon inconfortable au-dessus du lavabo. C'était fini, elle était très impatiente de se sécher les cheveux et d'examiner le résultat. Tanya n'aimerait peut-être pas et il lui faudrait alors recommencer, mais bon, si cette petite chipie décidait la prochaine fois qu'elle voulait une maman blonde, eh bien elle l'aurait.

Non. Pas blonde. Blond, c'était la couleur de Francesca. Cela risquait de la lui rappeler.

Café ; trop tôt pour un verre, il faisait encore jour. Elle jeta un coup d'œil dans le réfrigérateur, dressant l'inventaire. Poulet froid, bouteille de vin de Bulgarie bon marché, une douzaine des yaourts préférés de Tanya, de quoi composer un repas un peu plus tard. L'époque des nourritures délicates était loin, elle avait pris fin avec le départ de Francesca. Lorsque la sonnette retentit, elle vérifia en vitesse, et furieuse, ses réserves de thé et de café, espérant qu'elle n'aurait pas à faire preuve d'hospitalité. Comme s'il y avait quelqu'un à qui elle ne devait rien, comme s'il y avait un moment où elle pouvait refuser d'ouvrir sa porte, ou ne pas réussir à expliquer pourquoi sa fille dormait en plein après-midi. Parce qu'on se lève très tôt, vous comprenez ? En traversant la moquette (élimée mais soumise à un nettoyage rigoureux, il ne fallait pas qu'on s'imagine qu'il y avait du laisser-aller dans le ménage), elle mit la radio et l'appartement s'emplit du calme de la musique de Radio-Classique. Ça lui donnait l'air de maîtriser la situation, l'air détendu, l'air de savoir ce qu'elle faisait, pas celui de quelqu'un qui attend de subir une inspection. C'était Maggie, Maggie dans toute sa splendeur. Silhouette bien proportionnée, aux formes généreuses, en manteau léger et chaud, pantalon ajusté, boots impeccables, aussi pratiques qu'élégants, Maggie, qui lui lança un salut essoufflé :

— Je me demandais si tout allait comme tu le voulais...

Garce. Je la déteste. Elle vient m'offrir une dose de sympathie. De celle que l'on offre mais qu'on ne vous a pas réclamée, donnant ainsi à Angela l'impression d'être une incapable. Ce n'était pas facile d'accepter la sollicitude de quelqu'un qui semblait ne jamais en avoir besoin. Angela savait ce qu'elle allait dire avant même d'ouvrir la bouche ; les mots étaient prêts, agencés, ficelés tel un paquet qu'on va déposer à la poste. *Salut, Maggie, ça me fait plaisir de te voir, entre, tu veux bien ?* Sourire sur son visage, bien collé, tel le timbre sur le paquet, espérant qu'elle ne faisait que passer.

— Je ne fais que passer, dit Maggie. (La formule était celle des voisins indiscrets mais il était impoli d'avoir l'air de la mettre en doute.) En sortant, continua Maggie. Et je suis déjà en retard. Je me suis dit que j'allais t'apporter ces...

Voilà qui était déjà mieux ; elle n'avait pas l'intention de s'incruster. Ces visiteurs-là, Angela les aimait bien, aussi sourit-elle avec une chaleur toute particulière en acceptant les fleurs. Des fleurs d'hiver, des perce-neige, enveloppées dans du papier brun, qui avaient été cueillies peu de temps auparavant et joliment arrangées. Angela ne savait jamais quoi faire avec les fleurs. Bien que d'un goût exquis, celles-ci n'étaient pas mangeables.

— Je pensais en envoyer à Francesca, dit Maggie. Et puis je me suis souvenue qu'ils ne les lui feraient pas parvenir. J'ignore pourquoi. Raisons d'hygiène, un nouveau règlement.

— Salopards, fit Angela avec conviction. Salopards. (Elle posa les fleurs sur la chaise près de la porte avec un hochement de tête de remerciement hypocrite.) Faut que je me sèche les cheveux. Pourquoi ne vas-tu pas voir Tanya ? Elle dort à poings fermés. Pauvre trésor.

Il fallait qu'elle laisse tous ceux qui le souhaitaient voir l'enfant. Elle devait toujours ouvrir sa porte, se comporter poliment, faire comprendre aux visiteurs qu'elle n'avait absolument rien à cacher. Maggie traversa le séjour à toute vitesse. Angela surprit son *ahhh* étouffé et approbateur tandis qu'elle se tenait près du lit, et du coup elle la trouva presque sympathique. Les gens qui aimaient cette enfant ne pouvaient pas être foncièrement mauvais. Elle trouva Maggie encore plus sympathique lorsque celle-ci revint au bout d'une minute en ajustant son écharpe, prête à filer sans faire mine de s'attarder plus longtemps. Un bonnet de ski couronné d'adorables petits pompons pointait hors de son sac. Il était assorti à ses boots marron et il devait être parfait sur ses abondants cheveux impeccablement coiffés. Elle avait autour du cou une écharpe pâle ; elle ne risquait pas d'attraper froid. Angela sentit revenir toute son antipathie. Elle se tenait près de la porte. Maggie, qui l'avait ouverte, avait la main sur le chambranle.

— Tu as vu Neil récemment ?

— Ouais. Il l'a sortie samedi. C'est génial qu'elle aime autant le château.

Comme si elle ne le savait pas. Comme si elle

n'avait pas vérifié également l'emploi du temps de Neil.

— Au fait, il y a un type en ville. Il est arrivé hier. Il... hum... dit avoir rencontré Francesca il y a longtemps. Il a envie de la revoir. Je... hum, t'as pas une idée de ce que je dois lui dire ? Je veux dire... je suis sa cousine mais tu étais sa meilleure amie, et c'est toi qui la connais le mieux. Alors, à ton avis, qu'est-ce qu'elle aimerait que je dise à ce garçon ?

Elle parlait comme s'il s'agissait d'une question insignifiante, pourtant elle était hésitante et un peu gênée, ce qui ne lui ressemblait pas. Angela en conçut des soupçons. Elle haussa les épaules, songea à la fillette qui dormait, croisa les bras en un geste de défense, prenant bien soin de ne pas laisser transparaître son irritation.

— Aucune idée. Et si tu lui disais la vérité, ce serait pas mieux ? Dis-lui où lui écrire. Moi, c'est ce que je ferais. Je suis sûre qu'elle aime les lettres. Dieu sait qu'elle en a écrit. Fallait toujours qu'elle noircisse du papier. Elle pouvait pas s'en empêcher.

Maggie hocha la tête, sourit, s'en alla.

Angela prit les fleurs et, après avoir envisagé trente secondes de les piétiner, les sortit avec soin de leur papier, les mit dans une tasse avec de l'eau pour les empêcher de se flétrir. Il fallait qu'elles soient bien en évidence jusqu'à ce qu'elles soient complètement fanées. Elles étaient encore à moitié en boutons et dans une pièce fraîche elles dureraient plusieurs jours. Elle les apporterait à oncle Joe. L'enfant se mit à bouger dans son sommeil et à crier. Les cris angoissaient Angela. Car, lorsqu'elle l'avait récupérée, la petite fille était en piteux état, avec des fractures qui venaient à peine de se ressouder, et des cicatrices dont on aurait pu penser que jamais elles ne guériraient.

C'était ridicule de croire qu'une femme ne pouvait aimer un enfant adopté autant que s'il avait été sa propre chair, son propre sang. Impossible d'aimer quelqu'un davantage. Mais les vraies mères, les mères négligentes, égoïstes, n'étaient pas obligées d'ouvrir leur porte au moindre coup frappé. Elles pouvaient saccager la vie de leurs enfants sans que quiconque soit au courant.

Les cris des mouettes éveillèrent Henry qui sommeillait sur la jetée. Il eut l'impression vague qu'on l'observait. Le dernier banc était abrité et le soleil donnait dessus, ce qui l'avait incité à s'asseoir, mais il n'avait pas pensé y rester aussi longtemps. De nouveau il était fatigué. Ce devait être dû au cholestérol. Il s'était assoupi très vite, comme un vieillard, et l'après-midi l'avait pris par surprise. Ses yeux étaient bordés d'une fragile croûte de sable. Il se leva pesamment, se pencha vers la plate-forme de pêche par-dessus la rambarde, distingua de nouveau les planches brisées et la mer qui bouillonnait doucement. Il se souvint de ce qu'il devait faire – s'acheter un chapeau, se trouver un autre point de chute –, il se sentait indécis, l'esprit brouillé par le soleil, et honteux. Il se mit à redescendre le *Titanic* vers la ville, lentement.

Le rivage épousait la mer, formant une courbe. Il eut l'impression, lorsqu'il s'arrêta, d'être au bord du monde. A gauche, l'esquisse d'une falaise contrastant avec le plat de la côte, comme pour marquer le début d'un nouveau territoire, d'un territoire étranger. Un peu plus loin, il distingua les contours trapus d'un des châteaux qu'il était venu visiter et, le reconnaissant d'après des photos, il fut déçu. Il avait l'air hargneux, court sur pattes, accroupi tel un crapaud au lieu de dresser haut dans le ciel ses créneaux envahis de brume comme les châteaux des contes de fées, et la présence des immeubles de brique rouge voisins l'écrasait tristement.

Refusant de s'abandonner à la déception, Henry laissa ses regards errer des murs gris brun du château à un contingent de bâtiments blancs puis aux maisons qui s'étendaient sur sa droite. Taille, couleur, elles semblaient toutes différentes, roses et bleues et blanches, toits de tuiles flamandes, toits d'ardoise, forêt de cheminées. On les aurait dites construites à la va-comme-je-te-pousse, chacune à son idée, puis regroupées pour se tenir compagnie de façon à affronter plus efficacement la mer. De la fumée s'élevait en paresseuses spirales des tuyaux biscornus. Arrivé au milieu de la jetée, Henry imagina les maisons se pressant les unes contre les autres pour boucher les trous ; il distinguait mieux les détails ; un méli-mélo de fenêtres et de façades, des jardinières vaillantes offrant aux passants leur végétation étriquée. Avec un curieux mouvement de fierté, il s'aperçut qu'il pouvait voir la Maison des Sortilèges au loin, plus imposante que ses voisines, avec sa tourelle qui la coiffait tel un chapeau et la différenciait des autres bâtisses, pourtant loin d'être uniformes. Il imagina les rues parcourues ce matin-là, qui sinuaient derrière cette façade en un dédale de constructions pittoresques dont chacune était dotée d'une cheminée destinée au Père Noël. A cette distance, les maisons semblaient devoir être habitées par des lutins ; mais vues de plus près, elles étaient à l'échelle humaine. Henry ne put s'empêcher de sourire. Les splendeurs du grand hôtel, qui gênait sa ligne de vision près de l'extrémité de la jetée, lui semblèrent soudain incongrues. Pourquoi aurait-il eu envie d'y séjourner ? Il se sentit requinqué, avec l'impression de rentrer à la maison.

A l'entrée de la jetée se dressait une statue qu'il n'avait pas remarquée. Des hommes, des bateaux, des poissons, bref des formes rondes entrelacées. Du métal mais patiné comme de la pierre. Henry la caressa en signe d'approbation.

La brise qui s'était calmée et qui en disparaissant l'avait incité à glisser dans le sommeil refit son apparition ; son couvre-chef lui manquait. Il plongea de nouveau dans la descente de la colline, sûr du trajet qui le ramenait vers les boutiques et la maison qu'il décida de considérer comme son chez-soi, pour un jour ou deux encore du moins, malgré la salle de bains rudimentaire. Il avait hâte de s'y retrouver, de regarder le ciel virer au rose, d'admirer la vue de sa fenêtre haut perchée avant que tombe la nuit. Il nota des détails qui lui avaient échappé en venant... ah, ça, c'était la bibliothèque, mais cela attendrait demain. Et, sortant d'une petite route, il aperçut une grande femme mince qui s'éloignait d'un pas vif, tête et cou emmitouflés dans une écharpe blanche dont le pan retombait dans le dos de son long manteau foncé. Il entendait le cliquetis des talons sur le trottoir, ce bruit couvrait les autres ; mais tout ce qu'il remarqua, ce fut la blancheur lumineuse de l'écharpe. Tissu de laine fine qui épousait le rythme de ses mouvements. Caractéristique, la démarche ; cela pouvait être elle. Il hésita, gêné, indécis ; elle allongea le pas comme pour mettre davantage de distance entre eux, et Henry se mit à courir. Et s'il lui tapait sur l'épaule ? On ne l'arrêterait pas pour cela.

Il était raide d'être resté assis ; son corps auquel il imposait d'ordinaire, pour son bien, des séances de jogging refusait de coopérer. De l'exercice, il en faisait moins depuis la mort de son père, il s'était relâché ; tout s'était relâché d'ailleurs, et il était beaucoup trop vêtu pour être vraiment à son aise. Son blouson de cuir était encombrant. La blancheur de l'écharpe lui faisait signe ; Henry avait l'impression qu'il allait pouvoir l'atteindre, ou du moins la rattraper et examiner le visage de sa propriétaire avant de se hasarder à la saluer. Il pourrait toujours lancer un *Désolé, mais...*, formule passe-partout ; c'est alors qu'il trébucha, et tomba avec une lenteur atroce, amortissant sa chute contre un mur avec la main, provoquant une violente douleur au poignet qui le fit hurler. Il atterrit lourdement sur le côté, resta allongé, souffle coupé, incapable de rien voir. Il allait avoir une bosse sur le front. Son cœur cognait.

Dans la rue transversale qui lui avait semblé vide, un attroupement se forma.

— Eh ! Quel gadin ! Où alliez-vous si vite ? Ça va, rien de cassé ?

— Oh, sacrée pelle, dites donc ! Debout. Doucement... Là !

Une dizaine de mains le hissaient sur ses pieds. Son visage se trouva au niveau de la physionomie ridée, hâlée d'une grand-mère qui lui prêtait un bras secourable. Machinalement, il sourit.

— Désolé...

Elle lui retourna son sourire.

— A votre place, je mettrais un peu d'eau dedans, mon petit.

Les autres passants éclatèrent de rire, soulagés. Henry se sentait honteux comme s'il avait été ivre, d'être tombé en pleine rue comme un clodo, d'avoir été secouru par une femme de quelque trente ans son aînée qui pour l'instant était deux fois plus costaude que lui.

Peut-être que s'il avait empesté l'alcool, elle l'aurait lâché.

— Vous devriez rentrer chez vous et nettoyer cette écorchure, fit-elle, autoritaire. Où est-ce que vous habitez ?

— Un peu plus bas sur le front de mer. La pension de famille avec les tours. Par là, dit-il, doigt tendu.

— Je vous accompagne.

Ce n'était pas une proposition mais un ordre.

Et c'est ainsi que Henry Evans rentra chez lui, dans un endroit où il n'avait jamais eu l'intention de séjourner, non pas en compagnie d'une femme qui avait hanté ses rêves, mais au côté d'une vieille dame qui aurait pu être sa mère.

Il se mit à lui parler à mots mâchouillés, bredouillés, de Francesca Chisholm. Le choc, sans doute, qui l'avait rendu ridiculement loquace ; il s'en mordrait les doigts plus tard. Peut-être était-ce pour cela qu'il était parti, pour se répandre devant des étrangers comme jamais il n'aurait pu le faire devant ses amis. Quels amis ? Lequel d'entre eux avait compris l'étendue de sa détresse à la mort de son timide de père ? Prends une semaine de congé, Henry, ça passera. Mais le chagrin n'avait pas diminué ; son chagrin était une folie. Consulte un psychologue, Henry. Non. Non. Non. S'il faut que je casque pour qu'on m'écoute et qu'on m'aide à me remettre sur les rails, j'aime autant mourir tordu ; je ne veux pas qu'on me remette d'aplomb. Ce que je veux, c'est *lui* parler. *Parce que le sien est mort, lui aussi.* Et je ne me doutais pas de l'effet que ça pouvait faire.

— Pourquoi donc ?

Mamie se cramponnait à son bras. Il avait oublié ce qu'il lui disait. Ils marchaient sur le trottoir du côté opposé à la mer et celle-ci, agitée mais docile, était plus une présence qu'une menace. Si seulement il pouvait se concentrer sur l'endroit où il se trouvait. Il voyait les tourelles de la Maison des Sortilèges au loin. Le Saint-Graal.

— Parce qu'elle saurait de quoi je parle. De quoi on parle quand on a vingt-deux, vingt-trois ans ? De ses foutus parents. Les miens, je les critiquais ; mais elle, elle en était fière. Elle ne l'aimait pas, elle l'adorait. Il ne devait pas être très différent de ce que je suis aujourd'hui, le père de Francesca.

— Et alors ?

Ils progressaient avec lenteur. Ce n'était plus elle qui lui prêtait secours mais elle qui s'agrippait à son bras ; il ralentit encore car il ne voulait pas s'arrêter de parler. Le robinet était ouvert, il était lancé.

— Elle avait l'art de me faire parler. Et c'est maintenant seulement que je comprends à quel point je l'ai laissée tomber. Elle me connaissait et elle m'aimait, et quand elle a appris le décès de son père, je n'ai pas su quoi faire. C'était comme si elle me quittait, vous voyez. Moi, j'avais un programme, je l'ai suivi. Je l'ai laissée rentrer seule. Sans savoir ce qu'elle ressentait. Sans savoir ce qu'elle perdait, où elle en était. Maintenant je comprends. Je crois que je voulais lui faire des excuses. Lui dire que j'avais essayé de rebrousser chemin.

— Bien sûr, fit la grand-mère, s'arrêtant pour reprendre souffle.

Pour la seconde fois, il la regarda. Beau vieux visage, qui l'encourageait par son silence attentif.

— Elle doit avoir des enfants maintenant. De grands enfants, même. Elle avait la manière avec eux.

Ils avaient atteint la porte. Les derniers mètres, il l'avait remorquée, et tandis qu'il était plongé dans son récitatif, elle avait essayé de se libérer doucement, comme on se détourne avec des précautions polies d'un interlocuteur sur le point d'éternuer.

— Ça va ? lui demanda-t-il.

— Moi ? Oui, bien sûr. Vous voilà arrivé à présent. Les garçons vont prendre la relève.

Elle sortit un mouchoir de sa poche et se moucha. Ils avaient fait une sacrée trotte : Henry aurait voulu l'inviter à entrer, lui offrir du thé, lui proposer de la raccompagner en voiture. Mais il n'était pas chez lui et il n'avait pas de voiture. Peut-être habitait-elle à des kilomètres. Il avait perdu ses repères et ne savait plus trop où il en était ; il avait jacassé à qui mieux mieux ; il ignorait s'il devait lui donner de l'argent ou quoi ; il était incapable de savoir s'il avait affaire à quelqu'un de riche ou de gêné. Perplexe, il ne remarqua pas qu'elle durcissait le ton. Mains au fond des poches, elle dit :

— Francesca Chisholm a laissé des tapettes s'occuper de son fils. Pauvre petit bonhomme. A quoi ça rime, des types comme ça, veiller sur un enfant ?

Le dernier mot, elle le cracha presque. Puis elle se reprit. Elle lui tapota le bras, esquissa un sourire.

— Faites pas attention à ce que je raconte. Vous m'avez l'air d'être un gentil garçon. Soyez prudent maintenant. Fini, les chutes. A moins d'être complètement rétamé. Autrement, vous pouvez vous en passer.

— Vous avez vraiment été très aimable...

Elle tira sur la poignée et s'éloigna avant qu'on vienne ouvrir. Il la regarda partir.

Le couloir chaud et coloré l'accueillit ; la chienne jappa en signe de bienvenue et renifla son bas de pantalon. Tim portait sa volumineuse djellaba, retenue à la taille cette fois par une grosse cordelière de soie verte. Il avait remonté ses lunettes en serre-tête dans ses cheveux et il brandissait une louche.

— Oh, Senta, arrête un peu, s'il te plaît. Comme s'il ne savait pas que tu es contente de le voir. On est tous contents de le voir. Entrez, Henry, entrez. On se faisait du mauvais sang ; on vous croyait disparu. Des heures qu'on vous avait perdu de vue. Alors, le bacon et les œufs, c'était bon ? Oh, mon Dieu, mais que vous est-il arrivé ?

Henry était un homme de taille moyenne (Henry Evans, Mr La Moyenne, ainsi l'avait-on un jour décrit). Tim, qui était grand, examinait avec inquiétude la bosse qu'il avait au front.

— Vous ne vous êtes pas battu, j'espère ? questionna Tim. Pas déjà ? Peter ! hurla-t-il d'une puissante voix de basse. Rapplique un peu !

Les deux hommes l'observèrent à la lumière incertaine du couloir. Pantalon boueux, bosse au front, mains écorchées. Ils semblèrent aboutir à la même conclusion, hochèrent la tête d'un même mouvement.

— Un bain chaud, voilà ce qu'il lui faut, Tim. Pendant ce temps-là, tu t'occupes du dîner, et moi de ses vêtements.

Nouveau hochement de tête. Henry fut conduit le long du couloir, traversa la cuisine et se retrouva dans la salle de bains qui lui avait si fort déplu le matin mais dont la température était maintenant presque douillette. Tim tourna les robinets avec plus de facilité que Henry, qui n'avait réussi à faire couler qu'un filet d'eau pour ses ablutions matinales. L'eau jaillit dans la baignoire avec la violence et le vacarme d'une fontaine en colère ; la buée s'éleva.

— Mettez votre veste et votre pantalon dehors

quand vous serez prêt, dit Peter. Je leur donnerai un coup de fer. Et quand vous serez dans votre bain, appliquez ça contre la bosse. Ça la fera désenfler.

Il tendit à Henry un carré de mousseline blanche humecté d'eau, qui sentait délicieusement la lavande.

Henry obéit. Cela devenait une habitude. Tendit ses vêtements par la porte entrebâillée, non sans timidité, sentit qu'on les lui ôtait des mains, que la porte se refermait. S'enfonça dans le bain, appliqua le chiffon contre son front. La pièce était pleine de buée ; c'était comme de prendre un bain dans la brume, comme de flotter délivré de la pesanteur dans une profonde chaleur. Dans la cuisine, il entendit la radio égrener l'heure... bip, bip, bip... puis l'écho caverneux de Big Ben : *Voici le bulletin de Radio 4*, sur fond de conversation.

Il songea que c'était la première fois que des hommes s'occupaient ainsi de lui, si l'on exceptait son père, qui l'avait bichonné quand il était petit, avant de lui prodiguer des gentillesses plus bourrues, et que ces soins, ces attentions presque intimes auraient dû le mettre mal à l'aise. Ce qui fut d'ailleurs le cas l'espace d'un instant. La porte s'entrouvrit ; il vit la vapeur se ruer vers l'interstice, constata qu'on accrochait son pantalon et sa veste posés sur un cintre à la poignée, puis vit la porte se refermer. Il se dit qu'il lui fallait se montrer soupçonneux ; des hommes spontanément sympathiques avec d'autres hommes, c'était louche ; et encore plus si ces autres hommes étaient des étrangers. C'était bizarre, peut-être même inquiétant, mais il n'avait pas envie d'y penser.

Trop de choses sollicitaient son attention. Pourquoi, par exemple, alors que sa chute dans la rue au moment où il allait arriver à sa hauteur avait provoqué suffisamment de bruit pour attirer ces passants, pourquoi ne s'était-elle pas arrêtée ? Francesca se serait arrêtée. Même si elle s'était crue poursuivie par un ennemi, elle se serait arrêtée par pure curiosité.

Les informations bourdonnaient, d'autant plus importantes qu'elles étaient débitées par une voix à l'accent parfait. Sans doute était-ce là qu'elle avait appris à parler. Jetant un coup d'œil à la fenêtre tandis que, debout au milieu de la buée, il se séchait à l'aide d'une épaisse serviette rugueuse à souhait, Henry constata qu'il faisait déjà nuit.

Il commençait à aimer cette maison. Son calme pénétrant éloignait la claustrophobie dont il souffrait dans les lieux inconnus.

Je suppose que nous sommes profondément influencés par le cadre dans lequel nous avons vécu. Je me dis parfois que les lieux ont davantage d'influence sur notre vie que les gens. Non que quiconque ici puisse exister sans être complètement indifférent au cadre. Il n'y a pas de vue ; rien que des visages.

Il ne faut pas que je pense à la mer et pourtant elle me manque plus que tout. Même quand le ciel est voilé et qu'on n'en perçoit que le bruit.

J'apprends à faire des choses. On appelle ça de l'ergothérapie. Comme on a le choix, j'ai opté pour des tâches manuelles au lieu de choisir la bibliothèque, qui me paraissait un choix trop évident. Je passe les journées à la cuisine, où la compagnie est dépourvue de curiosité et où il y a suffisamment de bruit pour me faire oublier la mer que je ne peux entendre, et j'ai appris à reconnaître les personnes que je dois éviter. J'ai une copine à la cuisine ; j'aime les odeurs.

Quelles inepties j'écris ! Est-ce vraiment là ce que je peux faire de mieux ? Non, mais j'ai peur de faire mieux, il faut seulement que j'en fasse plus. Je rassemble mes forces pour affronter l'anniversaire du jour de mon arrivée (anonyme, heureusement) dans cet imposant hôtel, et les adieux qu'il me faudra faire de nouveau.

Il vaut mieux n'écrire que sur des riens. Ne penser qu'au château et à la ville mais pas à ceux qui y vivaient. Moi y compris.

FMC

4

— C'est vraiment très gentil de me donner un coup de main, Maggie, dit Neil selon sa formule habituelle.

— Penses-tu ! C'est un plaisir.

— Je les ai comptés à l'entrée et recomptés à la sortie, poursuivit-il. Comme le pasteur à l'église. Sais-tu qu'il inscrit dans un carnet le nombre de fidèles qui assistent à l'office afin de pouvoir calculer les « variations saisonnières » ? Drôle d'homme. Comme si ça ne crevait pas les yeux. Plus il fait froid, moins les gens mettent le nez dehors. Que ce soit pour se cultiver ou trouver du réconfort dans la religion. Ou pour avoir une occasion de porter un chapeau. Allons-y.

Ils franchirent l'entrée qui menait de la boutique du château à la cour, les bouts métalliques de ses chaussures tintant sur les dalles de pierre. Ils grimpèrent les marches conduisant au premier rempart, suivant le trajet emprunté par les touristes, dépassèrent les canons, redescendirent et contournèrent le mur d'enceinte du donjon intérieur. Neil ramassa des emballages de bonbons qui traînaient par terre en ronchonnant : « Quand je pense à ce que les gens trimballent dans leurs poches, marmonna-t-il, je m'étonne qu'ils jettent leurs papiers n'importe où. Pourquoi ne les rapportent-ils pas chez eux ? Ils pourraient avoir une pensée pour ceux qui font le ménage. »

Ce couplet accompagnait régulièrement la dernière ronde que Neil effectuait avant de fermer les portes pour la nuit. Cette ronde ne couvrait pas la totalité du château : cela lui aurait pris une demi-journée ; seulement celle de la partie qui se visitait, c'est-à-dire une petite partie de l'ouvrage, éclairée par des projecteurs à la nuit tombée tandis qu'ils atteignaient l'obscurité du troisième bastion et enfilaient le long tunnel menant à la cuisine. Il y avait de vastes fours à pain percés dans un mur, une immense cheminée où rôtir les viandes dans une autre pièce, de la taille d'une chapelle, entourée de pièces plus petites, munies d'ouvertures dans les murs pour les canons et de trous d'aération au plafond pour la fumée. De nouveau il fallut descendre pour atteindre le niveau inférieur. Ils se trouvaient dans l'une des parties du château en forme de fleur, cinq bastions extérieurs semi-circulaires donnant sur un fossé sec, destinés à défendre le donjon central. Poussé par la peur des invasions françaises, le roi Henri avait édifié une forteresse de conception particulièrement ingénieuse. Vue d'en haut, elle ressemblait à une rose de pierre épanouie, tandis qu'en bas les soldats qui réussissaient à dépasser la première enceinte se trouvaient face à une série de bastions qu'aucun envahisseur n'était jamais parvenu à franchir. Aucun étranger n'avait mis les pieds dans le donjon central et ceux qui arrivaient jusque-là aujourd'hui en hordes tranquilles se contentaient de payer pour regarder.

Aux yeux de Maggie, il y avait quelque chose de touchant à se trouver dans un lieu qui avait jadis abrité un village d'hommes en armes affamés et n'accueillait plus désormais que de rares souvenirs. C'était à croire que les murs ne pouvaient vivre et respirer qu'avec l'aide d'occupants qui les réchauffaient, et que le château se refermait la nuit sur lui-même tel un enfant qui boude. Elle comprit pourquoi Neil ne crachait pas sur la compagnie lors de la ronde du soir, surtout lorsqu'ils atteignirent la base du troisième bastion. Il détestait peut-être les touristes, il aimait sûrement l'endroit de jour, mais dès qu'il faisait nuit, il avait peur. Neil savait qu'il y avait des fantômes guettant ceux qui étaient capables de détecter leur présence, et il se considérait comme appartenant à cette race, pour son malheur. Des spectres, il en voyait partout ; cela faisait de lui un merveilleux conteur, mais chaque fois qu'il racontait des histoires de fantômes, il trouvait le moyen d'en inventer un nouveau. Et, dès qu'il lui avait donné vie en pensée, la créature s'enracinait dans la réalité. Maintenant, la forteresse en regorgeait, et particulièrement les gaines.

Les gaines, c'étaient les galeries de circulation situées à la base des bastions, au-dessous du niveau de la mer, et qui faisaient tout le tour de l'édifice. *Pour atteindre la gaine suivante, vous dépasserez cinquante-trois petites fenêtres ou archères... Comptez-les au fur et à mesure que vous avancerez dans la galerie.* Maggie entendait le commentaire de la bande audio, imaginait les traînements de pieds des visiteurs. Les lumières éclairaient des plaques d'humidité blanchâtre sur les murs, moisissure qu'elle n'aurait touchée pour rien au monde. Il lui dit d'éviter une flaque d'eau tandis qu'elle le suivait dans l'étroit boyau. Il marchait devant avec confiance, à pas délibérément bruyants, tête dans les épaules, et elle savait que s'il avait été seul il aurait sifflé aussi fort que possible pour *les* prévenir et leur demander de s'écarter. Vu de dos, il n'était pas mal, comme homme. Dommage qu'Angela et lui aient divorcé. Quel gâchis ! Ses épaules touchaient presque les murs de part et d'autre du boyau resserré. Les hommes au Moyen Age étaient nettement moins costauds. Elle voyait des soldats miniatures, plus petits qu'elle qui mesurait un mètre soixante-deux, qui cavalaient, prêts à pointer leur mousquet par les meurtrières et à faire feu. Cinquante-trois hommes par bastion, deux cent soixante-cinq en tout, armés de mousquets, et, au niveau supérieur, les canons. Au cours d'un siège, le seul vacarme aurait causé leur mort ; pour l'instant, le bruit se bornait à des pas.

Plus aucune trace de papiers de bonbons ou de vandalisme, pas de visiteurs égarés. Ils empruntèrent le tunnel de sortie pour atteindre la porte extérieure, au grand soulagement de Neil qui la ferma avec un *clang* satisfait. Maggie se demanda comment il réagirait si l'alarme antivol ou anti-incendie retentissait en pleine nuit et qu'il se trouvait être, en l'absence du gardien, seul détenteur des clés. Il n'apprécierait guère une visite nocturne en solitaire et elle songea que, si jamais on l'appelait sur son bipeur, il téléphonerait à la police pour lui demander de l'accompagner. Les flics ne se précipiteraient pas non plus ; c'étaient essentiellement les hommes, semblait-il, qui avaient peur des fantômes.

Neil poussa la porte encore un coup, histoire d'être sûr. Elle était cloutée de fer et bardée d'assez de métal pour tenir à distance une armée de barbares mais les esprits et les fantômes ne se laissaient pas impressionner par des obstacles aussi dérisoires, et ce n'était pas une porte qui les empêcherait de sortir de la forteresse. Maggie s'étonnait toujours du peu de logique de ses superstitions. Ce n'était pas très raisonnable de croire aux fantômes tout en refusant d'admettre que ces êtres impalpables ne puissent, du fait de leur essence même, être confinés entre des murs. S'ils aimaient sa compagnie ou souhaitaient seulement le tourmenter, rien ne les empêchait de le suivre jusque chez lui si l'envie les en prenait, mais peut-être pensait-il que les fantômes comme les cambrioleurs avaient tendance à ne pas quitter leur territoire. Ils ne seraient pas à leur aise dans la minuscule maison de Neil, près du centre de loisirs. La distance équivalente à celle qui s'étendait entre le fossé et le donjon central leur semblerait infranchissable.

A quoi ressemblaient-ils, ces fantômes ? lui avait-elle demandé. Petits, le teint blafard à force de vivre dans le noir, lui avait-il répondu. En outre, ils sont pleins de ressentiment. Ils ne voient autour d'eux que des ennemis. Peut-être avaient-ils été prisonniers de ces murs. Les châteaux forts étaient destinés à des usages multiples. Mais Neil était un homme de contradictions. *Ce n'est pas un homme du tout,* avait dit Angela au moment du divorce. *C'est pas de sa faute avec son diabète, le pauvre. Il peut plus bander. Ou alors chaque fois qu'il lui tombe un œil.*

Ils montèrent l'escalier conduisant aux remparts crénelés et s'arrêtèrent pour admirer la vue.

Sur la jetée, les réverbères étaient allumés telles dix paires de sentinelles débonnaires tout du long de l'ouvrage. Il y avait une légère brume, estompant les lumières du café. Samedi soir, tout le monde était de sortie. En mer, Maggie distingua les feux mouvants d'un ferry à l'horizon.

— Tu as des projets sympas pour la soirée, Neil ?

Il hésita. Il lui arrivait d'être bavard au point d'en être soûlant. Mais il n'en faisait pas une règle générale. Un jour il lui avait parlé des fantômes dans les moindres détails et depuis il n'y avait plus jamais fait allusion. Ou bien il parlait d'Angela et de lui, parfois avec des débordements de fureur qui l'amenaient à se poser des questions sur les fluctuations de son humeur. *Si elle est restée avec moi, putain, c'est clair : c'est pour qu'on ait l'air de former un couple et qu'on puisse adopter...* ou : *Pauvre fille, je peux pas lui en vouloir, pas vrai ? Enfin, elle me donne un coup de main de temps en temps et Tanya adore cet endroit. Elle le connaît aussi bien que moi. Je peux pas me plaindre, hein ?* Ses confidences, ses révélations dépendaient de ce qu'il avait bu, de l'endroit où il se trouvait, de la météo, de l'intensité de son état dépressif, pas nécessairement dans cet ordre. Maggie aurait été prête à parier qu'il pouvait en dire plus long sur un coin de trottoir encombré que dans une pièce fermée, lumières éteintes. Les remparts étaient un coin idéal ; il s'y sentait libre, et cela lui déliait la langue.

— La soirée peut être formidable. Comme ça peut être un désastre.

— Une femme, alors, dit Maggie.

— Comment as-tu deviné ? Tu es télépathe ou quoi ?

— Moi ? C'est évident, voyons. Qu'est-ce qui pourrait bien se solder par un triomphe ou un désastre si ce n'est une soirée en compagnie d'une femme ? (Elle haussa les épaules.) Ou d'un homme, en ce qui me concerne. C'est la même...

— Non, c'est pas la même chose. Ça n'est jamais la même chose pour un type comme moi. Tu peux pas savoir ce que c'est. Je peux en pincer comme un dingue pour une femme ; sentir qu'elle en pince pour moi, mais je sais jamais si je vais pouvoir concrétiser. Mes réactions sont chaotiques, imprévisibles, si tu veux tout savoir. Absolument pas fiables, horriblement embarrassantes, et l'émotion n'arrange rien. Au contraire. Plus je la désire, moins je suis capable de quoi que ce soit. Dysfonctionnement érectile dû au diabète. Essaie un peu d'expliquer ça à une femme la première fois que tu l'embrasses.

— Difficile.

— Impossible, ouais.

Ils contemplèrent la mer en silence. Le ferry disparut dans un clignotement de lumière. Le bateau-phare faisait lentement demi-tour.

— Je suis allé chez le médecin, poursuivit Neil de lui-même. (Elle savait qu'il était préférable de ne pas le relancer.) Pas rien qu'une fois, laisse-moi te le dire. Faut bien en voir des dizaines avant de tomber sur un toubib qui te rit pas au nez. Et te demande de faire un truc qui te rendra pas malade. Heureusement qu'il existe des médecins gays. Au moins ceux-là ne ricanent pas.

— Qu'est-ce qu'il t'a prescrit ?

— Du Viagra. De quoi faire une expérience. Qu'est-ce que tu t'imagines ?

— Je n'imagine rien, je te pose une question. Et cette fille, elle sait ?

— Elle sait quoi ? fit Neil, sur la défensive.

— A quoi s'attendre...

— Pas plus que moi, dit Neil avec un haussement d'épaules. Elle m'a dit l'autre jour combien elle appréciait mes manières de gentleman, que je sois un type sensible et tout, mais qu'il était peut-être temps de... Tout ce que j'espère, c'est qu'elle est partante pour une séance de jambes en l'air avec un mec normal. C'est tout. Et ça, fit-il en décochant dans le mur un coup de poing si violent qu'il en grimaça, ça serait tout simplement génial.

Elle lui sourit et recula imperceptiblement. Il y avait des choses qu'elle voulait savoir et d'autres qu'elle préférait ignorer, mais la moindre invitation aux confidences entraînait généralement un déballage complet.

Elle ne pouvait choisir ce qu'elle entendait et ce qu'elle avait envie d'entendre, et puis c'était un type bien. Le père consciencieux d'un enfant qui n'était pas le sien, s'obstinant à jouer son rôle, même lorsque Angela essayait de l'écarter, ce qu'elle faisait quand elle n'avait pas de problèmes, ne le sollicitant que lorsque Tanya et elle avaient besoin d'aide.

— Eh bien, bonne chance, lis la notice d'utilisation et fais gaffe à l'overdose. Que puis-je te dire de plus ? fit-elle d'un ton léger.

Ils étaient de retour dans le vestibule du château, devant le pont enjambant le fossé, Neil éteignait les lumières. Le bruit de la mer, omniprésent quand on était sur les hauteurs, se mêlait ici au bruit des voitures sur la route. Elle voulait lui demander des nouvelles de son chien mais c'était un autre sujet sensible.

— Et toi ? Tu vas remettre ça avec *La Fièvre du samedi soir* ?

— J'ai la télé, Neil. Je vais le regarder à la télé.

Elle avait sa clé et son portable dans cette maison privée de téléphone et elle entrait pratiquement sans faire de bruit. Seul signe capable de la trahir, l'odeur des *fish and chips* enveloppés dans leur papier ou une rencontre fortuite tandis qu'elle gagnait les régions éloignées du premier étage, au-dessus de la cuisine, à l'écart de tout. Elle traîna sur le chemin du retour, verre de vin au pub, histoire de montrer qu'elle était là et en forme. Les consommateurs dans les pubs ne posaient jamais de questions à condition qu'on commence par leur en poser – ils étaient bien trop occupés à répondre ; mais si elle continuait à éviter ses semblables, elle ferait mieux de s'acheter un chien. On pouvait se planquer derrière un chien ; un chien indiquait qu'on n'était pas seul. Les chiens empêchaient qu'on vous pose des questions. Les chiens dans cette agglomération devenaient vite un sujet de conversation constant. Si elle avait un chien, elle pourrait se réfugier dans la compagnie des autres propriétaires de chiens et ne parler de rien d'autre.

— Chhhh, fit-elle à Senta, une fois la porte franchie.

Elle s'arrêta sur le palier au son des voix venant de la salle à manger. Le pasteur, le boulanger, le fabricant de cierges mais surtout l'Américain disant quelque chose qui les fit rire et l'incita à se réfugier dans sa chambre, dont elle ferma la porte d'un geste décidé. Tire-bouchon, sel, poivre, télé, tout y était. Le reste du monde, Manche comprise, pouvait vivre comme bon lui semblait à condition de la laisser tranquille jusqu'au lendemain matin. Au matin, elle se sentirait plus courageuse.

Seulement les programmes à la télé étaient bêtes à pleurer ; rien qui fût susceptible de retenir son attention. Elle se resservit un verre de vin et recommença sa lettre.

« Cher Philip,

« J'espère que tout va bien de ton côté, que ton histoire d'amour a tenu le coup. Je voulais que tu saches que je ne t'en ai jamais voulu, quoi que j'aie pu dire sur le moment. Tout ce que je souhaite, c'est que tu sois heureux... »

Elle but une bonne gorgée de vin. *Non, je ne veux pas que tu sois heureux. Je voudrais que tu n'existes plus. Te rayer de la carte. Si je n'avais l'esprit si occupé d'obsèques, je rêverais des tiennes, mais ça ne serait pas la même chose, n'est-ce pas, au cimetière je ne serais que ton ex et c'est une autre bonne femme qui, question chagrin, se taillerait la part du lion.*

Elle poursuivit : « Si tu es heureux, je le suis pour toi... bonne chance, chéri... »

Espèce de salopard, fumier, sans-cœur. Tu n'as jamais su qui j'étais, tu n'as jamais voulu me connaître. Et moi alors ? Tu m'as distraite alors que j'aurais dû prêter attention à quelqu'un de plus important que toi. Tu ne m'as jamais aidée. J'avais besoin de quelqu'un qui soit capable de m'aider.

Elle se moucha. Se remit à écrire.

« Par-delà les montagnes, et par-delà les mers, Sous les fontaines et sous les tombes,

Sous les déluges sans fond, auxquels Neptune se plie ;

Par-dessus les rochers les plus escarpés, l'Amour saura se frayer un chemin. »

Et sa main gribouillant plus vite sur le papier, du vin de nouveau dans son verre.

« Tu m'as repoussée, abandonnée, Pourtant ne t'imagine pas que je vais gémir ou hurler. La seule qu'il faille prendre en pitié, c'est la jeune fille qui jamais n'a été courtisée... »

C'était beaucoup mieux. Et elle avait autre chose à quoi penser. Ce qu'il convenait de faire ensuite, par exemple. La façon d'attaquer l'étape suivante. Penser à Philip n'était qu'une façon de boucher un trou. De combler les trous du cœur.

– Quel homme extraordinaire vous êtes, Henry ! Un scientifique qui s'intéresse à l'art, à la poésie anglaise et brûle de visiter les châteaux anglais ! C'est un plaisir de vous avoir parmi nous ! Vous allez travailler longtemps chez Ferguson ?

— Difficile de répondre. Il faut d'abord que je voie si ça me convient. Et qu'ils voient s'ils ont besoin de moi...

— Mettre au point un nouveau produit ?

— Plutôt en améliorer un déjà existant...

— Il va probablement faire des recherches sur le Viagra, voir si on peut le prescrire aux femmes, ou à d'autres animaux qui ne se montrent pas pressés de se reproduire, expliqua Peter. Ou fabriquer génétiquement des légumes, ajouta-t-il en passant les pommes de terre au pasteur.

Le pasteur, remarqua Henry, était tel qu'on imaginait un pasteur anglais. Avec sa voix haut perchée, ses gestes précis, ses demi-lunes et son crâne en forme de dôme qui devait requérir le port impératif du panama au plus fort de la chaleur estivale, il sortait tout droit des pages d'un roman d'Agatha Christie. Il avait également une aversion marquée pour le xérès et un goût immodéré pour le vin – comme les autres convives, d'ailleurs – qui, avec le portable niché dans la poche de sa chemise, le faisait dévier légèrement du stéréotype.

Egalement présente à l'élégante table du dîner de la Maison des Sortilèges, une femme hautaine qui rappela à Henry quelque actrice sur le retour ; une femme dont le visage avait connu des jours meilleurs et dont la silhouette menue disparaissait sous des voiles de gaze. La veuve d'un éminent artiste local, avait chuchoté Tim en redescendant avec Henry, qu'il avait persuadé de quitter son refuge sous les toits. Il faut absolument que vous la rencontriez. Que ça reste entre nous, mais chaque fois qu'elle se trouve gênée aux entournures, elle copie quelques-unes des toiles de son mari puis prétend les avoir retrouvées au grenier. Il y avait aussi un beau jeune homme qui était resté silencieux, mangeant et buvant consciencieusement, insensible au caquetage qui l'entourait. Il n'y avait pas de conversations suivies à proprement parler ; aucun des convives ne s'adressait en particulier à un autre et ils s'interrompaient les uns les autres à qui mieux mieux. Cela donnait le tournis, et Henry s'amusait comme un fou. C'était sa seconde soirée dans cette ville inconnue et il participait déjà à un dîner. Ce devait être son charme.

— Vous avez une femme, des enfants, Henry ? Est-ce qu'ils vont vous rejoindre ?

— Non, non.

Un peu trop abrupt, le ton. Il y eut une seconde de silence.

— J'ai toujours pensé qu'on avait des raisons profondes de voyager, enchaîna habilement le pasteur. Une quête de l'âme qui vous pousse. Un besoin que rien d'autre ne peut combler. Sinon pourquoi quitter le confort de son foyer et le réconfort du familier ?

— Oh, sornettes, déclara la veuve du peintre. Les gens voyagent parce que c'est amusant. Ou pour des raisons banales. Mon mari partait à l'étranger parce qu'il prétendait que la lumière y était meilleure. En fait, c'est parce qu'on le détestait chez lui. Quel horrible bonhomme... Moi, je voyage pour m'éloigner de mes enfants. Sinon je crois bien que je les tuerais.

Eclat de rire général. La veuve parlait avec un accent traînant irrésistible.

— Dommage que Francesca Chisholm n'ait pas fait

la même chose, dit le pasteur avec solennité. (Il semblait décidé à donner un peu de gravité à la soirée.) Pauvre femme.

Le jeune homme taciturne qui sauçait son assiette leva le nez avec un frisson exagéré.

— Je ne crois pas que le meurtre soit un sujet qu'il faille aborder à un dîner, laissa-t-il tomber d'une voix mélodieuse. Surtout en présence d'un étranger. Mr Evans va s'imaginer que les meurtres sont monnaie courante chez nous. Ce qui n'est pas le cas, vous savez. Au contraire. Cela ne se produit que très rarement. Contrairement à ce qui se passe à New York.

Il eut un sourire angélique, invitant leur hôte américain à se défendre.

— New York est une ville plus sûre que Londres, avança Peter pour couvrir le silence de Henry.

Henry avait l'air bizarre, sourire forcé aux lèvres, incapable de parler. Il avait l'impression qu'il allait étouffer, gorge bloquée. Il approuva de la tête, sans un mot.

— Comment est-ce possible, avec toutes ces armes ? riposta agressivement la veuve.

Henry avait froid, il lui semblait avoir soudain nettement moins la cote qu'une demi-heure plus tôt lorsqu'il parlait poésie du XVIIe et châteaux avec le pasteur. Une flambée rugissante réchauffait la pièce ; il avait le visage en feu et les pieds glacés. L'ecchymose sur son front le taraudait.

— Quelle différence ça fait, les armes ? poursuivit le jeune homme, soudain volubile comme s'il n'avait jusqu'alors pas réussi à manger et parler en même temps et voulait rattraper le temps perdu. Ce qui compte, c'est l'attitude face à la vie. Si on veut vraiment tuer quelqu'un, on le fait, vous ne croyez pas ?

Tout ce que Francesca Chisholm a eu à faire, ç'a été de précipiter son bébé du haut de la jetée...

— Ce n'était pas un bébé, l'interrompit Peter. (Il était violacé, furieux.) C'était un enfant de cinq ans qui était très aimé.

Le silence s'étira quelque peu.

— Désolé, marmonna le jeune homme. J'oubliais que vous lui serviez de baby-sitter.

— En effet, répliqua Tim, laconique.

— Eh bien, une petite prière s'impose pour notre cher disparu, je crois, fit le pasteur en se signant et en baissant la tête. Peut-être que nous pourrions aborder des sujets plus gais.

— Le dessert, par exemple, fit Tim vivement. Si vous voulez bien me passer vos assiettes.

Murmures d'approbation, tintements de porcelaine, compliments, *délicieux,* bruits de fourchettes et de couteaux qu'on empile, le tout passant de main en main vers le bout de la table où se tenait Tim. Senta exilée dans le couloir jappa derrière la porte dans l'attente des restes et, tandis que le bavardage reprenait, Henry se pencha vers le jeune homme, déglutit, chuchota :

— Cette... Francesca... ça s'est passé il y a longtemps ? Où vit-elle maintenant ?

— Oh, pas très loin d'ici. (Il cueillit un grain de raisin dans la corbeille.) Elle est à la prison de Cookham depuis l'an dernier, en fait. Seigneur, ça fait presque un an aujourd'hui. Elle va y passer le reste de sa vie, je pense. Où pourrait-elle être si ce n'est en prison ?

— Et elle a vraiment tué son enfant ? Ce n'était pas un accident ?

Le jeune homme s'empara d'un autre grain de raisin, le mastiqua, le trouvant manifestement à son goût.

— Oh non ! Son geste était délibéré. Elle l'a poussé dans un trou du plancher de la plate-forme de pêche de la jetée. Vous l'avez vue, notre jetée ? Elle mérite un coup d'œil, vous savez. Elle fait très années cinquante. Et elle s'affaisse.

Henry se sentit pris d'un malaise. Il attendit l'arrivée du dessert et se leva de table en s'excusant poliment.

C'était le vin. Le petit déjeuner composé en dépit du bon sens, la nourriture trop riche du dîner, saloperies d'étrangers. Du vin français, acheté de l'autre côté de la Manche, à un prix défiant toute concurrence. Les bonnes affaires, ils en avaient tous parlé ; tout le monde partout ne parlait que de ça. Les bonnes affaires. Mais pas comme ils avaient parlé de Francesca. Pas sa Francesca. C'était le vin, évidemment. Son estomac fragile n'aurait jamais dû entrer en contact avec le vin, même si ça lui donnait envie de dormir. Son estomac supportait le bourbon et les vitamines, et, en dehors de ça, pas grand-chose. Il aurait pu le lui dire, s'il en avait eu l'occasion. Dis, Frannie, tu te souviens, en Inde, j'arrêtais pas d'être malade et tu m'avais trouvé un médecin ayurvédique qui m'avait remis d'aplomb. Tu te débrouillais comme personne pour prendre les problèmes à bras-le-corps et leur trouver des solutions... Tu dépensais tout ton argent pour que les gamins puissent eux aussi aller se faire soigner chez le toubib. C'est là que je t'ai acheté le châle, parce que tu avais fait cadeau du tien. C'est génial, ces châles en mousseline. Une fois plié, ça ne tient pas de place. Les deux mètres de tissu, ils passent sans problème dans une alliance ; ça flotte, c'est plus doux que de la soie et ça tient chaud, c'est pas croyable... chaud comme du pain grillé, tu disais. Et c'est beaucoup trop cher, tu disais aussi. Surtout que je t'en avais acheté deux, un pour tous les jours et un en prévision des grandes occasions.

Henry se traîna, titubant, vers le minuscule lavabo qui desservait les deux derniers étages et était malencontreusement situé entre les deux sur un demi-palier, histoire d'obliger tout le monde à monter ou à descendre. *Les voyages élargissent l'esprit. Aux chiottes, les voyages.* Et tu sais ce que j'ai fait, Francesca, tu sais ce que j'ai fait quand mon père est mort ? Je suis sorti acheter un autre châle, pas pour moi, mais en guise de talisman pour me rappeler que j'avais jadis été généreux. Je l'ai apporté pour te le donner, eh oui, tu avais raison, ce n'est pas raisonnable. A Boston, ils coûtent une petite fortune.

Il vomit, restituant l'agneau rôti du dîner dans la cuvette. W.-C., vécés, dames, hommes, ouatères, toilettes, lavabos, gogues, mais jamais petit coin. Pourquoi vous les appelez comme ça ? Vieilles questions dans un patio indien. Petit coin, parce qu'on peut s'y reposer. Quoi ? Aux chiottes ? Personne ne se repose aux chiottes.

Henry se reposa. Tira la chasse, s'emmitoufla dans sa robe de chambre, appuya la tête contre le mur glacial du réduit exigu. C'était le vin, le voyage, la déprime, et ça n'avait rien à voir avec le chagrin. Le chagrin, merci, très peu pour lui. Le chagrin, comme dans un deuil ? Le chagrin. Il avait l'estomac fragile, un point c'est tout, et pourtant il se retrouva là à sangloter comme un gamin défoncé qui « atterrit » après avoir pris de la drogue, sanglotant parce qu'il n'en avait peut-être pas pris assez, sanglotant à cause de son père et d'un poème qu'elle lui avait chanté un soir plein de lucioles. *Quand le ver luisant N'a nulle part où se terrer, Qu'il n'y a pas même de place pour une mouche : Là où le moucheron n'ose entrer, L'Amour pourra, lui, pénétrer, Et bientôt il trouvera son chemin.*

Le sentiment, ce bon Dieu de sentiment. Ses sanglots étaient bruyants, irrépressibles ; il se serait enfui vers l'étage supérieur s'il avait craint une quelconque présence dans les parages, fût-ce celle de ce putain de chien. Henry avait de bonnes manières même dans les circonstances les plus délicates – ce qui n'était pas forcément le cas des Anglais qu'il avait admirés de loin pendant si longtemps. Il finit par s'arracher à l'immobilité, presque gelé, s'assura qu'il laissait les lieux propres – encore un vieux réflexe –, et grimpa tant bien que mal dans son lit haut perché. Le feu qu'ils avaient allumé dans la chambre s'était éteint, il ne subsistait dans la pièce qu'une faible chaleur. La bouillotte dans sa housse de fourrure lui réconforta les pieds. Il se souvint vaguement d'avoir jeté un coup d'œil dans l'escalier et d'avoir vu un châle comme le sien drapé autour de la rampe. Il sortit de son fourre-tout le châle qu'il avait acheté et l'étendit sur les couvre-pieds. Il lui parut délavé et sans intérêt au voisinage de la soie.

C'était le vin, le responsable. Un verre de trop, et voilà le résultat. Assez pour la réveiller, pour qu'elle se mette à faire les cent pas nerveusement dans cette chambre de location, rêvant sans la regretter à la maison qu'elle avait jadis possédée et regardant son écriture qui s'étalait de traviole sur la page, avec ses inepties larmoyantes, un souvenir d'une poésie apprise à l'école et répétée pendant les vacances à sa cousine Francesca. Il fallait toujours qu'elle quémande l'approbation d'autrui ; elle aurait fait n'importe quoi pour plaire. Ecoutant toujours Francesca, fontaine de sagesse, même lorsque Francesca lui disait : Reste avec ton mari, Maggie, ça lui passera, son coup de cœur, et les hommes ont besoin de pardon. Ils en ont peut-être besoin, se rappelait-elle avoir crié, mais ce n'est pas pour autant qu'ils le méritent ! Le tien t'a plaquée, non ? Il t'a plaquée parce qu'il ne pouvait pas supporter l'image de lui-même que lui renvoyait cet enfant horriblement handicapé, alors de quel droit est-ce que tu me donnes des conseils ?

Maggie n'avait pas envie de penser à Francesca. Elle n'avait pas envie de penser à Francesca traversant la route pour flanquer une claque au gamin qui lui avait jeté un pétard à la figure, ni à Francesca lui prêtant des vêtements et lui affirmant qu'elle était magnifique alors que c'était faux. Pas plus qu'à Francesca l'encourageant à passer ses examens, ou à Francesca faisant sortir les enfants de l'école primaire où elle enseignait. Elle ne pouvait pas non plus penser au dévouement de Francesca envers cette névrosée d'Angela Hulme avec sa fille adoptive, et pas davantage à la honte et aux obligations que Francesca avait laissées derrière elle. Maggie avait envie de s'appesantir sur sa propre vie brisée, d'atteindre le point où elle pourrait commencer à la raccommoder sans que cela entraîne de nouvelles complications. Elle avait également besoin d'une bonne nuit de sommeil réparateur et non de se réveiller au beau milieu avec une soif du diable et un désir irrésistible de prendre un bain.

Ou de s'apercevoir qu'elle ne pouvait pas accéder aux toilettes parce que cet homme s'y était enfermé pour sangloter. Maggie écouta un long moment, troublée, perturbée par ce chagrin, voulant frapper à la porte, mais attendant qu'il se calme avant de finalement regagner en catimini sa chambre, où elle se drapa dans le châle, attrapa une serviette et descendit au rez-de-chaussée.

Timothy était assis à la table de la cuisine, où, les yeux dans le vague, il fumait une cigarette. Les assiettes propres étaient empilées avec soin près de lui. Maggie l'avait observé tandis qu'il faisait la vaisselle à la main ; elle l'avait même aidé, et elle s'émerveillait du mal que ces deux-là se donnaient, tout désargentés qu'ils étaient, pour vivre de façon aussi élégante et excentrique. La vie dans cette maison était confortable, mais il était humiliant de songer aux efforts que cela demandait, pensa-t-elle, amère, étonnée de le voir avec une cigarette. Tim ne s'autorisait pas ce genre de fantaisie, normalement : les petits luxes étaient réservés aux autres ou au chien.

— Il reste de l'eau chaude ?

— Peut-être un peu. J'en ai utilisé la plus grande partie pour la vaisselle.

— Zut !

Il brandit sa cigarette.

— Le pasteur les a oubliées en partant.

— Ça s'est bien passé, le dîner ?

— Oui. Jusqu'à ce que quelqu'un se mette à parler de Francesca. Ce qui semble avoir perturbé notre pensionnaire. Et Peter et moi par la même occasion.

— Ah bon. Il fallait bien qu'il l'apprenne. C'était un peu prématuré, mais au moins la découverte a l'air accidentelle. C'est vraiment moche de l'utiliser comme ça ?

— Non. Oui. Non. Je ne sais pas ce que vous avez en tête, vous ne me l'avez pas dit.

Au diable Francesca. Si seulement les gens cessaient un peu de parler d'elle, Francesca, et de Harry, son fils, fantômes présents à toutes les fêtes. Elle faisait d'eux tous des conspirateurs malgré eux.

— C'est comme en cuisine, reprit Tim. Toutes les expériences sont bonnes. A condition qu'elles marchent. Mais vous ne devriez pas utiliser les gens comme ingrédients.

— Non, dit-elle lentement. A moins qu'ils ne se portent volontaires.

La lumière le réveilla. Une lumière unique qu'il n'avait jamais connue auparavant, mais qu'il avait imaginée comme appartenant en propre à la mer et qui constituait en grande partie la raison pour laquelle il avait si fort désiré vivre près de l'océan. Elle dissipait la peur de l'enfermement. Un lac, ce n'était pas pareil. Il pouvait toujours en distinguer l'autre côté, et cela le rapetissait d'autant dans son imagination. Les lacs, les fleuves, c'était pour naviguer en père tranquille d'une rive à l'autre, on n'y courait pas le risque de perdre tout point de repère, tout contact avec la terre, d'errer au gré du courant. Seule la mer était propice aux entreprises de haute volée et à la fuite.

Le ciel dehors était d'un blanc lumineux. Il se pressait contre les vitres et le verre semblait s'incurver vers l'intérieur, comme lui opposant une molle résistance. Cela le força à ouvrir les yeux ; il ressemblait à une fumée blanche, épaisse, dense, inflexible, et était plus éclatant que le soleil. Pour le second jour d'affilée, Henry se leva du lit et s'approcha pour regarder dehors.

Rien. Une vaste étendue de néant, l'intensité de la lumière lui blessant les yeux. Il consulta sa montre : sept heures. Pas si tôt que ça pour un banlieusard qui avait un emploi du temps chargé, mais vie, mouvement, tout était au point mort. Jusqu'à ce qu'il entende le grondement de la mer et un bruit plus spécifique. Un moteur. Visible malgré la brume, une benne à ordures remplissait son office sur la route en contrebas, *clump, crump,* moteur s'emballant, *clanc* métallique. Henry distingua la silhouette trapue du véhicule juste assez pour en deviner la couleur. Un vert municipal. La benne poursuivit son chemin, s'immobilisa quelques portes plus bas. Henry regarda au loin puis sur sa droite, tournant consciencieusement la tête pour être sûr de ne rien rater. Mais il n'y avait rien à voir. Un brouillard dense enveloppait le paysage sans contours, sans repères, sans traces de vie visibles, sans rien. Il plissa les yeux pour voir si la jetée émergerait de cette céleste purée de pois cotonneuse, mais non, aucun signe de la jetée. Le paysage invitait à une balade dans l'oubli et le mystère. Il sentit un léger frisson d'excitation le parcourir tandis qu'il s'habillait et cherchait sa casquette avant de se rappeler qu'il l'avait perdue. Oublia de prendre ses doses quotidiennes de vitamines et de sels minéraux, de se demander comment il ferait pour rentrer si personne n'était réveillé, descendit au rez-de-chaussée sur la pointe des pieds et franchit la porte avant que la chienne ait le temps d'aboyer, décidé à découvrir quel effet ça faisait d'être dehors par ce temps, sans personne dans les parages.

L'air s'engouffra dans sa gorge tel un chardon épineux, si vif et si âpre qu'il en hoqueta. De sa chambre, la brume blanche lui avait semblé tiède. Le froid était intense. Lorsqu'il se mit à marcher, il constata qu'il faisait plus humide que réellement froid. Il savait exactement où il allait mais il ne savait pas pourquoi, c'était comme ça dans cette ville. Ce monde était différent, irréel.

Il marchait d'un bon pas. Les contours des maisons

du front de mer sortirent peu à peu de l'obscurité ; il reconnaissait çà et là une porte d'entrée et des feuilles luisantes d'humidité dans leurs jardinières aux couleurs estompées par le brouillard. Il traversa sans regarder ni à droite ni à gauche. Inutile ; pas de bruit ; mais il distinguait les abords de la jetée. Même le mugissement de la mer était atténué par le poids du brouillard. Cela plaisait à Henry. Il aimait l'absence de barrières ou de murs ; rien pour l'enfermer. Le pêcheur orgueilleusement soudé à son bateau et au poisson semblait monter la garde près de la grille. Henry continua d'avancer. C'était un temps à se promener sur le pont d'un navire. Les yeux s'habituaient à tout, à la lumière la plus vive comme au noir le plus profond, plus il regardait, moins l'air humide lui râpait la gorge, plus il distinguait de choses. Des choses sinistres, comme les panneaux fixés aux réverbères courtauds, noirs avec des lettres blanches. DANGER DE MORT. DEFENSE DE SAUTER. DEFENSE DE PLONGER. Sur le flanc des poubelles, d'autres pancartes mais moins inquiétantes. PRIERE DE DEPOSER ICI LES ORDURES. Un parapluie vert et une boîte à pique-nique gisaient abandonnés sur un banc.

Il lui fallait voir les plates-formes de pêche qui flanquaient le café tout au bout. Il le fallait, fallait, fallait... Il se rappelait les avoir vues la veille, avoir pensé qu'elles auraient drôlement plu à son père, il aurait été content de tailler une bavette avec ces pêcheurs sans âge qui souriaient, prenaient toutes les précautions avant de lancer leur ligne. Il lui fallait voir de près de quoi elles avaient l'air.

Jetant un coup d'œil par-dessus la grille fermée qui menait à la plate-forme située à gauche du café, il vit que la marée était plus haute que lorsqu'il y était venu la fois précédente. La mer glissante semblait avoir été huilée, lisse en surface mais s'agitant et bouillonnant en dessous tel un lave-linge géant. L'ouvrage était beaucoup plus près de l'eau qu'il ne se le rappelait : la jetée était plus courte sur pattes, la mer si proche qu'elle éclaboussait la plate-forme, l'écume passant à travers les planches disjointes ou cassées. Il était assez près pour saisir les dimensions de l'ensemble, et la brume commençait à se dissiper et à tourbillonner tel du sucre filé. Les planches manquantes, visibles aux trous qu'elles avaient laissés telles des dents manquantes dans le plancher, se voyaient comme le nez au milieu de la figure, mais aucune des lattes de bois n'était semblable à sa voisine, pas plus qu'une canine ne ressemble à une incisive. Tandis que la brume se levait avec une torturante lenteur pour retomber de nouveau en fines mèches admirables et s'enroulait autour de la balustrade de fer à laquelle il se cramponnait, il constata que le plancher de la plate-forme était un patchwork de planches de bois et de métal, d'âges, de tailles et de couleurs différents, remplacées, réparées au fil du temps, des nécessités et des intempéries. Une pancarte indiquait : DEFENSE D'APPROCHER.

Comment un garçonnet de cinq ans pouvait-il glisser par l'une de ces ouvertures ? Le garçonnet de cinq ans que lui-même avait été n'aurait jamais pu glisser dans ces trous ; ses épaules maigrichonnes l'en auraient empêché même si ses hanches et son petit bedon avaient réussi à passer. Il lui aurait fallu inspirer bien à fond, se tortiller, se démener pour se frayer un chemin par là de son plein gré, ce qui était possible s'il avait été occupé à jouer. Quand on joue, qu'on vous lance un défi, qu'on n'a pas envie de passer pour un imbécile, on est prêt à tout. Même dans ce cas-là, ça n'avait pas dû être facile de se tortiller comme cela, avec la mer qui vous léchait presque les chevilles, et les échardes ; mais, oui, un garçonnet pouvait y arriver.

Un petit garçon, c'était une anguille, sa peau ne sentait pas les écorchures.

Surtout un garçonnet venu jouer là par un matin semblable à celui-ci, mais où le temps était beau, pas froid comme maintenant. Bondissant d'une maison voisine, dévalant le *Titanic,* criant *Chiche !* par un jour d'été. Passe le premier, toi qui es l'aîné, ensuite ça sera mon tour. La présence de la rambarde de fer ne l'aurait pas dissuadé de tenter le coup. Henry avait fait ça, empoigné la corde accrochée au chêne du jardin d'un voisin, s'était lancé dans l'espace terrifiant sans un cri. Et il s'était ramassé, bien sûr. Lui-même aurait fait un mauvais père, car il aurait élevé son fils dans du coton, l'aurait empêché de faire ce genre de bêtises. Ce que son père n'avait pas fait. Et malgré tout, il était encore un timoré.

Il lui semblait voir la scène. Il attrapa le garde-fou métallique, se força à regarder en bas. La distance était faible, la mer immense. Les peurs durables de sa vie comportaient la terreur des grands espaces et celle, beaucoup plus violente, d'être enfermé. La claustrophobie lui empoisonnait la vie, démon perché sur son épaule qu'il n'avait appris à dompter que partiellement. Il supportait à la rigueur les ascenseurs et les avions à condition de faire appel à la logique ou de garder les yeux fixés sur une page ; il pouvait rester assis dans des pièces exiguës et bondées à condition de dévisager les gens autour de lui, se répétant que ce n'était que temporaire ; il pouvait entrer dans un long tunnel à condition d'en distinguer l'autre bout ; il pouvait se laisser aller à croire que le démon était mort, et alors la panique aveugle s'emparait de lui et c'était au point qu'il ne pouvait même pas crier. Il respira bien à fond ; l'air ne lui râpait plus la gorge. Il se sentait calme. Il y avait une explication. Il respira de nouveau à fond. Ça ne lui faisait pas mal. Rien ne pouvait vous faire mal ici. Un enfant était tombé, c'était une tragédie. La brume panserait les plaies.

Elle étouffait le bruit. Il lui sembla avoir déjà vu le chien noir qui trottinait devant puis disparaissait, mais en dehors de cela il n'avait pas vu ni entendu âme qui vive en quinze minutes. Il était dans l'état d'esprit où il pouvait se dire qu'il était la seule âme vivante sur une petite planète, regardant un endroit où un enfant avait *glissé,* jusqu'au moment où il la sentit approcher. Se retourna et la vit qui s'avançait vers lui, émergeant de la brume. Silhouette longiligne, pas vif, un châle délavé autour de la tête, s'approchant avec des enjambées décidées. Il balaya follement les environs du regard tel un rat acculé en quête d'abri. Les pas, la silhouette.

C'était elle, pantalon large kaki, manteau, air d'autorité. Francesca. *Il faut que tu rentres chez toi, Henry. Quelle satisfaction tires-tu à être une nouveauté ? Si tu veux savoir qui tu es, Henry, il faut que tu rentres chez toi.*

L'essence de la féminité aristocratique fonçait droit sur lui, galopant presque, genre de femme qui l'avait toujours intimidé jusqu'à ce qu'il rencontre Francesca. Plus grande que dans son souvenir. Il aurait voulu courir mais sur cette petite route qui menait à la mer il n'avait nulle part où aller. Il aurait également voulu rire de ce renversement de tactique : la veille il l'avait poursuivie et maintenant c'était elle qui marchait sur lui telle une sorcière fantomatique. Il eut soudain l'impression qu'elle allait le traverser et flotter au-dessus de la plate-forme. Puis le spectre fut près de lui, si près qu'il se sentit mal à l'aise, le dévisageant. De près elle avait le teint de Francesca, des traits asymétriques, nez, yeux, bouche, plus jeune qu'il ne l'aurait imaginée, plus vieille qu'il ne l'aurait rêvée. Elle avait des cheveux bouclés, un balayage ; elle était sculpturale et tirée à quatre épingles, manteau assorti aux chaussures, elle était complètement différente. Francesca ne se laissait pas photographier ; la dernière image qu'il avait d'elle en était d'autant plus mémorable. Ce fac-similé imposant lui fit peur ; toutefois lorsqu'elle se mit à parler, ce fut d'un ton angoissé, gêné, et timide.

— Oh, Mr Evans. J'étais inquiète. Qu'est-ce que vous fabriquez là, bon sang ?

— Qui êtes-vous ?

— Maggie. Vous aviez l'air tellement patraque hier, ces sanglots... Je me suis dit... Eh bien, j'ai pensé que vous alliez peut-être sauter. Dites-moi que non.

— Non, bien sûr.

La ressemblance avec Francesca s'estompait, sombrait dans le ridicule. L'une avait le teint pâle alors que l'autre était brune comme une noix. La voix était tellement différente ! Le souvenir qu'il avait gardé du visage était peut-être faussé mais cette femme-là était plus forte et surtout plus grande. Il n'oublierait pas de sitôt que, lorsqu'il était debout près de Francesca le haut de son crâne lui arrivait à la hauteur de la joue. Ce n'était que la démarche décidée et le châle qui pendait. Les cheveux brun doré, teints, appartenaient à une tête différente, plus large.

— Alors qu'est-ce que vous faites ? dit-elle d'une voix stridente.

Il se sentait vaguement hystérique, son sens du ridicule si longtemps étouffé lui revint. Cette femme aux longues jambes semblait suggérer que quelqu'un qui se risquait seul sur la jetée envisageait de se suicider. Comme s'il n'y avait rien d'autre à faire, pêcher, par exemple, prendre des photos du brouillard, attendre que le café ouvre, admirer le paysage. Il allait lui aboyer une réflexion sarcastique, du genre « on est dans un pays libre », lorsqu'il se souvint que ses raisons d'être là n'étaient pas vraiment claires.

— Je suis venu voir où cet enfant a glissé et s'est noyé.

Elle le fixa, hésita, puis hocha la tête, comme si elle avait pris une résolution. Ses épaules parurent s'affaisser de soulagement et une lueur d'agacement passa sur son visage. Puis elle haussa les épaules. Ses cheveux bougeaient au moindre de ses mouvements. Elle avait une masse de cheveux.

— Par là. Les plates-formes sont réparées régulièrement. Ils les remettent en état à tour de rôle.

Le précédant, elle traversa la jetée de béton. Ils s'accoudèrent à la rambarde peinte en noir de l'autre côté. Soixante-dix centimètres plus bas, les planches étaient lisses et humides, solides, délavées, intactes. La manche de son manteau touchait la sienne.

— Il y avait des trous à cet endroit-là, l'an dernier. Le petit est sorti de la maison, seul, ç'a dû l'agacer. Et il n'a pas glissé. Les résultats de l'autopsie ont permis d'établir qu'on l'avait poussé. Au départ, il a peut-être glissé, mais après on l'a poussé. Je dis bien poussé, c'est le mot. Ses épaules se sont déboîtées, ses côtes étaient cassées. Quelqu'un l'a poussé par le trou. Il était en vie et saignait lorsqu'il est entré en contact avec l'eau. Puis il s'est noyé, mais pas tout de suite. Il a saigné abondamment. Le bateau de pêche l'a repêché, alors que personne n'avait donné l'alerte. C'était à cette heure-là de la matinée. Elle habitait dans les immeubles près du château. Sacré changement avec le château où elle résidait petite fille. Francesca a dû rentrer aussitôt son coup fait.

— Non, dit-il. C'est des conneries. Des conneries pures et simples.

Il regardait l'eau bouillonnante, écoutant le bruit, imaginant l'étreinte glaciale de l'eau. Il s'écrase sur l'eau, blessé, terrifié. La femme était penchée vers lui, lui parlait fort à l'oreille, martelant ses mots, distinctement, lentement.

— Si. Francesca a raconté très clairement ce qui s'était passé. Elle a avoué, Mr Evans. Insisté. Le garçonnet souffrait d'hémiplégie. Pour être précis, hémiplégie spasmodique. S'occuper de lui était infernal, elle n'en pouvait plus. Elle leur a expliqué comment elle s'y était prise. Elle a plaidé coupable. Elle a insisté.

Elle marqua une pause. Henry voyait ses poings blancs, émergeant des manches de son manteau, qui agrippaient la rambarde noire.

— Francesca pousse le petit par un trou trop étroit pour son corps, dit-il avec un calme surprenant comme s'il avait énoncé une question d'intérêt purement scientifique. Elle le pousse. Le gamin a cinq ans. Ils sont costauds à cet âge-là. Drôlement costauds.

Il la sentit plutôt qu'il ne la vit secouer la tête, les boucles touchant presque son visage.

— Pas cet enfant-là. Il n'était pas très costaud. Il était paralysé du côté droit, son bras et sa jambe droits ne fonctionnaient pas normalement. Elle a dit qu'elle l'avait piétiné du côté où il était handicapé et qu'il a disparu dans le trou. Elle l'a encouragé en quelque sorte.

Henry s'éloigna vivement d'elle et vomit. Comme il avait l'estomac vide, il ne réussit qu'à rendre de la bile.

— J'ai fait ce que j'ai pu au procès, poursuivit la voix étrangère de Maggie. Au moins j'ai réussi à leur faire supprimer un certain nombre de détails parmi les plus abominables. Non que ça fasse de différence quand l'accusée a plaidé coupable. Elle a été condamnée à la prison à perpétuité. On ne pend plus les gens, c'est déjà ça.

Il refusait de la croire, il voulait s'éloigner d'elle. Henry fit demi-tour, se mit à marcher vers le front de mer. Bras croisés, il s'accrochait au réconfort du cuir de son blouson. Il regarda ses chaussures bien cirées, s'obligea à se concentrer sur ses pieds et à suivre une ligne droite, se rendant compte à mesure qu'il se concentrait qu'il marchait de plus en plus vite et qu'à tout moment il risquait de se mettre à courir et de télescoper quelque obstacle, à moins de ralentir et de relever la tête. Entendit le bruit d'une voiture sur la route, s'aperçut qu'elle était restée à sa hauteur tout ce temps. L'envie le démangeait de lui balancer un coup de poing, de l'entendre rouler à terre mais, se souvenant de l'épisode de violence qu'on venait de lui décrire, il eut honte de cette impulsion. Non qu'il crût un mot de ce qu'on lui avait raconté. Henry était venu à la recherche d'une femme de bien, ou du moins d'une pécheresse intéressante, pas d'une salope qui tuait les enfants.

Il la laissa le prendre par la manche. Elle lui souriait et lui n'avait qu'une envie : lui cracher dessus.

— Vous n'êtes pas obligé de me croire, Henry, disait-elle. Vous pouvez aller vérifier à la bibliothèque. Vous n'avez pas à croire ce que vous voyez. Après si vous voulez vous pourrez rentrer chez vous.

Il s'était adossé à un lampadaire, tournant le dos à la jetée. Il avait un caillou dans sa chaussure.

— Vous rentrerez, n'est-ce pas ?

On aurait dit qu'elle le suppliait mais il n'arrivait pas à deviner ce qu'elle espérait. Henry vit sa valise dans le hall, aujourd'hui ou demain, bientôt en tout cas. Il hésita.

— Je n'arrive pas à croire une femme comme Francesca capable de tant de barbarie.

— Nous avons eu du mal à le croire, nous aussi, Mr Evans.

— Mais je la connaissais, fit Henry. Je l'aimais.

— Ce n'est pas parce qu'on aime quelqu'un, dit Maggie avec amertume, que ce quelqu'un est vertueux. Pas même si cette personne se conduit comme un enfant.

L'amour, il ne faut pas le galvauder. L'amitié non plus. Il ne faut pas essayer d'aider tout le monde : on finit par décevoir la moitié des gens. Il ne faut pas être bonne ; il faut seulement être loyale et construire à partir de ça, brique par brique.

Ai-je laissé des indices relatifs à la dépravation de mon existence ? Non. J'ai tout empaqueté et envoyé aux gens qui refusaient d'y accorder un regard, tout. En ce temps-là, j'étais maîtresse de ma vie.

C'est un soulagement de sentir que personne n'a besoin de vous. D'être inutile. J'ai toujours été tellement autoritaire. Toutefois le fait de ne plus avoir de rôle véritable m'accable et me perturbe tellement qu'on m'a prescrit des tranquillisants. Ils devraient m'empêcher d'arpenter cette pièce à cette heure de la nuit au lieu d'écrire. J'aurais dû en prendre dans mon autre vie, ça m'aurait ôté un peu de cette énergie envahissante, mais s'ils me calment, peut-être que j'écrirai davantage. Sur tout sauf sur Harry et T.

Il fait si chaud là-dedans. Comme j'aimerais avoir froid.

FMC

5

Personne dans la rue, si ce n'est des passants accompagnés de leur chien. Henry eut l'impression de voir une kyrielle de chiens menant leurs propriétaires dociles le long d'itinéraires mille fois empruntés. Les chiens semblaient frétillants, les maîtres en pilotage automatique. Henry se focalisait sur les chiens pour refouler la bile qu'il sentait remonter au fond de sa gorge.

C'étaient les chiens qui incitaient les hommes à mettre le nez dehors. Henry se rendit compte qu'il ne savait pratiquement rien de la façon dont ses semblables étaient organisés. Il lui aurait fallu établir une surveillance vingt-quatre heures sur vingt-quatre, renouvelée à intervalles réguliers, et cela tout au long des quatre saisons de l'année, pour parvenir à se faire une idée de la façon dont ils se comportaient, et même alors ses observations ne porteraient que sur leur comportement public qui, pour intéressant qu'il pût être, n'avait rien de particulièrement révélateur. On n'apprenait pas grand-chose quand on se contentait d'observer. On pouvait apprendre comment cambrioler une maison, pas ce qu'elle contenait. Tout ce qu'il voyait pour l'instant, c'est que les lève-tôt d'un certain âge habitant Warbling qui se rendaient chez le marchand de journaux étaient à peu près aussi gris et ternes que leurs animaux de compagnie, et que les uns et les autres auraient eu grand besoin de faire un brin de toilette. Il était en colère, il se sentait mal fichu.

— Café ? proposa vivement Maggie, lui reprenant le bras d'un geste de propriétaire, ou comme si lui-même n'était qu'un animal récalcitrant. Pas merveilleux, le café, mais chaud au moins. C'est déjà ça.

— Qui avez-vous dit que vous étiez ?

— Maggie. (Elle était plantée devant lui, les mains sur les hanches, impatiente mais pas hostile. Regard d'agacement de nouveau, comme s'il la décevait.) Avocate, je fais un tout petit mi-temps chez Edward Burns. Situation de famille : fraîchement divorcée, et sans domicile personnel, par choix. Je loge dans la même pension de famille que vous, au cas où vous ne l'auriez pas remarqué. Cela dit, si on me connaît dans la région, c'est surtout parce que je suis la cousine de Francesca Chisholm. Alors, ce café, vous en voulez ? Ou vous préférez rester planté là, tout pâlot ?

Il hocha la tête en signe d'assentiment.

Il y avait un établissement ouvert. En état de fonctionner, plutôt, comme aurait dit Henry s'il avait eu l'esprit plus clair, mais tout juste. Une gargote à hamburgers, aux fenêtres couvertes de buée, face à la route, et jouxtant le marchand de journaux qui semblait attirer si fort les chiens. Trois consommateurs à l'intérieur, visages plus ou moins dissimulés respectivement derrière le *Mail,* le *Times* et l'*Express.* Sous une pancarte INTERDIT AUX CHIENS, ils enjambèrent un gros spécimen sans laisse couché devant la porte, l'œil morne. Lorsque Henry s'assit, il sentit les yeux désolés du chien qui le scrutaient. Maggie revint avec un plateau. Tandis qu'elle prenait place en face de lui, il se demanda comment il avait pu un instant la confondre avec Francesca.

— Où avez-vous déniché ce châle ?

Ce fut tout ce qu'il réussit à dire, buvant une gorgée d'un café plus exécrable encore que celui qu'elle lui avait promis, un breuvage qui réussissait à être fadasse et amer à la fois. Elle effleura la laine fine et crémeuse autour de son cou, broderies discrètes dans les plis, et le dévisagea, à court de mots.

— C'est un cadeau de Francesca, fit-elle très vite. Elle en possédait plusieurs. C'était son signe distinctif, sa passion. Quand Harry était bébé, elle l'enveloppait dedans...

— Harry ? Parce qu'il s'appelait Harry ? Pourquoi l'avoir baptisé ainsi ?

— Je l'ignore, fit Maggie. Mais je doute que ce soit en hommage à un ami perdu de vue. Il est né dans l'ombre du château, et elle-même vivait jadis au château, et c'est un roi Henri qui a fait construire ce château. J'imagine que c'est pour ça. Et nous avons un prince Harry...

— Oh...

Il se sentit bête d'avoir imaginé qu'il pût y avoir un rapport entre cet enfant décédé et lui-même, un souvenir sentimental de son existence influençant son choix. Quelle idée idiote, provoquée par les remarques de Maggie sur les châles ! Au moins, là, il avait fait quelque chose d'intelligent en offrant ce châle à Francesca. Elle l'avait apprécié et avait continué à en porter, elle aurait aimé celui qu'il lui avait rapporté. Elle avait emmitouflé son bébé dans un châle, l'avait tué...

La main de Henry trembla autour du mug. Colère. Il était furieux qu'elle ait sali sa propre mémoire ; se souvint du conseil gratuit de l'avocat : *Il vaudrait mieux que vous la considériez comme morte.* Il avala une nouvelle gorgée de café, huma une odeur de toast brûlé. Sur le comptoir, une grosse miche de pain blanc et mou ; Henry frissonna. La nourriture qu'il avait absorbée à la Maison des Sortilèges, c'était encore ce qu'il y avait de mieux ; une fois hors de la maison, il s'était alimenté en dépit du bon sens. Il n'y avait pas que son esprit qui était empoisonné.

— Je peux vous emmener au château, si vous voulez, disait Maggie avec un enthousiasme de commande. C'est intéressant pour qui aime ce genre de choses. Je suppose que c'est votre cas, sinon vous ne seriez pas là. Je veux dire : vous n'avez pas fait tout ce chemin pour retrouver Francesca ? Il doit bien y avoir quelque chose d'autre ici qui a enflammé votre imagination.

Elle parlait si vite, accélérant à mesure qu'elle poursuivait, qu'il avait du mal à la suivre, mais sa voix avait des saccades si merveilleusement aristocratiques qu'il aurait voulu l'imiter, comme il avait essayé d'imiter celle de Francesca, bien qu'il n'eût jamais réussi à produire des phrases qui sonnent naturelles. Jamais elle n'usait d'expressions comme « c'est comme qui dirait », « si vous voyez ce que je veux dire »... Jamais elle ne disait « Je ne sais pas », ou « Faut que j'y réfléchisse ». Elle formulait énoncés et observations comme quelqu'un qui a réfléchi avant de s'exprimer, même si elle se rétractait par la suite. Il avait trouvé cela archaïque, cette façon de s'exprimer si précise, si sûre, mais c'était seulement le propre de quelqu'un qui maîtrise parfaitement la langue.

— Je peux vous poser une question ?

— Certainement.

— Elle m'a dit... Francesca m'a dit... que quand elle était petite avec les autres à table et tout, son père corrigeait leurs fautes de grammaire. Ils avaient trois, quatre ans quand il a commencé à faire ça. Et il leur faisait apprendre de la poésie par cœur. Est-ce exact ? Ça devait être un drôle de tyran.

Elle secoua la tête. Un cheveu flotta devant les yeux de Henry et atterrit sur le Formica de la table. Il le fixa, s'efforçant d'en déterminer la couleur, essayant dans le même temps de se rappeler des anecdotes de Francesca à propos de son père qui l'avaient aidé à se forger une opinion sur lui et l'avaient empêché de comprendre pourquoi elle avait été si bouleversée à l'annonce de sa mort. Puis il se souvint du temps qu'il avait passé à critiquer son propre père, le traitant de vieux con réactionnaire qui tuait le temps à la pêche et ne comprenait rien à rien. C'était seulement avec les années qu'il avait changé d'avis sur son père et s'était laissé gagner par l'admiration.

— Il faisait vraiment ça ?

Elle haussa les épaules.

— Oui. Je n'étais pas sa fille, j'étais de quelques années plus jeune qu'elle. Tout ce que je sais, c'est que s'il corrigeait sa femme et sa fille – eh oui, il était à cheval sur le protocole, même à la table du petit déjeuner –, il s'arrangeait pour que ce soit avec un certain charme. Il exigeait des bonnes manières, une diction précise, pas de marmonnement. Très strict sur ce chapitre. Fais des phrases, mon petit, les phrases, ça sert à se faire comprendre. Cela mis à part, il m'a appris à tricher aux cartes en un après-midi. C'était un homme qui avait du charisme, autant que je m'en souvienne, trait de caractère dont sa fille a hérité. Il n'y avait rien de tyrannique chez lui. C'était un pédagogue-né. Comme elle. Il aurait appris à une vache à voler.

Henry versa une cuillerée de sucre dans son café.

— Je pourrais vous raconter toutes sortes de choses sur la région, poursuivit Maggie. Et sur la famille et les amis de Francesca si ça vous intéresse. On en croise partout. Tenez, là-bas... (Elle tendit le doigt vers un homme brun lisant son journal.) C'est Neil. Ex-mari d'Angela, qui était la meilleure amie de Francesca. (Elle le salua de la main ; il lui rendit son salut d'un air bourru.) Pas très sociable, ce matin, il doit penser à la pêche. Et là... oh, excusez-moi, vous êtes bouleversé. Désolée d'avoir épié votre conversation avec Edward Burns hier, mais on est obligé.

— Oui, c'est ce que je vois.

— Vous en avez des choses à voir avant de partir, Henry. Je peux vous appeler par votre prénom ? Vous devriez commencer sans plus tarder. Le château ouvre à neuf heures ; Angela est de permanence le dimanche matin, on nous laissera entrer plus tôt, et vous avez avalé assez de sucre pour participer à un marathon. On y va ?

— Pourquoi pas ?

Elle était pète-sec, mais il n'avait pas envie d'être seul. Tout plutôt que la solitude. Seul, il s'affaisserait ; accompagné, il pourrait écouter, reprendre ses esprits.

Le brouillard avait laissé place à la brume et le soleil qui n'avait pas renoncé brillait toujours d'une douce et bienveillante lueur. A l'intérieur du troquet embué, une illusion de chaleur. Qui disparut dès qu'ils eurent mis le nez dehors. Le soleil de février réjouissait le cœur sans le réchauffer, avant-goût aguicheur de printemps.

— On peut y aller à pied ou en voiture, dit Maggie. J'ai ma voiture. Normalement, je me déplace à pied.

— Comme la plupart des gens ici, j'imagine.

— Ça vous paraît bizarre ?

— Non. Oui. Enfin, pas plus que le reste. Je veux dire : c'est bizarre mais ça ne me paraît pas bizarre, conclut Henry, songeant à ses propres habitudes.

Le matin, il prenait sa voiture, le soir idem, pour rentrer, et il se rappelait sa crainte des embouteillages. Il y avait des jours qu'il n'avait pris le volant et il était content de ne pas avoir à se soucier d'un véhicule. Il se sentait incapable de se presser, de même que la veille il s'était senti dans l'incapacité de courir. Il coula un regard vers Maggie, qui marchait à sa gauche au bord du trottoir comme pour le protéger, ralentissant pour se mettre à son pas. En temps normal, c'est lui qui se serait hâté ; là, il se sentait écrasé sous le poids de nouvelles sinistres.

— La meilleure façon d'aborder le château, c'est par la mer.

Il descendit à sa suite l'escalier menant à la plage. La plage était fortement pentue ; la mer, proche et calme. Difficile de marcher. Progresser sur ces galets était un exercice harassant. Les galets cédaient sous les pas avec un *crac-crac* de mangeur de céréales à son petit déjeuner. C'était un bruit satisfaisant, rythmant une progression lente, impossible à accélérer. Il s'arrêta, ramassa un galet et l'expédia dans l'eau. Elle l'imita : le sien fila plus loin. Henry choisit une pierre plus grande, plus aérodynamique, la lança. Cette fois elle dépassa, et de loin, celle de Maggie et disparut avec un *plop* audible, ce qui l'encouragea à récidiver. Maggie se piqua elle aussi au jeu. Ils lancèrent simultanément leurs galets, qui s'enfoncèrent dans l'eau presque au même endroit à la même seconde.

— Match nul, fit-elle, essoufflée, en gravissant la pente qu'ils avaient un peu descendue.

— Restons-en là.

Crac, crac, crac. Quand je me sentirai fatigué, songea Henry, c'est ce que je ferai. J'irai au bord de l'océan et j'y jetterai des cailloux. Activité machinale, thérapeutique. On devrait inventer un médicament qui aurait les mêmes propriétés.

— Difficile d'approcher silencieusement du château, dit-il à travers le bruit de leurs pas. Pas commode de prendre ses habitants par surprise. On devait les entendre arriver de loin, les ennemis.

— Et les voir aussi, remarqua Maggie.

— A leur place, j'aurais accosté avec mes gars un peu plus bas sur la côte et, pour atteindre le château, je serais passé par-derrière.

— Oui, mais il vous aurait fallu quand même trouver un moyen d'y pénétrer.

— Eh bien, rien de plus simple : j'aurais acheté des complicités à l'intérieur.

— Vous voulez que je vous dise, Henry ? Vous parlez comme une femme.

Ils longeaient un mur massif, assez bas pour qu'ils puissent apercevoir le mètre cinquante d'herbe rabougrie qui le séparait du corps de bâtiment principal. L'édifice commençait nettement au-dessous d'eux, au-dessous du niveau de la mer, et on aurait dit qu'il avait été découvert tel quel, sous sa forme achevée, au terme de fouilles exténuantes. Henry s'arrêta pour enlever un caillou de sa chaussure et, lorsqu'il releva la tête, les murs gris-vert du bastion lui semblèrent plus hauts et surtout plus sombres. Un canon noir l'épiait, dépassant d'un parapet, gueule couverte de rouge. Pareil à un jouet en modèle réduit. Le pont-levis de bois avait une allure insolite et les énormes portes de chêne cloutées de fer étaient presque belles sous leur arc de brique rouge. Maggie tendit le doigt vers des trous ménagés dans la pierre moelleuse.

— Les mâchicoulis. C'est par ces ouvertures qu'on jetait de l'huile bouillante sur la tête de ceux qui parvenaient jusque-là. Elle vous a dit qu'elle vivait dans ces murs ?

— Oui.

— Eh bien, c'était vrai.

Et puis elle est devenue une meurtrière, songea Henry, s'efforçant de ne pas s'appesantir.

Maggie donna un coup de pied dans la porte comme si elle était chez elle, et comme en réponse à cette injonction le battant droit s'ouvrit lentement, poussé de l'intérieur. Il n'était qu'entrebâillé, laissant juste à un enfant la place de passer. Apparut alors la plus belle fillette qu'il eût jamais vue, visage si magnifiquement médiéval qu'il en eut le souffle coupé. Une peau de lait, des lèvres si rouges qu'elles semblaient peintes ; des yeux immenses qui le fixaient d'un air hostile sans ciller et une masse de boucles marron roux épousant un crâne à l'arrondi parfait. Elle était entièrement vêtue de noir : baskets, caleçon, blouson d'aviateur, une tenue très chic qui lui donnait l'air d'une adulte miniature même si la voix et la moue étaient celles d'une gamine de dix ans.

— Bonjour, Tanny. Qu'est-ce que tu fabriques ici ? fit Maggie, chaleureuse.

— J'ouvre la porte, répliqua la fillette. Je suis de permanence avec maman. En attendant que Neil arrive. Mais je vais peut-être passer la journée là parce que maman va voir oncle Joe...

— On peut entrer ?

— Ouais.

De nouveau une porte impressionnante, puis une boutique confortable illuminée par la clarté provenant d'une fenêtre enfoncée dans le mur, où une femme, elle aussi à boucles auburn, s'affairait autour d'une bouilloire qui glougloutait derrière le comptoir, relevait la tête sans sourire.

— Ah, entre, Maggie... Qu'est-ce que tu f... là ?

Elle avait ravalé le mot in extremis. Pas devant les enfants. Même si Tanya avait l'air d'en avoir déjà entendu des vertes et des pas mûres et affichait un sourire de connivence. Henry, qui succombait facilement au charme des enfants, la trouva délicieuse. La petite pétillait d'énergie contenue, enfantine malgré sa tenue sophistiquée, les examinant à tour de rôle comme pour savoir lequel des deux lui accorderait le plus d'attention.

— Je suis venue avec un touriste lève-tôt, disait Maggie, parlant de nouveau à toute vitesse. Angela, je te présente Henry Evans. Un visiteur venu d'Amérique dont je t'ai parlé hier. Henry, je vous présente Angela Hulme ; et voilà sa fille, Tanya.

— Bonjour.

C'était un bonjour de pure forme. Henry n'eut pas l'impression d'être en face de quelqu'un d'heureux.

— Je veux sortir, je veux sortir, chantonnait Tanya, sautant d'un pied sur l'autre.

— Ecoutez, je n'ai pas encore sorti les bandes audio ni allumé les lumières. C'est trop tôt pour une visite dans les règles. Qu'est-ce que tu crois, Maggie, bordel ? Je suppose que ce connard de Neil te laisse faire tes quatre volontés.

— Je suis désolé, intervint Henry, mains écartées. C'est ma faute.

— Peut-être que Tanya pourrait montrer les canons à Henry, coupa habilement Maggie. Et sa maman lui préparera son thé.

— Ouais ! hurla Tanya. Ouais, ouais, ouais !

Angela décocha à Maggie un regard venimeux. Ses cheveux brillaient tel du cuivre dans le rai de lumière, durcissant encore ses traits énergiques. Henry voulait sortir. Il aimait les enfants même s'il se sentait tellement maladroit et impuissant en leur compagnie qu'il la recherchait rarement, mais tout valait mieux que de rester là à regarder ces deux femmes faire des efforts pour ne pas se crêper le chignon. Il avait l'impression que les murs se refermaient sur lui. Mû par une impulsion, il se coiffa d'un chapeau imaginaire et s'inclina devant la petite fille en une profonde courbette.

— Si mademoiselle veut bien me montrer le chemin...

Elle éclata de rire, lui fit une révérence plongeante, relevant délicatement le bas d'une robe imaginaire de dame de la cour.

— J'ai appris ça à l'école, pour cette connerie de pièce. Venez. Je vais sauter par-dessus les canons.

— Pas de gros mots. Et ne la laissez pas...

Mais ils étaient déjà dehors, dans la cour. La fillette courait devant lui, gravissant les escaliers tandis qu'il suivait en faisant bien attention où il posait les pieds, respirant lentement de soulagement. Les marches étaient vertes d'humidité ; autant elle avait la démarche sûre, autant lui hésitait.

— Allez, hurla-t-elle. Viens !

Puis ils se retrouvèrent sur le bastion sud-est, avec vue sur la mer. La zone était ceinturée d'un mur à hauteur d'épaule. Henry coinça un pied dans un trou et se hissa, se penchant par-dessus la crête du mur pour vérifier s'il y avait quelque chose à voir. En son sommet le mur était si large qu'il ne put atteindre du bras l'autre côté de la paroi de pierre, qui allait s'inclinant et était humide au toucher. Le ciel et la mer emplissaient son champ de vision mais, lorsqu'il baissa les yeux, il constata que le fond du fossé était très loin tout en bas. Henry recula en hâte.

La fillette, dont le nom lui était déjà sorti de la mémoire, n'allait manifestement pas lui servir de guide et semblait avoir oublié son existence, ne voyant en lui qu'un spectateur, et cela lui convenait parfaitement. Il y avait un canon monté sur un affût dans le bastion suivant. Elle se précipita, l'escalada et s'assit dessus à califourchon. Puis, cramponnée des bras et des jambes au canon, elle progressa vers la gueule. Se lâchant des jambes, elle resta suspendue par les bras, son corps mince pendant dans le vide, les pieds à sept centimètres du sol. Puis elle sauta à terre, courut de nouveau vers l'arme et recommença la manœuvre. Elle avait l'air d'un petit singe mais cette fois lorsqu'elle atteignit la gueule elle continua d'enserrer le canon entre ses jambes, se lâcha des bras et resta suspendue tête en bas, cheveux flottants, mains tendues vers le sol. Elle semblait sans défense mais ce n'était qu'une apparence car soudain elle redressa le buste, empoigna le métal à pleins bras, desserra les jambes et se laissa tomber élégamment à terre. Henry s'approcha, anxieux mais applaudissant très fort.

— C'est bien, jeune fille, mais ça suffit, d'accord ?

Il allait lui toucher l'épaule, essayer de la calmer mais elle s'écarta d'un bond et s'en alla en courant. Il la regarda tandis qu'elle escaladait le mur. Elle resta debout sur la surface inclinée, mains tendues pour garder l'équilibre, et se mit à sauter sur la crête du mur. *Seigneur*. Henry aurait voulu courir lui attraper les chevilles, la tenir fermement, mais il ne pouvait qu'observer. Elle sautait avec élégance sans se soucier de la hauteur ni du danger, ses mouvements devenant de plus en plus rapides. Il songea au petit corps souple s'écrasant de l'autre côté de la muraille, se souvint des horreurs qu'il avait entendues à propos du petit garçon prénommé Harry, il imagina la fillette criant dans sa chute et l'espace d'un instant ferma les yeux. Lorsqu'il les rouvrit, elle avait disparu.

Il se précipita en avant tel un aveugle, la bile près de jaillir de sa gorge, une main sur ses lèvres. Il se sentit crier *Où es-tu ?* sans savoir si les mots franchissaient réellement ses lèvres. Il aurait voulu crier *Papa, au secours !* Cri à demi oublié venu du lointain de sa propre enfance. Il se mit à courir, dépassa les deux autres canons noirs qui, telles des sentinelles silencieuses, étaient pointés vers le néant. Il eut du mal à trouver un point d'appui pour sa chaussure dans le mur, essayant de se hausser pour jeter un coup d'œil de l'autre côté ; la surface rugueuse des pierres lui écorchait les doigts, il retomba en arrière à deux reprises. Il sentit se former dans sa gorge un début de sanglot, crut entendre un gémissement, mais il comprit que cela émanait de lui. Il se détourna du mur, le désespoir au cœur. A quoi bon tout ça ? *Au secours ! AU SECOURS !* Le canon apparut dans son champ de vision et, derrière l'arme, l'ébauche d'un mouvement. Il se tourna de nouveau vers le mur. Puis il y eut des pas très doux derrière lui et la fillette s'accrocha à sa taille en riant.

— Je t'ai eu ! s'écria-t-elle. Ah, merde, je t'ai bien eu, dis donc !

Henry se libéra, se tourna vers elle et la serra fort contre lui. Elle se débattit quelques secondes, refusant le contact, sans se douter que, s'il la tenait ainsi, c'était à la fois parce qu'il était soulagé et qu'il avait peur, ayant les mains libres, de la gifler de rage ; il tint bon tandis qu'elle se tortillait comme une anguille. Puis vint un moment où elle s'arrêta de gigoter. Elle lui passa les bras autour du cou. Ses cheveux qui sentaient bon le propre lui chatouillèrent le visage et elle soupira doucement au creux de son épaule. S'agenouillant à moitié pour être à sa hauteur, Henry lui passa les bras autour de la taille. Pas question de la laisser partir, de lâcher son blouson ou sa main, il allait la ramener à sa mère et, tandis que les battements de son cœur s'atténuaient, il s'aperçut que ce câlin lui plaisait et aussi le fait que la petite gredine pressait sa joue froide contre la sienne et lui chuchotait des mots à l'oreille comme s'il était ce qu'elle avait de plus précieux au monde. Comme s'il avait le pouvoir de lui donner la sécurité dans un monde qu'elle s'échinait à peupler de dangers. Ils restèrent dans cette position un petit moment. Elle fredonnait une chanson qu'il ne reconnut pas.

— On va attraper froid ici, murmura-t-il finalement. Et tu sais, faut pas que tu remontes sur ce mur. La chute serait terrible.

Elle le repoussa, les mains sur ses épaules pour mieux le voir. Elle avait un sourire éblouissant. Ce fut pour lui comme une bénédiction ; il eut envie de pleurer.

— Pourquoi ? Neil me laisse faire, lui.

— Qui ça, Neil ? Ah, Neil.

— C'est un peu mon papa. Il me laisse jouer.

Ce n'est pas possible, il veut ta mort, songea Henry. Ils marchaient main dans la main gentiment, tranquillement. Il lui était venu un absurde instinct protecteur et il se sentait bizarrement privilégié.

— ... et Francesca, elle me laissait aussi, quand j'étais beaucoup plus petite. (Ton bien sage de vieille femme qui évoque une autre époque.) Mais seulement si j'avais une corde autour de la taille, et elle, elle tenait l'autre bout de la corde et elle me surveillait tout le temps. Cesca, c'était un peu ma maman, mais elle est partie pour longtemps. Neil dit qu'elle va me laisser tous ses sous un jour. Mais tu parles si je m'en fous.

Il sentit une nouvelle poussée de tension. Il lui serra la main, s'immobilisa, la fixa d'un air sérieux. Elle commença à épousseter ses vêtements avec des précautions superflues, s'assurant qu'elle n'avait pas de traces noires, les frottant avec sa manche.

— Pourquoi est-ce qu'elle prenait la peine de te faire mettre une corde autour de la taille ? questionna-t-il, mine de rien. Etant donné la façon dont tu escalades ce canon, ma puce, tu pourrais facilement faire le tour de ces murs en courant sans tomber, pas vrai ?

Tanya fronça le nez, haussa les épaules sans lui lâcher la main. Sa petite main était confiante, fraîche au toucher. Il essayait de se rappeler à quel âge les enfants commençaient à transpirer. Ce n'était pas encore pour tout de suite. Il l'écoutait.

— *Elle* disait que seul un *imbécile* tomberait du mur dans un fossé. *Elle* disait que je pouvais me casser les bras et les jambes mais sûrement pas par bêtise. Etre courageux, c'est bien, disait-elle, mais être stupide, non.

Il reconnaissait les expressions et cette voix autoritaire. Les voyelles de Tanya s'étaient allongées pour imiter la prononciation de Francesca. Il faisait plus froid sur les remparts. Ils marchaient plus lentement. Elle fourra la main dans la poche de Henry.

— Pourquoi est-ce que tu sautes comme ça sur les murs ?

Elle fouillait dans sa poche à la recherche d'une trouvaille. Bingo. Du chocolat. Il se demandait comment il avait atterri là, impossible de se rappeler l'existence de ce chocolat. Elle le brandit, décida de se l'approprier, le transféra dans sa poche et, au soulagement de Henry, remit sa menotte dans la sienne.

— Je suis ravi que tu aies déniché ça, dit-il sur le ton de la conversation. Ça te revient de droit, parce que tu es une maligne. Mais je te demandais pourquoi tu aimes courir sur la crête des murs, me flanquer la frousse comme ça. Pourquoi tu fais ça ?

— Parce que j'en suis capable. Voilà pourquoi. Elle aussi elle le faisait quand elle était petite.

— OK.

— Cesca, elle disait que c'était pas bien de dire OK, que c'était de la paresse, ajouta-t-elle. Je le dis plus.

— OK, reprit-il. Ça, c'est ce qu'elle pense. T'es pas obligée de faire tout ce qu'elle dit.

— T'es OK, toi, dit-elle à Henry, qui se sentit agréablement flatté.

Ils avaient fait tout le tour des remparts et il n'avait pratiquement rien remarqué si ce n'est qu'après avoir dépassé quelques autres canons côté mer, il n'y avait pas grand-chose à voir en matière de paysage ; ils étaient presque revenus à leur point de départ, seulement à un niveau plus élevé. Sa petite compagne, qui avait bavardé tant et plus, le conduisit vers la porte sur laquelle on pouvait lire une pancarte BOUTIQUE/SORTIE. De derrière la porte lui parvenait un brouhaha de voix, voix qui parlaient vite, voix furieuses mais qui ne criaient pas. C'était un bruit qui pénétrait les murs. A contrecœur, il lâcha la main de Tanya, lui pardonnant de lui avoir fait si peur. C'était une fillette si belle... Il aurait sauté dans le fossé, il l'aurait laissée lui atterrir dessus, si ç'avait pu lui faire plaisir.

Ils pénétrèrent dans la boutique et il y eut un de ces changements de température subits auxquels il commençait à s'accoutumer. Alors qu'ils descendaient l'escalier, ils s'étaient mis à tousser presque d'un commun accord. Le silence s'était établi dans la pièce. Maggie et Angela leur souriaient avec sollicitude. Henry se rappela les gens qu'il avait vus sur la plage, qui attendaient le retour de leurs chiens pour pouvoir les remettre en laisse.

— Hello, fit Maggie, vous vous êtes bien amusés ? On a pris le thé. On a fini. Dommage.

Angela se pencha sous le comptoir à la recherche de quelque chose. Tanya, qui avait lâché la main de Henry, paraissait gênée. Henry se tourna vers Maggie.

— Eh bien, je viens d'avoir un avant-goût de la paternité. Je ne suis pas sûr que ça me plaise vraiment. La paternité, ça ressemble à une longue crise cardiaque.

Maggie sourit faiblement. Il tourna les yeux vers les étagères, faisant mine de s'intéresser à leur contenu. Repéra des chocolats dans un emballage cylindrique blanc, pareil à un rouleau de pièces de monnaie. Il se souvint de la petite main dans sa poche, de la trouvaille. Pauvre chou ; elle l'avait piqué et il se sentait plein d'admiration pour son tour de passe-passe. Il plongea la main dans sa poche, y cherchant de la monnaie.

— Je crois que je vous dois...

— Maman ! s'écria Tanya d'une voix perçante. Maman ! *Il* m'a serrée contre lui, il m'a appelée ma puce, il m'a donné du chocolat et il va revenir bientôt, hein, maman ?

Il y eut un silence complet.

Angela émergea de derrière le comptoir, le visage blanc comme de la craie.

— *Quoi ?* Il a fait quoi ?

Maggie tira Henry par la manche. De l'autre main, elle prit des dépliants touristiques annonçant le programme des réjouissances de la région et les fourra dans sa poche en parlant.

— On va y aller maintenant, Henry. Qu'est-ce que vous en pensez ?

— Mr Evans peut revenir, fit Angela assez sèchement. Il y a des tas d'autres choses à voir. La vieille geôle, par exemple. Peut-être qu'il aura l'occasion d'y séjourner.

Le soleil avait eu raison de la brume. La circulation s'était intensifiée. Henry entendait tinter les cloches des églises. Maggie et lui revenaient à pied vers la plage en silence. Il voulait sentir les galets rouler sous ses pieds. Ils s'assirent sur un banc pour regarder l'eau.

— Vous avez des enfants, Henry ?

— Non. J'ai jamais réussi à rester assez longtemps avec la femme qu'il fallait. Ou à lui poser les bonnes questions. Et vous ?

— Non. Je ne sais jamais trop quelle attitude adopter en leur présence. Encore moins avec celle-là.

— C'est quelque chose, cette petite. Je comprends que sa mère la couve.

Maggie se débarrassa du châle qu'elle avait autour du cou et le plia avec soin. La matinée était plus tiède, il y avait décidément du printemps dans l'air. Elle désigna du doigt l'horizon.

— Regardez, dit-elle, on voit la France. Ça signifie qu'il va pleuvoir.

Sa voix était triste, teintée de résignation.

Il attendit. Henry n'avait pas son pareil pour attendre qu'on lui fournisse des informations. Lui-même était un patient disséminateur de renseignements de toutes sortes et un homme doté d'une excellente écoute.

— Tanya était la petite protégée de Francesca, lui expliqua Maggie en lissant le châle entre ses mains. Elle a été adoptée par Neil et Angela. Francesca, qui les connaissait, les y a encouragés. Finalement ils ont hérité de l'enfant dont personne ne voulait se charger. Ce n'était pas un bébé, c'était une petite fille de cinq ans avec un teint bizarre et des antécédents terribles. Sévices, maltraitance. Très vulnérable. Angela et Neil se sont séparés peu de temps après. Francesca a assumé un tas de responsabilités et pourtant Harry n'était qu'un bébé à l'arrivée de Tanya. Je crois que le départ du mari de Francesca les a encore rapprochées.

— Pourquoi est-il parti ?

— Qui sait ? La grossesse avait été difficile et elle n'avait pas beaucoup de temps à lui consacrer, j'imagine. Francesca avait toujours tout son temps pour tout le monde. Il a dû avoir du mal à avaler la place que les autres tenaient dans sa vie.

— Salopard, fit Henry d'un ton pénétré.

— Ne le sont-ils pas tous ?

Maggie sortit un paquet de cigarettes, le lui offrit : Henry en prit une machinalement et accepta du feu. Encore une dose de poison, qu'il prenait pour faciliter la conversation, ça ne prêtait pas à conséquence. Il avait oublié d'avaler ses vitamines ce matin ; la nicotine lui tourna un peu la tête mais, bien que ses repères en matière de savoir-vivre fussent brouillés par son nouvel environnement, il savait qu'il lui fallait accepter cette cigarette, que c'était important.

— Bon. Francesca a la trentaine avancée, un boulot, un enfant malade, et en plus elle trouve le moyen de s'occuper de la petite Tanya ? C'est pas possible, c'était une malade de l'autopunition.

— Francesca avait une énergie à toute épreuve, un courage ahurissant. Son père avait été gardien du donjon. Elle a effectivement vécu dans un château ; elle était destinée à prendre les choses en main et à faire abstraction de ses sentiments. Elle paraissait étonnamment compétente, coriace. Mais elle ne l'était pas, voyez-vous. Elle ne l'était pas. Elle était en train de craquer psychologiquement.

— Elle aurait dû reconnaître qu'elle ne pouvait pas

y arriver, fit Henry, furieux, en écrasant la cigarette sous son talon et en la réduisant en poussière.

Puis, songeant à autre chose : *Elle aurait dû me* DEMANDER *de rester avec elle, de ne pas partir. Compter sur le fait que j'étais plus âgé. Elle aurait dû m'avouer qu'elle avait peur. Elle n'aurait pas dû dire : Fais ce que tu dois faire, Henry, mais me dire au contraire : J'ai besoin de toi.*

— Oui, elle aurait dû, fit Maggie.

Un chien s'arrêta pour renifler le banc. Son maître s'arrêta lui aussi. A l'évidence, c'était le chien qui menait la danse, le maître qui suivait.

— Je pourrais demander à Francesca, peut-être qu'elle aimerait vous voir.

— Non.

Elle se leva, prit son sac, sortit de sa veste les dépliants touristiques et les lui passa.

— Dans ce cas, vous feriez mieux de continuer à visiter la ville. Essayez donc d'aller faire un tour à la vieille geôle ainsi qu'Angela vous l'a conseillé : vous verrez quels barbares nous sommes. L'hémiplégie de Harry était sévère. A une autre époque, on l'aurait précipité du haut des murailles. Elle avait peut-être des excuses.

Henry marchait. Il marcha d'abord sur les galets, loin de la ville, jusqu'à ce que les contours du château, la brume étant revenue, lui apparussent estompés lorsqu'il fit demi-tour pour les regarder. Il marchait et regardait ses pieds se frayer un chemin au milieu des cailloux avec un bruit satisfaisant jusqu'à ce qu'il ait l'impression d'avoir les cuisses en feu ; il eut la sensation que ses chaussures ne le protégeaient plus. Les galets devenaient plus gros, la plage plus pentue, si bien que par moments il disparaissait dans une vallée de pierres, sans autre échappée sur la mer ou la terre. Cela convenait à son état d'esprit. Il était passé devant une flottille disparate de bateaux de pêche pathétiques avec leurs lourdes coques et leurs lignes inesthétiques ; il s'était arrêté pour observer les hommes qui en avaient fait sortir un au treuil et il l'avait entendu gémir comme une baleine à demi morte. Puis il avait longé une aire de jeux pour les enfants, écouté depuis la plage leurs piaillements perçants sur les balançoires et il s'était éloigné à la hâte. Une mère était sans doute apte à établir une différence entre un cri d'enthousiasme et un cri de douleur. Il se retrouva ensuite sur une plage si pentue que la perspective de gravir la montée le découragea, et là il fut enfin capable d'imaginer qu'il était complètement seul.

Le chemin côtier au-dessus du rivage le conduisit à travers des buissons grêles, ponctués de petits arbustes aplatis par le vent. En dehors de la ville l'endroit était assez désolé ; il n'y avait rien de vert ou de réconfortant. Un kilomètre et demi plus loin le terrain plat s'élevait, formant une colline qui enserrait et surplombait une crique. Le chemin s'interrompit. La baie résonnait du bruit fantomatique d'un aéroglisseur qui effectuait la traversée vers la France, un bruit puissant, diffus, étrange, qu'il avait déjà entendu au loin dans la matinée. Ce bruit paraissait emplir le ciel. Il se prit à souhaiter être sur ce bateau, qu'il glisse ou non. Il se prit à souhaiter n'avoir jamais vu cette bande de côte, regretta de l'avoir parée du charme dont elle l'avait dotée dans ses descriptions. *On voit à des kilomètres et des kilomètres à la ronde ; on peut même voir un autre pays*. Ouais. Seulement si on vit dans un château conçu pour tuer les pauvres crétins qui essaient d'y pénétrer. Henry fit demi-tour pour retourner à la maison. Ce foutu bâtard noir l'avait suivi de nouveau. Il poussa un cri et, lorsqu'il le vit tourner les talons, il le regretta.

La maison. Fallait arrêter de dire ça. Il sonna, grommela un bonjour et monta s'isoler dans sa chambre. Jeta sa valise sur le lit et se mit en devoir de faire l'inventaire : passeport, chèques de voyage, tickets, nom de son interlocuteur chez Ferguson, journal de bord. Ces gens ne savent donc pas combien je suis important ? La lumière commençait à se faufiler hors de sa chambre ; tous les documents qui jonchaient le couvre-pied de soie ondoyante ressemblaient à une déclaration d'intention dénuée de conviction. Ils étaient si petits... Il était tenté de regarder la mer si brumeuse, si infinie qu'il finit par la trouver repoussante. En outre, le soleil avait tourné. Il brillait à travers la fenêtre de l'autre côté de sa porte restée ouverte. La fenêtre à guillotine s'ouvrait sans problème. Les coudes sur le rebord, il regarda en bas.

Toits rouges de traviole et disparates ; cheminées, des grandes, des petites, avec de la fumée ; aucune trace nulle part d'homogénéité. Il distinguait les tuiles rouges usées, gauchies par l'âge, les fenêtres qui luisaient, un mélange de couleurs claquantes et un millier d'endroits par où Mary Poppins aurait pu s'introduire. Il distinguait les murs peints en blanc, le pignon arrondi de la maison d'en face et la petite allée. Puis il braqua les yeux vers le jardin de la Maison des Sortilèges, attiré par le bruit d'une eau cristalline.

Tropical, là-dessous. Masse de feuillages verts, un drôle de truc avec des grappes, un gros buisson avec des fleurs minuscules et blanches. Un petit étang sur le côté, où le soleil se reflétait, de l'eau qui jaillissait d'une gueule de terre cuite dans un bassin limpide. Un sol de brique qui sinuait, de la verdure entre les pierres, des buissons qui cachaient les plates-bandes d'où jaillissaient, bleu gentiane éclatant, des plantes alpines dans le coin opposé du bassin. Un chemin arrondi conduisant à une pergola couverte de verdure abritant un petit banc de bois qui semblait avoir poussé là. De son perchoir, c'était une perfection que seule entachait la présence de Tim qui, en combinaison, le derrière en l'air, sortait d'une petite maison préfabriquée posée au milieu de tout ça. La maisonnette était en plastique jaune citron avec des volets roses, un toit vert acide et une porte bleu roi. Telle une verrue défigurant un doigt magnifiquement manucuré, elle constituait un défi au bon goût. Tim s'employait à l'épousseter. Oubliant tout le reste, Henry dévala l'escalier, traversa la cuisine, sortit par la porte de derrière. Il dépassa Peter qui remplissait les seaux de charbon pour les flambées.

D'en bas, le jardin était encore plus impressionnant. La laideur d'un abri de jardin utilitaire et d'un tas de compost était dissimulée derrière la pergola. L'endroit était plus grand qu'il ne semblait vu d'en haut. Et même au cœur de l'hiver il y avait de la couleur.

— Mais c'est *formidable.*

Henry était un passionné de jardinage, il lisait des journaux, des ouvrages sur les jardins, il les visitait, il rêvait d'en créer un qui l'eût changé de sa pelouse parfaitement terne.

— C'est notre œuvre, expliqua Tim. Tout ce que vous voyez, ce sont des choses qu'on a récupérées ou recyclées ou qu'on a mendiées à droite et à gauche. Les briques viennent d'un mur en démolition. Laissez-moi vous dire que je me suis drôlement esquinté le dos pour les trimballer. On a fait pousser la quasi-totalité des plantes et on a construit le bassin à partir de rien. On est très contents de récupérer ce que les gens jettent.

— Mais... et ça ?

Henry tendit un doigt qui tremblait vers la maisonnette en plastique avec son rose artificiel et son bleu qui ne l'était pas moins. Tim venait de finir de l'épousseter et de la nettoyer, et il examinait son ouvrage avec satisfaction. Le plastique était impeccable de propreté, et elle n'avait pas la tristesse des objets et accessoires d'été qu'on laisse traîner dehors dans le froid. Elle semblait au contraire prête à accueillir un occupant imminent.

— Oh, je vois ce que vous voulez dire, fit-il, soulagé de constater que le chien s'approchait pour renifler la porte de la maison. C'est la niche de Senta, n'est-ce pas ?

— Seigneur, non ! se récria Tim. Elle n'est autorisée à y pénétrer qu'exceptionnellement.

Les deux hommes se regardèrent. Peter prit la parole avec l'approbation tacite de Tim.

— J'espère que ça ne vous contrarie pas, mais on sait que vous avez eu une petite conversation avec Maggie ce matin. Au sujet de Francesca. Autant vous le dire. C'est la petite maison de Harry. C'est là qu'il jouait quand Fran nous le confiait ; on l'entretient, pour quand il a envie d'y venir. Il vit dans ce jardin, vous voyez. Pas tout le temps, seulement quand il y a du soleil.

Tim confirma d'un hochement de tête ce fait irréfutable. Peter désignait du doigt les volets ouverts de la maisonnette de plastique.

— Il y a son petit sac de couchage qu'il aimait tellement et son petit châle qu'il mordillait, et aussi son ours en peluche qu'il traitait d'une façon épouvantable. Il passait son temps à le jeter, et après il hurlait pour le récupérer. Amour et haine, vous connaissez la chanson. Bien sûr, on rentre les draps et le châle la nuit. Il aurait trop peur tout seul, dehors dans le noir.

— Ça fait plus d'un an que ce gamin est mort, dit Henry brutalement. Noyé, enterré, incinéré. Mort.

— Oui, acquiesça Tim, l'air de réfléchir. Oui, on pourrait dire les choses comme ça.

— Alors c'est son fantôme qui revient jouer ? Il glisse le long d'un putain de rayon de lune ?

— On savait que vous comprendriez, Henry, approuva Tim avec un sourire éclatant. Vous êtes un homme compréhensif. Vous savez, ç'a été *terrible* pour nous après sa mort. On n'avait pas vraiment la possibilité de porter le deuil, vous voyez, il y a des tas de gens qui ont pensé que Francesca était complètement cinglée de nous le confier trois ou quatre après-midi par semaine, mais il *adorait* venir nous voir. On est doués pour s'occuper des gens, particulièrement des enfants, et on l'adorait.

— Vous voyez, Henry, fit Peter, continuant le récit, il y a encore des tas de gens qui pensent qu'être *pédé* et être pédophile, c'est la même chose. Qui se figurent qu'on passe notre temps à se sauter. Comme des lapins. Alors qu'on est juste un vieux couple, aussi désireux de veiller sur un enfant et de l'empêcher de se faire du mal que des grands-mères anxieuses. Quand Harry a disparu, je peux vous le dire, la police s'est précipitée ici comme une flèche.

Ils auraient retourné le jardin de fond en comble si le gamin n'avait pas été retrouvé aussi rapidement et si Francesca n'avait pas avoué. Je suppose que nous devrions lui en être reconnaissants.

— De ça et du reste, murmura Tim. De nous avoir permis de faire sa connaissance pour commencer. C'était un enfant adorable, mignon comme tout.

Compte tenu des bouleversements émotionnels de la journée et de son chagrin de la veille, Henry n'avait pas eu le temps de réfléchir à l'identité de l'enfant mort et ne voulait pas s'appesantir sur ce point. Tout ce qu'il avait considéré comme important, c'étaient les conséquences de son décès abominable. Il voyait le tableau : ce « meurtre » avait bouleversé des tas de vies et pas seulement celle de la meurtrière ; les retombées n'avaient pas fini de se manifester. Jusqu'à présent personne n'avait parlé avec amour de cet enfant. Tim pleurait ouvertement et Peter lui tapotait l'épaule.

— Venez, rentrons, on a tous besoin d'un peu de thé, dit-il. Et puis, au cas où Henry ici présent commencerait à voir des fantômes, on ferait mieux de lui montrer à quoi ressemblait Harry. Pour qu'il ne s'en fasse pas une idée fausse.

Henry ne voulait rien de tel : cette conversation lui inspirait de l'horreur mais il voyait mal comment y échapper. C'était lui, après tout, qui s'était invité dans le jardin, lui qui n'avait pas réussi à garder ses distances, et maintenant il était pris au piège. Piège confortable dans la cuisine tiède tandis que le monde dehors s'assombrissait et qu'il était assis les coudes sur la table, un chien placide sommeillant à ses pieds. Le thé lui fut servi dans une théière brune énorme qui semblait bien trop lourde à soulever mais dont s'exhalait un parfum agréable d'Earl Grey, une tranche de citron dans la tasse. Cela lui fit du bien après ce qu'il avait mangé dans la journée et le rafraîchit. Peter entra, apportant le téléviseur.

— On a une vidéo mais je préfère les photos. Vous voyez ce que je veux dire ? C'était *un ange.*

— Jamais il n'a été question d'un autre coupable ? questionna Henry, désespéré.

— Eh bien non. Quelqu'un pêchait sur la jetée un peu plus tôt. Qui a laissé son matériel sur place et n'est pas revenu. Des tas de gens en voulaient à Francesca. Oh, regardez !

Henry vit la tête de Francesca, visage camouflé par ses cheveux, tandis qu'agenouillée derrière l'enfant elle le soutenait, les mains sous les aisselles, agitant les doigts devant l'appareil. Elle le maintenait debout. Il semblait prêt à basculer vers l'avant. Et puis il se mit à courir, le bras droit plié comme un piston, le poignet gauche replié. L'angle du bras s'agrandit tandis qu'il se déplaçait. Il courait comme un ivrogne, air de détermination douloureux sur le visage, morve au nez, ecchymose sur le front.

— Ça, c'est lui à deux ans, quand on a fait sa connaissance, dit Peter affectueusement. En grandissant il est devenu encore plus beau. Après avoir appris à tomber correctement.

Henry s'obligea à avaler le thé qui menaçait de l'étouffer, la pitié le disputant à la répulsion. L'enfant dont il voyait le visage était laid. Ç'aurait pu être un vieillard. Visage crispé, ratatiné, sourire de guingois. Horriblement vilain à regarder. Une chose qu'on aurait aimé pouvoir étouffer sous les couvertures. Un enfant maudit physiquement, qui demandait qu'on le cache dans un coin sombre. Laid comme le péché. Il s'efforça d'avoir une réaction appropriée. La perfection de Tanya fulgura à travers son esprit et aussi le sentiment qu'il avait éprouvé en la tenant dans ses bras. L'enfant qui était sur l'écran semblait prêt à mordre, consumé de rage.

— Pauvre petit poussin, dit Tim d'une voix tremblante. En le regardant, Henry, vous serez d'accord avec moi : il faut vraiment savoir qui l'a tué. Sinon il va continuer de hanter sa petite maison. Ne vous inquiétez pas toutefois. *Vous,* ça ne risque pas de vous arriver. Pourquoi vous hanterait-il ? Il ne hante que *nous* parce que nous ne voulons pas le laisser partir.

— Sa mère l'a tué.

— C'est la version officielle, et bien triste, oui. Mais *lui* pense que ce n'est pas forcément la bonne. Malheureusement, il n'a jamais été très habile pour s'exprimer, et il ne semble pas en mesure d'avancer une explication. Mais il a tout à fait le droit d'exprimer des réserves. Après tout, si quelqu'un a connu sa mère mieux que quiconque, c'est lui.

Henry mit ses mains sur ses oreilles pour empêcher les mots de pénétrer son cerveau. Il voulait donner un coup de poing sur la table, faire trembler les tasses. Il retira les mains de ses oreilles, les posa à plat devant lui, leur ordonnant de se comporter correctement. Tim lui tapota le poignet pour le consoler.

— C'est pour ça qu'on est si contents que vous soyez là, Henry. Ça fait un bail qu'on vous attend. Il faut absolument que quelqu'un tire l'affaire au clair et, comme c'est pas nous qui allons y arriver, il faut que ce soit vous qui vous y mettiez, n'est-ce pas, Peter ?

Ils lui souriaient de toutes leurs dents comme à un fils prodigue qui aurait réintégré le foyer, à qui tout était pardonné et pour qui on avait tué le veau gras.

Henry fit non de la tête et les quitta. Il grimpa l'escalier jusqu'à sa chambre. Le feu qu'ils avaient allumé en milieu d'après-midi sans savoir quand il rentrerait luisait doucement. Les chemises qu'il avait jetées dans un coin avaient été lavées et repassées. Il continua son inventaire, refit sa valise, la laissa ouverte par terre. Il regretta que sa collection de gélules et de comprimés ne comporte pas de tranquillisants.

Il ouvrit son ordinateur portable et s'écrivit une note.

TIRE-TOI D'ICI, HENRY.

ON N'A PAS BESOIN DE TOI.

TU N'AS RIEN A OFFRIR. RIEN DU TOUT.

C'est plus facile aujourd'hui. Plus facile de respirer et plus facile d'écrire. J'aime bien ces petites pilules.

Je ne peux pas davantage dire à ma copine de la cuisine que j'ai été élevée dans un château que je ne peux survoler la lune. Elle penserait que je me fous d'elle. Encore que, si je lui expliquais que mon père n'en était que le gardien et moi la fille du gardien, elle trouverait ça moins difficile à avaler. Au début elle n'aimait pas du tout ma façon de parler. Je ne peux pas changer mon accent et, bien que possédant le don familial de l'imitation, chose que les enfants adorent, je ne peux pas imiter les gens pendant longtemps. Ma voix, elle l'a oubliée maintenant, et c'est tant mieux ; parce que c'est facile de se faire des ennemis ici et qu'elle est plus costaude que moi, de même que socialement elle a plus de poids. Je crois que si elle m'a pardonné mes intonations et ma manie de faire des phrases complètes, c'est parce que je l'aime bien, oui vraiment je l'aime bien, et qu'elle ne comprend pas trop pourquoi.

J'ai bel et bien grandi dans un château même si c'était dans la petite partie qui était au cœur du château et si, quand j'étais petite fille, je n'avais pas l'impression que c'était un privilège. En tout cas, je ne passais pas mon temps à entrer ou à sortir, je n'en possédais pas non plus la clé. Et l'espace que nous occupions n'était ni vaste ni luxueux, simplement suffisant pour un ancien militaire qui faisait passer l'efficacité avant le confort et pour sa femme, laquelle s'était aperçue qu'elle avait épousé un excentrique ayant fleuri sur le tard et avait cessé de prendre des décisions. Nous rejouions le débarquement en Normandie et elle, pendant ce temps-là, elle tricotait. Elle ne pouvait pas être assise et tricoter tout en regardant la vue parce que les fenêtres étaient trop hautes, c'est pourquoi elle se tenait debout. Le donjon était un bâtiment utilitaire destiné à des soldats. C'était aussi un endroit génial pour y organiser des fêtes et des réunions de famille (impossible de me rappeler quand l'oncle Joe en a été exclu), un terrain de jeu idéal, mais une épouse fière de son foyer aurait bien sûr préféré un petit bungalow.

Privilégiée, moi ? Oui, je l'étais, si je m'étais donné la peine de réfléchir à la question, à l'époque. J'adorais ces créneaux, j'adorais hisser le drapeau, j'adorais me tenir au niveau de la mer. Nous ne repoussions pas les envahisseurs, nous les invitions à entrer, particulièrement Maggie, mais nous fermions les portes à clé lorsqu'ils étaient repartis. Nous dominions le monde, disait mon père, et il avait entièrement raison. Il ne voulait pas dire que c'étaient les Anglais qui dominaient le monde ; il voulait dire nous, notre famille. Le psychiatre qui m'a examinée à mon arrivée ici m'a demandé si ça m'avait donné une certaine façon de voir la vie. (Il insistait beaucoup sur l'isolement que peuvent engendrer un environnement et l'appartenance à une classe sociale.)

Je commence à faire des phrases, il faut que je m'arrête.

Ça m'a rendue économe. Ça m'a permis de devenir bonne en cuisine, lessive, couture et de me moquer des apparences parce que nous faisions tout nous-mêmes, que rien ne nous appartenait. Nous étions les gardiens de la génération d'après. Je lui ai dit qu'il y avait des moments où ça me donnait envie de vivre dans une cabane, dans un arbre, dans le jardin de quelqu'un d'autre.

J'ai hérité d'un sens du devoir absolument ahurissant. Et je lui ai dit qu'avant tout ça me rendait extraordinairement humble.

Et arrogante aussi et douée pour la manipulation. Avec un désir d'occuper une certaine place parmi mes semblables, l'incapacité de supporter les échecs de la vie ordinaire et de la condition de parent. Ça m'avait donné également une tendance à tout régenter, à donner des ordres. Le fait d'avoir été élevée au voisinage des canons et dans le culte de la guerre, d'être en conséquence capable de violence et d'agressivité.

Je suis heureuse de m'être souvenue de ce passage. Car il a trouvé ça parfaitement convaincant.

FMC

6

En fin d'après-midi, alors qu'il commençait à pleuvoir, Angela Hulme prit le volant pour aller voir oncle Joe. Il habitait une résidence pour personnes du troisième âge, située près du terrain de golf sur lequel il avait passé l'essentiel de son temps. Lorsqu'elle lui avait confié la mission de rendre visite à cet étranger, Francesca avait assuré à Angela qu'elle n'aurait aucun mal à le reconnaître. Aîné de trois frères, seul rescapé de cette génération, il n'avait jamais brillé par son ardeur au travail. C'était un dépravé qui après des années de golf et de consommation intensive de gin avait un visage rougeaud et semblable à du papier de verre. Angela avait promis de s'en occuper et, bien que propriétaire maintenant de la voiture de Francesca, elle s'en voulait encore de cette promesse qu'elle ressentait comme une obligation. *Le frère de mon père est tout ce qui me reste de lui ; je t'en prie, fais ça pour moi, Angela.* C'était Francesca qui aurait dû être avocate tant elle possédait l'art de persuader les gens de faire ceci ou cela sans leur donner explicitement des ordres. Mais les enseignants eux aussi avaient ce don.

Elle lui avait suggéré d'emmener Tanya avec elle, mais là Angela s'était rebiffée. Elles avaient essayé ; Tanya aimait bien l'oncle, seulement elle parlait trop et elle l'épuisait. Francesca était d'avis que c'était bon pour les petits d'avoir des contacts avec les vieux, mais Tanya n'était pas à sa place au milieu de ces débris, même s'ils adoraient voir des enfants. Angela n'était pas d'accord pour que la petite se mêle aux anciens : ils avaient trop tendance à critiquer et débiner tout le monde, même si oncle Joe échappait à la règle. Il n'était que douceur et lumière, raison de plus pour laisser Tanya avec Neil, car Angela adorait secrètement l'avoir pour elle seule. Sa vie manquait cruellement de compagnie adulte ; il n'y avait pas grand-chose qui échappait à l'oncle et il ne songeait jamais à lui donner des leçons ni à lui faire la morale.

Elle prit la direction de Ramsgate, dépassa une autre ville et s'enfonça dans l'arrière-pays plat. La route traversait les installations de Ferguson. Elle aurait pu y dénicher un boulot ; c'est ce que tout le monde faisait. Le terrain occupé par Ferguson était vaste, et même le dimanche le parking était encombré de voitures flambant neuves. Pour mettre au point et distribuer des médicaments, il fallait qu'il existât des milliers de malades. Maggie lui avait dit au château que Henry Evans, le touriste, allait travailler là ; pas étonnant qu'elle ne l'ait pas trouvé sympathique, même avant qu'il fasse de l'œil à sa ravissante fille. Quel imbécile pouvait s'imaginer acheter Tanya avec du chocolat ? Un imbécile dans son genre. Elle allait raconter ça à oncle Joe. Peut-être que Henry Evans connaissait un médicament capable de faire oublier à sa fille les expériences malheureuses qu'elle avait vécues. L'aider à se distancier de l'enfant dont les parents – des camés – avaient brûlé l'intérieur des cuisses avec une cigarette, l'avaient laissée allongée dans son vomi, provoquant une éruption de boutons massive sur son visage. Ils devraient trouver un remède à tout ça, ces bon Dieu de scientifiques, au lieu d'inventer des produits qui rendaient les hommes encore plus malades qu'ils ne l'étaient déjà.

Elle passa devant les bâtiments anonymes et commença à se détendre un peu. Elle laissait Tanya avec Neil l'esprit serein. Ç'avait beau être un type imprévisible à la sexualité à peu près aussi exacerbée que celle d'une limace, il faisait un père à mi-temps tout à fait passable pour une fillette qui avait besoin qu'on lui accorde un maximum d'attention sans s'attacher trop à elle. Neil ne s'énervait pas avec la petite et il était vigilant, à l'affût du danger. Même si Angela se disait qu'il aurait pu épargner à Tanya les jurons et les histoires de fantômes, celles-ci ne tiraient pas à conséquence car la fillette n'en croyait pas un mot. L'un dans l'autre, c'était parfait, Tanya faisant confiance à Neil même si elle le trouvait un peu bébête. Mais comme ça il ne risquait pas de bouleverser son fragile équilibre, ce qui arrangeait tout le monde.

Elle se gara sur la falaise de Ramsgate, endroit particulièrement désolé en hiver, ne convenant qu'aux moutons et à cette maison, aussi imposante que pouvait l'être une demeure battue par la mer et qui aurait eu besoin d'une sérieuse remise en état : usée sur les bords, fenêtres ourlées à cette époque de l'année d'une frange cancéreuse, peinture blanche grisâtre et écaillée. Le nouveau club-house du terrain de golf s'élevait à quelques acres de là, de l'autre côté de greens saturés de pluie. Cette bâtisse, dont elle s'approcha au sortir du parking courbée en deux sous la pluie, avait jadis été le bar des joueurs de golf. Pas étonnant qu'oncle Joe l'adore. Atteignant l'entrée, abritée de la pluie pendant le temps – un siècle – qu'on mettait à venir lui ouvrir, bras croisés, elle sentit sa rancœur revenir de plus belle en songeant aux ordres qu'on lui avait donnés un an plus tôt. Qu'est-ce qu'elle fabriquait là, à rendre visite à l'oncle de Francesca par un jour pluvieux, tout ça pour que l'infirmière bovine de l'agence d'intérim lui déclare : Monsieur qui ? Désolée, je ne connais pas les noms. Oh, oui, il était là, assis là-bas, visage rougeaud, fins cheveux blancs. Dans son fauteuil préféré, lisant le journal, comme Francesca le lui avait dépeint. La précision de la description et la gêne lors des présentations étaient à l'origine du petit jeu auquel ils jouaient encore aujourd'hui.

— C'est bien vous, oncle Joe ? fit-elle en se débarrassant de son manteau.

— Qui le demande ? répondit-il comme la première fois.

Il était assis à l'écart dans la chaleur du vestibule, regardant dehors par les portes à double vitrage chaque fois que son journal lui tombait des mains pour atterrir sur ses genoux. Elle trouvait bien qu'il se contente de lui présenter sa joue de papier pour qu'elle y pique un bref baiser. Elle lui offrit les perce-neige de Maggie, consciente qu'il aurait préféré du xérès ou du chocolat, malheureusement elle n'avait rien d'autre, et il rouspétait toujours quand elle lui faisait des cadeaux.

— Ma chère, vous n'auriez pas dû... Mais quel plaisir de vous voir ! Vous êtes jolie comme un cœur. J'aime beaucoup vos cheveux.

Oncle Joe était toujours très observateur, il la considérait d'un tel air d'approbation qu'elle se pavana un peu. Elle mettait des jupes pour oncle Joe, des boucles d'oreilles ou un bracelet pour voir s'il le remarquerait, et rien ne lui échappait. « Comme c'est beau, d'où ça vient ? » Cela faisait partie du rituel du dimanche, les frais qu'elle faisait pour lui, comme d'autres pour aller à l'église. Si elle ratait une visite, il ne lui en faisait jamais le reproche, c'était encore un trait de son caractère qu'elle appréciait. Il disait comprendre parfaitement ce qu'était la vie avec les enfants. Si cette mission ne la faisait pas à proprement parler sauter de joie, elle l'accomplissait cependant sans déplaisir.

Parce qu'il tenait à écouter. Il préférait ça à parler, appréciant les histoires du monde extérieur qu'on soumettait à ses commentaires bienveillants, surtout si elles concernaient Tanya. Francesca ne fut jamais plus mentionnée après la première visite, lorsque Angela eut expliqué qu'elle la remplaçait parce que Francesca était prise ailleurs. Il avait accepté la substitution sans barguigner et avec beaucoup d'élégance – « J'en ai de la chance de vous avoir au lieu de... » – et s'il avait lu des articles sur sa nièce homicide, il n'en avait soufflé mot, mais il fallait dire qu'oncle Joe n'avait que mépris pour le canard local et ne lisait que la presse de qualité. Lorsqu'elle s'était hasardée à lui expliquer ce qui s'était passé, il s'était contenté de secouer tristement la tête en homme que plus rien n'étonne. « C'est terrible pour vous, avait-il commenté, mais ne vous en faites pas. Très triste, mais c'est probablement mieux » ; et Angela, tout en sachant que cette réponse laconique était pour le moins incongrue, n'avait pu s'empêcher d'acquiescer en silence, bien qu'avec un sentiment de culpabilité. Par bien des côtés, la vie sans l'aide constante et généreuse de Francesca était plus difficile mais, par d'autres, elle était nettement plus simple. En tout cas, elle n'était plus là, avec son énergie indomptable, soutirant à Tanya affection et attention, l'influençant, et peut-être que dans quelque temps Tanya cesserait de parler d'elle. L'oublierait, comme elle réussissait à oublier tant d'autres choses.

Ils étaient seuls dans le vestibule, mais une des infirmières intérimaires de service le week-end s'approcha avec un plateau de thé et une assiette – des biscuits secs sans saveur que Tanya aurait repoussés. Angela se demanda si les biscuits étaient choisis par le personnel ou par les patients.

— Pourquoi vous asseyez-vous ici tout seul et pas dans le living où il y a un bon feu ?

— J'aime cet endroit. A l'écart des autres. (Il avait le regard pétillant.) Quel froid dehors ! Rudement gentil à vous de sortir par un temps pareil. J'en ai de la chance ! (Il s'installa plus confortablement. Il avait les mains qui tremblaient et il avait pratiquement perdu l'usage de ses jambes mais il s'habillait seul. Ses vêtements étaient attendrissants de vieillesse et de bonne qualité, il était propre comme un sou neuf.) Comment va la délicieuse enfant ?

— Elle fait des siennes mais ce n'est pas nouveau. Je me suis teint les cheveux pour lui faire plaisir et elle a eu le culot de me dire que ça ne lui plaisait pas...

— Tuut, tuut, fit-il avec un sourire indulgent.

— Et elle continue à parler de Francesca. A l'école. A la maison, même à des étrangers. Ce matin encore je l'ai surprise...

— Laissez faire le temps, laissez faire le temps, ma chère.

— ... avec un Américain, je vous demande un peu, au château. Un touriste que Maggie avait amené. J'ai eu l'impression qu'elle flirtait un peu avec lui. Et ce qui est certain, c'est que *lui* flirtait avec elle...

— Vraiment ?

— Je veux qu'elle soit à l'aise avec les étrangers mais je ne veux pas qu'elle soit familière. On ne sait jamais avec les gens, pas vrai ?

— En effet, on ne sait jamais.

— Enfin, elle est en sécurité avec Neil. J'essaierai de vous la ramener un de ces jours.

— Oh oui, un de ces jours.

Et pas : *excellente idée, vous devriez.*

— Je ne sais pas. Elle serait capable de cavaler sous la pluie. Elle a horreur de rester assise sans bouger. Neil arrive à la faire tenir tranquille, quelquefois. Moi, je dois la faire courir et sauter jusqu'à ce qu'elle soit épuisée ; cela dit, j'hésite à employer cette méthode, parce que, quand elle est fatiguée, elle est insupportable. L'autre jour sur la plage après l'école on avait dressé des sortes de haies. Elle avait besoin d'exercice pour se débarrasser de son trop-plein de vitalité. Elle court sur les galets comme sur une piste cendrée. Incroyable. Il me semble parfois entraîner un gros chien.

— Un chien !

— Oui. Un chien. Infatigable. Qu'il faut sortir deux fois par jour et nourrir ensuite. Elle aimerait avoir un chien, mais je ne sais pas trop, ce n'est pas seulement une question d'argent. Très franchement, fit-elle en baissant la voix alors qu'il n'y avait personne dans les parages, je ne suis pas sûre qu'elle ait la patience. Et moi non plus, d'ailleurs. Qu'est-ce que vous en pensez ?

— Les chiens, oui... c'est bien, les chiens.

— Oui, mais imaginez que je la laisse sortir seule avec un chien, tous les passants vont vouloir s'arrêter pour engager la conversation avec elle. A moins que j'achète un affreux clébard auquel personne ne s'intéresserait. Un clebs qui montrerait les dents à tout le monde sauf à nous...

— Oui !

— Comme ça, les curieux, ça les tiendrait à distance, non ? Une espèce de chien de garde, oui, c'est une idée au fond. Mais pas le foutu chien que Neil voulait nous fourguer. Vous savez quoi ? Ce matin il était tout gai. Ça ne lui ressemble guère. D'habitude il est tendu, mal à l'aise. Je lui ai parlé de l'Américain qui avait fait de l'œil à Tanya et il s'est contenté de hausser les épaules. Je lui ai dit que ce type avait quelque chose de louche...

— Louche, l'Américain ?

— Oui. Louche. Des hommes comme ça, faut les enfermer.

Oncle Joe se redressa et sourit à l'infirmière qui apportait le thé. Elle lui retourna son sourire. La progression de la tasse jusqu'à ses lèvres tenait du miracle. La tasse tinta lorsqu'il la reposa sur la soucoupe. Il se pencha vers Angela et se tapota le nez d'un air sagace.

— Cet Américain... Vous devriez le boucler. Avec un chien.

Il éclata bruyamment de rire et Angela fit chorus. Elle se sentait toujours mieux avec lui ; ils pouffaient fréquemment comme des gosses. Elle pouvait lui raconter tout ce qui lui passait par la tête. Aller le voir n'était pas une corvée, au fond. Il repoussa les perce-neige vers le plateau, les fleurs ne l'intéressaient guère et il savait qu'elle ne s'en formaliserait pas parce qu'ils avaient la même façon de voir bon nombre de choses. Elle ne venait pas mue par l'idée que Maggie chercherait à savoir si elle tenait sa promesse ; elle venait parce qu'il l'aimait bien et était d'accord avec elle alors que personne ne partageait sa façon de voir. Il se sentait seul ici, surveillé en permanence.

— On est mieux sans Francesca et Harry, pas vrai ? fit-elle, anxieuse, en prenant deux biscuits.

Elle n'avait pratiquement rien mangé au déjeuner.

— Mieux ? Beaucoup mieux.

— Je ne suis pas une méchante fille, n'est-ce pas, oncle Joe ? Je suis une bonne mère, pas vrai ?

Il lui tapota la main et la regarda avec affection.

— Oui. Très bonne.

Il lui disait toujours ce qu'elle avait envie d'entendre et il ne se souvenait de rien.

La pluie tombait à verse, le paysage vira au gris plombé avant que le noir du soir et la violence du dehors ne fournissent un prétexte commode à Henry pour rester tranquillement allongé à écouter de la musique et à ne rien faire. La pluie frappant contre le toit une berceuse chaotique, il dormit du sommeil du juste. Se réveilla en entendant un bruit, distingua la lueur rougeâtre du feu mourant, aperçut le châle où il l'avait posé, sur le lit, et se rendormit.

Il demanderait à Maggie de le remettre à Francesca. Et ce serait une affaire réglée.

Le ciel matinal l'amena à songer au plaisir qu'il y avait à habiter cette maison où il était inutile de baisser les stores et où il pouvait s'étirer nu devant la fenêtre. Henry tâta le petit bourrelet de graisse autour de sa taille, le pinça tristement, *et puis la barbe.* Mieux valait être enrobé que de croire aux fantômes ; mieux valait être un goret à l'engrais qu'un os de seiche.

Il dit une prière pour son père ; pas une prière s'adressant à une déité dûment répertoriée, quelques mots à celui qui pourrait les déchiffrer et les faire suivre. *J'espère que tu vas bien, papa. Ça te plairait ici, surtout la pêche, mais je ne suis pas sûr que ça me botte tant que ça, moi...* C'était tout simplement la suite d'une conversation quotidienne, destinée à tenir son père au courant, à lui demander son avis, sans attendre de réponse, histoire de s'encourager à voir les choses à sa manière. Ils s'étaient téléphoné si régulièrement qu'il lui était difficile de se défaire de cette habitude.

Et Henry assis à son bureau prêt à composer le numéro s'était interrompu en se rendant compte de ce qu'il faisait. S'apprêtant à papoter avec papa, petite bavette, bref échange de mots, parfois discussion. Papa était friand de débats.

En cet instant Henry eut l'impression que son intellect s'était endormi depuis la mort de son père, submergé par le chagrin, la perte, les reproches qu'il s'adressait et ce substrat de sentimentalité qui l'avait poussé à traverser l'Atlantique. Il était consterné de se revoir lisant de la poésie et pleurant comme un adolescent, se jetant dans la tristesse, et tout ça lui rappelant Francesca et ce qu'elle avait dû endurer. Se forçant à pleurer ne serait-ce que pour se purger d'un trop-plein d'émotion et essayer de se débarrasser de la boule de poils logée en permanence dans sa gorge. N'importe quelle femme douée d'un grain de jugeote l'aurait abandonné ; les enfants n'auraient eu que mépris pour ces transports de douleur. Son père les désapprouverait, c'était sûr. Henry se redressa dans son lit, les bras enserrant ses jambes repliées. C'était ça qu'il essayait de se rappeler la nuit, son intellect perdu et son amour des faits scientifiques. *Ne te contente pas d'accepter ce qu'on appelle les faits ; remonte à la source avant d'avoir l'arrogance de croire.* Il se frappa le front du tranchant de la main. Allons, Henry. Qu'avait-il rencontré ces derniers jours si ce n'est des gens qui lui avaient raconté de prétendus faits, des faits abominables ou peut-être des fantasmes, et pourquoi devait-il les croire ? Oui, il allait rentrer chez lui, mais pas uniquement à cause des propos d'un petit groupe de convives éméchés ou d'une cousine cinglée... Les on-dit ne sont pas des faits, les rêves non plus ; les faits n'ont pas de mobile ou de comptes à régler. Les faits sont dans les bibliothèques et il est malséant pour un homme d'oublier les disciplines si essentielles à sa nature.

Dans ce vertueux état d'esprit retrouvé, Henry prit son cocktail sophistiqué de vitamines et de sels minéraux qui pesaient une tonne dans le baluchon qu'il trimballait, gâchis d'espace pour un si court voyage. Il organisa sa journée selon ses anciennes habitudes, redevenant celui qu'il était avant que *tout ça* ne se produise. Plus d'alcool ; plus de nourritures riches en graisses ; il allait faire du tourisme, ne pas laisser *tout ça* lui gâcher l'existence, et il savait comment se rendre à la bibliothèque. Henry se voyait comme un alcoolique qui fait l'économie de la gueule de bois, mais malgré tout c'est sur la pointe des pieds qu'il se glissa dehors au lieu d'effectuer une sortie fracassante. Une enveloppe à son nom avec une clé à l'intérieur avait été posée près du café. *Pour vous éviter de sonner.* Il en fut touché.

Bibliothèque. Vieux comptes rendus de journaux. Les références étaient informatisées mais le document source, c'étaient les quotidiens eux-mêmes, pas assez anciens pour être jaunis. Un visage qu'il avait aperçu dans la rue les lui apporta.

Un petit garçon a été repêché par un bateau de pêche de Ramsgate hier matin. Il avait été gravement blessé. Un membre de l'équipage a déclaré l'avoir vu flotter avec le courant et avoir d'abord pensé qu'il essayait de nager. Une enquête a permis d'établir que l'enfant était Henry Chisholm, fils de Francesca Chisholm et de son mari Jonathan Saunders, qui vit séparé d'elle, à l'étranger. La mère avait signalé la disparition de l'enfant peu avant qu'on ne le retrouve. Mrs Chisholm, qui habite dans un prestigieux appartement de trois pièces sur le front de mer à Warbling, a déclaré à la police qu'elle avait laissé ouverte la porte de l'appartement pour donner un peu d'air et ne s'était pas rendu compte que le petit avait disparu. Le garçonnet était partiellement handicapé mais jouissait d'une grande mobilité. La mère, qui est sous le choc, reçoit des soins appropriés. La cause exacte du décès est inconnue. La police souhaiterait contacter le pêcheur qui a laissé son matériel sur la jetée.

OK. DES FAITS. Il sentait les faits au creux de son estomac. Ils avaient raison. L'enfant était mort. Le pauvre petit était passé sur un autre plan. *Mrs Saunders a identifié le corps de son fils. Quand on lui a demandé si elle pouvait expliquer ses blessures, elle a répondu qu'elle ne savait pas.* Et un éditorial : QUE CELA NOUS SERVE DE LEÇON A TOUS ! *Les enfants ne doivent pas être laissés sans surveillance...*

Il poursuivit sa lecture. Dans les journaux du lendemain, petit article retraçant la suite de l'enquête, couplet moralisateur, la mort, la négligence dont les enfants étaient victimes à travers tout le pays n'étaient pas l'apanage des classes sociales défavorisées mais s'observaient dans les meilleures familles et les plus aisées, la famille monoparentale était une maladie sans classe, etc. Il y avait une description de l'appartement de Francesca, dans la résidence voisine du château, *logement spacieux, belle vue sur la mer,* comme si cet élément avait pu jouer un rôle dans la tragédie. Henry ne se souvenait de la résidence, vue de la jetée, que comme d'un bâtiment terne et ordinaire, et pourtant dans l'article on laissait entendre que Francesca était une privilégiée. Avait-elle été riche ? Certainement pas. Pas suffisamment en tout cas pour s'offrir les services d'une employée de maison. *Elle a laissé des tapettes s'occuper de son petit garçon.* Elle était enseignante dans une école primaire et issue d'une famille plutôt bourgeoise. Mais Henry savait qu'en Angleterre bourgeoisie et argent ne vont pas nécessairement de pair. Puis le lendemain. *Une femme a été arrêtée dans le cadre de... et comparaîtra demain devant le tribunal de Douvres.* Ce fut la photographie du jour suivant cette annonce qui retint son attention, ainsi qu'une brève description. *Une mère placée en détention provisoire pour sa propre sécurité,* et elle était là, couverture sur la tête, poussée à l'arrière d'un véhicule de la police tandis que des flics à la mine sombre écartaient une foule peu nombreuse mais hurlante de femmes déchaînées, prêtes apparemment à la tailler en pièces. *Salope, salope, salope.* Henry ferma les yeux, laissant son imagination travailler.

La date du procès le surprit. Un an auparavant, peu ou prou. C'était hier et c'était une éternité en même temps. Personne ne s'était attendu qu'elle plaide coupable. Même si un autre couplet moralisateur reconnaissait que Francesca avait montré un certain courage en refusant de nier son horrible crime, faisant ainsi réaliser des économies au contribuable. Amis et parents avaient unanimement refusé de parler aux journalistes. Des voisins moins circonspects, pour la plupart des vieux et des retraités, avaient déclaré que l'inculpée était *une femme charmante dans l'ensemble.* Pas une seule photo du garçonnet. Il avait été incinéré dans la plus stricte intimité, et pas de photos de ça non plus. Il y avait un paragraphe sur son hémiplégie que Henry lut avec le plus grand soin. Puis il revint à la photo de Francesca qu'on poussait dans la voiture devant le tribunal. Il la trouvait infiniment émouvante. Sans réfléchir, quoique un peu surpris par son acte de vandalisme, Henry l'arracha soigneusement, la plia et la rangea dans sa poche.

Puis il se dirigea vers le rayon poésie, guère fréquenté en ce lundi matin. Relut un poème.

Un léger désordre dans la mise
Qui attise la convoitise,
Un lacet mal lacé
Qui est une grande civilité
Font plus pour m'envoûter
Qu'une tenue avec trop d'Art agencée.

Une couverture sur la tête, cela n'avait rien d'élégant. Pas la même chose qu'un châle. Pourquoi ne lui avaient-ils pas laissé son châle ? Pourquoi l'avoir privée de ce réconfort dans son malheur ?

Henry se sentait vieux et stupide à rôder près de ces étagères. Il lui semblait que la poésie était un domaine réservé aux jeunes, forcés d'apprendre par cœur cet aspect de leur héritage, ou aux très vieux, qui avaient fini par comprendre que rien d'autre ne durait aussi longtemps. C'étaient les éclopés de la vie qui avaient encore recours à ce truc-là à l'âge adulte et se traînaient avec un volume de vers dans leur sac à dos en Inde pour donner une résonance romantique à leur voyage. Ou les filles comme Francesca Chisholm, dont le père lui en avait tant fait apprendre qu'elle en était venue à l'aimer naturellement. Et pas seulement la poésie sérieuse ; les vers de mirliton, aussi. *Le dieu Tonnerre s'en fut chevaucher Sa jument préférée. Je suis THOR ! s'écria-t-il. Et la jument a répondu : Tu as oublié ta selle, tordu.* Henry se prit à sourire. Il remit en place le livre qu'il tenait à la main, il avait l'impression qu'on ne voyait que lui alors qu'il n'était pas seul. D'autres se promenaient au milieu des rayons, l'air vaguement furtif. Henry tapota sa poche avec la photo arrachée. Il la jetterait plus tard.

Il sortit et repéra la pancarte indiquant la VIEILLE GEOLE. Ce qu'il lui fallait, c'était de l'atmosphère pour l'aider à assimiler les faits, d'autant que, grâce à ces faits, il se pouvait qu'il rentre chez lui encore plus tôt. De retour au pays, il faudrait qu'il ait des choses à raconter, et quelque chose pour atténuer le souvenir de ces autres faits. Il ne pouvait pas rebrousser chemin et repartir sans autre souvenir que celui d'une amie de longue date séjournant dans l'équivalent du couloir de la mort. Il était un touriste, pas un imbécile de sentimental, et il avait toujours mis à son programme de visiter la région et de s'imprégner de son histoire. Il avait défini des projets avant d'atterrir ici : il voulait visiter des châteaux et tout ce qu'il ne pouvait voir ailleurs ; et bon sang, c'est ce qu'il allait faire.

La vieille geôle était une attraction sans prétention et il en était le seul visiteur. Il y avait un tribunal poussiéreux garni de mannequins grandeur nature, l'éclairage cru était inquiétant, les splendeurs des costumes et des perruques d'un autre âge pouvaient se distinguer dans les moindres détails. C'était là, lut Henry dans son dépliant, que se déroulaient à l'époque victorienne les procès des voleurs. Une foule avait démoli l'enceinte pour arracher des contrebandiers à leurs cellules. La puanteur de l'humanité devait être tellement violente que le magistrat sans nul doute vomissait lorsqu'on soulevait la trappe et que la prison au-dessous était pleine.

Henry descendit les marches qui conduisaient aux cachots, intrigué sans être fasciné, avec l'impression, d'une certaine façon, d'accomplir son devoir. Le tourisme vous donnait souvent cette impression. Il atteignit la porte de la première cellule et heurta le froid métal qui rouillait, en jetant un coup d'œil à une pièce exiguë d'aspect spartiate. Murs de pierre glacés, châlit de fer, étagère, silhouette de cire couchée sur un maigre matelas, une bible à la main. Henry sentait l'humidité suinter du sol de pierre ; assez de place pour se mettre debout, pas assez pour marcher ; le réduit avait à peine l'envergure d'un homme de petite taille. Il longea un couloir bordé de cellules de part et d'autre, chacune contenant la squelettique figure de cire d'un prisonnier. Se toucha le front, sentit qu'il commençait à transpirer. NON.

Il se souvint de la fois où, avec Francesca, ils étaient allés visiter les grottes, et où elle avait dû l'entraîner vers la sortie, bafouillant, mort de peur, des fois où il s'était extrait d'un wagon de chemin de fer, sans se soucier des voyageurs qu'il poussait au passage, parce qu'il savait sans l'ombre d'un doute qu'il mourrait s'il ne s'échappait pas. De nouveau ce sentiment maintenant, l'étreinte brûlante de la claustrophobie lui nouant la gorge. Quelque chose, quelqu'un lui caressait la cuisse. Il se précipita, dépassa d'autres cachots, cherchant la pancarte « sortie », gravit tant bien que mal des degrés de pierre, bouscula une jeune fille sidérée à l'accueil et fonça dans la rue. Il marcha d'un pas ridiculement rapide et saccadé jusqu'à ce qu'il arrive en vue de la mer et, une fois là, il s'appuya contre le mur pour respirer à fond. Il serra les poings pour empêcher ses mains de trembler. Les mouettes tourbillonnaient et criaient en signe de dérision ; Henry les observa jusqu'à ce que son malaise se dissipe, le laissant vidé, à bout de forces. Il se dirigea péniblement vers le bord de l'eau et attendit que le monde reprenne de la netteté.

Hypoglycémie ; impasse sur le petit déjeuner. Une tasse de café entre la bibliothèque et la prison avait fait brutalement monter son taux de sucre, et puis là-dessus la lumière violente, la chaleur confinée, la poussière, l'obscurité, tous ces facteurs avaient précipité cet accès de panique qu'il ne connaissait que trop bien ; tout ça faisait partie de l'explication mais ne constituait pas une raison et certainement pas une excuse. Il avait senti la main du petit garçon mort lui effleurer la cuisse, le tirer en arrière, mais savait qu'il n'y avait rien qu'une vision de Francesca avec son châle assise dans sa cellule à jamais, incapable de bouger, ouvrant la bouche pour chuchoter, je ne peux pas parler maintenant ; *je ne peux pas parler maintenant.* Et cette femme, il l'avait connue.

Jamais elle n'aurait couru le risque de se retrouver dans une situation pareille à moins d'être devenue complètement folle. Si elle avait été prise, elle aurait menti, menti et menti encore.

— Je ne te dois rien, hurla-t-il. *Rien !* Laisse-moi tranquille, pourquoi ne me laisses-tu pas tranquille ?

Je ne te demande rien, Henry. Je ne t'ai jamais rien demandé.

— Si tu retirais cette saleté de poisson empaillé de l'aquarium, Eddie, disait Maggie, je pourrais le prendre pour cible aux fléchettes. Je ne sais pas comment tu arrives à supporter ce truc-là.

— C'est simple : je ne le regarde jamais. Je tourne toujours le dos au mur. Qu'est-ce que tu lui reproches ?

— Je trouve qu'il a l'air bêtement content de lui. Et ce n'est pas un élément de décoration très adapté au bureau d'un juriste. Ça évoque la sauvagerie, la chasse, la pêche, et aussi, en plus, le mauvais goût et la fainéantise.

— La fainéantise ?

— Exactement. Cet animal donne à penser que tu

es trop paresseux pour te lever et l'ôter du mur. Trop paresseux et en outre insensible. Que les clients trouvent ça hideux, tu t'en fiches.

La fumée de cigarette s'élevait du cendrier posé sur le coin du bureau. Edward eut l'air peiné, ce qui lui crispa bizarrement le visage. Elle craignit qu'il ne se mette à se curer les oreilles pour les débarrasser de leur bouchon de cérumen, mais au lieu de cela il prit des trombones dont il fit une chaîne, s'arrêta, écrasa le mégot de sa cigarette et en alluma aussitôt une autre.

— Les clients se foutent éperdument du décor. Ils viennent me voir parce qu'ils ont besoin de moi. Moi aussi je m'en balance, d'ailleurs. Ce que j'aime, c'est la continuité. Pourquoi faudrait-il faire refaire une pièce tous les dix ans ? Ou tous les siècles ? Je crois que c'est bon pour nos visiteurs de se trouver dans un lieu qui, par comparaison, leur donne l'impression d'habiter un palais. De toute façon, on n'a pas de quoi financer des travaux.

— Non, soupira-t-elle. C'est bien probable. Où en étions-nous ?

Il noua son écharpe mangée aux mites autour de son cou, soudain très businessman. Ses mitaines noires reposaient sur le bureau, signe que si la température de la pièce n'était pas encore très élevée elle était du moins supportable.

— Jonathan Saunders. Il y a six mois qu'il n'a pas payé sa pension à sa femme. Les dispositions avaient été prises lorsque le petit garçon avait deux ans, tu t'en souviens ? Une somme de tant pour lui, qui pouvait varier selon les besoins, mais une somme fixe pour elle qu'elle toucherait pendant dix ans. Pas une somme très généreuse, mais ils s'étaient mis d'accord, tout était écrit noir sur blanc. Je lui avais conseillé de réclamer une somme forfaitaire d'entrée de jeu mais elle a refusé. D'abord, elle a prétexté qu'il ne pourrait pas la verser, ne disposant pas d'un capital suffisant, ensuite elle a fait valoir qu'elle n'avait pas besoin d'argent tout de suite ; qu'elle préférait mettre de côté de quoi payer les imprévus pour son fils, et que c'était la seule façon de persuader son mari de casquer. Elle mettait la moitié de sa pension à la banque et partageait le reste avec son fils. Je pensais qu'elle pourrait continuer à déposer cet argent à la banque sur un compte pendant les sept années à venir afin de se constituer un petit pécule pour sa sortie. Seulement notre doux Jonathan – je me demande ce qu'elle a bien pu lui trouver, à ce salopard – m'envoie une lettre de je ne sais où, me disant qu'il ne voit pas pourquoi il devrait continuer à verser de l'argent à l'épouse qui a assassiné son fils et me demande comment je compte m'y prendre pour l'y obliger.

Ce discours parut épuiser Edward. Il faillit exploser.

— Cette putain de pension pourrait en outre nous permettre de percevoir les honoraires qui nous sont dus pour que nous continuions à nous occuper de ses intérêts. A supposer qu'elle change de stratégie.

Maggie garda le silence une minute.

— Tu as toujours souhaité qu'elle en change, Edward, ou c'est récent, ta position ?

— Ça m'est venu avec le temps. Mais quand quelqu'un a plaidé coupable, on ne peut pas faire appel d'une condamnation. Sauf si la personne condamnée vous le demande. Surtout si elle a donné une description détaillée des faits à la police. On ne peut pas. Le cabinet ne gagne pas suffisamment de fric pour ça. Les avocats qui pètent dans la soie, quelle rigolade ! Toutefois, ajouta-t-il en retrouvant de son entrain comme si sa dernière bouffée de cigarette était plus tonique que les précédentes, il y a toujours oncle Joe.

— Mon oncle, à moi aussi. Qui était censé représenter un danger pour les petites filles. C'est Angela qui lui rend visite, pas moi. Je ne l'ai jamais vu.

Edward reprit ses trombones, s'interrompant le temps d'essuyer ses lunettes avec le bord de son écharpe rouge.

— Rend visite où ? Qui ?

Henry Evans pénétra dans la pièce sans frapper. Il prit place dans un siège bancal, leur sourit. Par la porte ouverte s'engouffrèrent le froid et le bruit lointain des machines à écrire. Il y eut un instant de silence.

— Bonjour, Henry ! s'exclama Maggie avec un enthousiasme presque hystérique qui fit sursauter Edward. Qu'est-ce que vous fabriquez dans le secteur ?

Henry parut réfléchir.

— J'ai déchiré la doublure de ma veste. Elle pendait dans le dos et j'ai cru que c'était quelqu'un qui...

Il eut un soupir. Ses verres étaient embués. Il les ôta, loucha, puis se mit à balayer la pièce du regard, comme s'il en faisait l'inventaire, ses yeux s'attardant sur le poisson avec une expression de vague dégoût. Ses cheveux étaient ébouriffés, ce qui lui donnait l'air encore plus absent.

— Prenez un siège, lança Edward, sarcastique. Nous n'avons rien d'autre à faire.

Henry s'adressa à Maggie. Elle était rouge comme une écrevisse. Ses mains jouaient avec la monnaie qui alourdissait sa poche. Peut-être qu'il avait perdu les pédales.

— Je suis retourné sur la jetée, dit-il. J'aime cet endroit. Une jetée, c'est un truc qu'on construit quand on n'a ni collines ni éminences. Comme ça, faute de pouvoir regarder en bas, on regarde de l'autre côté.

Maggie hochait la tête d'un air compréhensif. Ils

attendirent. Henry semblait rêver tout éveillé, s'en remettant à leur indulgence polie.

Impossible d'expliquer les choses ; impossible. Henry ferma les yeux et se pinça l'arête du nez. Edward semblait satisfait de laisser l'autre chercher ses mots tout en le contemplant et en se disant qu'en matière d'excentricité il avait trouvé à qui parler. Le visiteur n'avait plus l'air aussi bien habillé. C'était une pensée réconfortante. Henry était de retour sur la jetée, regardant la plage et les pêcheurs avec leurs parapluies noirs, lorsqu'il réalisa que le fantôme qui lui avait caressé la cuisse n'était en fait que la doublure de sa veste et qu'aucun fantôme n'allait lui sauter à la gorge. Songeant qu'il avait passé sa vie à fuir les événements et les objets comme les gens. Sauve-qui-peut désespéré hors des espaces confinés, histoires d'amour et d'amitié se soldant par des fuites. Songeant à toutes les fois où il avait évité les affrontements, au surnom de Tortue dont on l'avait affublé, au fait qu'on l'avait comparé à une tortue d'eau douce lorsqu'il nageait, se disant que sa douceur n'avait qu'un lointain rapport avec la tolérance véritable, et que son calme n'était rien d'autre que la peur du chaos, le cousin de la couardise. Il était toujours celui qui partait pour garder sa dignité. Henry Evans serait le sage qui s'éloignerait pour traverser en dormant un autre hiver. Même s'il avait le sentiment que, quoi qu'il ait pu advenir d'elle, quoi qu'elle ait fait, Francesca Chisholm – qui l'avait jadis aidé à sortir des grottes – n'aurait pas agi comme cela.

— Je n'ai pas l'intention de faire ça, dit Henry.

— Faire quoi ? lui souffla Maggie, dont la voix lui sembla venir de très loin, comme celle de son père quand il l'appelait pour venir manger de l'autre bout du jardin.

— Je n'ai pas l'intention de rentrer chez moi, expliqua patiemment Henry comme si c'était évident. Vous ne me ferez pas avaler ces conneries. Francesca n'est pas une meurtrière. Je ne crois même pas qu'il y ait au monde quelqu'un qui soit capable d'avoir fait ça.

Clic, clic du briquet d'Edward. *Clonc* du briquet atterrissant sur le bureau où on l'avait jeté. Frottement d'une allumette.

— ... Tout ce que je veux, c'est savoir comment elle vivait. Qui elle connaissait, etc. Et si elle a tué le petit, je veux savoir pourquoi. Je veux savoir ce qui n'allait pas. Je veux qu'il y ait une raison. Maggie pourrait m'aider. Je vous paierai pour la peine. Vous me semblez avoir grand besoin d'argent.

— Francesca... ça ne vous concerne absolument pas, protesta Edward.

Henry haussa les épaules.

— J'ai trop souvent pris la fuite, dit-il, alors que j'aurais dû faire face.

Faire demi-tour ? Si seulement c'était possible. Fuir : je le ferais.

Ah, l'anniversaire approche, jetant une ombre sur tout, éclipsant le reste, me rendant loquace.

Ils vous disent que l'anniversaire du premier jour passé à l'intérieur de ces murs est le pire jour de votre vie.

On n'avait rien remarqué d'anormal chez Harry au début. Peut-être parce qu'on n'était pas tout à fait nets nous-mêmes. C'est moi qui ai voulu avoir un enfant ; pour moi, c'était impératif ; j'ai commencé sur le tard et j'étais pleine d'une folie hormonale. Je voulais que tout le monde ait des tas d'enfants, comme ça j'aurais pu former une équipe de football un jour. Mon mari y était violemment opposé mais j'ai mis ça sur le compte des nerfs. Il ne pourrait que tomber amoureux du résultat, surtout si nous avions une fille. J'aurais dû l'accepter comme il était au lieu de me dire qu'il changerait, mais bon... Et bien sûr, quand on est enceinte, le bébé passe avant le mari. Ça ne lui plaisait pas ; et les derniers mois, quand tout a été de travers, ç'a été pire. La naissance n'a pas été heureuse et Harry n'était pas un bel enfant. Il avait tellement souffert avant de naître que je ne pouvais pas m'attendre à ce qu'il arrive avec le sourire.

Le plus cruel dans cette histoire d'hémiplégie cérébrale, c'est qu'au début on ne remarque rien. Harry n'était qu'un bébé placide. C'est quand il a commencé à bouger que ça s'est gâté. Il ne pouvait s'asseoir sans tomber, toujours du même côté, et je voyais bien qu'il s'arrangeait toujours pour tomber dans la même direction. Quand j'y repense, je me dis que c'était pathétique, cette volonté de tomber du côté où il pouvait se protéger. Et puis le fait qu'il préférait se servir de cette main-là et pas de l'autre ; je croyais qu'il était gaucher et je me demandais d'où cela lui venait. Et puis aussi quand il a commencé à crapahuter par terre, il lançait son bras gauche en avant, ramenait l'autre, c'était mignon, attendrissant, jusqu'au moment où j'ai compris qu'il ne pouvait s'en empêcher.

Et il y a eu le moment où je l'ai bien regardé et où j'ai su qu'il y avait quelque chose qui n'allait pas. Que c'était grave. C'est un moment que je ne peux même pas décrire. J'étais terrorisée en pensant à ce qu'il allait devenir. J'aurais voulu qu'il réintègre mon ventre, lui dire d'y rester à l'abri, en sécurité.

J'avais plusieurs ouvrages sur l'hémiplégie cérébrale, je savais tout ce qu'il y a à savoir. J'ai rangé tout ça. Et les journaux que je tenais sur ses progrès ? Oui, je suis sûre que j'ai tout mis en lieu sûr.

On a passé des bons moments, Angela, Tanya et moi, à jouer avec Harry. C'était un petit dur, décidé, qualités que j'apprécie chez un garçon. Bizarrement, avec ces deux enfants particulièrement exigeants dont il nous fallait nous occuper, on a traversé tellement de crises qu'on s'est à peine aperçues du départ de nos maris. Le mien devait savoir que je ne le pleurerais pas. Le pauvre, il a eu raison de partir.

Et il ne nous a pas abandonnés pour autant quoi qu'on en pense. Il lui arrivait de revenir, et il nous envoyait assez d'argent pour nous permettre de tenir le coup. Il m'aimait à sa façon ; c'est moi qui l'ai rejeté.

Il m'a fallu du temps pour comprendre combien il détestait Harry. Angela aussi le haïssait. Mais « haine » n'est peut-être pas le mot qui convient, chez elle c'était plutôt une indifférence mêlée d'irritation. Ça a été encore une de ces révélations bouleversantes pour moi, plus tristes qu'amères. J'adorais sa fille et, bien que généreuse, elle ne pouvait aimer mon enfant.

Les autres non plus, d'ailleurs, ne l'aimaient pas. J'ai cessé d'être l'amie universelle, la personne qui avait du temps pour tout et tout le monde. C'est Harry et moi qui avions besoin de temps.

Qui a tué Cock Robin ?
Moi, dit le moineau, avec mon arc et ma flèche,
J'ai tué Cock Robin...

Arrête, arrête... Il n'y a qu'une personne qui mérite d'être blâmée et c'est toi.

FMC

7

Les vers se bousculaient dans la tête de Maggie.

Certains pensent le perdre en l'enfermant,
D'autres le supposent (le pauvre !) non-voyant.
Mais si vous l'emmurez, faites-le bien,
Car l'amour aveugle (si tel vous le nommez)
De la sortie trouvera bien vite le chemin.

— La réponse, dit Henry, est toujours dans les faits.

— Non, Henry. Dans les émotions. Faites-moi confiance : je suis avocate.

— Maggie, pourquoi ai-je toujours l'impression que vous me faites marcher ?

— C'est parce que vous êtes américain. Vous ne comprenez pas la désinvolture.

Cette conversation, elle se la remémorait alors qu'elle était allongée sur le dos dans la vieille cabine d'UV de Laura Bain, partie intégrante du salon de beauté Bain (il ne faut jamais jeter le bébé avec l'eau du bain, ouaf, ouaf), situé à mi-chemin de Thistle Road, sur la gauche. Impossible de le rater. Elle se rappelait Henry, assis dans sa chambre sous les toits, entouré de papiers, car c'était ainsi qu'il avait passé les quatre derniers jours sauf lorsqu'il était dehors et où, avec son épouvantable manie de questionner abruptement les gens, de prendre ce qu'on lui disait au pied de la lettre et sa lamentable incapacité à mentir, il se couvrait de ridicule. Lorsque les lumières de la rampe d'UV s'éteignirent et que la machine cessa de vibrer, elle en releva le couvercle. Il grinça comme la porte d'une tombe.

— Tu as fini ? Alors sors de là.

Court trajet de la fenêtre du petit living sombre au mur du fond, que séparait au milieu un rideau de plastique fleuri accroché au plafond. Se rhabillant en chemin, Maggie passa de la couche raide de la cabine à la table de massage légèrement plus confortable et haute sur pattes.

— Ce lit solaire, tu l'as acheté avant qu'on quitte le lycée, Linda.

— Tu étais habituée à mieux, je parie. Un de ces machins sophistiqués qu'on trouve dans les gymnases londoniens haut de gamme et dont le haut se relève automatiquement, c'est ça ?

Mains habiles appliquant la lotion démaquillante sur son visage. Maggie contempla le plafond au papier peint chargé. A la radio, les auditeurs s'exprimaient. Un problème d'actualité. Des cotons effleurèrent sa peau.

— J'ai pensé à me tirer d'ici, une fois, avoua Linda. Comme vous autres. Mais je suis tombée enceinte, alors je suis restée. C'est lui qui s'est barré. Rien de tel que la maison. On peut brûler le soutien-gorge d'une fille, elle trouve rien de mieux que de le redemander. Et sa gaine avec. Pas la peine de faire la mijaurée ici, ma petite fleur.

— J'ai jamais joué à ça.

Les mains cessèrent un instant leur manège. Bruit d'eau qui coule au lavabo, derrière.

— Non, c'est vrai. Et ta cousine non plus, d'ailleurs. (Lotion astringente appliquée sur le menton de Maggie. Les mains la firent pénétrer en remontant vers le front.) Tu étais tellement romantique ! Tu faisais toujours semblant d'être une princesse et tu récitais de la poésie à n'en plus finir. Je savais jamais d'un jour sur l'autre en quoi tu allais te métamorphoser. T'étais vraiment une marrante, Maggie Chisholm. T'as pas changé, même si tu portes un autre nom et que t'as épousé le mauvais gars. Mais n'est-ce pas ce qui nous est arrivé à toutes ?

— A l'époque, je ne pensais pas qu'il n'était pas fait pour moi.

— Sur le moment, on pense jamais qu'ils ne sont pas faits pour nous. On s'imagine pas que ça peut pas nous arriver. Pas avant une dizaine d'années. Mais c'est pas une raison pour se terrer comme tu le fais. Comme si t'étais la seule dans ce cas... Faut que tu sortes avec moi et les copines. Ferme bien les yeux. (A l'aide d'un nouveau tampon de coton, Linda retira les dernières traces de mascara sur l'œil gauche de Maggie.) A quoi ça rime, de vivre comme ça ? T'es même pas fichue de t'acheter une maison avec ton fric. Tu habites chez des tapettes et maintenant tu te promènes avec cet Américain. Au moins, tu continues à prendre soin de ton visage. Qu'est-ce qu'il veut, ce gars-là ? Il a du pognon ?

Nouvelle goutte de lotion exfoliante, appliquée un peu rudement. Maggie sentit un cal sur le majeur de Linda et se demanda comment il avait pu se former à cet endroit-là. Elle se souvint d'un massage prodigué par des mains rugueuses, se concentra sur le cal, gardant la maîtrise d'elle-même. Elle n'aimait pas que les gens lui parlent de Henry à moins que ce ne soit avec un certain respect.

— Je te l'ai déjà dit. Il veut en savoir davantage sur la mort de Harry. Il était amoureux de Francesca dans le temps et il n'arrive pas à croire que c'est elle qui a fait ça.

— Hummm. Tu peux me dire où il était quand on avait besoin de lui ? C'est un peu tard pour se manifester, non ? Je sais ce qu'il fabrique dans le coin, je suis pas sourde. Je finis par être au courant de tout ici, j'en sais plus que tu ne peux en apprendre au cabinet, crois-moi. Il y a des tas de gens qui lui diraient de ne pas réveiller le chat qui dort, à ce grand crétin. Note bien, les théories, à l'époque, j'en ai entendu. Certains disaient que le mari de Francesca voulait la reprendre, qu'il était venu en coup de vent, qu'il avait songé à écarter le pauvre môme, qu'il avait sauté sur l'occasion quand il l'avait vu tout seul. Et d'autres, que c'était Neil qui avait fait le coup. Ou Angela Hulme...

— Voyons, Linda, c'est pas sérieux...

— Eh bien Franny avait beaucoup plus de temps à consacrer à sa gamine avant que Harry se mette à courir, pas vrai ? Ça allait quand il était petit, mais quand il s'est mis à grandir, ç'a été une autre paire de manches. Quelqu'un d'autre a émis l'hypothèse que c'étaient les tapettes. Mais il a jamais passé la nuit là-bas et la chose s'est produite un dimanche en début de matinée, n'est-ce pas ? Moi je croyais que c'était un cinglé de drogué – on en a quelques-uns chez nous, hein ? – et puis elle a dit que c'était elle. Alors tout s'est éclairé. Faudrait empêcher cet abruti de poser des questions à tort et à travers : il risque de se prendre des coups dans la gueule, voire pire. Arrête de crisper les poings, tu veux ? Tu es censée te relaxer.

De petites particules d'une fine substance grumeleuse furent appliquées sur ses joues pour parachever le nettoyage de peau. Effet soporifique garanti. La pièce était délicieusement tiède, le monde extérieur décidément hostile. Maggie ouvrit les poings docilement.

— Je ne peux pas l'empêcher d'en poser, dit Maggie. C'est un scientifique.

— C'est pas une excuse. Oh, merde, la sonnette. Elle est en avance, cette conne.

Murmures dans le couloir. Rire. Retour de Linda. Maggie se frotta les yeux. Le lit solaire reprit vie en bourdonnant, froissements de vêtements qu'on retire derrière le rideau. Le massage se poursuivit en silence.

Tu étais une marrante, Maggie. Dans le temps. Bientôt plus personne ne t'adressera la parole. Elle compta sur ses doigts tandis que Linda lui massait le cou et les épaules en émettant des bruits de satisfaction. Une camionnette remonta la rue étroite en grondant.

Donner à Henry les clés de son appartement... C'est fait.

S'arranger pour que Neil accepte de lui parler... Il n'est pas très chaud mais je m'emploie à le décider.

S'arranger pour qu'Angela parle à Henry... Impossible. Elle refuse catégoriquement. Il lui faudra tâcher de la convaincre lui-même.

Lui dire qu'il peut se servir d'Internet à la bibliothèque... Il le sait déjà, il a le flair d'un chien.

— Il ressemble un peu à un chien, murmura-t-elle à Linda tandis que le masque hydratant commençait à durcir autour de son nez.

— Qui ça ? L'Américain ?

— Oui, un beau grand chien avec un poil épais et de grands yeux doux.

— Je sais pas quoi te dire, Maggie. T'as jamais su les choisir. T'as toujours craqué pour des crétins.

Qu'est-ce qu'il fabrique en ce moment maintenant qu'il n'est plus sous tes yeux ?

— Dieu seul le sait.

Elle vit son manteau suspendu au crochet derrière la porte, une manche relevée, comme pour la saluer.

Il ne neige jamais ici, ou du moins pas longtemps, lui avait dit Maggie. Henry avait ouvert la fenêtre de sa chambre et recueilli une pluie de flocons sur la manche de sa veste noire, et il les lui avait montrés, et ça alors, qu'est-ce que c'est ? Il avait neigé deux heures durant, preuve que Maggie n'était pas un informateur fiable. Elle semblait parfaitement à son aise dans sa chambre, admirant l'ordre avec lequel il avait rangé ses affaires, montant leurs deux petits déjeuners, examinant les flocons comme s'il s'agissait d'une espèce rare d'insecte, se perchant sur le bord du lit recouvert de soie ; il avait enlevé les papiers du procès Chisholm.

Le monde extérieur formait avec sa chambre un contraste sinistre, il ne s'y était risqué qu'à regret, traînant dans l'escalier, remontant chercher des gants. Sur les trottoirs, la neige fondait en une sorte de gadoue qui, si elle rendait la marche pénible près de la mer, bloquait les routes un peu plus loin. Avant même d'avoir franchi les quatre cents mètres qui séparaient la Maison des Sortilèges de l'église, Henry n'avait qu'une envie : rebrousser chemin. Heureusement, à l'intérieur de l'édifice, et à son grand soulagement, il constata que la température était acceptable. Car de l'extérieur on avait l'impression qu'on allait y geler. Peter était déjà à pied d'œuvre.

— Francesca venait ici régulièrement, dit-il en admirant les boots en cuir de Henry mais en regrettant quand même qu'il n'ait pas accepté les bottes en caoutchouc qu'il lui avait proposées.

— Pas parce qu'elle était croyante, l'interrompit le pasteur, de sa voix haut perchée, certainement mieux adaptée à cette église vide qu'à une table de dîner. (Cette voix était à sa place ici ; elle invitait aux prières. La précision des syllabes semblait lourde de sens dans cet espace dénudé.) Plutôt à titre personnel, parce qu'elle était en quelque sorte en quête d'une police d'assurance. Pas pour elle, même si elle était sensible à l'atmosphère du lieu, mais pour les enfants. Elle était venue avec Tanya Hulme peu après son adoption et ensuite avec Harry tout bébé. Elle n'a jamais caché ses mobiles ; c'était quelqu'un de parfaitement honnête.

— Ses mobiles ? reprit Henry.

Il examinait les sculptures foisonnantes de la chaire et se représentait l'officiant dans ses vêtements de cérémonie.

— Voyons, Mr Evans, ceux qui pratiquent ont généralement une bonne raison. Désir d'appartenir à un club, occasion de mettre un chapeau, paix et tranquillité ; occasion de s'observer les uns les autres et de se montrer. Occasion de passer une heure dans un lieu agréable à l'œil. Et Dieu sait qu'on se décarcasse pour les fleurs, n'est-ce pas, Peter ?

Peter disposait des branchages d'hiver dans un grand vase, reculant pour juger de l'effet. L'église était une vieille bâtisse victorienne, lourde plutôt que raffinée, mais les bancs étaient soigneusement encaustiqués et les agenouilloirs amoureusement reprisés.

— Si on s'était moins cassé la tête, elle serait sûrement allée chez les méthodistes, où les hymnes sont plus entraînants. Elle voulait que les enfants s'habituent à la religion. Afin d'avoir la bénédiction de Dieu pour le cas où Il existerait, me disait-elle. Libre à eux de la rejeter plus tard s'ils le souhaitaient, mais pas par ignorance. Je comprenais tout à fait son point de vue. S'il fallait que j'accepte uniquement les croyants, je n'aurais pas de paroissiens du tout.

— Je sais maintenant ce qu'elle faisait le dimanche matin...

— Ce que *nous* faisions, interrompit Peter.

— Mais je ne suis pas plus avancé concernant ses problèmes, poursuivit Henry le plus sérieusement du monde. Si vous étiez son pasteur sous quelque forme que ce soit et que Harry était un de vos fidèles, pourquoi n'est-elle pas venue vous demander de l'aide ? Vous n'avez pas fait grand-chose, si ?

L'ecclésiastique et Peter échangèrent un regard résigné. Deux personnes remarquant en chœur le manque de diplomatie de Henry dans sa façon de poser les questions.

— Détrompez-vous. Je l'ai mise en contact avec des gens disponibles et réceptifs. Elle n'avait plus de famille, voyez-vous ; quand on a été conçu par des parents relativement âgés, c'est fréquent. Je lui ai trouvé ces deux... (Mouvement de tête en direction de Peter.)... pour lui donner un coup de main concernant Harry. Quant au reste, à ses démons intérieurs, je n'ai rien pu faire. Rien. Je ne pouvais pas la forcer à invoquer l'aide d'un Dieu en qui elle ne croyait pas. De toute façon, ce n'était pas l'*aide*, le problème.

Il s'assit lourdement sur l'un des bancs étincelants de propreté, posa la main sur le montant sculpté et le caressa. Sa main était sèche et gercée, abîmée par les gros travaux, détail que Henry trouva attendrissant. Peter et Timothy avaient des mains identiques ; et sûrement aussi les disciples du Christ. Cela donnait au pasteur de la crédibilité, l'éloignait encore un peu plus de l'image du dilettante, du convive légèrement éméché. Henry attendit. Le pasteur continuait de flatter le bois comme s'il s'agissait d'une lampe magique d'où il allait faire jaillir des mots.

— Le problème, c'est que c'était quelqu'un de bon. Vraiment bon. C'est, ou c'était, je ne sais pas. Mais bonne, ça oui. Je veux dire dotée d'une vertu naturelle qui n'a pas besoin de nourriture extérieure. Elle n'était pas bonne par peur des conséquences ; elle était bonne tout simplement. Certes, elle avait la langue bien pendue, mais elle était incapable de méchanceté. Il lui arrivait de se plaindre, mais jamais elle n'avait de pensées mesquines ou de rancune. Elle avait un don fantastique pour s'occuper des autres. Les aimer, pourrait-on dire. Si je ne craignais pas d'être hérétique, je dirais que c'est quelqu'un qui aurait été capable d'en remontrer à un Dieu chrétien en matière de pardon et de générosité.

Peter toussa, gêné par la louange. Henry éprouva une sorte de malaise.

— Je ne vois pas où est le problème, fit Henry.

Le pasteur se mit debout et croisa les mains dans les plis de sa soutane. Ce n'était pas un vêtement particulièrement élégant et en plus il était crasseux.

— Une personne dotée d'une bonté naturelle et d'une grande sensibilité, et qui en plus possède un beau visage et de l'aisance, constitue un pôle d'attraction pour les faibles et les handicapés. Pour les pervers et les affligés ainsi que pour ceux qui sont dans le besoin. Les personnes de bien deviennent indispensables. Mais elles révoltent également leur entourage. La vertu n'est pas chose facile à supporter. Les gens sont choqués, offusqués, aveuglés par le projecteur éblouissant de la bonté. Qui les fait se sentir minables, petits, mesquins. C'est pourquoi, ajouta-t-il, je fais un bon pasteur. (Il sourit et Henry le trouva décidément sympathique.) Mes défauts sont trop voyants. Il me manque le charisme de la bonté, voyez-vous. Bénédiction et malédiction. Personne ne m'en tient rigueur quand je n'ai pas le temps. Francesca, au contraire, les gens lui en voulaient.

Peter descendit du petit escabeau sur lequel il était perché pour atteindre le vase derrière la chaire. Bruyant dans ses mouvements, soupirs à fendre l'âme.

— Pas terrible, ce bouquet, marmonna-t-il. Avec cette chaleur, ça ne tiendra pas.

C'était une composition ambitieuse mais chancelante de laurier et de houx. Henry rajusta ses lunettes sur son nez et acquiesça d'un signe de tête.

— C'est pas génial, c'est sûr, dit-il, se tournant de nouveau vers le pasteur. Donc c'était par *bonté* qu'elle consacrait autant de temps et d'énergie à Tanya Hulme et à sa mère. Ils formaient un quatuor inséparable, j'imagine. C'était de la bonté, ça ? Et c'était bon pour qui ?

— Ah, ça, c'était tout simplement de l'amour. Elle était tombée amoureuse de la fillette. Et c'était bon pour une ravissante gamine si fragile qui avait besoin de trésors de tendresse pour récupérer des traumatismes subis. Si vous aviez vu cette petite sauvageonne terrorisée, vous auriez fondu, vous aussi.

— Elle vient à l'église, cette petite, maintenant ?

— Oh, non. Sa mère ne tolère pas sur l'enfant d'autre influence que la sienne. Il se peut qu'elle ait raison.

Le bouquet de Peter dégringola avec fracas. Henry bondit pour l'aider à en ramasser les éléments.

— J'aurais mieux fait de les laisser sur l'arbre, observa tristement Peter.

— Ouais, peut-être.

Henry lui tapota l'épaule, se rendant compte que c'était la première fois qu'il le touchait. Peter eut un sourire épanoui.

— Eh bien, vous voyez qu'on ne mord pas. Vous comptez rentrer dîner ? On a prévu une soirée musicale.

— Peut-être que non, fit Henry. Mais merci.

Nul n'avait jamais réussi à chauffer le château. C'était un tel défi que ça n'avait d'ailleurs rien d'étonnant ; l'ouvrage n'avait jamais été conçu pour être chauffé ni pour être d'une propreté immaculée, songea Neil en ramassant un sac plastique tombé devant un canon et en se hâtant de rentrer. Les cantonnements des simples soldats n'avaient jamais dû être propres ; il se pouvait même que la cuisine ait carrément empesté. Dans les quartiers réservés aux officiers qu'avait titillés le souci du confort, on avait dû tendre des tapisseries pour lutter contre les courants d'air. Il restait une ou deux pièces confortablement lambrissées qui avaient sans doute abrité l'état-major. Les panneaux peints s'ornaient de portraits ou de photos de gardiens moustachus, allant de 1800 au licenciement du dernier en date. Le portrait de Chisholm n'était pas seulement le dernier de la collection, c'était aussi le seul qui fût glabre et eût le courage de sourire. Ce n'était pas une bonne idée d'avoir chassé du donjon central ses locataires, songea Neil, même s'il savait que l'entretien de leur logement était dispendieux. Parce que l'absence d'habitants au cœur de la forteresse était propice à la prolifération des fantômes – libres désormais d'errer dans ces pièces glauques et de faire des bras d'honneur aux portraits des maîtres. Gardiens du donjon, vous l'avez dans le cul ; maintenant c'est nous qui faisons la loi.

Le château était officiellement fermé pour la journée ; s'il était là, c'était pour vérifier l'état des stocks de cartes postales et de guides, tout mettre en ordre pour son jour de congé, et, bien qu'absorbé par son travail, il était angoissé. Il y avait sûrement mieux à faire à l'extérieur de ces épaisses murailles. « Baiser. » *Et baiser encore.* Le week-end avait été merveilleux ; la fille était superbe et l'avenir le tarabustait. Viagra. Le médecin lui avait dit qu'il n'avait droit qu'à trois ou quatre expériences ; après ça, il lui faudrait payer de sa poche, et ce truc-là coûtait les yeux de la tête. Est-ce que son imbécile, sa ramollie de queue allait se décider à faire le boulot toute seule ? Lui faudrait-il augmenter les doses ? En aurait-il assez pour tenir une semaine ? Où s'en procurerait-il maintenant qu'il ne pouvait imaginer sa vie sans ce produit ? Perdrait-il sa copine comme il avait perdu sa femme ?

Il prit trois paquets de cacahuètes, s'efforçant de lutter contre le léger sentiment de culpabilité qui le taraudait parce qu'il négligeait de vérifier le rez-de-chaussée, de peur d'être en retard. Il ne fallait pas qu'il soit en retard pour récupérer Tanya. Angela lui arracherait les yeux. Il franchit en hâte le pont-levis, rabattant la capuche de son anorak sur sa tête. Il y avait un petit groupe de gens, agglutinés devant le panneau à l'entrée.

— Excusez-moi, c'est ouvert ?

Neil s'approcha.

— Non, mon vieux. Fermé pour cause d'exorcisme.

Il avait assez de Viagra pour demain, pour deux fois encore peut-être, puis plus rien.

Maggie détourna de la mer son visage propre comme un sou neuf et marcha vers l'arrière de la ville. Sur les trottoirs, de la neige fondue. Un ciel de plomb. Elle adorait ça. Elle aurait souhaité n'avoir d'autre objectif que la marche. Elle atteignit le pont bossu qui enjambait la ligne de chemin de fer. Le train, grondant au loin, ressemblait à un jouet et elle s'arrêta au sommet du pont pour le sentir rouler sous ses pieds, le pont tremblant légèrement alors que l'engin ralentissait. Du pont, on voyait le parc et la ville, calmes et paisibles sous la neige. Son impatience l'abandonna. Elle n'avait pas envie d'être à bord d'un train en partance. Il n'y avait nulle part où aller et personne pour la reconnaître lorsqu'elle arriverait là-bas.

La neige n'avait pas fondu dans le parc près du club de gym. Les activités d'intérieur avaient été délaissées au profit de la nouveauté et les enfants étaient dehors. La neige s'était déposée sur l'herbe ; elle tapissait les buissons des bordures. Un bonhomme de neige avait poussé au milieu du parc, édifié à la hâte, arrondi du corps, simulacre de tête trop petite, mal proportionnée. On avait doté d'une carotte en guise de nez la bouille ronde par ailleurs informe ; les mains croisées sur le torse épais étaient équipées de gants. La tête privée d'oreilles ou d'yeux était dénuée de toute expression. Ça discutait ferme à ce propos, tandis que Tanya Hulme, agile, cheveux auburn, se tenait à l'écart de la foule enfantine. Ses jambes grêles dépassaient d'une veste surdimensionnée et ses pieds chaussés d'énormes baskets noires piétinaient la neige. La fillette la mieux habillée de la ville. Et personne ne voulait l'approcher.

Maggie s'avança dans sa direction, trempant le bas de son pantalon.

— Que se passe-t-il, Tanya ?

Maggie se souvint à temps qu'il ne fallait pas employer de diminutif pour lui parler. Quand on ne connaissait rien aux enfants, on ne savait pas ce qui leur plaisait, à part leur dignité, peut-être. Tanya continua de donner des coups de pied jusqu'à ce qu'elle atteigne l'herbe sous la neige. Les lacets de ses baskets étaient dénoués.

— C'est une autre fille qui a trouvé la carotte. J'aurais bien voulu que ce soit moi. J'ai essayé de la lui piquer. Mais elles m'ont dit d'aller me faire voir.

— Hum, des cailloux noirs, dit Maggie. Idéal pour les yeux. (Elle se baissa.) Et pour les oreilles, on peut prendre des feuilles. Les feuilles, c'est pas ça qui manque. Si tu veux, je te passe mon bonnet pour la tête.

— Pourquoi ?

Larmes de rage dans les yeux de Tanya.

— Parce qu'une fois qu'il aura un visage, il te sourira.

La fillette lui jeta un regard soupçonneux, attrapa les cailloux, recula, fit demi-tour et courut rejoindre le groupe, offrant sa trouvaille. Puis elle revint tel un chiot près de Maggie. *Et ces putains d'oreilles ?* Des lauriers bordaient le sentier : Maggie les secoua pour en faire tomber la neige et cueillit des feuilles à l'extrémité brune qui se recroquevillaient. Parfaites pour des oreilles. Tanya s'en empara – le salut – et courut rejoindre la tribu. Les oreilles furent piquées sur la tête. Elle retourna près de Maggie, et, toujours aussi pressante :

— Ton bonnet ! Il me faut ton bonnet. S'il te plaît.

Maggie pencha la tête.

— Tan, ça suffit.

Tanya s'arrêta un instant pour regarder Neil qui s'était immobilisé près d'elles, fila avec le bonnet, criant, l'agitant. Le bonnet apparut bientôt de guingois sur le crâne du bonhomme et il y eut des applaudissements.

— Désolé, fit Neil. Je te le récupère. C'est l'affaire d'une minute.

— Aucune importance, répondit Maggie. Je n'aime pas les chapeaux. Je préfère les châles.

Ils observèrent les enfants. D'un commun accord, ceux-ci avaient décidé que le fruit de leur travail constituait maintenant une excellente cible. Ils s'employaient à fabriquer des boules de neige et à les lancer. La cible, c'était le bonnet de Maggie, et Tanya fut la seule à l'atteindre. Le bonnet fut remis de travers et l'attaque reprit de plus belle, accompagnée de cris perçants.

— Ça aide, d'être fou, observa Neil.

— Je ne crois pas que je regrette de ne pas avoir d'enfants, dit Maggie.

— L'Américain à propos duquel tu m'as téléphoné, poursuivit Neil. Celui qui va bosser chez Ferguson. Si je lui parle, tu crois qu'il acceptera de me refiler du Viagra ?

— Ça marche, alors ?

— Et comment !

— Sois prudent, Neil, hein ? Faut faire gaffe avec les médicaments.

— Oh, Seigneur, on dirait Francesca, avec sa sollicitude à la con. Franchement, tu crois qu'il...

Elle rougit d'agacement.

— Oh, je suis sûre qu'il pourrait te dépanner. Il a une valise pleine de cachets dans sa chambre. Sur laquelle il veille avec soin.

— Sans doute qu'il approvisionne les tapettes. Dans sa chambre, tu dis, Maggie ? Parce que tu y vas souvent, dans sa chambre ?

— Non, Neil. Et je ne sais pas en quoi Henry Evans pourrait t'aider. Peut-être qu'il pourrait te dire comment t'en procurer. Tout ce que tu as à faire, c'est de lui parler.

— Moi ? J'ai rien à dire. Je ne savais pas ce qui se passait. On m'a toujours mis sur la touche. Pas Francesca : elle a toujours essayé de nous rabibocher, Ange et moi. Mais c'est Angela. Elle voulait pas d'homme près de cette petite. (Pieds raclant l'herbe mise à nu par Tanya.) J'ignorais comment Fran vivait. Tout ce que je savais, c'est qu'Angela lui en voulait. Harry l'empêchait de consacrer autant de temps que par le passé à Tan. Même si ça ne lui plaisait pas toujours, à Ange, ce coup de main de Fran. C'est pas commode de plaire à une fille comme Angela.

— Ecoute, laisse Henry te payer un pot. Persuade Angela de tailler une bavette avec lui.

— Tu déconnes ou quoi ? Je vais te dire un truc, l'école est fermée demain et elle assure la permanence au château avec Tan. Envoie donc ton gus là-bas. A ta place, en tout cas, c'est ce que je ferais. (Neil ferma les yeux et songea aux projets qu'il avait échafaudés pour son jour de congé. Un aller-retour en France, un repas qu'il préparerait le soir et... Il agita la main en direction de Tanya.) Elle ne cesse de s'améliorer, cette petite. Elle me fait marrer.

Les enfants se calmaient ; les lancers ralentissaient, les mains gercées commençaient à être douloureuses, les mères sur la touche s'énervaient et seule la fillette continuait à jouer avec un enthousiasme qui ne faiblissait pas. Le bonhomme de neige supportait l'assaut avec stoïcisme. Le bonnet de Maggie avait disparu.

— Je reconnais que le petit Harry me foutait les jetons, poursuivit franchement Neil. Il était comme une éponge, absorbant l'énergie des autres mais sans en rendre une parcelle. Enfin, je n'étais pas son père, je suis mal placé pour juger. En tout cas, j'ai jamais réussi à comprendre comment il avait fait pour aller jusqu'au bout de la jetée.

Tanya se fatiguait, s'arrêtant pour se souffler sur les doigts et les réchauffer. Neil se tourna vers Maggie.

— Tout ce que Francesca faisait pour nous, elle a arrêté de le faire du jour au lendemain. Comme ça. Elle s'était rendue indispensable et puis, boum... et maintenant elle a le culot... Oh, regarde, elle a fini... Raccompagne-la à la maison. J'ai envie d'aller pêcher.

Tanya accourut, brandissant le couvre-chef de Maggie et, avec une révérence, elle le lui tendit. Puis elle se serra contre elle. Maggie fut décontenancée.

— Un petit tour de manège, dit-elle à Neil. (Elle avait juste la taille et le poids qu'il fallait pour qu'il la fasse tourner, jambes fouettant l'air, hurlant comme si on la chatouillait. Il la reposa, essoufflé.) Encore, encore !

— Ça suffit, fit-il.

Et elle s'éloigna docilement.

— Il y a encore un an, jamais elle n'aurait fait ça, marmonna Neil.

— Quoi ? Se blottir contre quelqu'un ?

— Non, rapporter le bonnet.

Elle les quitta, incapable d'en supporter davantage. Elle y voyait clair maintenant. Neil, prudent, responsable avec un enfant dont il n'aurait jamais pu être le père. Et elle-même, allant de l'un à l'autre, tel un fantôme. L'ingénieur de Francesca, le petit rôle qui ne s'impliquait jamais, la doublure qui apprenait les répliques que dirait toujours quelqu'un d'autre et restait dans le coin à la fin pour ramasser les morceaux. Aidant Henry à remuer les cendres, cherchant un os et sachant qu'elle n'avait pas le choix.

Ils avaient besoin de lui. Ils avaient besoin d'un étranger.

On accédait par un escalier anonyme au numéro 40 du bloc d'immeubles où Francesca avait vécu. « C'est là qu'elle a élu domicile une fois que son mari l'a plaquée. Son amie et sa fille résidaient de l'autre côté du même bâtiment. » S'installer près d'une amie, c'était commode. Mais personne ne voulait y habiter maintenant. Impossible de le louer, disait Edward Burns. Une résidence agréable, ha, ha, ha. Un truc impossible à fourguer, oui, même avec la vue sur la mer. La serrure n'était pas commode ; bruit de télévision étouffé par les murs tandis que Henry, se faisant l'effet d'être un cambrioleur, bataillait avec la clé. L'intérieur le déçut massivement, sans doute parce qu'il avait été trop gâté par la Maison des Sortilèges. Température tiède, style anonyme ; grand living donnant sur la mer, meublé d'éléments sans intérêt qu'elle avait dû racheter au précédent locataire, rien de neuf ou de personnel, que des meubles usés. Etagères garnies de livres, placards à portes écornées, moquette qui avait dû servir de terrain de jeu et dont le centre était couvert de taches et usé jusqu'à la trame. Fauteuil pivotant près de la fenêtre jouxtant une table basse, un châle plié sur l'accoudoir.

Henry s'empara du châle et l'approcha de son visage. Mauvaise qualité, odeur vague de moisi, il s'efforça de se rappeler si Francesca portait un parfum particulier. Peut-être, mais il ne l'avait pas remarqué. Il n'avait pas de mémoire olfactive. Elle avait un style, pourtant ; un style qui lui était propre ; elle avait le chic avec les vêtements de voyage et une façon bien à elle d'attacher ses cheveux.

Il examina les étagères, quelques romans, un rayonnage plein de comptines, rien d'autre qui pût donner une idée de la personnalité de la personne qui avait habité ici, si ce n'est les marques, traces de pieds par terre. Où étaient les ouvrages de poésie qu'il s'était attendu à trouver ? Où étaient les poètes ? Henry s'assit dans le fauteuil et contempla le ciel gris. La splendeur de la mer était invisible ; la fenêtre n'était pas à la bonne hauteur, trop haute par rapport au plancher pour que quelqu'un, assis dans un fauteuil, pût admirer la vue. Le bruit de la télévision continuait, bourdonnement importun de mouche prisonnière. Etre privé de vue sur la mer, c'était un comble pour quelqu'un qui avait choisi d'habiter tout près, un détail qui l'aurait rendu furieux.

Se levant, il se mit à arpenter la pièce. Cuisine de belle taille, table pour les repas, correctement équipée selon les critères européens pour préparer et conserver les aliments, mais l'électroménager qui n'était plus de la première jeunesse semblait fatigué d'avoir trop servi. Salle de bains rudimentaire ; toutefois Henry, qui commençait à avoir l'habitude, savait que les Britanniques ne raffolaient ni des douches puissantes ni des sanitaires sophistiqués. Aucun objet décoratif nulle part. Les objets utilitaires – télé, téléphone, micro-ondes – avaient disparu, ne laissant pour toute trace de leur passage qu'une marque sur le mur, un meuble de télévision, une petite table avec des annuaires. On s'était livré dans l'appartement à un nettoyage en règle.

Réfléchis, Henry. REFLECHIS, bon Dieu. La voix de son père, le rappelant à la rigueur intellectuelle avec insistance. Hé, papa, ce que je me dis, c'est que je ne l'aime pas beaucoup. Jamais la femme que je connaissais n'aurait vécu dans un endroit comme ça. Si elle y avait vécu, ça se verrait, or il n'y a pas un seul signe de sa présence. Je crois que je vais m'en aller. Tout ça est trop ORDINAIRE. *Non, pas question que tu partes.* REFLECHIS. Examine les lieux de plus près. Ne fais pas les choses à moitié. Regarde les étagères. Ouais, c'est ça, une lettre s'échappera d'un livre. Ça arrive tout le temps. REFLECHIS. Le châle était le seul objet personnel qui restât et il se demanda pourquoi. Il semblait qu'on l'eût placé délibérément là ; il jurait avec l'absence de personnalité. Henry avait déménagé maintes et maintes fois, cherchant toujours plus d'espace. Il avait vu des pièces qu'on avait laissées suffisamment meublées pour leur donner un air habitable mais jamais des pièces aussi neutres. Seul le propriétaire pouvait tout emporter ; personne d'autre ne pouvait être aussi impitoyable.

Il se rassit dans le fauteuil devant la fenêtre mais la seule vue des nuages menaçants finit par l'irriter, aussi se leva-t-il, mains sur les hanches, faisant les cent pas comme un locataire potentiel. Maggie lui avait dit que Francesca avait fait ça entre le moment où Harry était mort et son arrestation ; son appartement s'était retrouvé dans cet état lorsqu'elle avait été entendue pour la troisième fois. Elle ne s'était pas attendue à réintégrer son logis. La voiture et le reste, elle s'en était débarrassée plus tard, les distribuant à droite et à gauche ; mais la correspondance, les souvenirs, les photos de famille, les cartes de Noël, jusqu'aux extraits de naissance et aux factures avaient depuis longtemps disparu, ainsi que la plupart de ses vêtements et tous ceux de Harry.

Ce n'étaient pas les actes systématiques de quelqu'un que la culpabilité ou... le chagrin a rendu hagard. Henry en éprouva pour elle un début d'aversion. Comme une montée de sueur.

Maggie lui avait dit que tout ce qu'elle avait réclamé en prison, c'étaient des livres et du papier. Peut-être était-ce ce qu'elle était en train de faire : récrire sa propre vie. Quand on avait senti autour de son cou les bras d'un enfant qui vous accordait toute sa confiance, comment pouvait-on lui faire du mal ? Franchement, il n'en savait rien. Il ne se sentait pas capable d'approfondir : c'était le genre de désespoir ou de tentation qu'il n'avait pas envie de partager.

Le bruit de la télévision s'était tu, laissant une poche de silence. Les sons du dehors étaient étouffés par les doubles vitrages des fenêtres. Pas de doubles vitrages dans la Maison des Sortilèges ; Henry en était venu à apprécier l'intrusion du bruit. Il jeta un regard par la fenêtre du living ; il préférait la vue qu'il avait de sa chambre. *Le deuxième étage, c'est pas l'idéal pour un enfant ; il faut franchir des escaliers avant de se retrouver dehors.* Il apercevait le château accroupi sur sa gauche et la mer sombre devant lui.

Il se souvint de son ordinateur portable. Revit la bibliothèque minable avec l'accès à Internet. *Hémiplégie cérébrale... pas de profil type pour un enfant de cinq ans... cela dépend de la gravité... crises d'épilepsie ?*

Il imagina un enfant rampant sur le sol, un bras recroquevillé sous lui, s'aidant de l'autre pour avancer mètre après mètre. Il s'était replié jusqu'à la porte contre laquelle il était adossé, cherchant la clé dans sa poche, l'épaule contre le battant de bois peint. Le coup timide frappé de l'autre côté lui parut frôler sa colonne vertébrale. Henry se redressa, s'ébroua. Il avait parfaitement le droit d'être là. Il était un locataire potentiel. Il avait dû y en avoir une bonne douzaine en un an. L'un d'eux avait même laissé un mégot dans la poubelle : il l'avait vu.

Francesca fumait. Des cigarettes indiennes légères, comme autant de préambules à la conversation. Ç'avait été son odeur. Henry ouvrit la porte.

— Oh, c'est vous.

Sur le seuil, la mamie de High Street qui l'avait aidé à se relever et lui avait confié qu'elle vivait à deux pas. Neuf cents mètres d'ici, terrain plat, mais pas la porte à côté quand même. Elle avait allumé une cigarette qu'elle dissimulait derrière son dos.

— Je pensais que ça pouvait être vous, dit-elle. (Elle s'engagea dans l'appartement et fila droit à la cuisine, où elle éteignit sa cigarette dans l'évier.) J'habite l'étage au-dessous, fit-elle comme si cela expliquait tout. Je vous ai entendu. Vous ne vous êtes pas recassé la figure, si ?

— Non. Je n'en fais pas une habitude.

— Un de ces jours, peut-être, vous remettrez ça. Jolis, ces appartements. Vous comptez l'acheter ?

— Non.

Elle s'approcha de la fenêtre et tapota sur l'appui. Les nuages et la lumière déclinante parurent lui convenir.

— C'était pas comme ça avant, vous savez. Avec un gamin, c'est pas facile d'avoir un intérieur impeccable et elle n'essayait pas, elle était trop maligne pour ça. Mais elle avait un tabouret avec des coussins près de la fenêtre. C'est là qu'elle s'asseyait. Pour lire quand elle avait le temps.

— Que lisait-elle ?

— Des livres, cette question. Elle m'en a donné la plupart. Elle ne cessait de se débarrasser de ses affaires.

Son cœur fit un léger bond.

— Elle disait qu'ils feraient bien dans mon living et c'était vrai. J'ai jamais cru qu'elle ne rentrerait pas. Ni lui non plus, pauvre petit bonhomme. Non que je m'en serve beaucoup, des bouquins. J'ai plus une très bonne vue maintenant. (Elle le fixa et détourna les yeux.) Moi j'ai hérité des livres, et les tapettes du magnétoscope. Ça m'aurait pas déplu, le magnétoscope. Je me serais bien passée des deux gosses au-dessus de ma tête qu'arrêtaient pas de brailler, mais tout ce que j'ai récolté, c'est quelques malheureux bouquins sans intérêt. C'est fou ce qu'elle me manque. Elle faisait tout en dépit du bon sens mais c'était une fille formidable. Vous les voulez, ces livres, vu que vous êtes un ami à elle ?

Décontenancé, il hocha la tête. Elle l'entraîna dehors, lui disant de fermer à clé. C'était à cause d'elle que l'appartement était invendable. Il la suivit à l'étage en dessous.

— Elle aurait dû me le confier au lieu d'en charger ces deux tantes, fit-elle par-dessus son épaule. Mais je n'avais pas assez de force, malheureusement. J'ai déjà du mal avec le chien. Il n'arrête pas de sortir. Harry était costaud, vous voyez, et teigneux. Mais laissez-moi vous dire un truc. Jamais il ne serait sorti seul de l'appartement pour se rendre sur la jetée par un temps pareil. S'il y a une chose que Harry détestait, c'était le froid. Alors, vous entrez ?

Une heure plus tard, rentrant à la maison, la mer à sa droite, Henry balançait les bras, laissant ses doigts s'engourdir de froid. Un froid presque agréable. L'appartement de mamie doté de doubles vitrages était presque plus étouffant que la Floride, il y régnait une chaleur humide. Elle était terrorisée par le froid. La température de jungle tropicale lui faisait d'autant plus apprécier l'air frais du dehors. Il avait encore à l'oreille l'écho de sa phrase.

Il détestait le froid, ce petit. Henry savait pourquoi Harry détestait le froid. Henry rentrait à la maison par un froid de chien avec la doublure de son blouson déchirée, mais ses chaussures propres. Songeant aux faits, aux raisons qui avaient pu pousser quelqu'un à abandonner ses livres.

Voilà qu'il était de nouveau là, ce maudit chien noir, sortant d'une ruelle, agitant la queue, puis s'éloignant. Tant mieux, ce chien aussi fuyant que les faits, cela convenait à son état d'esprit.

J'ai vu l'aumônier aujourd'hui. Cela m'a distraite des faits à propos desquels j'allais écrire.

J'ai toujours cru que la Création ne pouvait être un phénomène aléatoire ni l'œuvre des seules forces de la nature, même si en regardant la mer un certain temps on finit par douter qu'il y ait là une logique humaine. La mer a beau nous nourrir, elle nous est étrangère car son objectif premier est de se nourrir elle-même et toutes les créatures qui vivent en son sein. Un régime brutal s'impose de temps en temps ; les prédateurs prélèvent leur tribut obligatoire. La présence de l'homme est tolérée, l'homme est autorisé à récolter et traverser, mais si cela devient trop, l'océan le rejette d'un haussement d'épaules et l'engloutit. Ordre d'un comité de Neptunes.

J'ai tendance à croire qu'il existe plusieurs dieux ; il me semble tout à fait impossible de ne croire qu'en un seul. Il existe une espèce de Parlement des dieux qui ne sont en aucun cas élus démocratiquement et sapent l'influence les uns des autres. Il y a trop à faire pour un seul dieu ; il lui a forcément fallu déléguer après les premiers échecs, subdiviser le tout en duchés et en fiefs qui se posèrent bientôt en rivaux. Je vois très bien ça. Quelqu'un crie JE VEUX ETRE MINISTRE DE LA MER, mais c'est impossible. Son travail pour cette session, c'est ministre de la Météo.

Le dieu Tonnerre s'en fut chevaucher (dis-je à l'aumônier)
Sa jument préférée.
Je suis Thor ! s'écria-t-il.
Et la jument a répondu :
Tu as oublié ta selle, tordu.

C'était une des comptines favorites de Maggie. Oui, un ministère des dieux et de leurs délégués.

Je me perds en digressions.

Il fallait que je dise que la porte était ouverte et qu'il s'était sauvé. C'est ce que j'avais dit au début et il fallait que je m'y tienne. Personne au monde ne connaissait comme moi la gravité de son état, ou son caractère. Ils en auraient eu une idée s'ils avaient lu tous les livres et les articles que j'avais lus à la recherche d'un pronostic. C'est pourquoi je me suis débarrassée des livres. Je leur ai dit que j'étais partie à sa recherche, furieuse, et que quand je l'avais vu toujours aussi insupportable je m'étais dit que ça suffisait. Je leur ai dit que ce n'était pas la première fois que cette pensée me venait à l'esprit. Que j'y avais pensé souvent. Quand j'ai vu ses membres enfler, quand j'ai lu ce qu'il pourrait devenir, vu que son cas était parmi les plus graves. Quand j'ai vu que même à peu près regardable il n'avait aucun ami.

Mais des amis, il en avait, m'ont-ils fait remarquer, et vous aussi. Ah oui, mais pas ceux dont j'avais besoin ou qui lui plaisaient. Il adorait ceux qui dans le meilleur des cas se montraient indifférents à son égard. Il adorait oncle Joe qui, bien qu'inoffensif à son âge, n'avait d'yeux que pour les petites filles. Si je me suis intéressée à oncle Joe dans sa vieillesse, c'est parce qu'il me semblait qu'être isolé de sa tribu et particulièrement des enfants est un sort plus cruel que la mort. Etre vieux, sans visiteurs ; avoir perdu sa réputation, quelle souffrance est-ce là ? Comme c'était prophétique... Je voulais qu'il échappe au sort que je me suis fabriqué.

L'aumônier me trouve frivole. Il me dit que je dois regarder les faits en face.

FMC

qu'avant l'époque pour les petites filles. Si je me suis intéressée à cette [illegible] sa vieillesse, c'est parce qu'il me semblait un être isolé de sa tribu et particulièrement des enfants est un sort plus cruel que la mort. Être vieux, sans visiteurs ; avoir perdu sa réputation, quelle souffrance est-ce là ? Comme c'était prophétique... Je voudrais qu'il échappe au sort que je n'ai su empêcher.

L'éducateur me trouve fragile. Il m'a dit que je dois regarder les faits en face.

PMC

8

Crac, crac, crac. Leurs pas sur les galets de la plage résonnaient si fort qu'ils auraient pu réveiller les morts. Autant son pas était sûr, autant celui de Henry était hésitant, et elle lui prit le bras.

— Par ici, l'escalier, Henry.

— Merci.

Ça lui plaisait, à Maggie, qu'il se laisse guider. Pas d'amour-propre de macho. La mer était incroyablement calme et douce, embrassant les pierres, comme flirtant avec elles, fit-il remarquer. Drôle d'image.

— Ça ne va pas être de la grande cuisine, le prévint-elle.

— Je suis à fond dans la dépravation. Les hydrates de carbone, les cigarettes, tout.

Sept heures du soir, plus noir que l'asphalte. Il se fichait pas mal de ce qu'il allait manger. Ils gravirent en trébuchant les marches de la plage dans un état de calme miséricordieux, descendirent une ruelle qu'il n'avait encore jamais remarquée, tournèrent à plusieurs coins de rue qu'il n'avait pas non plus remarqués et s'engagèrent dans les entrailles d'un bâtiment. Il n'était pas d'humeur à observer, ce soir, et c'était tant mieux : elle était soulagée. Libre à elle, qui vivait à Warbling, de critiquer la chère des restaurants du cru ; mais s'il s'avisait de le faire, elle prendrait leur défense.

— Tout ce qu'il y avait, c'étaient des ouvrages de médecine, dit-il tandis qu'ils s'asseyaient. Et encore, la vieille dame confond les livres et les magazines ; pour elle, c'est bonnet blanc et blanc bonnet. Des livres sur la pédiatrie, la psychologie, la maltraitance, deux douzaines de fascicules sur l'hémiplégie cérébrale. Pas de poésie. Pas de lettres. Qu'est-il arrivé à son âme ?

Le vin maison arriva sur une nappe à carreaux. Il leva son verre. Elle attendit qu'il fasse la grimace mais il n'eut aucune réaction, seulement de l'indifférence, et elle poussa un soupir de soulagement, même si elle se sentait agacée de constater qu'elle accordait de la valeur à son opinion.

— Les enfants, c'était son job, Henry, et sa passion. Rien de bizarre à ce qu'elle ait eu des livres de ce genre chez elle, même si elle n'avait pas eu Harry. Elle n'était pas femme à faire les choses à moitié. Je suppose qu'elle en savait plus sur l'hémiplégie de son fils que quiconque.

— Plus que le procureur, et la prétendue défense, fit-il tranquillement.

— Un avocat anglais, Henry, n'est pas un auteur de fiction. Une défense, ça ne s'invente pas. Ce n'est pas une histoire qu'on écrit. Quand nous avons un client responsable, intelligent, capable de s'exprimer, ce qui n'est pas toujours le cas, notre humble rôle n'est que celui d'un traducteur. (Elle changea couteau et fourchette de place, les disposant parallèlement au bord de la table.) Notre rôle est d'exposer clairement les faits et les circonstances atténuantes, de les faire comprendre et de les présenter aux moins compréhensifs des tribunaux. Il n'y a qu'une peine pour le meurtre avec préméditation, Henry. La prison à perpétuité. En tant que traducteur des faits, on n'a guère de marge de manœuvre pour influer sur le résultat. Surtout quand on a pour client quelqu'un d'aussi têtu. Quelqu'un qui avait décidé que la condamnation était nécessaire à sa rédemption. A propos, ce qu'on mange ici, c'est pizza ou... pizza.

— Un mets véritablement universel.

Le visage de Henry se plissa d'un sourire et, vu sous cet angle, il devint un visage agréable, avec des fossettes qu'on ne risquait pas d'oublier et un air espiègle. Alors qu'au repos cette même physionomie était impénétrable. Pas moyen de *savoir,* lui avait dit Timothy, s'il était content, curieux, fou de rage ou au bord des larmes. Il fallait deviner. Le sourire était contagieux, aussi le lui rendit-elle. Ils avaient eu beau passer des heures à bavarder, ce dîner en tête à tête – une suggestion à lui – leur donnait à tous deux un air extraordinairement guindé.

— Qu'est-ce qui vous fait sourire, Henry ?

— Vous. Quand vous devenez didactique. Que vous me donnez des leçons. Je vous vois bien faisant la loi. Seulement cela ne colle pas avec le reste.

— Quoi, le reste ?

— Votre robe. Vos cheveux. Vos yeux.

Elle loucha et lui adressa une grimace.

— Laissez mes yeux en dehors de ça. Ce n'est qu'un héritage génétique. Quant à mes cheveux, je les teins toutes les six semaines. Et pour ce qui est des vêtements colorés, même les avocats à mi-temps ont le droit d'en porter. Joli, ce rouge, n'est-ce pas ? Ça rappelle les vieilles briques. C'est mon look rose anglaise sur le déclin.

Il examina la robe. Décolleté modeste, tricot tout simple, manches longues. Rang de perles autour du cou, joues rosies par la marche, chevelure ébouriffée par le vent. Il jeta un coup d'œil derrière elle, il vérifiait toujours où se trouvait la sortie, surtout dans les sous-sols, tel un espion, et après ça il se sentit détendu, bien que la journée eût été déprimante. Le lendemain serait plus riant. Il ne parvenait pas à se rappeler quand il s'était trouvé pour la dernière fois en face d'une femme aussi chic que celle-ci et c'était amusant, même s'il ne pouvait se défendre d'éprouver des soupçons à son égard. Il devrait faire un effort pour mieux la connaître ; suffisamment pour la taquiner en tout cas.

— Ecoutez, Maggie, supposez qu'on se soit rencontrés par, disons, l'intermédiaire d'une agence spécialisée ou d'un ami commun...

— C'est ce qui nous est arrivé.

— Et qu'on passe notre première soirée en tête à tête...

— C'est précisément le cas.

— Vous ne jouez pas le jeu, Maggie. Je vous demande de lâcher la bride à votre imagination. Supposez que nous sortions ensemble tout bêtement pour apprendre à nous connaître, sans le programme que nous nous sommes fixé et les informations codées que vous me communiquez parcimonieusement, qu'aimeriez-vous que je sache de vous ? Je veux dire : qu'est-ce que vous me diriez de vous ?

— Bon, je joue mais seulement si vous jouez aussi.

Il hocha la tête.

— Vous d'abord.

Elle joignit les mains sous son menton, cachant ses longs doigts, battit théâtralement des cils.

— Je vous ferais un compte rendu sans indulgence de ma vie, une description soigneusement adaptée aux circonstances et expurgée. J'omettrais de vous raconter mon enfance, je doute que vous ayez envie d'en entendre parler. Je vous dirais que j'ai quitté la petite ville pour les besoins de ma carrière mais me garderais bien de vous dire qu'en fait c'était pour dénicher un mari plus huppé, qui n'a rien trouvé de mieux que de m'abandonner pour une... non. (Elle marqua une pause.) Non, je ne vous dirais pas ça. Je vous dirais que j'ai divorcé à l'amiable, pour vous éviter de vous imaginer que je suis une garce procédurière qui ne songe qu'à montrer les dents. Je vous glisserais en passant que j'aime la décoration et aussi la cuisine. Je mettrais l'accent sur le fait que j'attache du prix au confort. Au terme de mon exposé, vous sauriez que je suis courageuse, modeste, compétente, un peu amère et disponible. Tout à fait disponible. J'insisterais sur ce point presque autant que sur mon goût pour la cuisine. Et je ne porterais pas cette robe.

Il éclata de rire. Elle joua avec ses cheveux et le regarda pensivement, battant de nouveau des cils, parodiant la timidité.

— Après mûre réflexion, j'éviterais de vous révéler qu'à l'occasion de notre second rendez-vous j'avais voulu en mettre plein la vue à mon mari en lui préparant un steak dans mon rez-de-jardin. Seulement le chien a sauté dessus et filé l'enterrer dans un massif. Je l'ai récupéré, essuyé et je le lui ai servi quand même. Il a tout avalé sans broncher et m'a persuadée de me débarrasser du chien. J'aurais dû en tirer des conclusions.

On prit laborieusement leur commande. Henry se dit que la nourriture mettrait probablement des heures à arriver. Trois autres dîneurs non loin de la sortie avaient l'air de s'être résignés à ce qu'on les affame. Maggie mordillait un gressin.

— Je mentirais beaucoup, Henry. La proportion de mensonge dépendrait de la sympathie que vous m'inspireriez. A vous maintenant.

Son visage avait repris son expression normale, celle d'une femme intelligente sans une once de coquetterie.

— Eh bien...

Il toussa et s'éclaircit la gorge.

— Allez, pas d'hésitations.

— Je crois que je commencerais par me présenter. Je vous indiquerais ma situation de famille. Je vous dirais que j'ai de l'argent, pas de dettes, que j'ai beaucoup voyagé. Que je ne suis pas idiot. Que je ne me promène pas la braguette ouverte. Que je n'ai pas de problèmes sexuels majeurs sans pour autant être un tombeur. Que j'ai connu des échecs sentimentaux mais qui ne résultent ni d'une infidélité ni de la méchanceté. Et tout cela serait vrai. D'une certaine façon.

Il joua avec sa serviette en papier, la pliant en chapeau tandis qu'elle l'observait.

— Je vous dirais que je ne suis pas doué pour parler de moi-même, que je suis assez timide vu qu'il m'arrive souvent de dire exactement ce qu'il ne faut pas. Je n'aime pas mentir. Je suis mal à l'aise en société. Mais je laisserais de côté le fait que j'ai peur du noir, que je suis terrorisé à l'idée qu'on puisse m'enfermer, que j'ai tendance à fuir les conflits et les engagements. Je ferais celui qui n'est pas tout à fait libre, qui a encore une vague liaison quelque part. Je vous avouerais que je suis un être complexe.

— Et vous l'êtes ?

— Non. Pas que je sache. Je ne suis qu'un lâche bien payé.

Il y eut un silence tranquille, rompu par le craquement du gressin et le murmure des conversations à la table voisine.

— Je me demande si nous aurions envie de nous revoir.

Henry haussa les épaules et sourit tandis que la pizza

était déposée sur la table avec un bruit sourd annonciateur de digestions difficiles.

— Probablement, non. Une femme de ce genre, un parangon de vertu, me couperait sûrement tous mes moyens. Evidemment... si elle me disait nourrir une passion pour le jardinage, ça pourrait peut-être changer beaucoup de choses.

— Et moi, dit-elle, c'est votre coupe de cheveux que je trouverais inquiétante. Et toute cette foutue mystique.

Ils commencèrent à manger sans se presser. Henry, dont le couteau ne coupait pas, réfléchit à la façon de résoudre le problème et décida de couper la pizza en quatre parts – plus facile à décider qu'à faire. Une portion de napolitaine au fromage et à la tomate glissa de son assiette, traversa la table étroite et atterrit sur les genoux de son vis-à-vis. D'une chiquenaude, Maggie l'expédia délicatement par terre.

— Merde, désolé. Je vous ai dit que j'étais maladroit ?

— Si ç'avait été un rendez-vous, Henry, vous vous seriez planté en beauté.

Il garda le silence, attrapa un morceau de pizza et se mit à mastiquer avec soin. Ce n'était jamais qu'une pizza parmi tant d'autres, sans surprise, sans intérêt. Si jamais il devait avoir des préférences en matière de nourriture, il se dit que ce serait pour des petites choses variées disposées sur une grande assiette, qu'il aurait dégustées en devisant à bâtons rompus.

— Si Francesca s'est débarrassée de ses livres de médecine, il y a une raison. Elle ne devait pas vouloir qu'on connaisse la gravité de l'état de Harry.

— Le dossier contient un compte rendu médical, dit-elle, se résignant à ce que la conversation reparte dans cette direction. Il n'y avait rien à cacher. Le pronostic était mauvais. Elle voulait à tout prix qu'il puisse fréquenter un établissement scolaire classique et malheureusement ça ne semblait guère possible.

— Il n'y a rien concernant les détails de la vie quotidienne. Ce qu'il pouvait et ne pouvait pas faire. Ce qu'il faisait et ne faisait pas. N'étiez-vous pas au courant ?

De nouveau, elle secoua la tête. Ses cheveux voletèrent.

— Je suis revenue ici un mois avant que ça se passe, j'ai pris un job chez Edward. Je les ai vus deux ou trois fois. Mais j'étais tellement absorbée par mes problèmes personnels et occupée à m'apitoyer sur mon sort que je n'ai pas remarqué grand-chose. Si ce n'est qu'il faisait un froid de canard. J'attendais le printemps.

— Est-ce que vous l'aimiez ? demanda-t-il en hésitant, attendant qu'elle finisse d'avaler sa bouchée.

Les couteaux émoussés ne semblaient guère la gêner pour couper la nourriture ; sans doute avait-elle un don. Le silence s'éternisant, il craignit d'avoir été impertinent, ou pire, de s'être montré sentimental, mais non, c'est simplement qu'il lui fallait du temps pour venir à bout de sa bouchée.

— Oh oui. Plus que quiconque au monde. Mais j'étais jalouse d'elle aussi.

— Pourquoi ?

— Parce qu'elle semblait posséder un sens inné du bien et du mal. Parce qu'elle était loyale et bonne, et parce que tout le monde l'aimait.

Lorsqu'il baissa le nez, il constata que son assiette était vide, celle de Maggie à moitié pleine. Encore une chose qu'il avait remarquée chez les Britanniques, ils mangeaient avec une lenteur épouvantable, tout ce qu'ils faisaient prenait des heures. Et ce qu'ils disaient n'avait pas de sens.

A la Maison des Sortilèges, les garçons avaient laissé la porte ouverte, attendant sans doute un pensionnaire de dernière minute. Une silhouette se glissa dans l'escalier. La salle à manger et le couloir résonnaient des accords furieux plaqués par Timothy au piano et de la voix de Peter, qui s'élevait tremblotante à l'unisson.

Dites, douces dames, si l'amour connaissez,
Est-ce de l'amour cette fièvre qui tant me remue ?
Est-ce de l'amouuuur cette fièèèèvre qui tant me remuuue ?

La silhouette s'immobilisa sur le palier, ouvrit des portes en catimini, bref coup d'œil à l'intérieur, non. La chambre du second étage était trop féminine, celles de l'étage au-dessous manifestement le domaine des propriétaires. Une autre volée de marches à gravir, essoufflé en atteignant le sommet. Pas vraiment besoin de lumière avec le ciel, la lune et le feu. Le parquet craquait ; il marcha sur la pointe des pieds. Examina les vêtements suspendus avec soin dans la penderie au-dessus de la valise vide, regarda autour de lui à la recherche de l'inspiration, se dirigea sur la pointe des pieds toujours vers la trousse près du bureau. La renversa sur le lit, alluma la lumière et passa le contenu en revue. Ginseng, acidophilus, lait, chardon, vitamine E, fer... Emballages brun terne et flacons de produits divers. Pas de bleu Viagra familier ; rien qui pût vous faire frissonner d'excitation. Bruit tandis que les produits réintégraient la trousse qu'on déposait sans ménagement avec un marmonnement de déception où on l'avait trouvée.

La silhouette rôda dans la pièce, fouilla sous l'oreiller, jura, tâta les draps, les palpa, cherchant une cachette. Les doigts rencontrèrent de la fourrure tiède, se retirèrent vivement. Poussant un cri étouffé, il recula, pantelant, haletant, doigts dans la bouche. Rien. Puis il avisa le châle au pied du lit, le caressa, le trouva joli. Il s'en empara et descendit lentement l'escalier, le fourrant dans sa veste, se figea sur le premier palier tandis que la porte de la salle à manger s'ouvrait, laissant passer un brouhaha. Après quoi elle se referma et la musique reprit.

Pour commencer le froid m'agresse... Puis l'ardeur me consume... Et en un clin d'œil mon malheur revient.

Tandis qu'il se précipitait vers la porte, le chien dans la salle à manger se mit à aboyer ; les aboiements se muèrent en un gémissement de protestation alors que le chant montait en puissance et s'achevait en rire. Il franchit la porte, se retrouva dans le froid, la sueur sur le visage, étourdi de soulagement. Le plus dur, ç'avait été la dernière partie de son équipée. Il s'en était fallu de peu qu'il ne soit obligé de donner des coups de pied au chien. Au lieu de ça, furibard, Neil Hulme flanqua des coups de pied à son propre chien et retourna vers la plage pour se défouler, toujours à coups de pied, sur les galets. Il lui en restait assez pour la semaine, mais « assez », ça n'était jamais suffisant.

Ils marchaient le long du rivage, évitant les galets. Le calme était impressionnant, le ciel peuplé d'étoiles. Henry ne savait s'il avait envie de jeter un coup d'œil aux fenêtres ou d'observer les mouvements placides de la mer et elle décida pour lui. Dans une petite maison, que sa voisine plus imposante faisait paraître naine, une femme à chapeau était assise devant un chevalet et peignait tandis que la télévision projetait dans l'angle opposé sa lueur bleuâtre. Dans une autre pièce, légèrement assombrie par des rideaux de filet, un homme cousait tout en bavardant ; dans une troisième, on finissait de servir le dîner. D'un commun accord, bras dessus, bras dessous, Maggie et Henry traversèrent la route et passèrent côté plage. Il aurait voulu qu'on l'invite à entrer dans ces intérieurs, s'asseoir, rester là sans qu'on lui demande quoi que ce soit. Elle remarquait les détails.

— Ils ont changé les rideaux, dit-elle. Et ils ont un nouveau fauteuil...

Côté front de mer, il aperçut trois petites flaques de lumière.

— Qu'est-ce que c'est ?

— Ils pêchent de nuit.

— Il faut qu'ils soient fous.

— Pourquoi ? Il ne fait pas si froid que ça.

Doux, même. Elle avait raison : la température avait changé, le froid était supportable. Ils traversèrent de nouveau. Du perron de la Maison des Sortilèges, ils entendirent le son d'un piano et un chœur, ainsi que les aboiements de Senta. Impossible de se rappeler à quel moment ils s'étaient donné le bras. Il ne remarqua que dans le couloir, où elle enlevait son manteau, la tache de gras sur sa robe à la hauteur de la cuisse. A l'intérieur, le vacarme était encore plus impressionnant, les voix essayaient de couvrir l'instrument. Il eut un mouvement de recul mais Maggie s'était déjà mise à fredonner.

— Bonsoir, Henry. A moins que vous n'ayez envie de chanter ?

Mais ce n'était pas une invitation, elle prenait congé, comme si elle l'avait assez vu.

— Bonsoir.

Il grimpa jusqu'à sa chambre, où le feu brûlait dans la cheminée, et il s'extasia de nouveau sur leur infinie sollicitude. C'était la chambre idéale pour un type de son tempérament ; un espace qu'il pouvait contrôler, qui semblait construit en plein ciel. Il n'y manquait qu'un bar ; il se promit d'acheter du xérès. De sa fenêtre, il contempla les lumières pareilles à des lucioles qu'il avait vues sur la plage. Plus romantiques vues d'ici dans le confort de la chaleur. Son père les aurait accompagnés, quel que soit le temps.

Un type solitaire était assis sur les galets avec une lampe et un feu de camp juste devant la maison. Sous les yeux de Henry, il se leva et jeta une ligne luminescente dans l'eau. Henry avait sommeil et pourtant il éprouvait l'envie étrange de ressortir, d'aller trouver le pêcheur et de lui demander comment il s'y prenait, de lui tenir compagnie jusqu'aux petites heures. Mais le type était tellement absorbé qu'il ne tiendrait sûrement pas à ce qu'on le dérange. Peut-être que j'apprendrai à pêcher un de ces jours, songea Henry. Passe-temps idéal pour un introverti. Et soudain une autre pensée. *Le petit n'aimait pas sortir quand il faisait froid,* avait dit la mamie. *Il ne pouvait pas se servir de sa main droite, mais il avait une envie folle d'apprendre à pêcher.* Le cœur serré de pitié, Henry fut comme cloué sur place.

Les réponses, il fallait les chercher dans les faits. Henry alluma son portable et jeta un coup d'œil aux notes qu'il avait prises avant le dîner. *Les membres des hémiplégiques sont généralement atrophiés, plus petits que ceux des individus normaux, et c'est au niveau des mains que l'on constate la difformité la plus marquée. Des modifications de type vasomoteur sont couramment observées dans les membres, qui sont plus froids que la normale... Le dysfonctionnement moteur de la main de certains patients peut s'amplifier par temps froid...* Un temps froid, ce n'était pas bon pour apprendre à pêcher. Pauvre petit bonhomme. Henry n'arrivait plus à se concentrer. Les réponses étaient probablement sur Internet.

Bâillant, triste, ne voulant pas que ses émotions empiètent sur son désir chronique de sommeil, cherchant le bon Dieu de sweat-shirt qu'il portait pour dormir, Henry remarqua soudain que le châle n'était plus au pied du lit. Sans ressentiment ni curiosité particulière. Il avait disparu, un point c'est tout ; et s'il était agacé, c'était moins par le châle envolé que par son incapacité à se résoudre à ressortir bavarder avec le pêcheur et à lui soutirer des renseignements sur l'art de la pêche. Ces gens-là devaient tout savoir des marées, des choses que lui ne risquait pas de deviner, et voilà qu'il restait là, calfeutré, craignant de se faire rembarrer, redoutant le bruit de ses pas sur les galets. Peut-être que Maggie avait emprunté le châle, il aurait voulu lui dire qu'il n'y voyait pas d'inconvénient.

Il descendit d'un palier. Silence dans cette bâtisse indifférente. Encore un étage à descendre pour atteindre la porte de sa chambre, dont il connaissait l'emplacement s'il ne l'avait jamais explorée ; alors qu'elle-même était volontiers accueillie dans la sienne. Chambre en désordre, le tiers de la sienne, encombrée de vêtements et de chaussures ainsi que d'une plante moribonde. Partout des tas de journaux et de magazines, des guides immobiliers ; une petite bibliothèque avec un bouquet de perce-neige fanés dans un vase et une dizaine de volumes de poésie. Un châle, mais pas le sien, sur une chaise près du lit.

Il referma la porte derrière lui. Jeta un œil dans la cage d'escalier, la cherchant. Le piano vibrait au rez-de-chaussée ; il l'entendit qui chantait. Quelle femme, décidée à faire abstraction de ses sentiments ! Décidément frivole.

Le lendemain matin, Edward Burns, qui contemplait le poisson sous globe sur le mur de son bureau, guettait impatiemment Maggie. Le courrier du jour, particulièrement peu abondant à cette époque de l'année, était posé sur son bureau et il avait commencé à l'ouvrir tant bien que mal avec ses gants, attendant que le radiateur électrique répande un peu de chaleur dans la pièce. Il ouvrait les enveloppes au hasard, qu'elles lui soient adressées ou soient destinées à son confrère de l'étage au-dessus, ou à son assistante à mi-temps, Maggie. Pour Edward, cette tâche, qu'il considérait comme partie intégrante de ses attributions, constituait également un excellent aide-mémoire : car s'il ne lisait pas le courrier, il n'arrivait pas à se rappeler ce qui se passait. Une fois lu, le courrier était déposé en piles soignées sur le bureau avant d'être distribué à ses destinataires, sauf les lettres de réclamation, qu'il conservait pour les examiner ultérieurement avec ses collaborateurs. Les clients qui se plaignaient des délais étaient les plus nombreux, leurs doléances étaient traitées avec courtoisie mais indifférence. Les choses prenaient du temps et, pour ceux qui se plaignaient, cela prenait plus longtemps encore.

Edward maîtrisait à la perfection l'art de tenir une cigarette entre ses doigts gantés tout en reconnaissant que cela n'ajoutait rien à leur parfum. Il tomba sur deux lettres qui lui fournirent matière sinon à s'alarmer – sentiment auquel il s'efforçait de ne pas céder –, du moins à éprouver de la consternation. L'inquiétude, l'alarme, il réservait ça aux bulletins scolaires de son fils. L'une des deux missives – destinée à Maggie – était confidentielle, mention dont Edward se souciait comme de l'an quarante. C'était une lettre de son ex-mari, déclarant en termes abjects que bien qu'ils fussent maintenant divorcés il était profondément malheureux et avait l'impression d'avoir commis une terrible erreur. Il n'appréciait pas du tout les goûts musicaux et vestimentaires de sa jeune compagne. Elle était bruyante, elle était insatiable, elle se moquait probablement de sa calvitie naissante. Edward lut tout cela entre les lignes car l'ex-mari était circonspect et savait s'exprimer à mots couverts ; mais Edward, qui avait été témoin des suites de maintes séparations, savait décoder les regrets même lorsqu'ils étaient formulés avec subtilité. Ce qu'il ne pouvait faire, en revanche, c'était prévoir la réaction de Maggie ; il espérait qu'elle serait furieuse, mais il n'en était pas sûr, d'où son manque d'empressement à lui transmettre la missive. Maggie se traitait peut-être d'irresponsable, elle était peut-être insupportable avec sa manie de ne jamais être à l'heure, elle manquait de la gravité et du sérieux nécessaires à l'exercice de la profession, mais quand on lui laissait carte blanche, elle était indéniablement efficace, et en plus il la trouvait sympathique. Très, même. Et puis il y avait cette histoire restée en suspens avec Francesca Chisholm, et l'Américain les payait. Modestement, certes, mais c'était toujours bon à prendre. Ce qui le ramena à la seconde lettre.

Sous l'œil unique et pensif du poisson empaillé, Edward la relut, cette fois sans ses gants. C'était une lettre de la maison pour personnes âgées sise sur les falaises de Kingsdown, spécifiant que l'état de Joseph Chisholm s'était détérioré au point qu'il fallait envisager un départ imminent en clinique. La directrice de la maison de retraite avait écrit une lettre astucieusement tournée, dépourvue de récriminations. L'oncle Joe était l'un des pensionnaires de la maison dont le seul lien avec l'extérieur était un avocat, à qui elle s'adressait lorsqu'il s'agissait de régler des dépenses non couvertes par sa retraite. Elle en était responsable ; personne d'autre qu'elle ne pouvait prendre cette décision, il serait transféré dans un établissement doté d'infrastructures médicales vingt-quatre heures sur vingt-quatre. « Voilà plusieurs mois qu'il est pratiquement dans l'incapacité de s'exprimer et il n'y a guère de chances que son état s'améliore. »

Edward Burns servait d'homme de confiance à plusieurs petits vieux sans aucune famille ou pourvus de parents si lointains et si éloignés géographiquement qu'ils ne leur étaient d'aucune utilité. Il était aussi sceptique quant aux liens du sang qu'il l'était quant à ceux du mariage et il ne voyait pas pourquoi, par exemple, Maggie aurait dû s'occuper d'un oncle dont on lui avait pour ainsi dire épargné la présence lorsqu'elle était enfant et qu'elle n'avait jamais revu depuis. Il ne croyait pas à la force des liens du sang ; soit on aimait ses parents, soit on ne pouvait pas les voir en peinture, et c'était l'affection et elle seule qui créait des liens entre les êtres. Et puis Angela Hulme avait reçu la mission de rendre visite au cher vieil oncle Joe, prenant ainsi la relève de Francesca. Que diable pouvait-elle raconter à un vieillard cloué au lit ?

Il laissa la lettre de la directrice bien en évidence sur son bureau et fourra celle de l'ex de Maggie dans sa poche. Elles n'avaient pas de chance avec leurs maris, les filles Chisholm. Edward, quant à lui, adorait sa placide petite épouse, une vraie fée du logis qui par ailleurs se moquait pas mal qu'il sorte avec des chaussettes dépareillées.

La porte du rez-de-chaussée retentit et l'immeuble trembla sur ses bases. Maggie gravit l'escalier en chantant, épouvantable de gaieté à cette heure de la matinée. Alors qu'elle déboulait dans son bureau avec deux tasses de café, il décida de lui donner la lettre à la fin de la journée, après le travail, pas avant. Elle avait deux nouveaux clients à voir au cours de la matinée : deux petits délinquants qui de surcroît buvaient sec, et il fallait qu'elle les prépare avant de passer devant les magistrats de Douvres la semaine suivante. Edward réfléchit au manque de panache de son environnement professionnel et à celui de sa clientèle, et se demanda s'il n'aurait pas mieux fait de devenir braqueur de banques. Seulement il avait un sérieux problème : il ne considérait pas la poursuite des biens matériels et des richesses comme un objectif valable. Ferrer le poisson lui semblait nettement plus exaltant. Il était furieux qu'il fasse si beau aujourd'hui pour pêcher alors que le week-end promettait d'être exécrable.

— Quel temps magnifique ! dit-elle, enfonçant le couteau dans la plaie.

Il désigna du doigt la lettre concernant oncle Joe. Elle s'empressa de la lire.

— Angela t'a dit qu'il était cloué au lit ?

— Non. Seulement qu'il mangeait des biscuits, lisait le journal et se portait plutôt pas trop mal.

— Je me demande, fit Edward avec l'impression que l'autre lettre creusait un trou dans sa poche, qui elle a bien pu aller voir.

— Je l'ignore. C'est important ?

— Ça pourrait l'être.

— Allez, Tanya. Allez. T'es pas contente ? T'as pas école aujourd'hui. Allez, finis-moi ça.

Faire manger à sa fille ce qu'elle ne veut pas manger, cauchemar de toutes les mères. Angela avait cela en commun avec les autres mamans et elle suivait les conseils des psychologues. *Pas de chantage.* Quelles conneries... Longue promenade sur la plage ce matin, temps plus doux, Tanya papotant avec les pêcheurs, courant jusqu'aux brise-lames, revenant, repartant. Elles n'allaient plus sur la jetée ; Tan préférait la plage pentue. Peau toute rose, elle laissait sa mère lui faire des tresses. Des mèches de cheveux fous s'échappaient de la natte. Jamais assurément elle n'aurait les cheveux raides, elle aurait toujours une chevelure somptueuse.

— Termine ton porridge. Et après tu auras du chocolat. Si tu es sage.

— Celui que je veux ?

Cuiller en l'air.

— Celui que tu veux.

Angela soupira et lui tapota la tête tandis que la fillette replongeait le nez dans son assiette et qu'elle-même finissait de tresser ses nattes. Bien agréable, cette paix.

— Mais j'*aime* l'école, maman. J'*aime* ça. Pourquoi je peux pas y aller aujourd'hui ?

— Vraiment, ma chérie ? Et depuis quand ?

La réflexion de la fillette la remplissait d'aise mais elle ne voulait pas trop le montrer. Elle avait remarqué, bien sûr, mais ce n'était pas la même chose que d'entendre sa fille bien-aimée admettre ce changement d'attitude qui coïncidait avec la fin de crises de nerfs quasi quotidiennes et d'une lutte farouche de leurs deux volontés jusque devant les portes de l'établissement.

— J'ai encore des ennuis, mais y a des tas de filles qui sont pires que moi.

— Je n'en doute pas. Tu as ton manteau, tes livres et tout ? On va se mettre au dessin aujourd'hui. Il ne devrait pas y avoir de monde.

— On pourrait rester à la maison pour dessiner.

— Non, ma puce, on ne peut pas.

Angela ne lui dit pas qu'elles avaient besoin d'argent. On a besoin de l'argent de mes petits boulots et des coups de pouce de Neil, même si Francesca nous a fait cadeau de sa voiture et de diverses autres choses.

— Maman, elle rentre quand, Francesca ?

L'espace d'un instant son cœur s'arrêta de battre. Qui a dit qu'avoir des enfants vous raccourcissait la vie ? Il y avait trois mois que la question n'avait pas été posée et elle était tombée comme une pierre. Quelque chose avait dû la lui rappeler : une conversation qu'elle avait surprise, peut-être, quand elle était au téléphone avec cette satanée Maggie, perdant son sang-froid et haussant le ton. Ce putain d'Américain, pourquoi donc lui parlerait-elle ? Angela se souvint qu'il lui fallait rester calme.

— Aucune idée, chérie. Cet été, peut-être.

Difficile de songer à l'été tandis qu'elle franchissait le pont menant au château, Tanya sur ses talons, pas vraiment ravie de ses nattes, en tenant une dans la main. De l'autre, elle portait son cartable, un truc avec un logo branché pour frimer, que ses condisciples lui enviaient et auquel elle tenait comme à la prunelle de ses yeux. Le château était un endroit qu'elle aimait bien. Le temps passant, elle se laissait influencer par son aspect hautain et, une fois dans l'ambiance tiède et confortable de la boutique, elle devenait presque docile. C'était Francesca qui lui avait appris à grimper sur les murailles en été. Sois maudite, Francesca.

Dans la cuisine de la Maison des Sortilèges, Henry regardait la cassette vidéo dans un autre état d'esprit maintenant qu'il en savait davantage. Sur l'écran, le petit garçon courait coude plié, main droite tournée vers l'intérieur, épaule droite plus haute que la gauche. Ses genoux étaient couverts de croûtes ; son pied droit effleurait le sol comme s'il avait peur du contact ; Henry fit le rapprochement avec la démarche bancale d'un chien à trois pattes tout en se reprochant cette comparaison. A mesure que le garçonnet se rapprochait de la caméra, Henry constata que son visage n'était pas aussi laid qu'il l'avait d'abord cru, mais convulsé, crispé en une terrible grimace d'effort. Lorsqu'il s'immobilisa en gros plan, il approcha un bras décharné de son visage et à l'aide d'un mouchoir essuya la morve qui lui coulait du nez.

— Il y avait des choses qu'il ne parvenait pas à faire, dit Timothy. Des choses qu'on ne peut faire sans le secours de sa main droite. Comme se moucher, se brosser les dents. Ou tomber vers l'avant. Ç'a toujours été un petit garçon un peu sale.

— Et il voulait apprendre à pêcher.

— Il y serait arrivé, je crois. On lui aurait appris, même si ç'avait pris du temps. On s'efforçait de lui bricoler une canne. Vous voyez, fit Timothy en versant du café à Henry, il voulait avoir une activité qu'il pouvait exercer seul, même si Fran voulait qu'il soit avec les autres enfants. Elle le poussait à se joindre à eux, pour qu'ils le fassent participer à leurs jeux. Mais il était pénible pour les autres petits. Il voulait être avec eux, il les adorait, mais il savait bien qu'ils finissaient par en avoir marre de lui.

— C'est naturel, remarqua Peter. Les enfants sont cruels.

— Il faut bien qu'ils apprennent leur métier d'adultes, observa Timothy, sarcastique. Comment pourrait-il en être autrement ?

— Est-ce que l'un d'entre vous aurait aperçu un châle que j'ai laissé traîner dans ma chambre ? demanda Henry, sautant du coq à l'âne.

— Au pied de votre lit ? dit Tim. Peut-être que Harry vous l'a emprunté. Il est fou des châles indiens.

Henry aperçut le satané carré de tissu, dépassant de la maisonnette en plastique.

Fantômes, bah ! Bêtises. Conneries. FAITS. Il détestait le fantastique, et il s'installa dans la bibliothèque pour lire des faits sur les châteaux forts jusqu'à une heure avancée de l'après-midi, au calme, car les visiteurs ne se bousculaient pas. Ce château-là, décida-t-il en se fondant sur ses connaissances nouvellement acquises et son appréciation de l'endroit, n'était qu'un modèle réduit, un jouet destiné à un roi, joli sous cette lumière. A l'intérieur sur un mur se trouvait le texte d'une lettre datée de 1842.

A la Reine, Notre Excellente Majesté... Gracieuse souveraine, nous, sujets dévoués et loyaux de Votre Majesté, le maire, les autorités et les autres habitants, vous demandons humblement la permission de transmettre à Votre Majesté nos sentiments les plus dévoués et notre attachement le plus affectueux. Nous saluons l'arrivée de Votre Majesté et nous espérons grandement que Votre Majesté sera satisfaite et heureuse de son séjour parmi nous et daignera se souvenir de ce séjour avec plaisir. Bien que cette région ait reçu de tout temps, même les plus anciens, la visite d'éminents personnages, jamais elle n'a connu semblable honneur... Puisse l'Etre suprême dans son infinie mansuétude continuer de répandre sur Votre Majesté ses bontés les plus distinguées, telle est la prière sincère que nous formulons...

Oh, là, là, c'est fou ce qu'ils prenaient leur monarque au sérieux. Pas possible, celui qui avait rédigé ce texte l'avait écrit au deuxième degré. Ou s'étaient-ils vraiment réunis en comité autour d'une table pour pondre ce concert de flatteries ? Henry songea alors à un citoyen s'adressant au Sénat dans son pays – une démocratie, pourtant – et la constance dans la louange dont témoignait la missive lui parut moins étonnante. Après tout, n'avait-il pas vu des gens baiser les pieds du P-DG de sa firme ? Il pénétra dans la boutique.

— Excusez-moi, est-ce que vous auriez une copie de cette lettre ? Oh, bonjour, Mrs Hulme.

Elle était assise derrière le comptoir comme la fois précédente, impeccable, raide comme du plastique, un air de fatigue dans les yeux. La sublime fillette était assise près d'elle, construisant une réplique en carton du château, vendue en kit dans une boîte, pas commode à réaliser. Tanya le regarda et lui adressa son sourire bouleversant avant de tourner les yeux vers trois ados qui choisissaient des cartes postales à grand renfort de messes basses. Ils étaient vêtus de façon identique, baskets dernier cri, lunettes coincées dans les cheveux ; la petite semblait éperdue d'admiration devant leur tenue. Angela Hulme prit leur argent et ils pénétrèrent dans le donjon, ajustant les écouteurs.

— L'entrée, c'est 4,5 livres. Vous êtes entré sans payer la dernière fois. Et vous n'avez pas non plus payé le chocolat.

— Désolé, murmura Henry, décontenancé par l'agressivité de sa voix.

Il avait du mal à comprendre. Maggie lui avait dit qu'elle n'était pas commode, mais après tout elle avait été impliquée malgré elle dans une tragédie, elle élevait un enfant seule, alors elle avait le droit de ne pas être commode ; pourtant, il n'avait pas l'impression d'avoir fait quoi que ce soit qui pût lui déplaire. Pas encore.

— C'est formidable, cet endroit, dit-il sans conviction en posant de l'argent sur le comptoir. (Les pièces d'une livre lui rappelaient des friandises qu'il mangeait petit garçon. Il hésita. Il ne s'en tirerait pas avec des banalités.) Il faut que je vous parle, Mrs Hulme, si vous le permettez.

— A quel sujet ?

Comme si elle n'attendait que ce signal, Tanya passa de l'autre côté du comptoir et emboîta le pas aux adolescents. Angela ne chercha pas à la retenir. Il y avait un tabouret côté visiteurs et Henry y prit place.

— J'ai besoin que vous me parliez de Francesca, Mrs Hulme. J'étais un de ses amis... oh, il y a des années de cela, et si je suis venu ici, c'est pour la voir et lui parler du bon vieux temps. Je regrette de ne pas m'être manifesté plus tôt. J'aurais peut-être pu l'aider. Non que je sois très doué pour les...

— Il n'y a rien à dire, l'interrompit-elle. Pourquoi est-ce que vous ne vous occupez pas de vos affaires ? A quoi ça rime, toutes ces questions, pourquoi remuer le passé ? Espèce de salopard ! Si jamais tout ça revient aux oreilles de ma fille, je vous tue. Je parie que vous n'avez pas songé à elle un instant, monsieur le fouille-merde scientifique. Vous avez pensé à ses réactions si elle entend les gens parler du pauvre petit Harry, son meilleur ami, au moment où ils avaient fini par cesser de l'évoquer ? Ils jouaient ensemble, Harry et elle... elle s'occupait de lui... qu'est-ce qu'elle a ressenti à votre avis quand il est mort ? Les enfants ne devraient pas vivre des épreuves de ce genre, encore moins des enfants comme Tanya. Elle venait juste de franchir un cap. (Sa voix dérapait dans les aigus. Henry tendit les mains en signe d'impuissance.) Je vous en prie, je vous en supplie, laissez-nous tranquilles.

Larmes dans ses yeux.

— Bon, bon, désolé. Ne me parlez pas de lui, alors, parlez-moi d'elle. Vous étiez des amies de longue date. De grandes amies.

— Qu'est-ce que ça peut vous foutre ? De quel droit me posez-vous des questions ?

— Je n'ai aucun droit, Mrs Hulme. Aucun.

Elle parut se calmer, mais c'était un calme trompeur, annonciateur d'orage. D'un revers de sa main droite, elle essuya ses larmes. Pas le temps de pleurer.

— Oui, nous étions très amies. Nous étions comme deux sœurs. Je donnais un coup de main, à l'école. (Elle eut un rire amer.) C'est comme ça, dès que je vois des enfants, il faut que je m'en occupe. J'essayais de renoncer à l'idée d'en avoir un à moi : sans succès. Elle m'a aidée – elle nous a aidés – à en adopter un. C'est plus facile si on est disposé à prendre un enfant plutôt qu'un bébé. L'une des raisons pour lesquelles on a accepté de nous en confier un, c'est qu'à l'agence ils savaient qu'elle nous soutiendrait. Ce qu'elle a fait, d'ailleurs. Et puis elle a eu le sien. Et son mec s'est carapaté. Ouais, on avait des tas de choses en commun, et Tanya adorait le petit. Maintenant, allez vous faire foutre.

— Je vous en prie... pas encore. Vous voyez...

— Vous ne savez même pas ce que vous voulez qu'on vous dise, je parie. Vous ne savez même pas ce que vous voulez découvrir. Vous vous fichez pas mal de savoir si vous n'allez pas nuire à quelqu'un. A elle, peut-être. Vous me rappelez ces mouettes qui déchiquettent les charognes et chient partout. Voilà votre ticket, et si jamais vous croisez ma fille, je vous interdis de lui adresser la parole. Sauf pour lui dire de rentrer. On va bientôt fermer.

Ce furent les *je vous en prie* qui le déstabilisèrent, et les larmes. Elle avait raison sur un point, songea Henry, très mal à l'aise en suivant les flèches dans la cour. Il ignorait ce qu'il voulait savoir et sa remarque méprisante lui revint en pleine figure tandis qu'il longeait le mur. OK, Henry, fais la visite ; accepte les réprimandes ; tu n'as pas le droit de rendre les gens malheureux. A moins d'avoir un objectif valable, moralement défendable en tête, comme guérir les malades, ramener les défunts à la vie, soulager les souffrances, nourrir les affamés, consoler les blessés, mais aucune de ces motivations ambitieuses si chères à son cœur à l'époque idéaliste où il parcourait l'Inde sac au dos ne s'appliquait à l'entreprise présente. Que voulait-il savoir ? La satisfaction d'une curiosité personnelle était une excuse bien puérile qui ne valait pas qu'on cause des dégâts autour de soi. Et pourtant il avait l'impression d'en savoir déjà plus que quiconque.

L'Inde : le joyau de la couronne de la reine Victoria ; pas étonnant que le maire et ses conseillers lui aient écrit des lettres aussi ampoulées.

Il entendait des voix du côté des canons et s'éloigna dans l'autre direction pour faire le tour des murailles. Il mit la bande en marche, l'arrêta, se pencha pour regarder flotter la banderole. Puis il suivit le panneau pour pénétrer dans le corps trapu du château proprement dit. *Je vous en prie,* lui avait-elle dit. *Laissez-nous tranquilles.*

La partie centrale dans laquelle il se retrouva semblait être constituée d'une succession de pièces immenses, aux allures de grottes, à plafonds voûtés, sèches, brillamment éclairées, poussiéreuses et étonnamment tièdes. Sidéré, il se planta devant une énorme cheminée de brique rose, la brique formant une arcade supportant un linteau de bois si ancien, si pâle qu'il semblait près de s'effriter au toucher. Il le toucha ; le trouva solide comme du fer. Il essaya d'imaginer les dimensions de la flambée qui nécessitait un âtre de cette envergure et se demanda où ils faisaient asseoir la reine. Il monta une volée de marches et tomba sur une pièce lambrissée garnie de portraits et de photos encadrées, seul mobilier qu'il eût vu jusqu'alors, s'attarda un moment, se demandant pourquoi aucun de ces hommes, étant donné leur âge, ne portait de lunettes et où dans cette construction insensée la famille Chisholm avait pris ses quartiers. L'atmosphère l'incita à ralentir l'allure ; le calme le rendait prudent et il se força à tousser, histoire d'entendre un peu de bruit. Cette forteresse conçue pour la guerre respirait pour l'instant la paix.

De retour dans les cuisines, il consulta la carte qu'on lui avait remise avec son billet et il se rendit compte qu'il se faisait tard. Il n'avait pas rencontré les autres visiteurs, seulement perçu leurs voix. Le château ne ressemblait plus autant, vu de près, à un modèle réduit ; il avait de l'espace mais pas de grâce. Il faudrait qu'il répète la formule à Maggie, qui le trouvait si ennuyeux. La visite n'était pas terminée. Sans l'aide de la bande audio avec son texte récité par un homme dont l'accent caverneux lui rappelait un méchant de série B hollywoodienne, Henry s'arma de courage pour parcourir en hâte les étages inférieurs : là, on tirait au mousquet par toutes ces petites ouvertures dans les murs qu'on pouvait voir de l'extérieur au bas de ce qui avait dû être les douves. En bas, il ferait plus sombre encore. Ces pièces gigantesques étaient éclairées par des appliques murales qui faisaient luire la pierre, laquelle revêtait toutes les couleurs, de l'ocre au gris du granit. L'espace d'une poignante minute, Henry se prit à souhaiter que son père fût là, retirant ses lunettes de son nez busqué et disant : *Regarde un peu ça, mon petit, ils ont puisé dans toutes les carrières pour construire ce fouillis.* Mais même la pensée de son père ne suffit pas à donner à Henry envie de se risquer dans les profondeurs de la forteresse. Il lirait le guide et ferait semblant. Il connaissait ses limites.

Il émergea de la plus grande des pièces, dans un coin de laquelle une pancarte indiquait SORTIE. En haut du plan incliné, et cet endroit regorgeait de plans inclinés s'il manquait d'escaliers – à croire que les escaliers n'avaient pas encore été inventés –, il avait remarqué un monstre de porte noire. Se dirigeant péniblement vers le battant, il aperçut un miséricordieux coin de ciel gris et de la lumière. Une de ces veilleuses de sécurité qui se mettent en marche à l'approche de l'obscurité puis gagnent en intensité à mesure que le soir avance, genre d'accessoire que son père aurait examiné de plus près. *Astucieux, ce gadget,* aurait-il dit en le caressant, car il s'étonnait toujours de la simplicité des inventions humaines. A mi-pente, la porte se referma. Les projecteurs s'éteignirent.

Il se rua vers le battant, tapant dessus, pas vraiment inquiet, seulement agacé comme toujours par l'incompétence de ses semblables. Il frappa de nouveau, déclenchant un bruit ridiculement faible et se blessant contre un clou de métal. Henry ne proféra pas un cri, il ne dit pas un mot ; la colère était une émotion qu'il contrôlait. Il ne voulait qu'une chose : sortir. L'épaisseur de la porte étouffait le bruit, pourtant il entendait des grattements de l'autre côté du panneau. Il frappa de nouveau, hurlant cette fois EXCUSEZ-MOI ! EXCUSEZ-MOI ! Sa voix en lui revenant dans les oreilles lui parut fausse, étrangère. Lorsqu'il cessa de crier, il perçut des grattements plus intenses de l'autre côté, puis la voix de l'enfant qui hurlait, presque hystérique : « Nooon, maman, non. Il est là-dedans. S'il y reste, il va avoir froid. Faut pas fermer. Henry a horreur du froid. NON. Non, non, non, arrête, arrête. LAISSE-LE SORTIR. » Après ça, l'oreille collée au battant, Henry distingua des murmures de réconfort : « Petite sotte. Ce n'est pas une personne, chérie. Le gentil monsieur est rentré chez lui. Je lui ai demandé de s'en aller. Ce qui est là-dedans, c'est un fantôme de Neil. »

Regain de protestations, et la voix d'Angela, plus aiguë :

— Qu'est-ce que tu veux, idiote ? Que je sois renvoyée ? C'est ça que tu veux ? Allons, viens, chérie. C'est l'heure du thé.

Je ne comprends pas vraiment la finalité de la prison (si ce n'est qu'elle constitue une forme de vengeance) et je ne crois pas l'avoir jamais comprise. Ça ne change rien. Une condamnation comme la mienne, c'est un avertissement, pas une leçon. On ne m'a pas emprisonnée pour m'éviter de rôder dans les rues et de tuer des enfants au hasard. Personne ne suggère que je puisse faire de mes pulsions criminelles une habitude. Le seul enfant que j'aie tué, c'est mon propre fils. Je ne suis dangereuse pour personne excepté pour moi-même. Ou ma copine de la cuisine. Elle a tué son mari et laisse croire à tout le monde que c'est ce que j'ai fait, moi aussi.

Je crois m'être imaginé, bizarrement, qu'après m'avoir condamnée et avoir lancé les messages habituels sur la justice, il se serait trouvé quelqu'un pour dire : A quoi bon garder enfermée à ne rien faire une femme qui pourrait être utile à la société ? Ils finiront sûrement par se dire que c'est un gaspillage d'argent, et me laisseront sortir par la petite porte. D'après Maggie, c'est vraisemblablement ce qui se produira, mais pas avant quinze ans. C'est la pensée de ces années qui m'accable, pas le présent. La seule façon de survivre à l'incarcération, c'est de la vivre au jour le jour. Ou plutôt heure par heure, minute par minute. Et la seule façon pour moi de l'accepter, c'est de me rappeler qu'elle a un objectif, même s'il n'est évident que pour moi. Sans ça, je suis sûre que je deviendrais folle.

Je n'ai pas fait que des choses qui avaient un sens. Il arrive souvent qu'on erre sans but, ce qui est aussi bien. Parce que c'est aux moments où j'étais le plus déterminée que j'ai commis le plus d'erreurs. Pauvre Harry. Tu méritais mieux que ça.

J'ai réclamé davantage de cachets. Sinon je vais me mettre à hurler et à pleurer.

Oublier de me maîtriser.

FMC

9

Oncle Joe, Tom Cobbley et le reste pouvaient attendre. « La vie sans toi n'est plus la même... » Maggie reposa la lettre sur la moquette usée du bureau et piétina l'enveloppe faute de pouvoir la déchirer comme elle l'aurait souhaité. C'était sa formation d'avocat qui l'empêchait de détruire une lettre – laquelle pouvait constituer une preuve – mais, si elle ne pouvait la détruire, elle pouvait la malmener. Le papier était froissé après sa journée passée dans la poche d'Edward, ce qui n'arrangeait pas cette prose excessive. « Je ne sais quelle folie m'a possédé, écrivait son ex-mari, quand je me suis imaginé que je pourrais mener une existence plus intéressante en compagnie d'une femme qui t'est inférieure sur tous les plans... »

— « La vie sans toi n'est plus la même », fit-elle, sarcastique, en brandissant la missive sous le nez d'Edward. A quoi s'attendait-il, bon sang ? Il ne voulait pas d'une vie qui soit identique. Quant à savoir par quoi il s'est fait posséder, ça me semble suffisamment évident. Une salope à gros nichons, de seize ans ma cadette. Ce type-là ne fonctionne qu'au cliché. Si encore il s'était tiré avec un travesti de trois mètres, ça me fournirait un sujet de conversation.

— Qu'est-ce que tu penses du style ? murmura Edward.

— Il n'a aucun style ! hurla-t-elle.

— Je parle de la lettre.

Elle examina le texte, la ponctuation parfaite, les phrases joliment tournées. Il avait pris son temps pour coucher ses idées sur le papier et donner à sa requête – un rendez-vous – la touche voulue de pathos et de dignité. « Je n'arrive pas à te chasser de mon esprit et je suis au désespoir... »

— Un peu tiré par les cheveux, il me semble, décréta Edward. Tu n'aurais pas dû épouser un avocat. Les avocats, c'est tous des connards prétentieux. Qu'est-ce que tu vas faire, Maggie ?

Elle le fixa, fixa le poisson, tout était noyé dans la fumée de cigarette.

— Boire un coup, dit-elle.

Henry se focalisa sur les mots. *L'heure du thé.* Bizarre. Il tremblait de rage et s'ordonnait de cesser tandis que ses yeux s'accoutumaient à l'obscurité. Deux petites veilleuses de sécurité en haut du mur prirent bientôt vie et il en fut immensément soulagé. Il avait de l'espace pour bouger ; il avait assez de lumière pour lire les grosses lettres des pancartes, il n'avait pas froid et dans une minute elle reviendrait ouvrir cette saleté de porte. Il fouilla dans sa poche à la recherche de ses cigarettes, en alluma une et commença à arpenter la salle, comptant ses pas, un, deux, trois. Il haussa les épaules dans la chaleur douillette de son blouson de cuir et de son chandail moelleux. Il allait faire le tour du donjon central en commençant ici même, quinze fois, et le temps qu'il ait fini, elle serait revenue. Ou quelqu'un d'autre viendrait ; il devait bien y avoir un gardien de nuit ; quelqu'un.

Alors qu'il effectuait son septième tour des lieux, pièces nues, cuisine et fours à pain, salle des gardes avec cheminée, pièces annexes, il commença à se demander si la présence d'un gardien de nuit était bien nécessaire. Il n'y avait là rien à dérober si ce n'est la structure du bâtiment, et celle-ci était assez solide pour qu'on ne pût la voler. Cette garce de bonne femme reviendrait après avoir donné à la fillette son *thé*. Quelle drôle de façon de désigner ce qui devait être le dîner ; rien que d'y penser, il se rappela qu'il était affamé. Il perdit le fil de ses pérégrinations. S'asseyant près de la cheminée, il s'assoupit quelque temps. Lorsqu'il rouvrit les yeux, raide, transi, sa colère sourde se mua en indigestion mentale mêlée d'ennui et il eut le sentiment d'être complètement impuissant, victime toute désignée d'une mauvaise plaisanterie.

Ce qui pouvait lui arriver de pire, c'était une nuit solitaire avec le ventre creux et un peu d'hypothermie. Il pouvait monter à l'étage au-dessus et barbouiller de graffiti les portraits, ou les assembler en forme de tente au milieu de la pièce pour jouer au petit campeur. Dommage qu'il ne puisse leur emprunter leurs vêtements. Il commençait à faire sérieusement froid. Puis Henry songea non plus à la nuit mais au matin, lorsque la porte s'ouvrirait dans un craquement, et qu'il apparaîtrait aux yeux d'autrui, abject et stupide. Peut-être qu'elle ameuterait la foule pour mettre en boîte un touriste qui n'avait aucune notion de l'heure ; peut-être qu'elle lui enverrait une troupe de gens qui le couvriraient d'injures, le harcèleraient tel l'ours apprivoisé des enluminures médiévales. Pauvre ours captif qui n'essayait même pas de mordre ou de se libérer de ses chaînes. Pauvre abruti qui s'était contenté de s'asseoir là, avait découvert un coin où uriner, et au milieu de cette foule se trouverait Maggie avec sa chevelure métallique, son doux sourire sardonique, et c'était l'opinion de Maggie qui lui importait le plus.

Le temps s'était écoulé. Henry s'efforça de se souvenir de ce qu'il avait lu sur le château dans le confort relatif de la bibliothèque et de ce qu'il avait appris en consultant la carte qu'il ne pouvait plus lire. Il ne se rappelait pas grand-chose mais se dit que dans un bâtiment conçu pour loger autant d'hommes il devait forcément y avoir des dizaines de sorties, même si elles étaient également destinées à dissuader les assaillants d'entrer. Descends jusqu'au fossé, Henry, là où tu as vu toutes ces petites fenêtres. Tu n'es pas corpulent au point de ne pas pouvoir te frayer un passage par là, trouve une issue, sors, et une fois dehors, hurle. Mieux vaut risquer d'encourir le mépris d'un passant isolé susceptible de te jeter une corde que celui du maire et des autres habitants le lendemain matin. Ils ne lui demanderaient certainement pas la permission de l'approcher avec un dévouement affectueux.

En outre, la vue de ces murs lui donnait la nausée. N'importe quel autre ensemble de murailles vaudrait mieux que celui-ci. Il s'engagea sur le plan incliné qui prolongeait la salle à cheminée, où une pancarte indiquait LES GAINES. Le plan incliné était en pente douce puis, la déclivité s'accentuant soudain, ce fut en trébuchant qu'il se retrouva face à un panneau vitré et à une flèche peinte lui enjoignant de REJOINDRE LA GAUCHE. Qu'était-ce encore que cela ? Une consigne politique ? Au bord de l'hystérie, il suivit le panneau.

Henry s'engagea dans un étroit passage qui filait en s'incurvant vers la droite. Des fenêtres étroites étaient percées dans l'épaisseur des murailles, et par habitude il se mit à compter. *Une, deux... cinq, six, douze, treize.* Certaines étaient cerclées de métal grumeleux ; il s'arrêta pour les toucher, esquissant un mouvement de recul en sentant le froid et l'humidité de la condensation. La dernière veilleuse de sécurité n'était plus qu'un souvenir. Il se mit à toucher systématiquement les fenêtres les unes après les autres ; certaines étaient ouvertes, à hauteur de son menton ; la plupart, fermées. La quinzième fenêtre n'avait pas de vitre et l'air glacial lui caressa le front. Il aurait voulu faire machine arrière mais se dit qu'il atteindrait l'autre côté assez rapidement. Son pied droit entra en contact avec de l'eau. Etant donné l'absence de lumière, impossible de dire s'il avait heurté une flaque ou une inondation ; alors qu'il marquait une pause, puis continuait d'avancer mais cette fois avec prudence au lieu de se hâter, il entendit comme un froufroutement.

Un froufroutement fort. Un froissement furieux qui fit cesser puis repartir les battements de son cœur et lui donna l'impression que son sang s'était mis à bouillir. Puis un tapotement éperdu, *tap, tap tap,* TAP, TAP, *tap, tap, tap, tap, tap, tap,* TAP. Il jeta un coup d'œil pardessus son épaule, mais ne put distinguer quoi que ce soit à cause de la courbe du mur. Regardant devant lui, il aperçut la lueur salvatrice d'une autre veilleuse. Le tapotement cessa ; le froufroutement, semblable au friselis de centaines de costumes se pressant à sa rencontre, monta en puissance. Se calma l'espace d'un instant.

Henry ne pouvait distinguer le plafond et il sentait les murs qui se resserraient autour de lui. C'était moins la peur de l'inconnu que la sensation d'être perdu, de ne pas savoir où se trouvait la sortie. *Imbécile, imbécile.* Tous les symptômes étaient réunis : le désir de se cogner la tête contre les briques afin que la douleur au moins puisse le distraire ; le besoin de courir, de gémir, de se coucher, l'impression d'avoir reçu un coup abominable au plexus solaire, de manquer d'air, la folie. Le besoin insensé de se battre, de donner des coups de pied, de lutter pour trouver la sortie, l'impossibilité de respirer ou même de crier. La fenêtre eût-elle été assez large et la chute eût-elle été de trois cents mètres, il aurait sauté ; s'il avait eu un couteau, il se serait mutilé, il aurait essayé n'importe quoi pour faire cesser ça. *N'importe quoi.* Et malgré tout, cela ne passerait pas ; il savait bien que cela ne pouvait passer. La claustrophobie, à chaque fois, c'était un avant-goût de la mort accompagné d'une panique si intense qu'il se serait coupé la main pour y échapper. Puis il se mit à crier, crier et crier encore, tenta de rebrousser chemin tant bien que mal, s'efforça de faire appel à la logique, mais impossible de bouger ; la panique le clouait sur place. Il s'appuya des deux mains contre la paroi pour reprendre son souffle, tapa avec sa main dans la fenêtre, se fourra les doigts dans la bouche et les mordit jusqu'au sang. Accroupi dans la flaque, il luttait pour ne pas étouffer et se mit à se ronger les ongles comme un fou. Les bruits n'avaient plus de signification. Il n'entendait plus rien. Ce qu'il voyait encore, il le voyait double. Il y avait de la moisissure sur le mur, qui semblait vouloir l'étouffer. Henry s'évanouit.

Une seconde. Une heure peut-être. Il reprit connaissance, assourdi par le bruit de sa respiration, *UHUH, UHUH, uhuh, uhuh, UHUH,* et le cri près de poindre mais dans l'impossibilité de jaillir. Le tonnerre de son souffle excepté, le silence était total, qui servait de bruit de fond à ses *UHUH, UHUH,* et à l'horrible râle clapotant qui s'échappait de sa gorge en un son désespéré, lui rappelant son père sur son lit de mort, *ohrumff, ohrumff, ohrumff,* corps crispé par l'effort. Henry fixa le pan de ciel indigo visible par la haute ouverture au-dessus de sa tête parce que le bleu était différent du noir du mur. Se força à ne pas ciller tant et si bien que ses yeux finirent par s'emplir de larmes. Il prit soudain conscience que de l'eau trempait son jean. Il était allongé dans une flaque glacée et il lui fallait *absolument* se relever. Il y parvint, mais sans pour autant que sa panique cesse. Il s'était mis debout, il savait qu'il avait froid, mais c'était tout. Puis le froufroutement reprit, s'approcha, s'éloigna. Il fit deux pas en avant. *Un des fantômes de Neil, Harry est là, il est venu te voir, te tuer.* Encore un pas. Vers la prochaine veilleuse. L'oiseau heurta son bras tendu, s'envola et se mit à taper du bec et à s'ébrouer contre les barreaux de la fenêtre.

Un oiseau ; la danse futile d'un oiseau captif.

Impossible de dire de quelle sorte d'oiseau il s'agissait. Un étourneau peut-être ; une frêle créature sûrement, à en juger par le bruit qu'elle faisait. Il s'en approcha d'une démarche mal assurée. L'oiseau le sentit et fila voleter follement devant la fenêtre suivante, puis devant la suivante encore. La présence de Henry le terrifiait ; le battement lourd des ailes devint encore plus frénétique. Lorsque Henry s'immobilisa, l'oiseau cessa de s'agiter ; lorsqu'il bougea, l'oiseau reprit son manège. Puis une fois de plus, l'animal vola vers lui, lui heurta le front, vola aussitôt vers une fenêtre qu'il heurta du bec. Fasciné, Henry s'obligea à rester immobile. Sa respiration se ralentit. Il observa la silhouette de l'animal, petite entité prise de folie.

Il y avait des fenêtres sans vitre ; il s'en souvenait. Se remémorant l'existence de ces fenêtres sans vitre, il se rappela par la même occasion que tout ce qu'il avait à faire, les yeux fermés si nécessaire, c'était de revenir en arrière, un pas après l'autre. Ainsi, même s'il rampait, il aboutirait dans un endroit plus vaste où il pourrait respirer. L'oiseau était idiot qui ne pouvait rebrousser chemin, seulement aller de l'avant, au lieu d'essayer de retrouver le trajet qui l'avait conduit à l'intérieur pour se frayer un chemin vers la sortie. Frappant de nouveau contre un étroit pan de vitre cerclé de métal qu'il ne pourrait jamais ouvrir. Pauvre petit animal aux abois, il devait être exténué. Plus épuisé encore que Henry. S'il n'était pas arrivé dans ce couloir, l'oiseau aurait peut-être pu se reposer. Henry ne supportait pas l'idée qu'à cause de lui l'oiseau risquait de se briser les ailes, ou qu'il allait peut-être se tuer sous l'empire de la panique et mourir avant que vienne le matin. Il était malade de pitié pour l'animal. « Tais-toi, dit-il doucement. Tais-toi. »

S'il s'approchait, le bruit de ses chaussures inciterait l'étourneau à se démener de plus belle. Il aurait une veine de cocu s'il réussissait à l'attraper avec ses mains nues. Il lui faudrait essayer de le capturer par un autre moyen ; en lui jetant quelque chose dessus, peut-être. Henry se tenait dans une immobilité de muraille, réfléchissant. C'était le seul problème. La seule chose qui comptait, c'était d'attraper l'étourneau et de lui rendre la liberté.

Take these chains from my heart and set me free... Elle n'avait pas les mêmes goûts que lui en musique et la journée n'avait pas été réussie, ou du moins pas comme Neil l'avait espéré. Peut-être qu'il n'était pas habitué à la compagnie prolongée d'une femme, qu'une journée entière ça l'avait stressé. Angela et lui n'avaient jamais raffolé des sorties, même au début de leurs relations ; ah, et merde, il ne fallait pas qu'il pense à Angela. Lorsqu'ils s'étaient rencontrés et qu'elle était encore amoureuse de lui, elle s'était efforcée à maintes reprises de le rassurer : le sexe, ça n'avait vraiment pas d'importance et de toute façon ça s'améliorerait avec le temps si seulement son caractère s'assouplissait lui aussi. Ils avaient des accouplements sporadiques presque satisfaisants, et il savait comment lui faire plaisir, mais ce n'était pas tant l'orgasme qu'elle voulait que l'enfant qui en résulterait. Il aurait pu être un roi, un nabab multimillionnaire, un artiste, un athlète de renommée internationale et cependant n'être rien qu'un diabétique avec un sperme faiblard et un *dysfonctionnement de l'érection.* Peut-être la tension de cette journée passée avec une quasi-inconnue provenait-elle de ce qu'il ne pouvait lui parler de tout ça, ne pouvait encore lui confier les secrets honteux de son histoire, et qu'elle sentait confusément qu'il lui cachait quelque chose. Les femmes n'aimaient pas ça, mais cela lui plairait encore moins si elle savait. Ce n'était pas tout d'avoir réussi un accouplement, c'était le second qui comptait. Il lui fallait confirmer.

C'était cela qui l'avait incité à se faire voleur, et un voleur qui n'avait pas eu de chance en plus. Un aller-retour en France, empoisonné par ses espoirs et ses angoisses pour la soirée à venir, et un sentiment de honte quant à celle de la veille. Elle était assise en face de lui, à table, dans sa maison, lui souriant et admirant ses talents de cuisinier, et buvant le vin qu'ils avaient acheté. Ou du moins elle buvait pour lui faire plaisir, parce qu'il l'en priait dans l'espoir de faire baisser la tension qui semblait imprégner l'atmosphère, tandis que lui-même buvait modérément, de peur que la boisson fasse mauvais ménage avec la petite pilule bleue qu'il n'allait pas tarder à avaler. *Commencez par*

50 mg, lui avait conseillé le médecin. *100 mg, c'est la posologie moyenne.* Neil, anxieux, en avait conclu que 300 mg, la totalité de ses réserves, cela risquait de faire encore davantage d'effet. Trois petites pilules, et merde pour ses maigres réserves. Demain il se retrouverait démuni, mais demain était un autre jour. Tout ce qu'il souhaitait, c'était pouvoir la garder quelques heures.

— J'ai un petit cadeau pour toi, annonça-t-il en revenant de la salle de bains.

Le vin et la nourriture avaient fait leur œuvre ; langoureuse, alanguie, elle s'appuya contre lui tandis qu'il lui drapait le châle autour des épaules. Dans cette pièce minuscule au décor de bric et de broc, elle était ravissante ; sa peau lisse et tiède. Il ne voulait pas qu'elle se dise : j'aurais pu trouver mieux.

— Je vais pas pouvoir rester toute la nuit avec toi, dit-elle. Faudra bien que je rentre à un moment ou un autre.

Elle habitait chez ses parents. *Faudra bien que je rentre.* La formule lui plut. Ils n'allaient pas y passer la nuit.

Maggie se réfugia une heure dans le pub le plus anonyme de la ville sur le front de mer, parlant à des vieux de leur chien, buvant un verre ou deux d'un vin médiocre avant de songer qu'elle pourrait se débrouiller mieux que ça, réussit à acheter au magasin d'alcools juste avant la fermeture deux bouteilles de sancerre glacé et trois paquets de noisettes et noix. Elle rapporta son butin à la maison, adressant un sourire vide à Peter et Timothy qui auraient tous deux bien aimé tailler une bavette mais renoncèrent en voyant de quel côté soufflait le vent. Elle monta l'escalier, rangea sa chambre avec un soin maniaque afin de se donner l'illusion de contrôler la situation, et s'assit pour réfléchir. Souvenir lancinant d'oncle Joe, mais pas important. Mouche bourdonnant dans un coin de la pièce. Ce qu'elle voulait, c'était savourer son sentiment de triomphe, et relire sa lettre pour la troisième fois. *S'il te plaît, est-ce que je pourrais venir te voir ?* Rien à voir avec ce qu'il aurait pu dire *: Pourquoi est-ce que tu ne montes pas en ville me voir ?* C'était *lui* qui allait faire l'effort de se rendre dans ce bled minable qu'il avait toujours méprisé. Les hommes sont aveugles, lui avait dit Francesca. Je ne peux pas supporter cette manie qu'ils ont de partir puis de revenir en se mordant les poings. Ecoute, Philip, j'ai ma façon de vivre ici, aurait voulu dire Maggie. Je mène une vie très simple, je ne reçois pas ; tu te souviens des réceptions, des dîners que nous donnions, Philip ? Nous recevions aussi somptueusement et généreusement que les propriétaires de ma pension de famille cuisinent pour leurs pensionnaires mais pour un coût nettement inférieur en se donnant trois fois plus de mal et avec le désir de faire plaisir plutôt que celui d'en mettre plein la vue. Tu as essayé de faire de moi un clone sophistiqué de toi-même, n'empêche que mon légume préféré, c'est encore les petits pois surgelés et que je préfère le genre d'homme qui est capable de manger de bon appétit une pizza trop cuite sans rouspéter. Je t'ai laissé diriger nos vies comme tu l'entendais et le jour où tu as décidé que j'étais superflue je suis devenue une pièce détachée.

Tout en croquant ses noisettes, elle tendit le bras vers son stylo et son papier ; le vin à peine agréable. Philip était un horrible snob en matière de vins, il faisait des chichis à n'en plus finir, s'angoissait pour des histoires d'étiquettes. Cher Philip, les autres ont mieux à faire, crois-moi. Ils boivent ce qu'on leur sert, nom de Dieu, ils n'en font pas tout un plat. Pourquoi t'ai-je laissé détourner mon attention de ce qui était réellement important ? Pourquoi est-ce que je perds mon temps à faire des choix débiles ? Elle allait lui écrire une lettre pas piquée des vers si seulement elle parvenait à trouver son stylo, pas un de ces vieux machins à bille qui encombraient son sac, mais le stylo plume qui conférait de la dignité à son écriture. Oh oui, elle n'allait pas le rater, elle allait le matraquer verbalement, les secouer, lui et sa prose châtiée, et lui faire sentir qu'il n'était qu'un pauvre type. Puis elle se souvint d'un autre de ces poèmes qu'elle avait appris par cœur longtemps avant son mariage.

Au temps où je t'aimais, je le reconnais
J'ai connu maintes exquises journées ;
Mais le mépris que pour toi je nourris
Est un luxe encore plus doux.
Ainsi, que nous soyons ensemble ou séparés,
Tu n'es pas à l'abri des sorcelleries,
Et si t'aimer est un régal,
Te détester est un délice !

Elle avait terminé ses noix et noisettes et éprouvait une vague faim nauséeuse qu'elle assouvit momentanément en s'octroyant un autre verre de vin. Ils devaient se faire du mauvais sang pour elle au rez-de-chaussée, mais ces soirées cloîtrées n'étaient pas sans précédent, bien que moins fréquentes ces temps-ci. « Te détester est un délice ! » écrivit-elle, remarquant combien son écriture tremblait. Le stylo allait tomber en panne d'encre. Pas moyen de savoir où elle avait rangé les recharges. Impossible de savoir si elle voulait que Philip vienne la voir et constate ce qu'elle avait fait de sa vie en quinze mois passés dans un placard. Toutefois, ce qu'elle savait, alors même qu'elle soulignait le mot, c'est qu'elle ne le détestait pas. Elle n'avait jamais haï quelqu'un plus d'une journée ; elle n'était pas taillée pour la haine ; elle pouvait se sentir épouvantablement meurtrie quand on la repoussait, mais elle était incapable de haïr. Peut-être cela signifiait-il qu'elle était également incapable d'aimer les hommes. Mais si, tu en es capable, disait Francesca, mais seulement s'ils te regardent. Accepte d'être ce que tu es. Toute autre attitude est insultante.

C'est ça, elle se sentait insultée. Il était trop tôt pour dormir. Le vin faisait son effet et Maggie n'avait pas envie qu'on la voie dans cet état de sentimentalité débridée. Elle fit une toilette de chat dans le lavabo de sa chambre, songea avec un vague sentiment de culpabilité aux autres activités de la journée, se brossa les cheveux jusqu'à en avoir mal au cuir chevelu et mal à la tête, remit tout rigoureusement en ordre et alla se coucher. Pensées décousues détalant tels des rats. Angela, Harry, Henry, Harry, Neil, est-ce que Neil pêchait sur la plage avec ce chien, Henry. Pêche. Philip. Sa formule désinvolte à elle pour expliquer la déconfiture de ce mariage. Pas exactement le succès que nous escomptions.

Pas exactement le succès qu'il avait escompté. Pas la réponse aux prières d'une fille, ni même à celles d'un homme. Brutal, si la mémoire de Neil était bonne. Et pas aussi prolongé que cela aurait dû l'être même s'il avait perdu de vue la notion de temps. Merveilleux de baiser mais pas si merveilleux de baiser en se demandant combien de temps ça allait durer. L'érection, la copulation, la violence de l'étreinte de la petite qui avait graduellement laissé la place à des gestes d'encouragement plutôt teintés de lassitude tandis qu'il poursuivait son va-et-vient, le tout culminant dans un timide recul de la fille après l'ultime grognement. Elle l'avait embrassé pour lui rendre sa pluie de baisers reconnaissants, ses remerciements étouffés, émus, ses déclarations émerveillées – oui, elle était merveilleuse –, n'empêche qu'il s'était écoulé peu de temps entre ces effusions et le moment où elle lui avait déclaré qu'il lui fallait y aller, tu sais ce que c'est, avec insistance. Et lorsqu'il s'était levé non sans difficulté pour se rhabiller et la raccompagner alors qu'elle habitait tout près, elle l'avait embrassé de nouveau presque précipitamment, sois pas bête, c'est à deux pas, les rues sont bien éclairées, pas la peine de te fatiguer. On n'était pas à Londres ici, mais à Warbling. Elle bavardait, meublait, rassemblant ses affaires en deux fois moins de temps qu'il ne lui en avait fallu à lui pour se vêtir et, avant même qu'il ait eu le temps d'insister, elle avait disparu. Elle prenait la fuite. Elle en oublia le châle volé, sur la chaise de la cuisine. Cette fuite précipitée l'aurait drôlement inquiété si les symptômes ne l'avaient pas davantage perturbé. Neil était allongé sur son lit, se demandant ce que pouvaient bien signifier une migraine carabinée et une sensation de vertige qui refusaient de céder alors qu'il fermait les yeux. Lorsqu'il les rouvrit, tout ce qu'il vit lui sembla comme bordé d'un trait rose, lui donnant l'impression d'une soirée légèrement fluorescente ou d'un soleil sombrant dans la mer estivale. Il cligna des paupières pour chasser cette impression, mais le rose persista et, lorsqu'il alluma le plafonnier, la clarté lui blessa les yeux. Il tremblait, il avait la bouche sèche.

Son bipeur sonnait. Il y avait un connard dans le château, et il ne voyait rien.

Le plus important, c'était d'attraper l'oiseau. Il voletait devant la fenêtre d'à côté et ce bruit d'ailes était si faible, cette fatigue si cruelle que Henry en aurait pleuré. Il recula de deux pas, très lentement, se pencha et défit tant bien que mal ses lacets pour pouvoir ôter ses chaussures. Il se dépouilla doucement de son blouson : trop lourd pour servir de piège ; le petit animal risquait de périr écrasé. Son chandail de cachemire – Henry avait un faible pour les lainages fins – délicieusement chaud était léger comme tout. Le sol était glacé et humide, il trempa ses chaussettes en s'avançant dans le noir sur la pointe des pieds. Le mur s'incurvait vers la droite. Il venait de distinguer la silhouette de l'oiseau lorsqu'il trébucha sur une brique descellée, tendit une main pour se rattraper et jura, *merde.* L'étourneau reprit vie, disparut, tache noire incertaine, et s'en fut redonner du bec contre une autre fenêtre. Si seulement il arrivait à le devancer, songea-t-il, à lui faire peur pour qu'il reparte dans l'autre sens, où il y avait des fenêtres ouvertes ou sans vitre, peut-être l'animal trouverait-il alors seul la sortie. Peut-être valait-il mieux le faire déguerpir, le pousser en avant ; peut-être qu'une fois le tour du bâtiment effectué ils rejoindraient l'endroit où la galerie était un peu plus spacieuse et où il pourrait voler librement ou se poser. Ou peut-être que ce boyau incurvé ne conduisait nulle part si ce n'est dans une obscurité plus profonde encore ; peut-être qu'il aboutissait soudain à une cave, un puits. Henry déglutit.

Le chandail drapé autour du cou, il progressa centimètre par centimètre, tâtant de la chaussette le sol boueux et suivant le mur de la main. L'étourneau apparut de nouveau ; Henry eut l'impression que l'oiseau le fixait, dans l'expectative. Il ôta son chandail, respirant avec précaution. Devant lui, un autre bruit, *ploc, ploc, ploc,* et en passant devant la fenêtre il se rendit compte que c'était la pluie. L'étourneau battit des ailes et s'envola vers la vitre suivante. Il allait mourir de peur et d'épuisement. Henry avait les pieds gelés ; il écarta puis plia les doigts en silence. Le clapotement de la pluie dehors étoufferait le bruit de ses pas ; mais seul un imbécile pouvait croire qu'un étourneau possédait des sens aussi grossiers que les siens. Trois tentatives encore, il progressait lentement et l'oiseau détectait aussitôt sa présence, mais il se dit qu'à chaque fois il était un peu plus près du but. Puis à la lueur d'une veilleuse fixée au plafond, qui mettait en évidence le luisant de la paroi de pierre d'où gouttait de l'eau, il vit l'étourneau qui se baignait dans un irrésistible petit creux formé par des années de suintement. Henry se dit qu'il était assez près et jeta son filet.

Doucement, doucement, là. Lutte furieuse au cœur du chandail. Tiens-toi tranquille. Il réunit ses mains en coupe autour de son fardeau gigotant et le berça, sentant contre ses paumes tandis qu'il rebroussait péniblement chemin les battements frénétiques du cœur minuscule, craignant que ce cœur ne lâche. Vite. Il avait besoin de ses deux mains pour tenir son prisonnier ; il allait devoir laisser ses pieds retrouver le chemin seuls. Il recroquevilla les orteils, fit craquer ses coudes, tanguant d'un bord à l'autre et se laissant guider par le mur, qui s'incurvait sur sa gauche. Il trébucha sur ses chaussures, sentit son blouson étalé par terre dans la flaque et continua d'avancer. Une autre fenêtre, une autre et une autre encore, et le courant d'air merveilleux.

Il se haussa sur la pointe des pieds pour faire passer le pull à travers l'ouverture étroite et le secoua doucement. L'orifice était si étroit qu'il y avait à peine place pour ses deux mains et que la pierre lui érafla les bras. Il sentait l'étourneau qui se débattait, s'imagina qu'il s'était pris les pattes dans la laine, qu'il lui faudrait le ramener vers lui et peut-être finirait-il par l'étouffer ou le broyer en essayant de le libérer du tricot, car il n'y voyait goutte dans le noir, peut-être qu'il serait obligé de le libérer dans ce trou d'ombre et qu'il lui faudrait répéter la manœuvre, oh, mon Dieu, tout mais pas ça. Il secoua de nouveau les pans du chandail, le tenant d'une seule main ; alors il le sentit qui se soulevait puis retombait tandis que l'oiseau prenait son vol. Il cligna des yeux pour essayer de voir par où il était parti mais ne put distinguer que le ciel. *Surtout ne tombe pas, envole-toi !* lui cria-t-il. Il lui sembla entendre un bruit d'ailes dominant le ploc ploc de la pluie mais il savait qu'il était incapable d'entendre quoi que ce soit de cet ordre. Seulement sa respiration *Uhuh, Uhuh, Uhuh. Sauve-toi.* Henry s'éloigna de la fenêtre et poursuivit tant bien que mal son chemin, touchant le mur à sa gauche, sentant plus qu'il ne la voyait la présence de deux autres fenêtres qui auraient pu servir d'issues de secours, marmonnant. Ils ne devraient pas les laisser dans cet état, ils devraient les réparer, ces fenêtres, ne pas piéger les oiseaux. Quelqu'un devrait s'occuper de vérifier, quelqu'un devrait... et tout à coup, il se retrouva au pied du plan incliné, remontant vers la grande pièce dans laquelle il trouva une flaque de lumière contre le mur de la cheminée, et il se laissa glisser sur le sol sec. Il avait gardé son chandail et s'en félicita car sinon, prisonnier de ce filet laineux, l'étourneau aurait pu choir telle une pierre et s'écraser sur le sol. Machinalement, il se le fourra sur la tête. Il frissonnait. Le pull-over était gluant au toucher, le devant poisseux de fiente. Et pas qu'un peu. Tant pis. Henry l'essuya avec ses mains, qu'il frotta ensuite contre son pantalon. Maintenant il en avait partout. Tant pis s'il puait un peu ; ce maudit oiseau, cette ridicule bestiole terrifiée était libre et lui, du coup, bizarrement, se sentait tout heureux.

Mais il était transi. Il se mit à se masser les orteils avec ses mains sales. Ils étaient collants et pleins de sang ; le froid intense lui rendait service en les anesthésiant, l'empêchant de sentir la douleur. Il devrait rebrousser chemin, récupérer son blouson, ses chaussures, les enfiler tant bien que mal pour se mettre les pieds au chaud. Le blouson le réchaufferait et camouflerait la merde d'oiseau. Toutefois, après avoir réfléchi, Henry comprit qu'il était absolument impossible de redescendre le plan incliné menant à la galerie. Tant pis pour le froid et le reste. L'idée de faire demi-tour lui répugnait tellement qu'il en tremblait de tous ses membres.

La pièce n'était plus tiède, la température y était polaire et cette femme n'allait pas revenir. Personne ne reviendrait. Il y avait une barre de chocolat dans la poche de son blouson ; dans les gaines, l'humidité gouttait, il y en avait assez pour qu'il se lave les mains et étanche sa soif carabinée, mais ce n'était pas une raison suffisante pour qu'il retourne là-bas. Non. Il avait des cigarettes et un briquet en état de marche dans la poche de son pantalon. La vie lui parut soudain supportable ; l'oiseau était libre et la délivrance de l'étourneau était l'unique raison de sa soirée en enfer. C'était pour cela qu'on l'avait mis ici. C'était aussi simple que ça.

Il se redressa, se traça un itinéraire et entreprit de faire le tour des salles. Près de la porte, une autre veilleuse du système de sécurité clignota lorsqu'il en croisa le faisceau et essaya de tourner la poignée. Il lui adressa un signe de la main. Marcha en décrivant de grands cercles, réfléchit.

Pourquoi m'a-t-elle enfermé ?

Qu'ai-je fait pour mériter qu'on m'enferme ?

Savait-elle comment je risquais de réagir ? Non. Comment l'aurait-elle su ? Mais elle a bien dû se douter que je serais... mort de frousse.

La fillette savait que je serais terrifié et gelé. Ou du moins que *quelqu'un* serait terrifié et gelé.

Un autre Henry.

Est-ce que je vais attraper la gangrène ?

J'espère que l'étourneau va pouvoir voler sous la pluie.

Le désir de protéger est-il plus fort que tout autre ?

Il essaya de penser à des vers sans queue ni tête, se mit à chanter. Il ne se faisait guère d'illusions sur son talent, il ne chantait pas spécialement juste ; chanter, c'était une activité réservée à l'intimité de sa salle de bains.

Est-ce qu'il pleuvait lorsque Harry était sorti ? Qui était passé le prendre, qui l'avait attiré dehors dans le froid ?

— Réveillez-vous, Maggie, réveillez-vous. Réveillez-vous, bon Dieu !

Peter lui braquait une lampe dans la figure. Du moins c'est ce qu'il lui sembla. Le téléphone portable sonnait.

— Qu'est-ce qui vous arrive, bon sang, Maggie, réveillez-vous !

— Réveillez, marmonna-t-elle. Arrêtez. Allez vous faire foutre.

— Votre téléphone, Maggie, et...

— Foutez le camp.

— Répondez.

— Non. Pourquoi ?

— Je vous dis de décrocher !

Ce qu'elle fit, appuyant sur la touche, tâtonnant machinalement, émergeant de son cauchemar. Peter et Timothy n'avaient pas la moindre idée de la façon dont ça fonctionnait et elle ne voyait pas la nécessité de leur apprendre à s'en servir. C'était le seul appareil de la maison, et seulement quand elle était là ; ils prenaient la sonnerie stridente beaucoup plus au sérieux qu'elle. Ils semblaient l'entendre de fort loin ; mais peut-être aussi que des soirs comme celui-ci ils montaient s'assurer qu'elle allait bien. Elle s'adressa au téléphone.

— Allez vous faire mettre.

— Francesca, je meurs. Je crois que je vais crever... J'en ai trop pris. Je vois du rose partout, ma tête me fait un mal de chien, et il y a quelqu'un au château. Je ne peux pas y aller.

— Neil, pas si vite.

Elle s'était redressée et c'était douloureux. Pas aussi moche que certaines fois mais, tout de même, pas très agréable. Elle constata avec satisfaction qu'elle avait réussi à enfiler une chemise de nuit avant de se mettre au lit et également à planquer les bouteilles. Elle huma une odeur de savon. La propreté du corps est parente de la propreté de l'âme. Un soulagement, cette petite phrase, aussitôt suivie d'un profond agacement. Elle n'était pas Francesca. Neil aurait quand même pu se souvenir de ça. Se rappeler qu'elle n'était pas cette personne omnipotente à qui tout le monde accordait sa confiance et à qui tout le monde faisait la tête quand par hasard elle ne pouvait répondre présente ; elle n'était qu'un pâle substitut.

— Pris trop de Viagra. Du mal à voir. Migraine. Faut faire venir cet Américain. Il est docteur. Saura quoi faire. Amène-le-moi, Maggie, amène-le-moi ici... je t'en supplie. Maggie, s'il te plaît. Il saura. Je suis sûr qu'il saura... Des pilules bleues. Des comprimés roses pour arranger ça. Appelle-le, Maggie, je t'en prie.

— Il n'est pas médecin. Seulement docteur en pharmacie. Il ne soigne pas les gens. Appelle un vrai médecin, Neil.

— Peux pas. J'vais crever. Aide-moi.

Fin de la communication dont le contenu ricocha dans la chambre.

— C'est quelqu'un qui demande Henry, dit-elle comme si elle était sa secrétaire en consultant Peter du regard.

Timothy rôdait devant la porte, et elle se sentit obligée de respecter les bonnes manières. Ils étaient toujours d'une grande courtoisie ; c'étaient les gens les plus gentils de la terre.

— On ne va pas pouvoir lui donner satisfaction.

— Pourquoi ?

— Parce qu'il n'est pas là, fit Timothy prosaïquement. Il n'est pas rentré. Deux heures du matin et il n'est toujours pas rentré. Il s'est perdu.

Le cœur battant, elle monta l'escalier. La chambre de Henry était immaculée. Il ne restait de la flambée qu'un soupçon de chaleur. Le portable était fermé, ses affaires étaient soigneusement empilées comme s'il habitait la cabine d'un bateau sur le point de lever l'ancre. Il était tout le contraire d'elle qui rangeait comme une écolière, par crises, quand ça la prenait.

Plusieurs destinations lui vinrent à l'esprit – le château, la maison de Neil, l'appartement d'Angela –, images de différents endroits se télescopant dans son imagination tels des véhicules se percutant en plein carrefour, et elle poussa un grognement. Et merde pour les responsabilités ; ELLE N'EN VOULAIT PAS. Devant le seuil de la chambre de Henry les deux adorables garçons dansaient le ballet de l'expectative, et leur gestuelle indiquait *Dites-nous quoi faire et on le fera.* Maggie poussa un soupir. Son cerveau était plein de moisissure. L'alcool ne lui était d'aucun secours. La liberté non plus. L'alcool faisait champignonner l'esprit, rendait la langue pâteuse et n'avait encore jamais réussi à lui procurer la grâce de l'oubli. Sa chemise de nuit était propre ; ça, elle en était rudement fière, assez pour qu'elle retrouve de l'autorité. Quelle stupide, superficielle enfant gâtée elle avait toujours été ! Il fallait qu'elle garde son calme, qu'elle laisse sa terrible angoisse se transformer en énergie au lieu de tourner à la paralysie.

— Je vais m'habiller, dit-elle. Est-ce qu'il fait froid dehors ? Désolée, mes amours, on ne devrait pas être debout à cette heure. (Elle n'avait aucune notion de l'heure, évidemment, mais il valait mieux qu'elle se mette en route ; tant pis, pense à l'Angleterre.) Vous vous souvenez de l'endroit où j'ai garé ma voiture, Peter ? Et ne vous croyez pas obligés de venir avec moi si vous n'en avez pas envie.

— Harry est dans ce château, n'est-ce pas ?

— Pas le Harry auquel vous pensez, mais sans doute que oui. Et Neil est patraque et il a la clé, oui. Je ne sais pas pourquoi, mais oui.

Elle regagna sa chambre, ôta sa chemise de nuit, attrapant au passage un sweat-shirt crasseux, un pull et les baskets sans lacets qui lui tombèrent sous la main, les clés de sa voiture cachées sous un truc, enfilant tout dans le désordre, tant et si bien qu'elle se retrouva chaussée mais sans pantalon. Elle retira le tout et recommença. Il s'était passé quelque chose au cours de cette soirée imbibée sans qu'elle y réfléchisse consciemment. A un moment donné entre deux griffouillages et gribouillages, elle avait assemblé une tenue composée d'un ensemble pantalon, de bottes et d'un manteau – une tenue dans laquelle accueillir un ex-mari repentant et lui en mettre plein la vue. Je suis toujours l'avocate que tu as connue, tu vois ? Elle s'habilla, alluma une cigarette et l'écrasa immédiatement. Elle faillit rater le cendrier, tout ça était pire qu'elle ne l'avait cru. Ils l'attendaient devant sa porte dans leurs robes de chambre bariolées, ces deux hommes adorables et les plus inoffensifs qui soient. Et pourtant si elle avait été une fillette, faisant taire leur peur des fantômes, ils seraient sortis avec elle, armés de gourdins improvisés. A cette pensée, elle se sentit encore plus lasse. Peter et Timothy parurent grandement rassurés en apercevant son uniforme. Elle avait l'air de taille à affronter une armée.

Pluie. Et quelle pluie... Neige fondue et pluie battante, quel endroit mortel, écœurant, pourquoi vivre ici... passe devant, prends à gauche pour aller chez Neil, gare-toi. Silence de mort. Envie de hurler. Frappe à la porte jusqu'à ce que ça bouge à l'intérieur. Porte ouverte par lui, il la fixe en louchant de tous ses yeux, de toute sa honte. Le rose s'était estompé ; la migraine était atroce ; personne d'autre à appeler, aide-moi, Franny, tu veux bien ? *Je ne suis pas Francesca.* Ma cousine qui portait ce prénom habitait au château et j'y allais souvent et je sais comment y entrer. Elle n'a jamais vraiment perdu le contact avec le château.

Elle se tenait devant Neil dans son living, se disant

calmement qu'il avait l'air plus patraque qu'elle mais qu'il vivrait.

— Je me sens mieux, murmura-t-il. Désolé, désolé. (Le bipeur relié au système d'alarme du château clignotait sur la table.) Il s'est déclenché il y a un bout de temps. Mais je ne peux pas aller là-bas. Je ne peux pas, je ne peux pas. Les fantômes...

— Appelle la police.

— Ils se foutront de ma gueule. Je perdrai mon job... Je ne peux pas.

— Oh, pour l'amour du ciel, donne-moi la clé. Angela te l'a rapportée, je suppose ?

Il fit oui de la tête. Elle remarqua le châle plié sur la chaise, prit la clé et regagna sa voiture. Elle n'avait pas de patience avec les gens qui avaient peur des fantômes ou d'un château la nuit ; ç'avait été son terrain de jeu pour des parties de cache-cache, même si elle ne connaissait pas autant de cachettes que sa cousine. Elle s'efforça de ne pas penser que Henry était là-dedans, se cognant partout comme un papillon de nuit. *Je crois que j'omettrais de vous dire que j'ai peur du noir, que je suis terrorisé à l'idée d'être enfermé.* Elle se hâta.

Elle gara la voiture près de la grille, entendit le *clac, clic, clac* de ses élégants talons sur le pont de bois, sentit les gouttes lui marteler le visage. Introduire la clé ? Un jeu d'enfant. Pousser la porte ? Pas commode. Il y avait des emballages de chocolat par terre dans la boutique ; les fantômes faisaient bombance en l'absence de Neil, bien sûr, laissant traîner des papiers rien que pour l'embêter, bien sûr. Ou alors un départ précipité d'Angela Hulme et de Tanya. Maggie poussa un juron. Jamais elle n'aurait dû envoyer Henry ici.

Elle décrocha les clés du donjon derrière le comptoir – c'était là leur place –, actionna le commutateur central pour allumer les projecteurs, ressortit sous la pluie, sur les pierres glissantes, pour gagner la porte intérieure. S'il n'y avait personne, elle serait furieuse ; mais elle pesterait également s'il se trouvait là. Les projecteurs diffusaient une lumière crue. Il y avait un homme dans la salle en bas, qui marchait en décrivant lentement un cercle, mains croisées dans le dos, pieds dans des chaussettes sales, chandail maculé. Il chantait. Soudain il se rendit compte qu'il y avait de la lumière, il cessa d'avancer et se tourna, clignant des paupières, chantant toujours.

— Hello, dit-elle.

— *Malgré sa force, c'est peut-être un enfant, Sa fuite vous donnera à penser que c'est un lâche,* chantait Henry.

Il s'arrêta, pivota et distingua une femme vêtue comme pour un rendez-vous d'affaires, sanglée dans des vêtements immaculés, qui brillait dans la lumière, impitoyable d'efficacité. Oh, merde !

Ça n'arrangeait pas les choses, qu'il n'aime pas le froid. Ça n'arrangeait rien qu'il soit assez âgé pour avoir fait l'expérience de la vanité ; je me demande à quel âge ça commence à se manifester, la vanité. Dès qu'un bébé peut s'apercevoir dans une glace, j'imagine. Ça n'arrangeait rien non plus que la parole ait été touchée au point qu'il ait eu des difficultés à articuler, car cela ne faisait qu'ajouter à sa frustration. Ça n'arrangeait pas les choses que le pauvre amour s'attache si facilement aux gens, lui qui grimaçait comme un dragon. Il grimaçait quand il se concentrait pour apprendre, moi j'avais toujours trouvé ça attendrissant. J'ai toujours eu de la difficulté à apprendre sans me laisser distraire ; alors je comprenais qu'il fasse tous ces efforts. J'avais la force de concentration d'un moineau et il m'a fallu du temps pour que ça change, c'est pourquoi mon père me citait toujours Maggie en exemple, elle qui retenait tout si facilement.

Je crois m'être figuré que Tanya pourrait être pour Harry ce que j'avais jadis été pour Maggie : une cousine plus âgée qui l'aimait et sur laquelle, en l'absence d'un frère ou d'une sœur, il pourrait compter comme elle pourrait compter sur lui. J'avais oublié les rivalités, l'impatience. J'essayais de faire de nous une famille, de nous rassembler en petit troupeau. Je parle comme un chien de berger. Bien sûr, ça n'était pas comme ça qu'étaient les choses.

FMC

10

Elle descendit le rejoindre, consciente uniquement du crissement de ses bottes sur la pierre sèche. Ses cheveux luisaient, parsemés de gouttes de pluie. En s'approchant, elle constata à quel point il était sale ; c'était même choquant pour un homme aussi méticuleux qui avait une passion pour les vêtements propres et les ablutions.

— Vous vous souvenez de la suite de ces vers ? s'enquit Henry sur le ton de la conversation. Vous les connaissez peut-être. C'est vraiment agaçant d'oublier.

— *Mais si celle qu'honore l'amour,* récita Maggie d'une voix atone, *doit être dissimulée à la clarté du jour...*

— *Que des gardes par milliers l'entourent, L'amour trouvera le chemin,* termina Henry, rayonnant de satisfaction comme un enfant qui a la bonne réponse.

— Qu'est-ce que vous fabriquez ici ?

Elle était à deux doigts d'exploser et sa main la démangeait : elle l'aurait volontiers giflé s'il n'avait pas été aussi sale.

— Oh, je m'occupe. Je suis un touriste très consciencieux. Il faut que je visite tout.

— Eh bien, je crois que c'est fermé, Henry, et nous

allons rentrer à la maison maintenant. Où avez-vous mis vos chaussures et votre blouson ?

— Dans les gaines... par là-bas, quelque part. (Pointant vaguement le doigt.)

— Vous voulez aller les chercher ? (Voix douce, persuasive.)

— Non. (Il secouait la tête d'un air d'excuse.) Non. Pas question. Absolument hors de question.

— Il n'y a pas de fantômes, dit-elle.

La remarque parut l'étonner.

— Evidemment qu'il n'y en a pas. Mais il n'est pas question que j'y aille.

Elle s'éloigna dans un furieux cliquetis de talons, se dirigeant vers les gaines, et Henry l'écouta plus qu'il ne la regarda, éprouvant un léger sentiment de culpabilité. Pourquoi aurait-il eu besoin d'un blouson et de chaussures ? Il était très bien comme ça. Une minute s'écoula ; puis une demi-minute encore, et le froid de nouveau le saisit. Encore un vers et il lui faudrait aller la chercher au cas où elle se serait perdue, comme l'étourneau. *« Certains pensent le perdre en l'enfermant, D'autres le supposent (le pauvre !) non-voyant. Mais si vous l'emmurez, faites-le bien, Car l'amour aveugle (si tel vous le nommez) De la sortie trouvera bien vite le chemin. »* XVIIe siècle, lui sembla-t-il. Bruit de pas revenant vers lui, plus lentement, et retour de Maggie son blouson dans une main, ses chaussures dans l'autre, les tenant soigneusement loin de son moelleux manteau en poil de chameau comme s'ils étaient contaminés tandis qu'il continuait de fredonner la chanson. Il réussit tout juste à caser ses pieds douloureux dans ses chaussures mais ne put nouer les lacets et il eut un mal de chien à enfiler les manches de son blouson.

— J'ai réfléchi... dit-il, gravissant à sa suite en boitillant le plan incliné et franchissant la porte, attendant qu'elle trouve la clé tandis qu'il inspirait l'air frais et glacial et sentait la pluie lui dégouliner sur le visage.

— Ne réfléchissez pas, Henry, vous n'êtes pas doué pour la réflexion.

Maggie sentait une migraine épouvantable se presser tel un orage derrière ses yeux et elle n'avait pas envie d'ouvrir la bouche, encore moins pour entamer une discussion.

Elle poussa Henry dans sa voiture, s'arrêta devant chez Neil, glissa la clé dans la boîte aux lettres, fit grincer par deux fois les vitesses pendant le court trajet du retour sur le front de mer. Henry fredonnait toujours, pas vraiment au mieux de sa forme.

— En cas d'overdose de Viagra, on fait quoi ? lui demanda-t-elle en songeant au problème demeuré en suspens tout en fixant la surface luisante de la route à la lueur des phares de son vieux véhicule.

— On attend que ça passe, j'imagine. Est-ce qu'il pleuvait le jour où on a poussé Harry dans la mer ?

— Pour l'amour du ciel, Henry, comment voulez-vous que je le sache ?

La Maison des Sortilèges était illuminée comme un arbre de Noël. Henry s'attendit presque à tomber sur les décorations de circonstance dans le couloir et il fut légèrement déçu de n'en trouver aucune. De l'autre côté de la route, la mer émettait des bruits apaisants tandis que tombait la pluie. Peter et Timothy le serrèrent dans leurs bras à tour de rôle et il leur rendit la pareille avec une affection pleine d'enthousiasme, soulagé d'avoir été livré tel un paquet au royaume des hommes et mis dans un bain près de déborder. Bientôt ce serait l'aube. Henry, allongé dans son lit haut perché, pieds et mains douloureux, songea à l'étourneau. Les mots de la chanson refusaient de disparaître, et quelle était la différence entre une chanson et un poème ? Avant de sombrer dans le sommeil, il se laissa aller à penser que Maggie avait orchestré tout ça ; ou bien Angela et elle, conjointement. Un truc de femme ; pour apprendre à cet imbécile à se mêler de ses affaires ; lui démontrer qu'il ferait mieux de ne pas intervenir. Cette pensée se dissipa. Elle n'aurait pas fait ça ; ces deux femmes n'avaient rien en commun, et il n'y a pas que les faits qui comptent, Henry, il y a aussi l'*instinct.* Fais-lui confiance, se gourmanda-t-il. A ton instinct. Et puis une idée farfelue sans rapport avec le reste... Est-ce qu'il aurait passé tout ce temps à essayer de sauver l'oiseau prisonnier si ç'avait été une vilaine grosse mouette et non un étourneau ? Oui, bien sûr, mais ç'aurait été plus difficile. Et un sac de solide toile aurait nettement mieux convenu au bec d'une mouette. Pour l'étourneau il fallait de la douceur, le moelleux d'un châle.

Joyeux anniversaire, joyeux anniversaire... Tu as l'air d'un éléphant. Retourne au zoo. Maggie s'éveilla au crépitement de la pluie et distingua le coin de ciel gris annonciateur d'une autre journée hivernale. Elle referma l'œil et essaya de deviner l'heure. Lever la tête pour consulter le réveil de la table de nuit, c'était trop d'effort ; huit heures et demie, dans ces eaux-là. Elle pouvait redormir si elle le souhaitait mais la migraine lui vrillait le crâne et plus elle restait allongée à écouter la pluie, plus il lui venait de réflexions maussades encore plus pénibles que les suites de sa cuite et la vague sensation de honte qui l'accompagnait. Elle poussa un grognement. La tenue qu'elle avait portée aux petites heures était accrochée avec soin, comme déjà habitée et prête à sortir, dernière manifestation de discipline avant de se mettre au lit. Elle enfila sa grosse robe de chambre, de l'écossais poilu, hirsute, choisie pour sa chaleur plus que pour son élégance, fourra ses pieds dans des pantoufles, jeta un coup d'œil par la fenêtre à la maisonnette en plastique du jardin, poussa un nouveau grognement et prit la direction de la cuisine.

Joyeux anniversaire... de nouveau le fredonnement. La cuisine avait toujours été la pièce qu'elle préférait dans une maison. La cuisine ainsi que les chambres donnant sur l'arrière et les jardinets. C'était Francesca qui lui avait indiqué la Maison des Sortilèges et elle n'en avait plus bougé. Son choix lui avait été dicté en grande partie par le fait qu'elle était préoccupée et par la passivité, en aucun cas par le fait qu'elle aurait pu apercevoir son petit cousin dans le jardin, gambadant avec Peter et Timothy les trois après-midi par semaine où ils le gardaient. Elle avait eu l'occasion de mieux connaître Harry entre le moment où elle avait réintégré Warbling et celui où il était mort, mais elle n'en avait pas profité, et maintenant elle le regrettait. Elle avait eu quelque part la certitude que si elle avait insisté pour avoir un enfant son mari ne l'aurait pas quittée et elle ne voulait pas s'intéresser à ceux des autres. Elle n'avait pas non plus voulu pleurer sur l'épaule que lui offrait Francesca parce qu'elle en avait largement abusé auparavant et qu'elle lui en voulait un peu de la lui proposer de nouveau. Comme c'est triste de se dire qu'on a tendance à fuir les gens qui nous ont aidés ! Ils en savent trop. Chacun de ses pas – lourd, si lourd – qui la rapprochait du rez-de-chaussée réactivait une nouvelle vague de souffrances, *J'aurais dû, j'aurais dû, j'aurais dû faire ceci, cela, j'aurais dû remarquer...* J'aurais dû me montrer conciliante avec mon mari au lieu de le forcer à partir ; j'aurais dû être plus gentille avec le petit Harry, et aujourd'hui avec Henry, et je ne sais pas quoi faire maintenant, bordel de merde, je ne sais pas ce que j'ai déclenché, bon sang, ni même pourquoi.

— Vous devriez manger, boire quelque chose, dit Timothy. Du bacon ?

— Beurk.

— Des toasts, alors. Et du thé.

— Pour l'amour du ciel, arrêtez de me materner comme ça, ou je fonds en larmes. Vous êtes tellement adorable que c'en devient gênant. Surtout pour une femme qui a une conscience. Des toasts, s'il vous plaît.

Avec des toasts et de la marmelade, la vie redevenait vivable. Pas forcément agréable, mais bon...

— Henry nous a expliqué qu'il s'était attardé au château après la fermeture et s'y était retrouvé enfermé. Une fâcheuse erreur, paraît-il, fit Peter.

— Quel tact ! Personne n'a jamais été incarcéré là-bas par erreur. Et il y a autre chose que j'aimerais lui dire pendant que j'y suis. Ce satané Neil s'est introduit ici l'autre nuit, j'ignore quand, et il a fouillé la chambre de Henry. Il a embarqué le châle qui se trouvait sur le lit. Je l'ai vu chez lui. J'ai vraiment des amis sympathiques. Tous plus fourbes les uns que les autres.

— Et nous alors ? On est seulement... qu'est-ce qu'il cherchait ?

— Des petites pilules bleues, du Viagra, je crois. Il paraissait convaincu que Henry en avait un stock et probablement à cause de moi.

Timothy éclata de rire. Senta vint poser son museau sur les genoux de Maggie, doux animal sensible, né pour distribuer de l'affection sans condition chaque fois que c'était nécessaire, ou espérant peut-être récolter des miettes de toast. Mais Maggie se contenterait même d'un amour intéressé.

— A supposer qu'Angela Hulme l'ait enfermé sciemment, quel message essayait-elle de lui faire passer ? questionna Peter, drôlement vif pour quelqu'un qui n'avait pratiquement pas fermé l'œil.

— Eloignez-vous de moi et de ma fille. Rentrez chez vous, monsieur le Yankee. Quelque chose d'aussi subtil que ça, risqua Timothy, l'air sagace. Et au fait, notre petit Harry n'a aucun avis sur la question pour le moment. Il faisait beaucoup trop froid pour lui la nuit dernière. Il se peut qu'il fasse une apparition pour le thé.

Elle garda le silence.

Une odeur de nourriture s'éleva, dominant celle des toasts, et Tim bondit vers le four. Il y avait des moments, particulièrement maintenant, où son agitation frénétique donnait le tournis, gâchant la langueur de la cuisine. Les résultats de ses angoisses culinaires étaient délicieux mais il fallait en payer le prix : ses préparatifs échevelés, presque maniaques, passant de l'évier à la cuisinière puis à la table, incapable de ralentir l'allure et bafouillant des oh, mon Dieu ! oh, mon Dieu ! comme si chacune de ses manœuvres risquait de se solder par un échec et la famine. Visage rouge, lunettes embuées, il extirpa du four deux gâteaux de Savoie dorés à point qu'il posa sur un torchon et renversa sur une grille pour qu'ils refroidissent. Maggie eut l'impression d'être en face de collines dorées, arrachées à un autre paysage. L'air embaumait ; elle avala sa dernière bouchée de toast.

— Qu'est-ce que vous en pensez ? Confiture de fraises ou garniture de mûres ? Glaçage blanc, il déteste le rose. Bougies, bien sûr.

— Des bougies ?

— C'est l'anniversaire de Harry, expliqua Peter, patient. Il adore les gâteaux de Savoie. Serez-vous de retour pour le thé ?

— Oh, quelles conneries ! murmura Maggie.

L'odeur du gâteau avait envahi tout le rez-de-chaussée le temps qu'elle monte dans sa chambre et en redescende, ne s'arrêtant que le temps de s'habiller, se demandant l'espace d'une seconde combien d'heures de sa vie elle avait passées à choisir des vêtements. Philip détesterait sa robe de chambre. Philip devait attendre une réponse immédiate à sa lettre : eh bien, qu'il attende. Devait-elle revêtir le tailleur strict qui lui donnait l'air du préposé venu couper le gaz et l'électricité, ou valait-il mieux qu'elle ait l'air inoffensive ? Son teint pâle dans la glace lui disait que les vêtements constituaient un déguisement bien inefficace de l'humeur de ceux qui les portent.

La pluie avait cessé, et elle s'en réjouit. Elle marcha pour s'éclaircir les idées. Sa voiture, garée en bordure de mer, avait l'air solitaire et salée ; la jetée semblait avoir été édifiée sans permis de construire et sans raison valable, et, bien que déprimée et s'adressant d'amers reproches, Maggie éprouva soudain pour l'ouvrage une grande bouffée d'affection. C'est l'histoire de ta vie ; tu n'aimes que les choses qui ne servent à rien : les hauts talons, les châteaux, les cousines encombrantes emprisonnées à vie, les petits chiens ridicules et les poèmes. Elle s'arrêta pour regarder la mer, observa un ferry qui se frayait lentement un chemin sur l'eau, quittant son port d'attache ou le rejoignant. Le ciel était encombré de nuages et elle aurait voulu être à bord de ce bateau.

Est-ce qu'il pleuvait le jour où Harry était mort ? Quelle importance ? Maggie s'assit sur un banc, pas pressée de commencer la journée, elle se releva prestement quand elle sentit l'humidité, s'éloigna avec lenteur. De l'entrée de la jetée, elle pourrait voir le château et la fenêtre de l'appartement de sa cousine, et là, elle s'arrêterait. Angela serait sans doute à la maison. Le front de mer était désert. La meilleure tactique consistait à entraîner Angela dehors, dans un café tranquille où elle y regarderait peut-être à deux fois avant d'élever la voix et où, sous les yeux d'une poignée de villageois bavards, elle cesserait peut-être de prétendre n'avoir rien à cacher.

La sculpture qui se dressait sur le trottoir à l'entrée de la jetée n'était considérée comme neuve que parce qu'elle n'avait pas encore atteint un certain âge. Elle était, si l'on s'en tenait aux critères généralement admis, moderne ; et en conséquence tolérée une fois que les protestations inévitables qui avaient salué sa mise en place furent retombées et que sa structure de métal luisant (censée éblouir les yeux au soleil) se fut vert-de-grisée et couverte de sel. La première vague de protestations s'était éteinte grâce au fait surprenant que les enfants l'aimaient et avaient décidé que la base de la sculpture, assemblage de vagues et de poissons métalliques, était un endroit idéal autour duquel se poursuivre et courir, même si on se cognait au passage contre la petite embarcation où siégeait le pêcheur massif à tête surdimensionnée, cramponné à son gros grand poisson en une étreinte quasi amoureuse et le contemplant d'un œil triste et globuleux. Les formes étaient trop arrondies pour qu'on pût escalader la statue, mais les petites mains aimaient bien frapper et caresser. Ça faisait un bruit satisfaisant et c'était tiède au toucher lorsque le soleil donnait dessus. Les petits se cachaient derrière, jouant à chat, bravant l'interdiction de courir et de sauter sur la jetée.

Tandis que Maggie s'approchait de la statue, admirant sa robustesse, son aspect écrasant, une tête à cheveux caractéristiques jaillit de derrière la sculpture et disparut aussitôt. Ah ! C'était aussi agaçant qu'inattendu et plus que choquant. Elle s'immobilisa et s'avança tranquillement, faisant le tour du groupe jusqu'à ce qu'elle découvre Tanya, collée contre l'épine dorsale d'un poisson comme si elle se frottait le dos contre lui. Il y avait une nonchalance délibérée dans son attitude, à croire que, vêtue de vêtements de classe immaculés à une heure où elle aurait dû être à l'école, elle appartenait à un groupe de discussion en plein air au lieu de se cacher pour faire l'école buissonnière. A cette heure de la matinée en plein trimestre scolaire il n'y avait pour ainsi dire pas de gamines de dix ans dans les rues. Aux yeux de Maggie, Tanya s'efforçait de donner à croire qu'elle avait des raisons valables d'être là, et pour cela elle eut l'intelligence de ne pas chercher à s'enfuir ; elle avait un air d'inquiétude plutôt que de défi, Maggie ne la connaissait que superficiellement mais assez pour savoir que ce n'était pas habituel chez elle. Ni l'une ni l'autre ne savaient que dire. Ce fut Maggie qui songea à une banalité :

— Tu attends un bus, Tanya ?

— Si on veut. Seulement je suis en avance. (Soulagement.)

— Je vais te tenir compagnie.

La fillette haussa les épaules, geste qui manquait d'assurance, ce n'était pas un haussement bravache à la va te faire foutre, plutôt le haussement d'épaules résigné d'une petite personne au bord des larmes. Elles gardèrent un silence gêné, Maggie plongeant la main dans son sac pour y prendre la lettre de Philip, non parce qu'elle entendait la relire mais pour se donner une contenance. Les mots se brouillaient légèrement, l'emplissant de fureur, *nous faisons tous d'horribles erreurs, moi plus que les autres...* pathétique, cette tristesse égoïste. Elle contempla une bonne minute par-dessus le bord des feuillets froissés les galets de la plage, puis remit la missive dans son sac. Près d'elle, Tanya émit un long soupir tremblé de soulagement ; Maggie suivit le regard de l'enfant braqué sur le drapeau qui s'élevait au-dessus de la tour centrale du château. On le hissait lentement, le drapeau de Saint-Georges, croix rouge sur fond blanc, ondoyant sans enthousiasme puis retombant, flasque, et se plaquant contre le mât. Des mains invisibles attachèrent une corde.

— C'est bien, marmonna Tanya.

— Il n'a pas l'air très heureux, fit Maggie. Mais je suppose que là n'est pas la question. Je ne sais jamais ce que les drapeaux sont censés ressentir.

Vraiment, quelle idiote elle faisait à jacasser comme ça pour meubler ! Tanya hochait la tête, s'essuyant le nez d'un revers de manche humide, laissant une trace sur le tissu, la remarquant, la frottant avec son autre manche, et l'air beaucoup plus heureuse maintenant qu'elle pouvait frimer devant une amie de sa mère.

— Y ressentent rien. Ça veut juste dire que quelqu'un est arrivé, Neil probablement, et qu'il est entré parce que faut être à l'intérieur pour accéder au drapeau. Si un imbécile est resté coincé dedans, il va pouvoir sortir maintenant, pas vrai ?

— Il risque d'être furieux, remarqua Maggie. Mais il s'en remettra, faudra bien. C'était sa faute, à cet abruti.

La fillette secoua la tête.

— Non. Maman a fermé la porte à clé. J'ai eu beau crier et crier, elle a refusé de m'écouter. Résultat, j'ai pas pu dormir à force d'y penser et...

— Tu t'es sauvée de l'école pour aller le délivrer ? Tu veux boire quelque chose avant d'y retourner ? Un Coca, un truc dans ce goût-là, sur la jetée ?

Elle ne pouvait pas lui dire : Reste avec moi, parle-moi ; elle n'en avait pas le droit. Tanya jeta un regard de convoitise à l'autre bout du *Titanic* et frotta sa main contre le nez d'un poisson sculpté.

— Peux pas, finit-elle par déclarer. J'aime pas. C'est tellement ennuyeux. J'aime pas la jetée. J'aime ça. (Elle continua de caresser le nez du poisson.) Harry lui parle, ajouta-t-elle sans aucune logique. Il essaie de monter dans le bateau mais il arrête pas de dégringoler. Il tombe tout le temps. Faut que j'y aille.

Mais elle n'avait pas l'air tout à fait décidée à partir, elle resta jambes croisées, à fixer d'abord le drapeau puis avec envie l'autre extrémité de la jetée où le café promettait chaleur et douceurs. Le regard de convoitise était teinté d'indécision. *Ne prononce jamais le nom de Harry devant cette petite, tu m'entends ? Ne fais jamais ça : c'est trop cruel.* Les mots flottèrent dans l'esprit de Maggie sans qu'elle puisse se rappeler qui les avait prononcés ni quand : Angela ou Francesca, était-ce un fax ? Mots écrits, mots prononcés, se fondant en un ordre si impératif qu'il lui ôta l'envie de parler. Que de promesses elle avait faites.

— Veux-tu que je t'accompagne ? Ils sont peut-être très inquiets, ils se demandent où tu es passée. Qu'est-ce qu'ils vont dire ?

— Je leur dirai que maman était malade, que ça m'a retardée, seulement je ne suis pas entrée, j'ai juste fait semblant et je devrais pas raconter des mensonges, n'est-ce pas ?

Maggie se pencha vers elle, avec l'envie folle soudain de repousser les cheveux qui lui cachaient les yeux et d'essuyer le petit nez qui frémissait, au bord de l'éternuement. Cette enfant avait beau avoir le besoin d'affection d'un chaton, elle n'était pas un animal de compagnie.

— Les mensonges, c'est pas une bonne chose, dit Maggie gravement en sortant une pièce de sa poche. Mais il arrive qu'on soit obligé d'en dire pour la bonne cause. Ton estomac proteste. Achète-toi du chocolat en passant.

Tandis qu'elle regardait Tanya traverser la route en courant, elle se demanda si les enfants ne se mettaient à faire confiance à d'autres adultes que lorsqu'ils commençaient à se rendre compte de la faillibilité de leurs propres parents. Elle perçut une sorte de bruit mat dans la région du cœur, regretta de ne pas avoir sauté sur l'occasion pour cuisiner la fillette et regretta de nouveau ne pas être à bord du bateau, lequel avait maintenant disparu. Personne n'avait questionné la petite à propos de Harry ; pas au moment des faits. Elle était fragile, traumatisée, et les informations qu'elle aurait pu livrer n'auraient pas été fiables ; le mieux était de l'encourager à oublier.

Pas de réponse chez Angela. Elle regagna le confort de la statue et observa les allées et venues des voisins de sa cousine. Harry *parle* à la statue, cela signifiait que Harry *avait parlé* à la statue ; les enfants mélangent les temps comme les identités, du moins se rappelait-elle l'avoir fait. Peut-être Tanya voulait-elle dire qu'elle aimait parler à la statue et peut-être que tout ce que ça signifiait, c'est que c'était la compagnie muette de l'homme massif dans son bateau qui avait attiré

Harry dehors par un jour glacial où il pleuvait probablement. Elle regarda la jetée et comprit ce que Henry avait voulu dire. Aucun petit garçon n'aurait traversé la route et couru aussi loin, à moins de fuir.

Les excuses pour ne pas travailler ne manquaient pas. Etat de la pièce, hauteur de la chaise, besoin de cigarette, de nourriture, de compagnie et une préférence marquée pour la pêche. « Cher Mrs Dodder, écrivit Edward, qui biffa et récrivit "Hodder". Si je vous écris cette lettre, c'est parce que je ne ressens pas le besoin de faire autre chose. Peu m'importent les modifications que vous souhaitez apporter à votre testament sous prétexte que votre neveu n'a pas jugé bon de vous envoyer une carte à Noël. C'est regrettable, bien sûr, mais cela ne me paraît pas justifier l'annulation du legs que vous lui destiniez. Votre dernier testament comporte déjà seize codicilles... vous suggère d'attendre, histoire de voir s'il se manifeste à l'occasion de votre anniversaire... » Il pourrait aussi envoyer un mot au neveu, mais ce serait de l'interventionnisme. Mrs Hodder avait apposé sur chacune des pièces de son abondante collection de porcelaines une étiquette portant le nom du légataire ; les bons jours, elle les époussetait, les mauvais, elle changeait les étiquettes. Lorsqu'il serait vieux et décati, il passerait tout son temps à la pêche, et il basculerait dans une rivière le jour où il s'apercevrait qu'il comptait les cuillers. Pas facile d'établir des priorités quand on s'occupait des affaires d'autrui. Les avocats étaient théoriquement objectifs, traitant leurs clients de façon égale du haut de leurs mystérieuses qualifications mais cela signifiait seulement qu'il faisait semblant de ne pas se laisser rebuter par la majorité d'entre eux, qu'il n'en aimait qu'une infime partie.

Perdu dans sa rêverie, Edward s'arracha à la contemplation des fissures du plafond pour découvrir Henry assis de l'autre côté du bureau comme s'il était là chez lui. Il portait le même blouson mais qui semblait avoir rétréci, et dont la texture et la couleur avaient quelque chose de vaguement reptilien. On l'aurait dit engoncé dans une camisole de force : soit le blouson avait rétréci, soit son propriétaire avait forci. Il était pathétique de saleté et ne semblait guère à sa place dans ce vêtement. Quoi qu'il en soit, il était manifestement parvenu à faire preuve d'autorité ou de furtive habileté, étant donné qu'il avait franchi le barrage de la phalange fortement poitrinée du rez-de-chaussée ; en un instant Henry Evans grandit dans l'estime d'Edward au point que, quittant le groupe des clients qui n'étaient que tolérés, il rejoignit les maigres rangs de ceux pour qui l'avocat avait de la sympathie. Il se pencha au-dessus de son bureau, bras tendu pour une poignée de main, comme s'il s'était attendu à recevoir sa visite. La tentative de Henry pour lui saisir la main fut si maladroite qu'il fit dégringoler par terre une pile de correspondance que les deux hommes ignorèrent. Il n'y eut ni excuses ni contorsions gauches pour ramasser le courrier : Edward était quelqu'un qui appréciait avant tout l'économie de mouvement. Tous deux se carrèrent dans leur siège et se regardèrent ouvertement.

— Vous arrive-t-il de penser que vous avez raté votre vocation ? attaqua Henry.

— Fréquemment, oui. Mais comme je n'ai qu'une vague idée de ce qu'elle aurait pu être, ça ne m'attriste pas outre mesure. On a coutume de penser qu'une vocation empêche de connaître l'ennui, mais rien n'est moins sûr.

— En effet. Les scientifiques s'ennuient ; les milliardaires aussi, je crois...

— Les charpentiers doivent s'ennuyer. Les policiers crever d'ennui. Il ne doit pas exister un seul individu qui ne s'imagine pouvoir faire mieux ou autrement. Je descendrai dans la tombe en regrettant de ne pas m'être assez amusé. Ou de ne pas avoir pris assez de poissons. Que puis-je faire pour vous ?

— J'accepterais volontiers une tasse de café.

Edward alla jusqu'à la porte et lança à pleins poumons :

— CAFE ! DEUX ! Avec un peu de chance, on en aura peut-être, dit-il en reprenant place dans son fauteuil et en se remettant à chercher une cigarette. Ces dames ne considèrent pas qu'il soit dégradant de préparer du café. Peut-être auriez-vous préféré du thé ? Les Américains aiment assez le thé.

— Non, merci. Je voulais passer en revue quelques faits avec vous.

— C'est bien ce que je pensais, dit Edward. Les faits, c'est la seule chose sur laquelle on peut compter.

— Je commençais à préférer l'instinct.

— Aux chiottes, l'instinct. C'est aussi mauvais que les principes. Dès que j'entends quelqu'un dire « C'est une affaire de principe », j'ai envie de hurler. Même chose quand ils vous sortent « J'ai l'impression que c'est bien », ou « Mon instinct me dit que cette personne, etc. » A la fin de la journée, on ne parle plus d'instinct, mais d'argent.

Le café arriva. Avec des dessous-de-verre. Un peu tard pour protéger le plateau tout esquinté du bureau ; une femme corpulente s'éloigna dans une somptueuse bouffée de parfum. Henry se débarrassa de son blouson. Sinon il n'aurait pas pu se pencher pour attraper le mug.

— C'est pourquoi, poursuivit Edward, je ne vois d'autre explication à la mort prématurée de Harry Chisholm que celle qui en a été donnée. Personne d'autre n'avait de mobile pour le tuer, encore moins de mobile financier. Si encore il y avait un cousin et un héritage, je comprendrais, mais tel n'est pas le cas. Il y a du désespoir ; de la pitié pour une existence qui ne se déroulera pas normalement, loin de là, une femme au bout du rouleau qui est prise d'un moment de folie face à un enfant indocile, mais il n'y a pas d'autre mobile. Un meurtre *instinctif.* Ça me tarabuste depuis un bon bout de temps. Déjà avant que vous ne débarquiez. Ça me tourmente quotidiennement. Mon putain d'instinct me dit que cette femme avait beaucoup trop de maîtrise d'elle-même pour perdre la boule comme ça. Ou pour avoir laissé le petit sans surveillance.

Un filet de fumée serpenta vers le plafond jauni. Henry alluma lui aussi une cigarette. Le tabagisme était contagieux.

— Il y a une chose qui m'étonne beaucoup, dit Henry, c'est le fait que cet enfant qui détestait le froid soit sorti seul. Est-ce qu'il pleuvait ce jour-là ? Impossible de trouver quelqu'un qui puisse répondre à cette question. Pourtant c'est important. Et la voisine du rez-de-chaussée ne se rappelle pas l'avoir jamais vu sortir sans sa mère sauf quand quelqu'un venait le chercher. Tout ce que je sais, c'est qu'il pleuvait quand on l'a retrouvé. Ça, c'est dans les minutes du procès.

Le café était délicieusement bon. Pas étonnant qu'à ce régime Edward réussisse à survivre dans cette pièce sans confort. Il flottait probablement de tâche en tâche dans un petit brouillard personnel.

— Bon sang, mon vieux, le temps change toutes les

cinq minutes dans notre région, vous ne vous en êtes pas encore aperçu ? Comment voulez-vous que quiconque se souvienne ? Et supposez qu'il ait été attiré dehors. Une querelle à propos d'une broutille, un ordre : SORS – ce genre de chose se produit au moins une fois par semaine chez moi. N'oubliez pas que la mère était autoritaire. Voyez-vous, Mr Evans, il vous faut accepter l'idée que vos recherches maladroites, si tel est le nom que vous leur donnez, risquent de faire apparaître Francesca Chisholm sous un jour encore moins flatteur qu'avant. J'espère que vous y avez réfléchi. A propos, qu'est-il arrivé à votre blouson ?

— Je ne crois même pas qu'il soit à moi. J'allais m'en acheter un autre. Et un chapeau. Toutes ces boutiques d'occasion...

— Ah, les friperies, fit Edward avec un air d'enthousiasme si rêveur que Henry crut deviner la provenance de ses vêtements hétéroclites.

Il imagina Edward se débarrassant de toute sa garde-robe en fin de mois puis la reconstituant. Quelle idée séduisante...

— Il m'est venu à l'esprit, poursuivit impitoyablement Henry, que toutes sortes de choses finissent dans ces dépôts – il se garda de préciser *vos fringues, par exemple* – et qu'en cherchant bien je tomberais peut-être sur les affaires de Francesca. Elle s'est débarrassée de ses habits et de ceux du petit, mais où ? Il a bien fallu qu'ils atterrissent quelque part. Dans cette ville, on ne doit pas jeter ce dont on ne veut plus.

— Bien vu, mais je doute que vous en trouviez encore. Y a-t-il d'autres sujets dont vous souhaitiez me parler ? Et pendant qu'on y est, notre cliente nous a envoyé un fax de prison. Je lui en ai envoyé un, elle en a adressé un à Maggie. Elle est autorisée à le faire. Pour ses avocats uniquement.

— C'est elle-même qui l'a rédigé ? Que dit-elle ? (Il aurait voulu voir son écriture. Edward se glissa sous le bureau et émergea de l'autre côté, au milieu du courrier éparpillé, tenant le fax d'une main et, de l'autre, une cigarette.) Que dit-elle ? reprit Henry.

Edward chaussa ses lunettes, loucha sur le papier froissé. *Henry ? Qui est Henry* ? lut-il, ses lèvres formant les mots mais sans les prononcer à haute voix. Il froissa le papier, en fit une boulette qu'il fourra dans sa poche.

— Rien, fit-il avec un soupir théâtral. Ce bon Dieu de fax ne fonctionne que le vendredi. (Il contourna le bureau et s'affala dans son siège qui pivota de lui-même tant et si bien qu'il se retrouva tournant le dos à Henry et fixant le poisson. Henry voyait des mèches de cheveux noirs dépasser du dossier et les volutes de fumée.) Il y a un truc bizarre à propos d'oncle Joe, annonça-t-il. Il semblerait qu'ils soient deux. J'ai l'impression que vous seriez bien inspiré d'aller rendre visite à l'un d'eux.

Edward s'exprimait nettement mieux quand il n'avait pas d'auditoire directement en face de lui. Henry comprenait fort bien cela.

— Oncle Joe ?

— L'oncle Joe, la honte de la famille, oui. A qui Francesca rendait régulièrement visite, précisa l'avocat. Elle se moquait pas mal des réputations ternies. Angela Hulme a pris le relais, il y a quelques mois, et je me demande bien pourquoi. Elle s'assied près de quelqu'un et lui parle des heures durant, paraît-il. J'ignore qui est cette personne, mais ce n'est pas un Chisholm. C'est un homme qui apprécie la compagnie des étrangers. Vous serez donc bien accueilli. Mais faites vos courses d'abord. A votre place, je commencerais par là.

Il y avait dans High Street tout juste de quoi faire le bonheur d'individus peu exigeants. Un citadin sophistiqué en aurait peut-être jugé autrement mais Bond Street était à des lieues de là, sur une autre planète, et c'était une autre Maggie que celle d'aujourd'hui qui s'était torturée pour savoir quelle teinte de moquette choisir pour telle ou telle pièce dans une succursale de John Lewis si vaste qu'elle aurait facilement occupé toute la longueur de la rue. Il y avait des maisons délicieusement aménagées et meublées à Warbling, et à l'occasion des gens élégants qui n'effectuaient pas leurs achats dans cette ville, et c'est lorsque ces derniers remplaçaient leurs atours que les autres les récupéraient. Les habitants les plus fortunés de Warbling (ceux des grandes villas situées derrière la ville à l'abri du vent ; les bâtisses avec pelouses, loin du dédale de rues étriquées abritant, en bordure du front de mer, le tout-venant de la population) recyclaient consciencieusement dans les boutiques des œuvres de charité vêtements, objets d'art, batteries de cuisine, linge de maison, jouets délaissés ; les vêtements, surtout.

A une période de sa vie, Maggie aurait préféré être morte plutôt que de mettre les pieds dans ce genre d'endroit et elle considérait le plaisir que leur existence lui procurait désormais comme le signe d'un changement d'état d'esprit qui était loin d'être négligeable : elle en raffolait en effet, comme tout le monde. Il était presque indispensable de les explorer une fois par semaine : c'était du shopping sans risque. Un dénominateur commun pour les petits retraités en Harris tweed qui, dans un coude à coude poli avec les jeunes mamans sans le sou à bébés dans les bras, farfouillaient dans les rayons, et personne ne se formalisait de savoir que les fenêtres allaient être habillées de rideaux taillés dans les doubles rideaux de velours de la défunte tante Ethel, ou que Jimmy irait à l'école dans les vêtements d'un collégien qui, lui, n'entrait plus dedans. Sur le dos de quelqu'un d'autre, des vêtements familiers devenaient méconnaissables ; un changement de propriétaire et ils changeaient d'allure. Ils renaissaient, ils vivaient une seconde vie, disait Peter. Les magasins étaient un aspect acceptable du changement, de la décrépitude et de la mort, mais il y avait autre chose encore à propos des vêtements disposés sur des cintres, écrasés les uns contre les autres telle une foule pressée de franchir une porte : il était impossible de savoir qui les avait portés en dernier. Des dames à cheveux gris et coiffure identique géraient le stock et rendaient la monnaie avec une extrême précision, partageant avec les clients la fièvre des bonnes affaires. Sur les cinq boutiques existantes, il en existait une surtout que Maggie appréciait ; Timothy se fournissait chez Oxfam en serviettes et en draps tandis qu'elle-même fréquentait Age Concern pour les vêtements et pour l'incapacité de sa frivole gérante à refuser les chapeaux.

Il y avait mieux à faire ; elle le savait mais ne pouvait se résoudre à faire ce qu'elle avait décidé – trouver Angela – et elle ne voulait pas réfléchir à sa rencontre avec Tanya ; elle n'avait pas envie de faire grand-chose. Dans cet état d'indécision, proche du malaise et de l'introspection stérile, elle colla le nez à la vitrine du magasin. Doux Jésus, il y avait un maillot de bain là-dedans, drapé artistiquement autour d'une plante en plastique et surmonté d'une casquette à visière et oreillettes, rêves d'hiver et d'été mélangés. Quelqu'un l'achèterait, ce maillot, histoire d'encourager le temps à changer, et s'il n'allait pas à son acquéreur, c'était sans importance. Ce n'étaient pas les saisons qui déterminaient la nature du stock ; les gros manteaux d'hiver voisinaient avec le coton estival, les écharpes laineuses avec les perles fantaisie et les bottes avec les sandales. Maggie aimait le foutoir organisé. Au fond, les chapeaux neufs ; là, d'autres chapeaux – reliquats de mariages et de baptêmes oubliés qu'on n'avait pas portés aux obsèques, d'autant plus intéressants qu'ils étaient défraîchis. Un chapeau, c'était vraiment le truc dont elle n'avait pas besoin. Ce dont elle avait besoin, c'était de prières, mais Henry, lui, en cherchait un, et du moment que quelqu'un en voulait un, cela lui donnait un prétexte pour regarder.

Quand on parle du loup... Le dicton n'est jamais plus vrai que dans une petite ville. Elle aperçut le reflet de Henry dans la vitre, il était planté près d'elle qui contemplait la vitrine avec perplexité, comme si le simple fait de penser à lui l'avait incité à se matérialiser à son côté. Il avait remarqué la saleté de son blouson de cuir et il essayait de la faire disparaître en frottant. Elle lui toucha le bras ; le cuir était rugueux, fichu. Il lui adressa son sourire contagieux et elle sourit en retour. Oh mon Dieu, que lui avait-elle fait...

— Vous m'attendiez ?

— Non. Mais je suis heureux de vous trouver là. Je n'ai jamais mis les pieds dans une friperie. Je ne connais pas le code des usages.

— Henry, d'où sortez-vous ? Il n'y a pas de code.

Bouffée d'air chaud, courant d'air chargé d'odeurs. De la pseudo-cabine d'essayage du fond jaillit un hurlement de rire et une femme en émergea dans une jupe qui lui battait les chevilles. Dans cet endroit perdu, comprit Henry, avoir l'air ridicule, être trop gros étaient autant de motifs d'hilarité, et puis peut-être que les *beautiful people* ne couraient pas les rues. Il s'extirpa de son blouson que l'humidité avait abîmé au point d'en changer la couleur et la taille tant et si bien qu'il se sentait plus gros que quiconque. L'œil attiré par la casquette à oreillettes, il s'en saisit et se la mit sur la tête. Elle était trop grande pour un type costaud et la visière qui piquait vers son nez reposait sur la monture de ses lunettes, de sorte qu'il devait rejeter la tête en arrière pour voir. La psyché lui renvoya le reflet d'un personnage au ridicule achevé, un attardé mental fraîchement sorti d'un hôpital psychiatrique qui aurait mieux fait de le garder, tandis que près de lui, grandie de trente bons centimètres grâce au port d'un vaste chapeau noir enrichi d'une excroissance en voile et d'une plume brisée, Maggie s'admirait, la tête également rejetée en arrière. Le chapeau noir ressemblait à un tuyau de poêle mais en plus large, et la gaze qui jaillissait du sommet, telle une explosion, à un nid d'oiseau desséché. La plume avait jadis été turquoise. Ils contemplèrent leurs reflets avec sérieux et branlèrent du chef à l'unisson. Les chapeaux oscillèrent. Lentement, Maggie retira son chapeau avec un grand moulinet et le lui tendit. Il ôta sa casquette et la lui tendit à son tour. Ils échangèrent leurs couvre-chefs. Les tailles étaient trompeuses. La casquette couvrait la moitié du visage de Maggie, lui donnant un profil de canard, tandis que le tuyau de poêle restait posé sur le crâne de Henry telle une soucoupe sur une tasse.

— Je vais en prendre deux, dit Henry.

— Il n'est pas plus ridicule que celui que vous avez perdu, rétorqua Maggie.

Il lui tendit un béret écarlate qui lui donna l'air

d'une prostituée exténuée dans un film français des années cinquante, tandis que la casquette de marin pêcheur breton qu'elle lui présentait lui conférait l'aspect d'un savant abruti. Le passe-montagne qu'il essaya ensuite était si difficile à enfiler qu'il comprit qu'il lui fallait absolument l'acheter, quitte à ne jamais le porter. Arraché à sa cécité momentanée, il vit Maggie, casquette écossaise sur la tête, appuyée contre le comptoir et pouffant en silence tandis que derrière elle le gérant s'employait à vendre le blouson en cuir de Henry. Henry regarda sans broncher un homme nettement plus petit que lui franchir prestement la porte avec son butin et se demanda ce qui lui avait plu dans ce vêtement au point qu'il en vint même à douter, lorsque la porte se fut refermée, que ce fût bien le sien.

— Comment savez-vous que j'ai perdu un chapeau, Maggie ? fit-il par-dessus son épaule tandis que, dans son élément désormais, il examinait un portant chargé de lainages ternes qui sentaient le renfermé.

Dans cet établissement on se comportait comme on ne l'aurait jamais fait dans d'autres magasins. On pouvait traiter les vêtements comme s'ils vous appartenaient déjà et tout le monde s'en fichait.

— C'est vous-même qui me l'avez dit, indiqua-t-elle d'un ton léger.

Et il essaya de se rappeler si c'était vrai.

Il dénicha une veste : marron, solide, coupe invraisemblable, sept dollars ; pour ce prix-là elle pouvait rétrécir autant qu'elle voulait. Maggie n'avait rien acheté, on n'était pas obligé d'acheter dans une friperie. Près de la dame qui comptait la monnaie et s'égosillait en commentaires à l'adresse de la minuscule cabine d'essayage, un panier dégorgeait un tas d'écharpes. Il fouilla dedans, ses doigts rencontrant le rugueux des tissus synthétiques, puis quelque chose de plus doux. Tirant dessus, il aperçut le bord d'un châle crème brodé. Il palpa le tissu, l'abandonna, le reprit. Il était vieux et jauni mais encore doux au toucher. Henry l'approcha de la lumière et vit des trous et une étiquette indiquant cinq livres. Pas étonnant qu'il n'ait pas trouvé preneur. Dans une friperie, cinq livres, c'était une somme. Il crut se souvenir qu'il avait dépensé bien plus que ça, en Inde, vingt ans plus tôt. Il s'imagina qu'il sentait la chaleur, les épices, et la poussière. Maggie avait cessé de rire et le regardait d'un air inquiet. Il eut soudain les larmes aux yeux.

— Les gens ne devraient pas se retrouver sur une décharge, dit-il. Leurs affaires non plus.

— Vous voudriez qu'ils meurent tous avec vous, Henry ?

— Non. Je déteste le gâchis.

— Il est temps qu'on parle sérieusement.

— Il est temps que vous cessiez de me raconter des bobards.

— Oui.

Une fois qu'il l'eut sur le dos, la veste lui sembla moins camelote, c'était seulement un vêtement bon marché qui lui conférait l'anonymat. Maintenant que ses chaussures étaient esquintées et ses cheveux décoiffés, il pouvait se fondre dans cette rue : il lui suffisait de porter les habits d'un autre. Peut-être se mettrait-il à penser et à parler comme ces gens-là, de façon indirecte, détournée, sans jamais en venir au fait. Les gens qui ressemblaient à Edward paraissaient imposer le respect ; les gens qui lui ressemblaient, non. Personne ne le reconnaîtrait maintenant. Dans la rue, le soleil l'aveugla. Il fourra le passe-montagne dans sa poche et décida de s'en débarrasser à la première occasion, tourna son visage vers la lumière et la sensation de chaleur relative qu'il éprouva le fit renifler de plaisir. Maggie le tirait par le bras et il résista à l'envie de se dégager, non parce que le contact lui déplaisait, mais parce qu'il commençait à en avoir assez qu'elle le mène par le bout du nez. Il n'était pas un chien.

— Par ici, fit-elle d'un ton pressant.

— Comment ça, par ici ? (Et il lui fallait cesser de poser des questions. Elle le tira, il résista, se cogna dans une personne et la lumière l'empêcha de distinguer ses traits.) Désolé, dit-il machinalement.

— Angela, dit Maggie poliment. Quelle bonne surprise ! J'allais justement te voir.

La silhouette d'Angela Hulme recula dans un froissement furieux de sacs en plastique.

— Vraiment ? Inutile de te déranger. Et ne me l'amène pas. (Elle se pencha en avant, soufflant son haleine au visage de Maggie, dents serrées, parlant si fort que tout le monde pouvait entendre.) Tu sais ce qu'il a fait dimanche ? Il a mis ses sales pattes sous le pull de ma petite fille, voilà ce qu'il a fait. Il ne peut pas la laisser tranquille. Il faudrait l'enfermer. Alors tiens-le éloigné de moi sinon je le fais coffrer. Tu m'écoutes ?

Henry aperçut très brièvement son reflet dans la vitrine du bureau de paris de l'autre côté de la rue, où un petit groupe d'hommes se tenaient le nez collé au carreau. Il eut l'impression d'être en face d'un spécimen peu recommandable et d'être épié par une bonne dizaine d'yeux glacials. L'envie d'adresser une grimace à ce petit monde et de lui tirer la langue lui passa comme elle était venue. La foule qui traversait l'embouteillage au croisement des deux rues se fendit telle une vague contre un brise-lames. Cette fois, Henry laissa Maggie l'entraîner. Il ne se sentait plus aussi anonyme.

Entre ces murs, la tenue vestimentaire acquiert de l'importance. On nous encourage à « prendre soin » de notre apparence et nous avons nos propres vêtements. Les laver, les entretenir, c'est presque prendre soin de soi, ne pas se laisser aller complètement, bien que cette pensée soit tentante. Les réactions aux compliments sont inattendues. Si je dis par exemple à ma copine de la cuisine : « Tu es mignonne là-dedans », ça peut aussi bien lui faire plaisir que déclencher hostilité et soupçon ou la faire se récrier qu'elle n'est pas mignonne du tout, et que la robe, la jupe ou le reste n'est qu'une merde immonde. Cela reflète sans doute le niveau fort bas d'estime de soi qu'on se porte : je ne suis pas psy, je suis mal placée pour en juger ; je ne sais pas, mais je persiste à penser qu'un compliment vaut le coup de prendre une claque dans la figure.

Il y a un salon de coiffure également, ça fait partie du programme de réhabilitation ; il y a des coiffures drôlement chouettes. Ça ressemble à un vrai salon, un peu vieillot, à la différence qu'ici les ciseaux et autres instruments numérotés retournent dans un coffre-fort fermé à triple tour à la fin de la journée. Tout comme les couteaux de cuisine, qui sont rangés sous une feuille de Perspex antiballes histoire de rappeler que la vie pénitentiaire ne reflète que de très loin la vie normale. Quand je pense aux réactions bizarres que suscitent les compliments, je me dis qu'elles ressemblent à celles de la vie courante. Quand par hasard je disais à Maggie du temps de sa splendeur métropolitaine qu'elle était ravissante, elle n'avait rien de plus pressé que de préciser qu'elle avait eu ça pour une bouchée de pain. Tanya adorait les vêtements à sa manière possessive, ils avaient une importance considérable sans doute parce qu'elle avait jadis porté des haillons. Harry était trop peu soigneux pour s'intéresser à ça.

Voilà, je m'étais promis d'écrire une page sans mentionner leur nom mais comme il ne s'écoulera jamais un jour sans que je pense à eux, les éviter sur le papier est peine perdue. J'essayais de résister à l'envie d'écrire l'histoire, mais ça me ronge, le fait que personne ne sache la vérité, personne qui puisse la raconter ; et alors que je croyais que cela m'était égal, je m'aperçois que c'est faux. Chaque nuit j'écris un petit peu de ceci, résistant au besoin de me lancer dans une description détaillée de ce qui est arrivé... et au début je n'écrivais rien, de peur que quelqu'un tombe dessus. Maintenant je sais que cela ne ferait pas la moindre différence s'ils tombaient dessus ; ce besoin de me confesser ne cesse de croître tel un cancer.

Jadis, dans les affaires criminelles, il fallait que la victime meure avant qu'une période d'un an et un jour se soit écoulée pour que des poursuites soient engagées.

La meurtrière que je suis n'a qu'à revivre les faits le jour anniversaire de son arrivée ici.

Un étrange message d'Edward, brouillé... je ne veux pas qu'on farfouille dans mes affaires... pas question de laisser quiconque faire le rapport entre telle et telle donnée pour finir par trouver... et pourtant... pourtant, j'aimerais que quelqu'un le fasse.

Voilà ; j'ai survécu à l'anniversaire de Harry sans trahir les secrets. J'espère que je tiendrai la semaine.

FMC

11

— Ce qui est terrible, quand on perd sa réputation, dit Henry, c'est qu'on a l'impression de devenir un étranger pour soi-même. On ne se reconnaît plus dans ce type qui a une saleté collée sur le front.

— Un échange de cris en pleine rue ne vous fait pas perdre votre réputation, Henry, rétorqua vivement Maggie. Surtout quand on n'a pas de réputation à perdre.

— Disons une certaine forme de réputation, alors. En tout cas je me sens sali. Même vous, vous m'avez lâché le bras l'espace d'une minute.

Maggie resta silencieuse.

— Je n'avais pas l'intention de vous lâcher. J'allais la frapper. C'est une névrosée. Tout le monde sait ça ici.

Henry fit non de la tête.

— Personne ne sait que je suis un type qui fuit les gosses, dit-il. Ce genre d'accusation, ça vous colle au cul comme du caca sur une chaussure.

— C'est une accusation commode, fit Maggie, furieuse. Une façon de justifier le fait qu'elle vous a enfermé dans le château, et cela lui permet de s'assurer que vous ne l'approcherez plus. Le pédophile comme croque-mitaine, c'est une idée qui va dans le sens du vent ; c'est ainsi qu'elle justifie son désir d'appeler les flics et d'inventer tout ce qui lui passe par la tête.

— Elle n'obligerait tout de même pas sa fille à raconter des mensonges.

— Non, elle n'irait pas jusque-là. Elle pourrait vous faire arrêter aux fins d'interrogatoire, vous faire boucler en cellule une heure ou deux et...

— Non, NON.

— ... et revenir ensuite sur ses accusations. Son objectif serait atteint, n'est-ce pas ? Une heure de ce régime et avec votre claustrophobie...

Henry ne broncha pas. Ils étaient assis dans le café de la jetée. Henry l'avait regardée franchir la porte avec l'assurance d'une habituée qui s'installait toujours à la même place, loin du comptoir et du coin le plus confortable de l'établissement. Elle s'asseyait toujours dans la salle d'été spartiate, tables de Formica nues, grandes fenêtres métalliques ne laissant voir que la mer. La marée était haute, l'eau léchait les plates-formes, clapotant entre les lattes de bois. On avait l'impression d'être à la proue d'un navire, d'observer les autres navires et le théâtre sans fin du ciel. Le soleil dardant ses flèches dans les vagues, il croyait presque que l'eau était chaude, accueillante, inoffensive. Il y avait une grosse théière brune entre eux, pleine d'un thé si fort qu'il lui rappelait le thé amer de Ceylan. Il faillit évoquer ce souvenir mais s'abstint. C'était aux Anglais d'aborder ce genre de sujets et de faire passer des tests aux gens.

Elle avait déchiré en petits morceaux un sachet de sucre vide, elle posa les mains sur ses genoux lorsqu'elle le surprit à l'observer.

— Je crois que vous vous trompez sur ce que les gens pensent de Mrs Hulme, reprit-il. Ils ne la considèrent pas comme une névrosée ; c'est vous qui la voyez comme telle. Ils pensent qu'elle se débrouille drôlement bien, avec cette petite fille toujours si bien habillée, qu'elle ne se plaint pas. Et ils ont raison, d'ailleurs. Elle se débrouille comme un chef avec cette petite. La gamine est intelligente, courageuse, astucieuse. Si j'avais une fillette comme ça, je ferais tout pour la protéger, moi aussi. Elle deviendra sûrement quelqu'un d'exceptionnel, cette enfant.

— Vous n'accuseriez tout de même pas les autres de crimes imaginaires.

— J'ignore ce que je ferais. Je ne sais pas qui j'aimerais ou détesterais ni qui j'aurais envie de tuer. Je crois que je serais prêt à tout pour la protéger, pas vous ? Surtout si je l'avais choisie, si on me l'avait confiée, si je savais par quoi elle est passée.

— Vous avez le pardon facile, Henry. Elle vous a bouclé dans ce putain de château. Et Tanya a essayé d'aller à votre secours.

— Ne croyez pas que je passe l'éponge là-dessus. Ou sur le fait qu'elle ait inventé des raisons de m'enfermer. Mais je n'arrive pas à en vouloir à quelqu'un de la façon dont il se comporte quand il se sent menacé. Les gens se conduisent alors comme l'étourneau que j'ai trouvé dans les gaines. C'est-à-dire comme des abrutis et des imbéciles.

— Et vous l'avez fait sortir, cet oiseau ?

Il acquiesça. Elle le considéra, le jaugeant, semblant prendre une décision. Vas-y, la pressa-t-il en silence ; lance-toi, sois honnête.

— Ecoutez, j'ignore tout de la Francesca que vous avez connue jadis, mais laissez-moi vous parler de celle que j'ai vue une fois que la police l'a embarquée. Plus froide qu'un glaçon. Elle a refusé que je m'occupe d'elle, que j'interrompe l'interrogatoire, alors qu'elle ne cessait de dire des choses toutes plus compromettantes les unes que les autres. Elle n'était pas naïve ; elle essayait de leur fournir le maximum de données pour qu'ils n'aient d'autre solution que de l'inculper de meurtre. Ils se seraient contentés d'un chef d'accusation moins grave, probablement. Pour accuser quelqu'un de meurtre, il faut apporter la preuve que cette personne avait l'intention de nuire gravement. Elle la leur a fournie, cette preuve. « Quand je suis partie à sa recherche, j'ai vu qu'il avait glissé et qu'il était resté coincé entre les planches. Je me suis demandé quoi faire et je me suis dit que c'était l'occasion idéale d'en finir. Je savais exactement ce que je faisais et je savais qu'avec cette température il n'en aurait pas pour longtemps... ses souffrances seraient brèves... mon geste a été on ne peut plus délibéré... » Et voyez-vous, en l'écoutant, à l'époque, je l'ai crue. Il y avait du regret dans ses propos, mais intellectuel, le regret d'être obligée de faire cela.

— Je sais, j'ai lu le compte rendu du procès dans sa totalité. Le passage où elle dit à quel endroit elle se trouvait lorsqu'elle a décidé que c'était inévitable. Quand ils étaient sur cette plage un peu plus haut sur la côte, l'été d'avant. La plage où vont les pensionnaires des maisons de santé parce qu'elle est accessible aux fauteuils roulants, la plage où elle a vu des malades atteints d'hémiplégie cérébrale en vacances, des trentenaires avec des mines de vieillards, accompagnés de leurs parents ou de leurs infirmières qui leur torchaient le derrière et essuyaient leur morve, qui plongeaient dans l'eau leurs membres grêles et torturés. Certains d'entre eux étaient aveugles. Elle a vu que les vacanciers étaient compréhensifs, qu'ils donnaient un coup de main ; ils faisaient ça une fois, mais le lendemain ils n'oubliaient pas de changer de plage. Elle s'est imaginée vieille, munie d'un enfant sans âge qui ramasse des galets d'une main. Elle a dit préférer la prison.

— Vous avez appris le passage par cœur ?

— Il fallait bien que quelqu'un s'en charge. Quand vous le mémorisez, vous vous rendez compte que ce putain de texte est plein de trous. Il est parfait pour expliquer les causes de la mort parce qu'il a sa logique propre et qu'elle s'est montrée particulièrement convaincante. Ça pourrait être une thèse authentique, ou une thèse entièrement apprise par cœur. Elle était douée pour apprendre par cœur. Son père l'avait dressée. Mais ce gamin n'est pas sorti tout seul. C'est le point faible de son récit.

Maggie fixa le reste du thé couleur de rouille, les mains toujours sur les genoux. Elle avait l'impression qu'on lui faisait subir un interrogatoire, elle était prête à défendre Francesca, malade de toutes ces questions et pourtant résignée. Après tout, elle avait ce qu'elle avait voulu.

— Et pourquoi ?

— Francesca a délibérément empêché les gens de s'interroger sur la façon dont Harry se comportait, premièrement en fournissant un compte rendu complet de ce qui s'était passé, ce qui a eu pour effet de les dissuader de chercher plus avant, et deuxièmement en mentant à propos du pronostic. Que personne n'a songé à contester.

— Moi, si. Mais plus tard seulement.

— Dans ce cas vous savez que l'état de santé de Harry n'était peut-être pas aussi noir qu'elle le dépeignait. Il n'était pas atteint d'hémiplégie cérébrale sous sa forme la plus sévère, il souffrait d'hémiplégie et il avait une intelligence normale. Il ne serait peut-être pas devenu infirme et je suis sûr qu'elle était persuadée qu'il ne le deviendrait pas. Mais il n'y avait aucune preuve qu'il courait souvent sur la jetée, rien de tangible sur quoi s'appuyer pour se faire une idée de ses habitudes et de son comportement. Tim et Peter auraient pu renseigner les enquêteurs ; mais personne ne leur a posé la question. Angela a prétendu ne rien savoir ; mais c'était faux évidemment. Tous les indices avaient disparu avec les vêtements de Francesca, ses livres et le traitement qu'il suivait. Mais je sais qu'il détestait le froid. Les membres atteints souffrent encore plus du froid, parfois ils enflent ; de ce fait ils lui ôtaient de sa mobilité, ils le gênaient. Je n'arrête pas de poser la question concernant la pluie. La pluie, c'est froid. Mamie dit que la porte était ouverte quasiment tout le temps, que les visiteurs étaient les bienvenus, mais que le petit ne franchissait jamais le seuil tout seul. Qu'est-ce qui a bien pu le pousser à sortir sans veste par temps froid ?

— Il n'avait pas de veste ?

— Personne ne l'a retrouvée. Une veste l'aurait empêché de passer à travers les planches... l'aurait empêché de s'écorcher sans doute. Avec ses vêtements il a flotté un bon moment... il n'a pas coulé tout de suite. Avec une veste il aurait pesé plus lourd. Je le sais.

— Il y avait du soleil, dit-elle. Comme aujourd'hui. Et personne n'a retrouvé votre chapeau non plus.

Il posa les mains à plat sur la table, la mettant au défi de l'imiter. Elle fixa le bout carré de ses doigts d'homme pratique, et par-delà ses cheveux teints il contempla l'immensité de la mer.

— Alors, madame l'avocate, où étiez-vous ce matin-là ? Vous preniez l'air pendant que les gens s'apprêtaient à conduire leurs gosses à l'école ? Vous êtes dingue de cette jetée à l'aube, vous étiez peut-être dingue de votre cousine aussi. Et je ne vous ai pas soufflé mot de ce foutu chapeau ; vous l'avez vu s'envoler. Vous écoutez aux portes ; vous collez votre œil partout : c'est à ça que vous passez votre temps. Vous filtrez les faits, vous les déformez. Voyons comment vous allez réagir si je vous mets des faits concrets sous le nez : est-ce que ça va faire tomber vos cheveux de fausse blonde ?

Se levant pour être bien d'aplomb sur ses jambes, elle lui administra une claque retentissante à toute volée. Il en eut une marque rouge sur la joue, un sifflement dans les oreilles, et du comptoir lui parvint l'écho de rires nerveux. Puis elle pivota et repoussa les mèches folles qui lui cachaient le visage comme pour lui indiquer que ce n'était pas une discussion sérieuse, qu'elle avait mieux à faire, que ce n'était qu'un petit différend. Elle avait l'air d'une princesse en colère, assise en compagnie du pauvre de service qui osait – un comble – se montrer insolent. Puis elle se rassit et croisa élégamment les jambes.

Jetant un coup d'œil sous la table, la tête toujours inclinée de côté sous la violence du choc, Henry vit qu'un de ses pieds dans la chaussure à talon décrivait un cercle irrégulier, comme si elle avait mal aux orteils. Elle avait peut-être mal mais pas autant que lui à la joue. Sans qu'on leur demande quoi que ce soit, des mains enlevèrent la théière et en posèrent une autre à la place, sans doute pour ramener la paix. Maggie remercia d'un hochement de tête ; lui ne broncha pas. Elle enfouit une main dans la masse de sa chevelure, s'appuya sur un coude et en confidence :

— On ne tape pas sur une femme qui a la gueule de bois, Henry. Ça n'est pas fair-play. Mais vous disiez quelque chose ?

— Oh, non ! Je me demandais seulement ce que vous feriez pour me prouver que vous n'êtes pas une menteuse qui a des idées derrière la tête. Et une conscience de la taille d'un iceberg. Qui remonte à la surface de temps en temps.

— Je n'ai rien à vous prouver. Et les mensonges, ce n'est pas mon truc. Je ne sais pas mentir. Eluder, seulement. Mes mobiles sont parfaitement purs, Henry. C'est le résultat final qui risque d'être un peu sale.

Elle avait ramassé son sac et enfilé son manteau. Il la suivit dehors.

Les deux hommes qui étaient au comptoir prirent soudain l'air affairé, tournant les yeux dans l'autre direction. Elle descendit en courant les marches menant à la plate-forme dont les planches étaient intactes, et de nouveau il lui emboîta le pas. Il n'était jamais allé si loin, il s'était contenté de regarder. Là-dessous, avec le troquet dressé au-dessus de leur tête, ils avaient l'impression d'être dans un autre monde, noyé d'ombre. Vues de loin, les plates-formes semblaient avoir été bâties après coup telles des ailes destinées à lester l'extrémité de la jetée. Mais de près elles se présentaient comme un tout, bordées d'une rambarde à hauteur de la taille, suffisamment haute pour prévenir les chutes accidentelles et assez basse pour qu'on puisse y appuyer sa canne à pêche. Sur un côté, il remarqua une volée de marches incrustées de bernacles qui se prolongeait dans la mer. La marée, qui était haute, les dissimulait presque entièrement ; elles semblaient ne plus servir. L'espace sous le café ressemblait à un vaste abri.

— A une époque où les gens n'étaient pas encore obsédés par la sécurité, observa Maggie en jouant toujours les guides, où les touristes se risquaient ici uniquement pour voir cette foutue jetée, la municipalité organisait des excursions en bateau qui partaient de là, ou de l'autre côté. (L'eau ondulait, léchait les degrés et les planches de la plate-forme avec une curiosité placide. Vue de l'obscurité, la mer au loin semblait éclatante de luminosité, tandis qu'à l'intérieur elle faisait des bruits de succion. Il la suivit de nouveau, jusqu'au bord de la plate-forme aux planches cassées.) Je vais vous dire ce qu'on va faire, Henry, annonça Maggie sur le ton de la conversation. Comme vous ne me faites absolument pas confiance, que diriez-vous d'un petit test moyenâgeux ? Soit je suis une sale menteuse un peu sorcière, soit je ne suis rien de tout cela. Décidez-vous à me faire confiance, bon sang, ou je saute.

— Pour l'amour du ciel... ça prouverait quoi ?

— Que je pense ce que je dis.

Il secoua la tête, prêt à la mettre en boîte, sourire méprisant. Mais elle lui jeta son manteau et se débarrassa de ses chaussures. Elle portait un pantalon serré et un pull, et le rire mourut dans la gorge de Henry lorsqu'elle posa un pied sur le barreau du bas de la rambarde, enjamba celle-ci et se suspendit de l'autre côté, les yeux fixés sur la mer qui était à un mètre soixante plus bas environ ; elle parut réfléchir, cramponnée à la rambarde et regardant en bas, jaugeant la distance, agitant les orteils. Puis elle lâcha prise, bras étendus, cri strident, et dégringola. C'est à peine s'il entendit les éclaboussures ; l'eau fit un grand bruit d'animal qui avale avec appétit. Henry laissa tomber le manteau et courut vers la rambarde.

Elle atterrit sur le dos, dessinant une étoile sur la nappe liquide, coula brièvement, refit surface. Il sentait le courant, touchait presque la houle. Elle se débattait comme une furie, elle secoua la tête pour chasser les cheveux qui lui cachaient la vue et, tandis que les yeux de Henry s'accoutumaient au reflet métallique du soleil sur la mer, elle fut soulevée par le gonflement de la houle et emportée sous la jetée. Henry eut l'impression qu'un rugissement allait jaillir de sa poitrine : il scruta la surface des flots, perçut le bruit de succion de la montagne liquide gargouillant, bouillonnant entre les pilotis de la jetée, imagina l'explosion d'un corps projeté contre le béton. De quel côté irait le courant ? L'entraînerait-il vers le large, vers le rivage, ou la pousserait-il seulement sous la superstructure mortelle de l'ouvrage ? Ici, dans cette caverne, ils étaient invisibles ; personne au café ne remarquerait ce qui s'était passé. Des bouées de sauvetage ? Où ? Des sauveteurs ? Mais où ? Seigneur Jésus, pourquoi tenaient-ils tous à mourir ? Paralysé dans un premier temps, il resta sans mouvement, puis enfin il se mit à crier et à courir dans la direction où elle avait disparu, déboutonnant sa veste d'occasion avec des doigts malhabiles. Il aperçut une bouée de sauvetage et tendit le bras ; impossible de la décrocher, elle refusait de bouger. Alors, tel un fantôme, ce satané chien noir apparut. Planté devant lui, il aboya. Henry le suivit jusqu'à l'escalier et trébucha en route, son cri résonna dans la caverne, emporté par le vacarme ambiant. Les marches – il allait emprunter les marches des excursionnistes pour entrer dans l'eau ; ça valait mieux que rien ; ses chaussures le gêneraient dans ses mouvements : aux chiottes les chaussures.

Il courut, enjamba la grille fermée en haut des marches, les dévala, craquements de coquillages sous ses pieds. Il distinguait l'escalier qui lentement s'enfonçait sous l'eau limpide, invitation à pénétrer dans un autre monde, une autre vie, ses degrés de guingois, déformés, revêtaient un attrait presque irrésistible n'eût été le froid. Le froid lui mordait la peau. Une pensée de scientifique : *Combien de temps pouvait-on survivre là-dedans ? Quatre minutes ? Une ? Deux ?* Ses hanches semblaient prises dans de la glace ; le poids de l'eau lui écrasait la poitrine. N'allez pas vous noyer, pas vous ; je ne pourrais pas le supporter. Et soudain, Maggie. Suspendue d'une main à la rambarde, haletant, cherchant son souffle. Il lui empoigna l'autre bras et tira. Ils tombèrent à la renverse sur les marches, les bernacles lui coupant le dos, ils se lâchèrent la main et remontèrent tant bien que mal. Elle tremblait et secouait ses doigts pleins d'eau ; il n'arrivait pas à savoir qui aidait l'autre à avancer. Puis ils se retrouvèrent tous deux sur la plate-forme, respirant bruyamment. Lorsqu'elle lui adressa un sourire de traviole, il devint absolument furieux. L'empoignant par les cheveux, il la secoua jusqu'à ce qu'elle claque des dents. Un moment de folie ; il aurait voulu crier mais il n'avait plus de voix. Ses bras retombèrent le long de son corps et il vit l'eau ruisseler de ses vêtements.

— Espèce de cinglée... Vous... Vous...

— Venez, Henry, avant que quelqu'un ne se décide à appeler un sauveteur. Allons, venez.

Retour au tas de vêtements, le temps d'enfiler les manteaux ; elle remettant péniblement ses chaussures, tous deux remontant le *Titanic* à grandes enjambées comme s'il était parfaitement normal de laisser derrière soi une traînée d'eau de mer. Deux pêcheurs, seuls de leur espèce, les fixèrent avec des yeux ronds. Maggie leur adressa un sourire ; ils lui firent un clin d'œil : s'il s'agissait d'une plaisanterie, ils la trouvaient bien bonne. Henry était à deux doigts de l'hystérie. La marque qu'il avait sur le front formait maintenant comme un énorme étron. Ils franchirent la grille de l'entrée, passèrent devant le panneau d'affichage *La température de l'eau aujourd'hui est de...* et il frissonna. La voiture de Maggie était garée près de l'hôtel, arborant bravement une contravention. A l'intérieur, chauffage monté à fond, il eut l'impression d'émerger d'un étang. Seule chose qui le réconforta : la main de Maggie trembla violemment lorsqu'elle alluma une cigarette.

— Est-ce que vous me croyez maintenant ?

— Je suis censé croire quoi, bordel de merde ? hurla-t-il. En dehors du fait que vous êtes folle à lier... Qu'est-ce que c'est que ce tour de con que vous m'avez joué ?

— Quel langage, Henry ! Vous parlez de plus en plus comme un Anglais.

De sa main libre, elle se lissa les cheveux avec une grimace au rétroviseur. Elle jeta sa cigarette par la vitre et mit le contact. Il se pencha, arracha la clé du contact si bien que le moteur se tut. Elle ne broncha pas et, claquant des dents et grelottant de façon incoercible, expliqua :

— C'était un truc qu'on apprenait quand on était gosse pour foutre la trouille à ses parents quand on en avait, les obliger à vous remarquer. On laissait le courant nous entraîner d'un bord de la jetée à l'autre. Je l'ai fait le jour de Noël quand j'avais douze ans.

— Espèce de salope.

— J'aimerais bien en être une. Ça me faciliterait la vie.

Dans un coin de son esprit flottait une folle pensée qui la dynamisait et donnait au monde l'éclat du soleil. Jamais Philip n'aurait tenté de se jeter à l'eau pour la repêcher ; il avait horreur de se mouiller.

Ils étaient assis dans la chambre de Henry. Elle en admirait l'ordre, papiers soigneusement empilés, livre de poésie, ordinateur portable, chambre d'homme qui voyage et va bientôt lever l'ancre. Henry la préférait ainsi, avec l'air d'une pénitente, ses mèches métalliques ramenées en arrière ; elle était de ces animaux qui ne sont jamais plus beaux que lorsqu'ils sont trempés, lisses et brillants, sans apprêt. Dehors, une rangée de mouettes était alignée sur la plage, attendant les révélations de la marée.

— Ecoutez, Henry, je suis vraiment désolée. Quand on m'a demandé de représenter Francesca, et c'est elle qui a insisté pour que je la défende, je la croyais vraiment coupable. Elle me l'a fait croire. C'est peut-être pour cela qu'elle m'a réclamée, d'ailleurs : j'ai toujours cru ce qu'elle me disait ; je m'inclinais toujours devant sa sagesse supérieure, sa parole a toujours eu plus de poids que la mienne. Si elle disait un truc, c'était forcément la vérité. Une volonté de fer. Elle était si calme que c'en était répugnant. Et ce calme pouvait signifier soit qu'elle était résignée à la vérité, pas de place pour l'apitoiement sur soi, soit qu'elle possédait une maîtrise de soi stupéfiante. On parle toujours d'elle au passé, comme si elle était morte, n'est-ce pas ? Ça vaudrait mieux. Elle refuse de me parler. Je n'ai pas tenu ma promesse.

— Elle n'était pas en état d'exiger des promesses. Je n'arrive pas à comprendre comment elle s'y prend pour manipuler de loin.

— Quand on fait cadeau de sa voiture, de son magnétoscope, qu'on distribue ses objets de valeur, on peut exiger des petits services en échange, non ? Je lui ai promis au nom du serment que nous avions fait à l'âge de dix ans – on avait échangé du sang, dans les douves du château, et c'est une chose qui vous lie pour longtemps –, je lui avais promis de ne pas chercher plus loin. De lui faire l'honneur de ne jamais remettre son acte en question. Accepte, c'est ce que tu peux faire de mieux, disait-elle. Si jamais elle apprenait qu'Edward ou moi poussions plus loin l'enquête, et elle l'apprendra d'une façon ou d'une autre, elle nous virerait et déclarerait que nous avons mis carrément à côté de la plaque. Elle voulait qu'on vende son appartement et que l'argent de la vente soit remis à Angela, c'était tout. Pour le reste, elle nous conseillait d'oublier. J'ai promis.

— Et ?

— J'ai dû prendre la promesse au pied de la lettre. Au début, ça n'a pas été difficile, j'avais l'esprit occupé par les petites misères de ma vie personnelle. Puis l'absurdité de la promesse est revenue me hanter ainsi que tout le reste. Seulement je ne pouvais pas ouvrir la boîte de vers, j'étais tenue par ma promesse. Il fallait que quelqu'un d'autre s'en charge. Un étranger, et qui plus est un étranger *déterminé.* Un homme prêt à se lancer objectivement dans la quête de la vérité. Quand je vous ai vu dans le bureau d'Edward, j'ai compris que vous étiez la manne tombée du ciel. Il nous a suffi de vous titiller un peu.

— Un coup monté.

— Vous n'avez pas d'idées préconçues et vous pouvez observer les lieux d'un œil froid. C'est un avantage. Vous ne connaissez pas les gens impliqués dans l'affaire.

— Vous avez vécu ici et vous ne les connaissez pas non plus.

— C'est vrai, reconnut-elle après une pause.

— Est-ce qu'on fait ce qu'elle veut ? C'est là le point important.

— Aucune idée. On pourrait s'en tenir là, ne pas chercher à aller plus loin. Dieu sait que ce n'est pas l'envie qui m'en manque.

Planté près de la fenêtre, il observait les mouettes.

Elles ressemblaient à des gardiens musclés, incapables de se disputer ou même de voler, se dandinant, attendant les ordres.

— Je ne sais pas si c'est sa culpabilité ou son innocence que j'essaie de prouver, dit Maggie.

— Je veux que la mort de cet enfant ait un sens, rétorqua Henry. Je ne vois pas comment la justifier autrement. (Il eut un regard de dégoût pour la veste jetée sur le lit.) Alors je vais poursuivre cette foutue mission. Avec cette saloperie de veste.

— Où ? Je peux vous accompagner ?

— Non. Je vais voir un certain oncle Joe et je ne veux pas que vous fassiez tout foirer parce que...

— Je ne suis pas objective, finit-elle calmement.

Il empoigna les accoudoirs du fauteuil dans lequel elle était assise, se pencha et l'embrassa doucement sur la joue. Elle esquissa un imperceptible mouvement de recul puis eut un sourire triste.

— Evidemment que vous n'êtes pas objective, dit Henry. Vous êtes avocate. Et vous pourriez prendre froid.

Le taxi à la suspension grinçante le conduisit dans l'arrière-pays grisâtre jusqu'à la lisière de la ville où les grandes maisons laissaient la place aux petites et où commençaient les champs gris. Jamais trop froid, jamais trop chaud, lui avait dit Francesca ; pour le froid, elle s'était trompée, quant au reste il n'avait pas les moyens de vérifier. Il ne pensait pas qu'il s'attarderait jusqu'à l'arrivée du printemps ou de la chaleur légendaire de l'été ; il avait du mal à imaginer un jour où l'océan glacial accueillerait un nageur en son sein sans que l'eau ressemble à une tombe. Le terrain plat cédait la place à des champs de cultures quelconques. Quatre kilomètres après l'agglomération, le taxi traversa l'usine Ferguson. La vue du bâtiment lui causa un choc : un rappel d'un autre monde. Il jaillissait de la brume tel un étrange mirage, tout chrome et acier, dominant un espace nu. Les constructions luisaient de toutes leurs vitres maintenues par des contreforts de métal brillant : les lumières d'une centaine de bureaux et de laboratoires illuminaient l'obscurité de l'après-midi et le vaste parking abritait des centaines de voitures neuves. C'était là son territoire, le lieu où il travaillerait s'il restait dans la région, un endroit à la construction duquel tous les matériaux avaient été employés sauf la brique. Henry demanda au chauffeur de ralentir. Ils passèrent en se traînant sous le pont qui enjambait la route telle une arche d'acier, et par les murs vitrés Henry aperçut un Escalator bourré de monde. L'édifice respirait la propreté, l'efficacité, la prospérité ; le contraste avec la ville était invraisemblable. Le bâtiment ressemblait à un navire spatial qui aurait atterri en terre étrangère et Henry se rappela que c'était là son milieu naturel : c'était dans des laboratoires de ce type qu'il avait passé la moitié de sa vie d'adulte. A mettre au point des processus scientifiques destinés à améliorer les vies du XXIe siècle. Et dire que les gens du cru s'imaginaient que Ferguson fabriquait exclusivement du Viagra. Ces putains d'Anglais feraient aussi bien de se balader barbouillés de cette saloperie de guède[1] ; ils avaient des œillères, des préjugés ; ils faisaient tout ce qu'ils pouvaient pour rester à l'abri.

Il y avait longtemps qu'il n'avait emprunté un Esca-

1. Teinture bleue. *(N.d.T.)*

lator ou vu un bâtiment plus gros qu'un château. Ou une construction consacrée à l'avenir ; et il en grimaça de nostalgie. Chez Ferguson, il n'y aurait ni fumeurs ni chiens. Henry éprouva un début de panique à l'idée de retrouver une vie normale. Soudain il lui sembla impossible de replonger dans une existence structurée qui n'avait rien à voir avec le passé, les secrets, ou des promesses imbéciles faites par lui ou par quelqu'un d'autre. En même temps, il désirait de toute son âme réintégrer un monde de lumières cliniques, sans ombres, sans coins sombres, sans mobiles suspects, avec un seul impératif : le travail, qui, après l'avoir assommé et effrayé, lui paraissait maintenant infiniment séduisant.

Tout dans cette petite ville était si vieux, si chargé de pessimisme comparé à cela... Les gens se satisfaisaient de leur univers minuscule. Même pas intéressés par la réussite et la prospérité. Maggie, par exemple, assez intelligente pour faire une brillante carrière, se contentait de végéter ; Edward, un avocat qui n'arrivait pas à gagner de l'argent ; Francesca, qui avait laissé sa vie dénuée d'ambition la dévorer parce qu'elle ne parvenait pas à se remuer ou ne le voulait pas. Tous fuyaient leur devoir qui était d'être *heureux.* C'était la mer qui les fascinait jusqu'à l'imbécillité. *Sous les flots les plus profonds, Qui à Neptune se soumettent, Pardessus les roches les plus escarpées, L'Amour de la sortie bientôt trouvera le chemin.* Quitte ces lieux.

La voiture se traînait dans la montée, les vitesses grinçaient, et au détour d'un virage l'océan apparut en contrebas. Apercevant la silhouette escarpée d'une blanche colline de craie au pied de laquelle scintillait la mer, Henry se prit à sourire. Son fredonnement guttural parut inquiéter le chauffeur, qui s'agita nerveusement sur son siège et emballa le moteur.

Henry s'était réjoui que son père n'ait pas eu à quitter son domicile pour mourir. Il était mort en contemplant le noyer de son cher jardin, sans avoir à subir le traumatisme d'un emménagement dans un endroit comme celui que venait d'atteindre le taxi. Papa avait toujours su choisir son moment et il aurait aimé la vue. L'endroit était idéal pour qui aimait regarder de sa fenêtre les nuages chargés de pluie à l'horizon ou les joueurs de golf sur le green, même s'il était trop isolé pour abriter des personnes âgées, se dit Henry. L'établissement avait un vague air de décrépitude distinguée, comme ses occupants, mais son isolement le mettait bizarrement en colère. Parquer les vieux sur un promontoire, hors de vue, comme si c'étaient des lépreux. L'intérieur le rassura un peu. Chaud, garni de plantes, un hôtel confortable. La femme à l'accueil, d'un abord aimable.

Il doit y avoir une erreur, dit-elle. Voilà des mois que personne n'avait rendu visite à Joseph Chisholm. Il dormait dans une chambre agréable sur l'arrière et le golf, ne s'éveillant que lorsqu'il y avait du football à la télévision. Encore capable à l'occasion de mettre la main au cul des jeunes infirmières mais son état se détériorait de plus en plus. L'homme qui recevait des visites le dimanche, c'était celui-là, là-bas, cheveux blancs, teint rougeaud, avec le journal. Il s'était emparé de la place favorite de Joseph dès que ce dernier avait cessé de mettre le nez dehors. Il aimait la compagnie, cet homme-là. Il s'asseyait et il observait les allées et venues comme il aurait regardé une pièce. Henry prit le siège voisin. Le vieil homme avait un sourire d'une grande douceur. Ses mains tavelées plièrent le journal avec des gestes précis et il contempla le résultat de son travail avec satisfaction.

— Je crois que je tiens seulement un petit rôle dans

cette pièce, dit-il. Je savais que vous viendriez. Ou quelqu'un comme vous. *Elle* ne viendra plus, n'est-ce pas ? Elle ne viendra plus.

— J'ignore de qui vous parlez.

— Menteur, bien sûr que vous le savez. Ma belle Angela... sa ravissante fille. Vous les en avez empêchées.

Henry tapota la main pleine de taches. Sous sa paume elle était tiède, sèche. Sensation familière.

— Dites-moi pourquoi.

Le vieil homme poussa un soupir.

— C'est évident. Elle finirait par se rendre compte que mon prénom est George et pas Joe. Que les vieillards ne sont pas interchangeables. Mais je n'ai pas pu résister, vous voyez. Elle s'est pointée un jour avec cette adorable enfant et elle a dit : C'est vous, oncle Joe ? On m'a envoyée vous voir. Je savais que sa présence auprès de ce pauvre Chisholm serait un gâchis, alors bien sûr je lui ai dit que oui, que c'était moi. A mon âge peu importe qui on est. (Il soupira et le sourire illumina de nouveau le visage rubicond.) J'ai été beau jadis, vous savez. Comme tous les Chisholm. J'épiais les conversations de Joe. J'observais sa façon d'écouter. Tout ce que j'ai eu à faire après, ç'a été d'occuper le même fauteuil et d'écouter à mon tour. Un vrai plaisir.

— Pourquoi cela ne continuerait-il pas ? Qu'est-ce qui vous a fait penser que ça s'arrêterait ?

Le visage du vieil homme se brouilla et Henry eut l'impression d'avoir en face de lui celui de son père, hâlé par la pêche. Les plantes vertes aussi se brouillèrent, se muèrent en jardin. Le noyer, les traits du visage devenant beaux, il allait l'interroger au sujet de Francesca puis se souvint que cet homme n'avait jamais rencontré Francesca et risquait de ne rien savoir.

— Je viendrai vous voir si elle ne le fait pas, fit-il impétueusement.

— Vraiment ? Mais c'est formidable. (Il se mit à déplier le journal d'un air triste.) J'aimerais mieux Angela, je l'avoue, et cette fillette si bavarde. Elle caquetait, elle caquetait et Angela ne l'a pas ramenée. Elles parlaient autant l'une que l'autre. (Il croisa les bras et les jambes.) Elle n'aurait pas dû faire ça, vous savez ; c'était vraiment moche... ce pauvre enfant...

— Pourquoi pensez-vous qu'elle ne reviendra pas ? dit Henry, qui aurait voulu hurler.

— Parce qu'elle m'en a trop dit, fit simplement le vieil homme. Beaucoup trop. Je savais qu'elle finirait par s'en rendre compte. (Il sourit de nouveau, certain que Henry le comprendrait, puis son sourire se figea en une grimace.) Oh, mon Dieu, vous les jeunes, que vous êtes lents... (Il se pencha en avant. Henry sentit la menthe de son haleine, admira son rasage et ses cheveux impeccablement peignés. Voilà un homme qui n'avait pas perdu une once de sa vanité et attendait toujours de la visite.) Vous voyez, je ne connaissais rien de ce qu'elle décrivait, ni aucun de ceux dont elle parlait, alors j'abondais dans son sens. J'acquiesçais, je faisais l'écho. Je n'avais pas envie de parler ; je voulais seulement avoir la joie de l'écouter. Et une fois qu'il est évident que vous êtes fasciné par une personne qui meurt d'envie de parler et que cette personne sait que vous serez incapable de répéter ses paroles parce que vous êtes trop vieux et trop bête, alors vous devenez ce qu'on appelle un... quel est le mot, déjà ?

— Un réceptacle.

— C'est ça, c'est le terme. Marrant qu'un Américain connaisse ce mot. Elle nous apportera du thé si vous lui faites signe.

Henry aurait volontiers bu un double espresso de

chez Starbucks, le genre de café qui faisait transpirer son homme.

— Vous pouvez fumer, à propos, ajouta le vieillard. C'est pour ça que Chisholm s'asseyait là. C'est probablement ce qui est en train de le tuer maintenant.

— Une petite cigarette, ça facilite la conversation, remarqua Henry, sortant son paquet au cas où on lui ferait un appel du pied.

On repoussa son offre d'un air désapprobateur ; Henry remisa son paquet. Il s'était mépris. Le thé fadasse qu'il détestait suffisait apparemment à alimenter la conversation ; il aurait dû penser à apporter un cadeau. Ils contemplèrent le paysage à nul autre pareil, magnifié par les vitres des laboratoires Ferguson ou gâché par elles – tout dépendait du point de vue.

— J'ai quatre-vingt-sept ans, dit le vieillard avec une pointe d'orgueil. A la fin de la guerre, ma femme m'a plaqué pour suivre un Yankee. Vous aviez le pognon, vous autres. Voyons, où en étais-je ? Et je suppose que vous travaillez là, fit-il avec un geste vers l'usine qui défigurait le paysage. Où on fabrique de jolies petites pilules qui ne réussiront ni à me faire retrouver l'usage de mes jambes ni à garder ce vieil imbécile de Chisholm en vie.

— Vous disiez que vous étiez un réceptacle et qu'Angela vous faisait trop de confidences, chuchota Henry, venant à son secours.

Il pinça les lèvres pour que son accent fasse plus BBC.

— Parlez donc plus fort. Oui. Beaucoup trop, mais je préférais ça à quelqu'un qui regarde la pendule et se demande quand il va bien pouvoir lever l'ancre. Un peu comme vous. Elle parlait, elle parlait, de ceci, de cela, une vraie conteuse, elle aurait dû travailler à la radio. Pas grand-chose de vrai dans ce qu'elle racontait, j'en ai peur. Les gens aiment broder pour faire paraître leur vie plus intéressante. Jamais assez de drame dans la vie quotidienne, d'après moi. Pour ça, faut se reporter aux journaux. C'est là que les choses se passent. Non que je les croie à cent pour cent, les canards, notez bien. Le désaxé à la hache frappe de nouveau, ce genre de choses. Rien de tout cela ici. Ici, c'est plutôt : Le brouillard enveloppe la côte pour le troisième jour consécutif.

Henry sourit. Il commençait à se dire que rendre visite à ce vieil homme n'était peut-être pas vraiment une corvée après tout. Il s'amusait. Non sans éprouver une certaine angoisse.

— Quel genre d'histoires vous racontait-elle ? Meurtre, viol, carnage ? Cambriolage, vol ? Ces choses-là, ça se produit partout.

— Eh bien, je serais content que ça se produise dans la région. Mais à Warbling, on n'a rien de tout ça. Des choses insensées. Les choses que la petite racontait au début, je n'en ai pas cru un mot, évidemment. Je suppose qu'elle a appris à affabuler en écoutant sa mère. Très distrayant. *Matilda racontait de si vilains mensonges...*

— *Que les gens ouvraient des yeux ronds,* murmura Henry.

— ... à propos de quelqu'un que j'étais censé connaître et qui avait poussé un enfant du haut de la jetée, comme si on pouvait s'amuser à faire une chose pareille. Je me suis contenté de dire quelle horreur, et je l'ai laissée continuer pendant que sa mère allait aux toilettes. Après il a fallu qu'elle s'occupe de la voiture qui avait eu un problème en montant cette satanée côte. Pauvre Tanya, elle était bouleversée de me raconter tout ça. J'ai réussi à la faire taire avant que sa mère revienne, à la faire parler de l'école. C'est que je n'approuvais pas vraiment, vous savez.

— Qu'est-ce que vous n'approuviez pas ?

Le vieil homme baissa la voix et se pencha.

— Le luxe de détails avec lequel elle décrivait les événements. Comment l'enfant avait été poussé par un chien sur la jetée. Sa mère n'aurait jamais dû lui raconter des histoires pareilles, même si c'est une femme qui est en colère. Elles ont besoin d'un chien. Notez que je n'aurais rien dit. C'étaient pas mes affaires et je ne voulais pas courir le risque qu'elle cesse de venir me voir. Angela a tout oublié. D'autres soucis. Maintenant elle a un, comment appelle-t-on ça déjà, un de ces salopards qui s'en prennent aux enfants, un...

— Pédophile, souffla Henry, dents serrées.

— C'est cela, ce type cavale à travers la ville. Je vous demande un peu ! Je lui ai conseillé de se procurer un chien ! (Il rugit de rire. Les tasses tressautèrent lorsqu'il donna du poing sur la table.) Faut lui arracher les couilles ! L'enfermer ! (Henry tressaillit. Puis le vieil homme s'assombrit.) Peut-être que je l'ai offensée, fit-il avec tristesse. C'est pour ça qu'elle ne veut plus venir ?

— Non, je suis sûr que ce n'est pas pour ça. Et je suis certain qu'elle reviendra. Pourquoi ne reviendrait-elle pas ?

Henry se leva de son fauteuil. Il avait besoin de réfléchir ; la chaleur était oppressante et la porte fermée ; il sentait l'agitation familière le reprendre et il en était honteux.

— Et moi aussi je reviendrai, ajouta-t-il, s'interrogeant sur la raison de ce mensonge.

Le vieil homme l'attrapa par la manche ; il lui secoua la main, surpris de la force des os. Sa propre main lui semblait énorme par comparaison.

— Ces choses qu'elle m'a racontées... Ce n'était pas vrai, n'est-ce pas ?

— Non, fit Henry. Bien sûr que non. Vous vous souvenez de Matilda ? Rien n'était vrai.

Le vieil homme cligna des paupières lentement.

— Vous n'en avez pas entendu la moitié. Il vous faudra revenir. Apportez donc du Viagra la prochaine fois. Ça pourrait nous être utile.

Planté sur le promontoire, il regarda le brouillard se dérouler telle une nappe sur le rivage. En contrebas, avant que la brume ne les noie, les laboratoires Ferguson captèrent la lumière puis, perdant leurs contours, se fondirent dans le paysage blanc. Sans réussir à distinguer les détails, il en apercevait la masse.

Le taxi démarra avec un soulagement évident dans un atroce crissement de vitesses. Il eut l'impression que le véhicule pouvait retrouver seul son chemin jusqu'à la plaine et foncer à l'écurie en pilotage automatique pour le plaisir de se trouver un bon feu dans un garage chauffé. Il aurait voulu pleurer. Le chauffeur grommela à cause de la vitre ouverte qui les faisait frissonner tous les deux.

Il descendit devant la Maison des Sortilèges et paya ce qui lui parut être une somme dérisoire. Une somme digne du tiers-monde. Il songea que c'était peut-être pour cela qu'il retournait toujours en Orient ; la modicité du coût de la vie et l'idée que ce facteur avait joué un rôle prépondérant dans le choix de sa destination ne lui redonnèrent pas particulièrement le moral. Si exigeants, ces Anglais, en semblant exiger si peu. Ils détestaient gagner de l'argent.

Il traversa la route et s'assit sur les marches menant du trottoir à la plage de galets. Le froid s'insinuait dans son *cul, derche, derrière, postérieur, popotin, les Anglais n'ont pas de derche.* Sa colonne vertébrale, alors. Le froid avait un effet calmant ; ça lui plaisait.

Puis le chien au museau tiède glissa sa grosse truffe humide au creux de son coude tandis qu'il le tenait serré contre lui dans l'abominable veste. Il sentait le museau qui s'enfonçait sous son bras. Il déplaça le bras pour que les épaules de l'animal puissent passer, le laissa retomber, mais mollement, sans forcer, il ne fallait pas que le chien pût avoir l'impression d'être retenu prisonnier. Le gros chien noir s'assit près de lui, supportant sans broncher le contact de son bras, et tous deux regardèrent droit devant eux.

— T'as des secrets, je parie, dit Henry.

J'ai toujours été fière de savoir garder un secret. J'ai appris très tôt à garder pour moi les confidences et un de mes premiers sujets d'étonnement a été de découvrir que tout le monde n'en faisait pas autant. Même chose pour les promesses. J'attendais à l'arrêt du bus parce que j'avais promis, mais personne d'autre ne se pointait, parce qu'il y a des promesses qu'on n'est pas censé tenir, de même qu'il existe des secrets faits pour être divulgués. L'injonction « ne dis rien » peut signifier « raconte » dans certains cas si on l'interprète correctement. Comme elle peut vouloir dire exactement ce qu'elle signifie. Pour m'éviter de commettre bien des erreurs, je m'en suis tenue à ma règle de conduite d'origine : rester muette comme la tombe proverbiale et nier savoir quoi que ce soit plutôt que de briser le sceau du silence. Ce qu'il y a d'ironique chez les gens à principes, c'est que ces principes font du dépositaire du secret un menteur tandis que celui qui le viole en partage le poids avec ses proches amis, tous autant qu'ils sont. S'il y a une chose que j'ai apprise, c'est à ne jamais confier quoi que ce soit de vital me concernant si ce n'est à quelqu'un qui est incapable de le répéter ou de le comprendre. A me confesser à un mur de brique, autrement dit, à quel-

qu'un qui est incapable de se laisser émouvoir ou toucher, juste pour s'ôter un poids de la poitrine et répéter à voix haute comment procéder.

C'est pourquoi je me suis conduite en lâche et ai tout raconté à oncle Joe le lendemain. Il était sourd, après tout, et il faisait merveilleusement semblant de s'amuser. (Les Chisholm sont de sacrés comédiens.) J'étais capable de décoder ce qu'il disait, peu de gens le pouvaient. Et il savait, pauvre âme, ce que c'était que de perdre sa réputation et de devenir un objet d'opprobre. Il m'a peut-être même pardonné.

Je lui ai dit que la porte était ouverte ; je déteste les portes fermées. Il était beaucoup trop tôt, le temps était humide et Harry était impossible. Tanya s'est pointée dans des vêtements neufs, une veste brillante qu'elle adorait et dans laquelle elle se pavanait. Harry s'est suspendu à ses basques, comme à son habitude. Je les ai encouragés à sortir, mon Dieu, mais pas plus loin que la jetée, où je pouvais les voir, et pas longtemps. Elle avait envie de sortir ; Harry voulait qu'elle reste à l'intérieur avec lui mais à l'idée de faire quelque chose avec Tanya il n'a pas pu résister. Ils sont partis. Une paix merveilleuse.

FMC

12

— Dommage que je ne t'aie pas rencontré plus tôt, fit Henry, s'adressant au chien. Tu as des yeux et des oreilles magnifiques, mais le plus beau, c'est vraiment ton pelage. (Le chien s'ébroua. Henry caressa le flanc et le poitrail musclé. Bien qu'immobile, l'animal était prêt à détaler.) Je ne te retiens pas, tu sais, dit-il, retirant son bras.

Mais au lieu de profiter de l'occasion, le chien tourna la tête, lui lécha le visage et, apparemment satisfait, se cala contre lui avant de se replonger dans la contemplation de la mer. Sous la brume, les eaux sinistres semblaient fomenter un complot.

Alors que le froid commençait à mordre durement le dos déjà glacé de Henry, le chien, comme mû par l'appel d'un maître invisible, se secoua avant de s'éloigner tranquillement, de l'allure régulière d'un coureur de fond conscient de la direction à prendre et de la distance à parcourir. Pour avoir ainsi appris à marcher dans la rue, l'animal devait avoir quelqu'un qui s'occupait de lui. Probablement un clochard cultivé, en mal de compagnie, qui lui offrait son toit. A ceci près que le chien, à en juger par la qualité des poils qu'il avait laissés sur la veste de Henry, était en pleine forme et n'avait rien d'une épave. Une fois à l'intérieur, Henry aperçut son image en passant devant un miroir de l'entrée et se demanda comment il avait pu en arriver à un tel laisser-aller vestimentaire en si peu de temps.

Bien que l'éclairage parcimonieux des lampes à gaz fût flatteur pour lui, Henry s'en trouva tout irrité. Des lampes à gaz de nos jours ? Impensable. Comme si la maison n'était qu'un décor de théâtre. Ce qui – il dut le reconnaître – était pourtant le cas, à en juger par des détails qu'il n'avait pas remarqués auparavant : entrée et cage d'escalier tapissées de tentures orientales surplombées de drapeaux ; miroirs aux cadres recouverts de peinture écaillée. Autant de bonnes raisons expliquant les minuscules lampes à gaz et leur maigre lumière. Mis à part un léger ronronnement de radio provenant de la cuisine, la bâtisse était plongée dans un silence douillet.

Parcourant la salle à manger du regard, Henry fut frappé par la grande diversité des tableaux accrochés aux murs. Aux fenêtres, lourds rideaux de velours passé. Sur le manteau de la cheminée, de nombreuses photos encadrées étaient disposées entre deux chandeliers que l'on installait sur la table pour les repas. Passant les doigts sur l'épaisse nappe de coton, il découvrit au toucher des rapiéçages totalement invisibles lorsque la table était mise, avec son méli-mélo d'assiettes et de couverts qui, pour être dépareillés, ne manquaient pas de charme. Le tapis, aussi râpé que le chemin d'escalier, avait néanmoins conservé de la couleur. Mais il aurait suffi que le moindre désordre vînt perturber l'harmonie de l'agencement pour que l'illusion se brisât, rendant à tous ces objets leur vraie place : celle d'articles de brocante.

Le salon silencieux était à la hauteur. Tisonniers rutilants, fauteuils fatigués camouflant leurs accoudoirs élimés sous des couvertures reprisées, tapis superposés, table basse si bien briquée que Henry n'en avait pas remarqué le pied recollé. Sur l'une des photos encadrées, deux sveltes jeunes gens en maillot de bain qui riaient, le dos tourné aux vagues menaçantes. Pas de photo récente. Appareils trop coûteux, probablement. Faisant le calcul de ce qu'il avait déboursé pour son logement, Henry se sentit honteux à l'idée du budget minuscule qui devait être le leur. Pas de téléphone, aucune dépense superflue, aucun appareil récent à l'exception bien entendu du magnétoscope qui, dans la cuisine, semblait aussi à sa place qu'un chien dans un jeu de quilles.

Il devina d'où venait le magnétoscope. Francesca avait fait cadeau de sa voiture à Angela, de ses livres à la mamie qui n'en avait jamais voulu, et de tout ce qui avait la moindre valeur dans son appartement à diverses personnes. Utilisait-elle ses cadeaux pour faire du chantage ? Fallait-il, pour y avoir droit, payer un prix ? Angela devait-elle rendre visite à l'oncle Joe, Peter et Tim devaient-ils entretenir quelque flamme votive pour son fils disparu ? Ce fut d'un regard neuf et approbateur que Henry considéra la façon dont sa chambre était arrangée. La décoration recherchée du rez-de-chaussée et du premier étage se transforma en simplicité de bon aloi quand il atteignit le second. Murs nus, plancher de pin naturel, chemin d'escalier souple et silencieux. Avec, pour toute couleur, les vieux couvre-pieds de soie et le coussin turquoise du confortable fauteuil. Une chambre digne d'un tableau de Van Gogh par son dénuement plus réconfortant qu'austère. Agenouillé devant la cheminée, Peter, après avoir mis dans un petit seau les cendres du foyer, s'efforçait de faire partir une bûche qu'il avait montée dans son panier à bois. Le châle, bien plié, avait repris sa place sur le dessus-de-lit. Gêné d'être surpris dans une position si peu avantageuse, Peter grimaça un sourire.

— C'est ce qu'il y a de moins cher pour se chauffer, lança-t-il, sur la défensive. Surtout quand on va chercher le bois soi-même dans la nature. On a tout le temps, nous. Avoir du temps, c'est mieux qu'avoir de l'argent, vous ne trouvez pas ?

— Pourquoi est-ce que Francesca vous a donné son magnétoscope ? demanda Henry, enlevant sa veste et la jetant à l'autre bout de la pièce.

Quel plaisir de pouvoir traiter un vêtement avec pareil mépris : il éprouva soudain un désir irrationnel de jeter le contenu tout entier de sa valise, vitamines et médicaments compris, par la fenêtre. Peter en parut tout surpris.

— A vrai dire, je n'ai jamais vraiment compris pourquoi elle a fait ça. Il est arrivé, un jour, avec toutes ses cassettes. Elle a dû se douter qu'on ne s'en servirait jamais beaucoup, sauf pour regarder celles avec le petit Harry, parce qu'on n'avait même pas de télé avant. On n'a pas le temps. En plus, il faut dire que ça n'est pas particulièrement stimulant. Je ne vois vraiment pas ce qu'il peut y avoir d'intéressant dans un film quand il n'y a pas quelqu'un qu'on connaît dedans.

La bûche s'enflamma. Peter la contempla de l'air satisfait de quelqu'un qui vient de découvrir et de maîtriser le feu.

— Parce qu'il y a d'autres cassettes ?

— Oui, bien sûr. Des dessins animés, des Walt Disney. Des trucs pratiques, des programmes pour enfants. Je dois reconnaître que j'adore *Le Livre de la jungle*...

— Je peux les voir ?

— Bien entendu, quand vous voudrez. Je vous monterai tout ça. Mais en échange, j'ai un service à vous demander : il faut que vous empêchiez Maggie de picoler ce soir, sinon elle va déprimer et vouloir retourner avec son mari.

— Je ne savais pas qu'elle en avait encore un, fit Henry, repoussant la bûche du bout de sa chaussure et regardant les étincelles fuser.

— Elle n'en a plus. Mais elle est capable de s'en trouver un, même lessivé.

L'ambiguïté eut le don de rendre Henry furieux. Les crépitements de la bûche lui semblèrent être autant d'éclats de rire. Il se demanda combien de pourboire il devrait leur laisser à son départ. Sauf qu'il n'avait pas envie de partir. Quels étaient les usages, chez les gens comme eux, relativement pauvres ? Il avait déjà eu ce problème lors de voyages précédents. La tête se mit à lui tourner.

— Vous savez où elle est ?

— Les pubs sont ouverts, répondit Peter en consultant sa montre. Peut-être qu'elle s'y trouve déjà.

— Je me demande si je vais réussir à l'empêcher de se soûler, lâcha Henry. Parce que cette fois-ci, c'est moi qui ai envie de picoler.

Il irait retrouver le vieil homme sur le promontoire avec une bouteille de whisky. Comme ça se passait dans les films, récents ou anciens, où il suffisait de faire boire les espions réticents pour que jaillisse du vin la vérité. Tu parles. Ça ne marcherait pas plus avec Maggie qu'avec le chien. Mais il n'en restait pas moins qu'en tant que touriste il se sentait obligé d'expérimenter. Pour couronner le tout, il avait de toute façon besoin d'un endroit un peu plus animé pour mettre de l'ordre dans ses pensées.

Henry n'avait jamais rien eu d'un buveur. Il entendait encore son père s'en plaindre amèrement – quel dommage, ça n'avait jamais empêché personne de faire carrière et, de plus, ça assouplissait le caractère. Henry, quant à lui, trouvait que l'alcool le déprimait. Pour autant, cela ne l'avait pas empêché de s'emmêler les pieds et de se rendre ridicule en public, à l'occasion. Les épisodes ne manquaient pas dans sa vie où le fait d'être bourré n'aurait strictement rien changé. Trouillard, se dit-il en enfilant son horrible veste pour partir. Il avait bien essayé la drogue une fois ou deux, mais avait à chaque fois pris peur devant le discours monosyllabique de ses partenaires. La seule idée de perdre tant soit peu le contrôle de lui-même le révulsait. Mais au diable ! S'il devait pour une fois se laisser aller, autant que ce soit agréable. Il allait faire ça à l'anglaise : la tournée des pubs du coin.

Sa première bière dans le premier pub lui donna un frisson. Lorsqu'il trempa ses lèvres dans la mousse tiède du liquide jaunâtre, il eut un haut-le-cœur. Malgré son nom – Aux Contrebandiers – l'établissement ne servait manifestement pas les vins merveilleux que l'on trouvait sur l'autre rive de la Manche. Ici, ce que les gens aimaient, c'était la pisse d'âne. Ils se moquaient bien de ce que l'on pouvait boire et manger ailleurs. Le menu écrit à la craie sur un bout d'ardoise, « FOIE AUX OIGNONS, RAGOUT IRLANDAIS », leur suffisait largement. Quand il rentrerait, ce souvenir le ferait sourire, bien entendu. Pourtant, comment un Britannique réagirait-il aux « POMMES DE TERRE SAUTEES » américaines ? Les différences culturelles majeures qui existaient entre Occidentaux ne provenaient pas des nationalités, mais bien plutôt des habitudes alimentaires et du lieu de résidence, la ville ou la campagne.

L'oncle Joe avait-il jamais mis les pieds dans un pub ? Avalant une gorgée de bière, histoire de s'éclaircir un peu les idées, Henry se demanda de quoi il avait l'air avec sa demi-pinte alors que les autres clients avaient une pinte entière. Comme il avait oublié ses lunettes, il voyait trouble et la tête lui tournait. Mais cela ne l'empêcha pas de remarquer que les gens le fixaient. Jamais longtemps et pas tous – de toute façon, il n'y avait pas encore grand monde si tôt dans la soirée. Mais quelques regards s'étaient rivés au sien l'espace d'un instant avant de retourner se perdre à la surface de leur bière ou sur l'immensité du mur du fond. Des regards de merlans frits. Ce qui manquait le plus, c'était la conversation. « 'soir », fit un homme en entrant, avant de prendre une pinte et d'aller s'asseoir dans un coin. Après un long moment de silence – une éternité pour Henry – l'homme se leva et retourna au bar. « 'soir », répéta-t-il. A peine eut-il posé sa pinte sur le comptoir qu'elle revenait remplie. Tintement de monnaie. *Ça, alors !* s'étonna Henry. *Ils sont toujours comme ça, ou c'est moi qui ne suis pas normal ?* En comparaison, la brume à l'extérieur lui sembla plus hospitalière. Abandonnant son verre à moitié plein sur la table, il sortit à la hâte comme quelqu'un qui a oublié qu'il est pressé.

Ce qui était la vérité. Non que l'idée d'enfiler les pubs à la poursuite de Maggie l'enchantât. Il avait la fâcheuse impression de se retrouver dans la peau d'un père à la recherche de sa progéniture, ou pire, d'un amant jaloux. Mais, pour une raison qu'il ne parvenait pas à élucider, il ne supportait pas l'idée du retour d'un mari. Probablement parce qu'il était vexé qu'elle ne lui en ait pas parlé. Tous ces non-dits. Henry, qui considérait sa vie comme un livre ouvert à tous, avait du mal à comprendre pourquoi d'aucuns tenaient à garder certaines pages secrètes. Dans le deuxième pub, où il but du vin en faisant semblant de lire un journal, il parvint à la conclusion que les phrases monosyllabiques étaient tout simplement le discours habituel des clients du cru qui n'appréciaient pas les embrassades et les claques dans le dos. Mais il dut changer d'avis dans le troisième pub. Quand il commanda un verre, la femme du bar le considéra d'un regard glacial et lui ordonna de se barrer d'un ton si ferme et si tranquille qu'il ne lui vint même pas à l'idée de demander pourquoi. Il sortit. Autant pour les folles soirées d'ivresse. Une fois dehors, Henry se surprit à souhaiter la compagnie du chien. Le rouge de la honte au front, il se remémora l'accusation qu'on lui avait lancée dans la rue. Assis sur un banc devant la statue à l'entrée de la jetée, il mangea un *fish and chips* d'autant plus réconfortant qu'il avait été servi avec un sourire délicieusement spontané. Il lui restait encore une bonne dizaine de pubs à inspecter. Comme la clientèle allait se faire plus nombreuse à mesure que la soirée avançait, la perspective n'avait rien d'enthousiasmant. Après avoir jeté ses papiers gras dans une poubelle comme tout bon citoyen qui se respecte, Henry rentra chez lui.

La notion de « chez soi » avait d'ailleurs peu à peu perdu toute signification pour lui. Sa maison vide des environs de Boston lui semblait complètement étrangère, tout comme l'usine Ferguson où il allait peut-être un jour reprendre sa carrière. Quand il rentra, une partie de bridge était en cours dans la pièce que Peter appelait le « salon ». Et, dans sa chambre, il trouva la télévision, le magnétoscope et une pile de cassettes.

— A ce petit jeu, on peut jouer à deux, fit Maggie d'un ton égal. Si tu peux couvrir de boue en pleine rue un pauvre type qui ne t'a rien fait, je peux, quant à moi, raconter à qui veut m'entendre comment j'ai trouvé ta fille faisant l'école buissonnière. Tout ça parce que sa mère la néglige.

— Salope.

— Quant à la deuxième chose dont on m'accuse, j'ai beau me démener pour essayer de me défendre, rien n'y fait. Je me demande bien pourquoi, lança Maggie d'un ton dégagé. Surtout quand je t'amène une bonne bouteille de vin. Allez, ça suffit, ne joue pas les dures. Nous ne sommes pas des harpies, ni l'une ni l'autre, sinon Francesca ne nous aurait jamais aimées. D'ailleurs, elle n'était pas particulièrement difficile de ce côté-là – y a qu'à voir son salaud de mari. Mais elle avait quand même un certain jugement. Allez, bois.

Angela avança une main hésitante en direction du verre que Maggie lui avait servi sur la table de la cuisine. Bien que mourant d'envie de le boire, elle savait ce que cela aurait de compromettant. Elle avait bien essayé de claquer la porte au nez de Maggie, mais celle-ci avait été la plus forte. Et puis une altercation n'aurait pas manqué de réveiller la petite, qui s'était endormie. Elle entoura le verre de ses doigts pour réchauffer un peu le vin, mais surtout pour que Maggie ne remarque pas qu'elle tremblait.

— Si tu me disais pourquoi tu as laissé Henry Evans enfermé au château toute une nuit et pourquoi tu m'as dérangée dans mon sommeil ? Ça serait déjà un début.

— Neil aurait dû... C'était une erreur.

— Certainement pas. D'ailleurs, Tanya est au courant, alors arrête tes conneries. C'était quoi, ce que tu ne voulais pas qu'il sache ? Quel mal y a-t-il à répondre à ses questions ? Qu'est-ce que ça peut foutre qu'il mette son nez là-dedans ?

Angela souleva le verre et en avala la moitié. *Bien, bois tout, vas-y,* l'encouragea Maggie en silence. *Comme ça, on sera deux.*

— Il fait remonter la culpabilité à la surface, voilà ce qu'il fait, lança Angela très vite. Par sa faute, Tanya s'est souvenue de choses qu'elle ferait mieux d'oublier. C'est pas juste.

— Mais pourquoi tu te sentirais coupable ?

— T'es malade ou complètement conne ? hurla Angela, qui, se reprenant aussitôt, termina son verre et prit une des cigarettes de Maggie. (Elle la tourna un long moment entre ses doigts esquintés par les travaux ménagers avant de la remettre dans le paquet.) Bien sûr que je me sens coupable. Je n'ai jamais aimé Harry... Il avait quelque chose que je n'arrivais pas à aimer ; pourtant, je croyais avoir de l'affection pour tous les enfants. Eh bien j'avais tort. J'aime la mienne, un point c'est tout. Je ne voulais pas partager Tanya. Je ne voulais pas qu'elle soit retardée par un gosse comme Harry. Il était affreux. Il fallait s'occuper de lui en permanence. Désolée, mais je le détestais. Tu ne crois pas que c'est suffisant pour que je me sente coupable ?

Maggie réprima son envie de fumer. Aucune odeur de tabac dans la pièce, bon exemple pour les enfants. Elle faillit aller ouvrir les fenêtres pour que la brume entre à l'intérieur et vienne neutraliser cette propreté.

— Je ne crois pas que tu puisses y faire grand-chose. Quand on n'aime pas quelqu'un, on ne l'aime pas, point final. C'est vrai aussi pour les enfants, dit Maggie. Ce n'est pas ce qu'on ressent qui compte, mais la façon dont on se comporte. Tu n'as pas été dure avec lui ? Tu ne l'as jamais frappé, non ?

Angela eut un instant d'hésitation palpable.

— Non... Je... Non, bien sûr que non.

— Et personne d'autre non plus ? Il avait peur de quelqu'un en particulier ?

— *NON !* Personne. Il n'avait aucune raison d'avoir peur, tout le monde prenait des gants avec lui, même quand il criait. La seule chose qui lui faisait peur, c'étaient les chiens. C'est la seule fois que Neil l'a tapé.

— *Neil ?*

Le verre était vide. Maggie le remplit nerveusement, répandant du vin sur la table.

— Oui. Il a des crises de colère. Tu ne t'imagines quand même pas que je l'ai viré seulement à cause de son problème d'impuissance ? Je ne pouvais pas le laisser tout casser dans la maison, surtout devant Tanya. Mais il voulait tout le temps revenir... Une fois, j'ai cédé. Alors, il a essayé de se comporter comme un père, de se mettre bien avec moi, de gagner nos faveurs. C'est là qu'il a acheté le chien, je veux dire la chienne. C'était bien de lui, ça, il savait que j'en avais envie depuis un moment. Seulement, quand il a amené la petite chienne, Harry était là. Il était souvent à l'appartement, tu sais. Un peu comme Tanya, qui passait son temps chez Francesca.

Maggie essuya la table avec un mouchoir en papier qui vira au rouge en s'imprégnant de vin. Harry laissait sans arrêt tout tomber, disait Peter. Comportement dont les enfants n'ont pas l'exclusivité, bien sûr, mais en plus, il avait toujours peur de perdre l'équilibre.

— Elle était adorable, la petite chienne, mais dès que Harry l'a vue, il s'est mis à hurler comme un fou et est allé se cacher dans un coin. Je lui ai dit de ne pas être bête, j'ai tout essayé pour le raisonner, mais rien à faire. Neil devait s'imaginer que c'était sa dernière chance, que nous serions enchantées, mais je lui ai dit qu'on ne pouvait pas garder la chienne, avec Harry qui venait souvent chez nous. Qu'il fallait qu'il la reprenne, quel que soit le prix qu'elle lui avait coûté. C'est là qu'il a empoigné Harry, l'a secoué comme un prunier et lui a filé une claque. Je ne crois pas qu'il lui en voulait personnellement, mais il n'a pas supporté de le voir entre nous. Il ne s'est jamais rien passé d'autre.

— Et la chienne, elle est morte ? s'enquit doucement Maggie. Qu'est-ce qu'elle est devenue ?

— Neil la partage avec mamie, qui habite juste à côté. C'est elle qui la nourrit, mais elle n'arrête pas de sortir. Neil, il a jamais rien pu garder.

Angela s'était calmée.

— C'était ça que tu ne voulais pas dire ? s'étonna Maggie.

— De toute façon, continua Angela, c'est à ce moment-là que j'ai dit à Francesca qu'il fallait qu'on arrête d'être aussi proches, qu'on prenne un peu de distance. C'était mieux pour les gosses et il n'y avait pas de raison de priver Tanya d'un chien. J'ai l'impression que j'ai eu tort de dire ça. Peut-être qu'elle s'est imaginé qu'on ne voulait plus d'elle. C'est complètement faux, mais c'est peut-être ça qui lui a fait péter les plombs. Alors tu parles si je me sens coupable ! Non seulement elle nous rendait service, mais elle était drôlement intelligente et je vois pas comment on s'en serait sortis sans elle.

Maggie, qui avait envie de mâcher quelque chose, déchira un bout du mouchoir en papier.

— Comment peux-tu laisser Neil s'occuper de Tanya, avec les crises de rage qu'il pique ?

— Tu crois que j'ai le choix ? Je suis chargée de famille, faut bien que je travaille. Et de toute façon, il n'a jamais menacé Tanya, jamais de la vie. Il l'adore, comme tout le monde d'ailleurs, martela-t-elle d'un ton défensif.

— Bien sûr. Qu'est-ce qui s'est passé ce matin-là ? demanda doucement Maggie.

— Rien du tout, répondit Angela en haussant les épaules. J'ai déjà tout raconté. Francesca m'a proposé d'emmener Tanya à l'école pendant que j'attendais l'employé de la compagnie d'électricité. Je lui ai répondu que ce n'était pas la peine, que je demanderais à Neil. Mais comme il était en retard et que Tanya avait de la température on n'est pas sorties, ni l'une ni l'autre. C'est là qu'elle est arrivée, à la recherche de Harry. Elle avait complètement perdu la tête. Je crois qu'elle ne pouvait pas supporter ce qu'elle venait de faire.

Maggie, qui avait l'impression très nette qu'il s'agissait d'un discours bien appris, se demanda où elle avait déjà entendu ça. La déclaration de Mrs Hulme à la police, mot pour mot, sans l'ombre d'une hésitation.

— Alors, continua Angela d'une voix froide et confiante qui avait retrouvé toute son agressivité, tu peux dire à ton imbécile d'Américain d'arrêter de me casser les pieds. J'ai autre chose à faire que répondre aux questions d'un pervers.

Debout à la porte, Maggie ressentit comme un malaise. Elle avait un tel sentiment d'inachevé qu'il lui sembla ridicule de prendre congé. Bien sûr, il y avait eu une fugitive étincelle de tolérance, voire de compassion réciproque entre les deux femmes. Mais qui avait été bien vite étouffée par le sourire figé d'Angela sur le pas de la porte. Une Angela toujours aussi angoissée, mais triomphante cependant. Qui proclamait que le mystère n'existait pas, tout en en restant la clé.

Maggie ne savait que faire. Rentrer rendre compte à Henry ? L'écouter encore lui parler de l'oncle Joe, alors qu'elle n'éprouvait pas la moindre curiosité à l'égard de ce parent éloigné qu'on n'avait jamais jugé bon de lui présenter ? Là-bas sur la mer, le bateau-phare lançait dans la brume des clignotements fatigués alors que le front de mer semblait se préparer doucement à plonger dans la nuit. Elle n'en pouvait plus.

Elle ressentit dans le nez et la gorge les picotements annonciateurs d'un rhume. Quelle folie de s'être jetée à l'eau de la sorte ! Ça lui apprendrait. Elle alluma une cigarette. Elle aurait dû écrire à Philip. Comme ç'aurait été agréable de mettre ses idées en ordre, de les empêcher de se précipiter les unes contre les autres tels les spectateurs d'un match de football qui se bousculent pour ne pas en rater une miette...

La mer, la mer et rien d'autre. Quel spectacle ! Les grilles d'accès à la jetée étaient verrouillées. Surprise si désagréable qu'elle eut envie de les secouer et d'exiger qu'on les ouvrît. A travers les barreaux, elle contempla la chaussée de béton déserte. Non, personne n'avait le droit d'interdire l'accès à la jetée, pas même pour arrêter les clients qui sortaient du pub et les empêcher de se jeter à l'eau.

Neil et ses colères d'impuissant, pourquoi pas ? Il pouvait très bien avoir tué Harry par peur de ses fantômes intérieurs. Amour et désir frustrés s'exprimant dans la violence. Peut-être qu'il avait de bonnes raisons de craindre ses fantômes. Cette simple pensée la glaça. Avec cette tendance au vol dont elle ne s'était jamais doutée, il s'était trouvé là, tout près, quand quelqu'un avait poussé Harry dans la mer, l'enfant objet de tous les amours et de toutes les haines. S'en était-il seulement rendu compte ? Et puis il y avait aussi Angela, mère de droit divin, capable de tout, y compris d'éliminer tout opposant. Ainsi que Francesca, mère infanticide, sur le point de perdre ses plus proches alliés et de voir ses projets familiaux réduits à néant. Coupable évidente, incontournable. *Je n'aurais jamais dû me lancer dans cette affaire.*

Sur la plage, un pêcheur près d'un feu, qui se retourna pour prendre quelque chose dans sa sacoche. Après lui avoir jeté un regard hésitant, elle continua son chemin d'un pas pressé. Une lumière brillait comme une balise au dernier étage de la Maison des Sortilèges. Décidément, la chambre du grenier ne pouvait pas passer inaperçue. Elle l'avait occupée, à une époque, avant de lui préférer son petit nid douillet avec sa vue plus restreinte sur le monde extérieur. La vision de Henry tranquillement assis là-haut devant son portable lui redonna le moral. Quel esprit rigoureux, quelle simplicité ! Pourquoi le rabaissait-elle toujours quand elle parlait de lui ? Sympa, pas méchant, organisé. Comme si elle avait besoin de ça pour mieux le contrôler. Tout en montant les escaliers, elle tenta de définir ce que Henry avait de particulier qui le rendait à la fois attirant et irritant pour les autres. Pourquoi *elle* le trouvait séduisant, ça ne regardait qu'elle. Peut-être que c'étaient sa ténacité, son sens des valeurs morales qui le faisaient remarquer, un peu comme la lumière de sa chambre, là-haut. Ou peut-être tout simplement le fait qu'il était *normal.* Au fond, elle avait toujours aspiré à être normale, comme si elle avait besoin d'une barrière de protection, d'un fondement inébranlable. Mais par ailleurs cela impliquait aussi le respect des dix commandements et de toutes les bêtises qui vont avec : *Tu ne désireras pas la femme de ton frère, tu ne voleras pas, tu ne tueras pas, tu n'oublieras pas de laver la voiture et tu ne t'apitoieras pas sur toi-même.* Henry était si libre par rapport à tout ça.

Comme elle n'avait rien découvert ce soir-là qu'il ne connût déjà, rien qui ne figurât dans les dépositions qu'elle connaissait par cœur, il ne lui restait par conséquent pas grand-chose – le détail sur Neil mis à part – à rapporter au gentil, au normal Henry. De la musique émanait de sa chambre. Il avait un lecteur de CD qu'elle lui enviait. La porte était entrebâillée. Elle frappa et entra.

Henry lui tournait le dos. Assis en tailleur devant l'écran de télé silencieux, la main crispée sur la télécommande, il regardait fixement les images qui défilaient devant ses yeux. Scènes de sortie en famille. Le cinéaste amateur n'avait pas tenu sa caméra vidéo d'une main très assurée. S'avançant, elle s'arrêta derrière Henry, qui ne s'était pas aperçu de sa présence, et regarda en silence. Ciel d'été, herbe verte et ballon rouge au pied d'une chaise longue. Une petite fille arrivant de la droite s'assit dans la chaise longue avec sa poupée et fixa la caméra d'un œil narquois. Bretelle de maillot descendue sur l'épaule, strabisme agressif, jambes écartées, elle se vautra délibérément sous l'objectif. Le plan se rapprocha, mettant en évidence une peau d'un blanc maladif et des bras maigrelets. Marquant sa satisfaction par un large sourire, la petite sembla soudain changer d'avis et prendre ombrage de l'exhibition. Alors que la caméra se rapprochait encore, son visage se tordit soudain en un rictus féroce. Lorsqu'elle cracha, Maggie eut presque l'impression que l'objectif avait été atteint par la salive. Puis la fillette se masqua les yeux de la main et la caméra fit soudain demi-tour en une retraite précipitée. Pendant un court instant, on ne vit plus que l'herbe, le ciel et des petits pieds nus. Ensuite, la prise de vues s'interrompit. Quand elle reprit, la petite était endormie, repliée dans la chaise longue, ses petites fesses mal protégées par le maillot trop grand pour elle et la petite main de sa poupée dans la bouche en guise de tétine. On lui avait mis un chapeau de soleil blanc sur la tête. Il ne restait plus de la poupée que des morceaux éparpillés autour de la chaise longue. La caméra s'attarda amoureusement sur les jambes de la gamine : elle avait des cicatrices sur les cuisses.

Henry fit défiler la cassette vers l'avant. Toujours la

même gamine, mais plus grande cette fois, en maillot au bord de la mer, les bras écartés pour ne pas perdre l'équilibre en trempant le bout du pied dans l'eau. Surprise par le froid, elle eut un mouvement de recul mais ne put s'empêcher de recommencer, inquiète, avant de donner un coup de pied furieux dans la mer en guise de punition. La caméra se détourna brusquement pour prendre un panoramique de la jetée et de son reflet parfaitement immobile dans la mer étale. Intéressé l'espace d'un instant, Henry rembobina et immobilisa la cassette sur l'image de la fillette dans la chaise longue. C'est alors que, pour la première fois, Maggie reconnut Tanya, plus petite mais plus féroce, sur le point de cracher. Tout à la fois fascinée et dégoûtée, elle s'approcha de Henry.

Quel pervers ! de rester assis dans une pièce vide à regarder une petite fille en maillot, de s'attarder sur sa peau nue. Elle continua de regarder. Adultes inconnus, paysages, scène d'anniversaire, puis Tanya de nouveau. C'était elle la vedette, facilement reconnaissable de dos à sa chevelure de feu. Henry retourna à la scène sur la plage. Maggie eut un coup au cœur : Angela devait avoir raison. Le très normal Henry Evans trouvait un intérêt suspect à contempler les petites filles. *Beurk.* Bien que tout près de lui, elle ne voulait surtout pas le toucher. Les bras croisés sur la poitrine, il se balançait d'avant en arrière. Si elle l'avait surpris en train de se masturber, elle n'aurait pas été plus révoltée. Elle recula.

— Mon Dieu, soupira-t-il, mon Dieu. *Nom de Dieu de bon Dieu de merde.*

Le juron la ramena à la réalité de la pièce. Il se gratta la tête et se retourna, essuyant de la main ses yeux pleins de larmes. Visage parfaitement normal d'un enfant obligé de regarder une émission contre son gré et qui attend la fin avec impatience.

— Qu'est-ce que c'est que ce cirque, bordel, Henry ? tonna-t-elle.

Apparemment peu surpris de sa présence, comme s'il avait toujours su qu'elle était là, Henry allongea les jambes, prit appui en arrière et tendit les doigts de pied. Un courant d'air venait de la fenêtre. Joue gauche toute rose d'être restée exposée au feu, cheveux ébouriffés. Non seulement son pantalon était tout froissé, mais il avait des chaussettes de couleurs différentes.

— Vous buvez quelque chose ? demanda-t-il, faisant un signe de la tête en direction de la bouteille de xérès et des deux verres sur la table de nuit. C'est pas désagréable, quand il fait froid la nuit. Plus buvable que la bière en tout cas, mais qu'est-ce qui ne serait pas meilleur que la bière ? J'étais censé vous empêcher de boire, mais je n'avais pas envie de donner l'exemple.

Pas la moindre expression de culpabilité, pas l'ombre d'une dérobade comme c'est le cas chez les hommes surpris en train de s'abandonner à leurs obsessions sexuelles. Maggie tenta de maîtriser sa répulsion et d'étouffer l'idée insupportable qu'il était venu avec des desseins inavouables, à la recherche d'une fillette comme Tanya... non. C'était bien le Henry qu'elle admirait, avec son accent américain et ses larmes séchées sous les yeux, qui se releva maladroitement et déplia ses jambes raidies par une trop longue station assise. Tandis qu'il servait le xérès, elle s'assit à sa place sur le sol. Le xérès. Cela lui rappela les pasteurs et les réceptions données par ses parents – déjeuners, dîners, cocktails – déjà si désuètes, à l'époque, avant que le monde entier ne cède à la mode du vin. Elle avait oublié les propriétés apaisantes du xérès – boisson qui se prêtait si bien au calme, au réconfort, et si mal à l'ivresse.

— Sympa, comme gnôle, fit-elle.

— Comme quoi ?

— Non, rien. Ne faites pas attention, répondit-elle pour le calmer.

L'air fiévreux, le visage tout plissé, il éternua. En se mouchant, il émit un bruit de trompette qui ne sembla pas le gêner le moins du monde. Descendu de son nuage, il s'assit à côté d'elle et s'adossa au lit.

— Ces cassettes, ce sont celles de Francesca ? demanda Maggie, tendant la main vers la pile défaite, autour du téléviseur.

— Je suppose. Comme elle n'apparaît nulle part, je suppose que c'est elle qui a filmé. A moins que l'opérateur ne l'ait jamais prise parce qu'il savait qu'elle détestait ça. En tout cas, il fallait que ce soit quelqu'un qui aime prendre les enfants sous toutes les coutures, dans toutes leurs humeurs et à tout moment, de façon qu'il reste à Francesca quelque chose à regarder une fois qu'ils seraient grands et auraient quitté le nid. (Maggie lui tendit le paquet de cigarettes.) Cette gamine, Tanya, elle avait des marques, vous avez vu ? Quelqu'un la maltraitait.

— Je vous l'avais dit.

— Oui, mais je ne l'ai vraiment cru qu'en le constatant moi-même. Je crois bien qu'il s'agit de brûlures de cigarettes, ça ne me donne pas envie de fumer. Je crois aussi que je ne connais pas grand-chose à l'amour. Ceux qui n'ont pas eu d'enfants ne peuvent pas connaître ce genre d'amour. Ils y comprennent que dalle. Ils connaissent l'amour qui casse, celui qu'on peut laisser tomber ou reprendre, celui pour lequel on peut à l'occasion faire un petit sacrifice, mais pas celui-là. C'est pas le même modèle.

Elle comprit alors qu'il devait être assez soûl. Ou malade. D'une ivresse contrôlée, malade d'avoir parcouru les cassettes à la recherche de Francesca qui n'y apparaissait pas. Tout en ayant malgré tout conservé une certaine maîtrise du langage. Sonné, plutôt que K-O. Se sentant exclue, elle vit ses paupières qui commençaient à tomber mais se relevèrent soudain.

— Tanya n'est pas *sa* fille, n'est-ce pas ?

— Absolument pas. Sa fille de cœur, mais pas sa fille de sang.

— Ah, dommage. Ça aurait pu tout expliquer. Je ne comprends pas ce genre d'amour, répéta-t-il, vraiment pas. A côté, toutes les autres formes semblent... limitées, corrompues.

— Je m'excuse, fit-elle, agacée, et l'affection, alors ?

— *Car si dans les ténèbres et la corruption Subsistent des vestiges de ma passion...* commença Henry d'un ton rêveur. Bon alors, c'est quoi, la suite ?

— Comment voulez-vous que je le sache ?

— Comment, en effet ? *Mieux vaut les oublier et garder l'allégresse Que de s'en souvenir au prix de la tristesse.* Si elle ne se souvient de rien, tant mieux. Pauvres de nous.

— Comment ça, pauvres de nous ?

— Oui, pauvres de nous, insista-t-il avec un geste théâtral tout en se laissant glisser doucement sur le sol. D'avoir été trop bêtes pour ne pas comprendre. Ça crève les yeux. Pourtant, j'ai l'impression de ne plus vraiment savoir ce que je sais. Pourquoi faites-vous celle qui n'a pas compris ?

Sans un mot, elle le suivit du regard quand il se remit sur ses pieds tant bien que mal et hésita avant de se laisser tomber sur le lit. Se levant de nouveau, il alla s'appuyer contre la cheminée d'un air faussement nonchalant. Elle l'imagina en vieux professeur d'université dissertant sur les beautés de Chaucer. Il n'était vraiment pas taillé pour affronter la réalité. S'accroupissant près du feu, il se réchauffa les mains au voisinage des flammes hésitantes.

— J'ai vu Angela, lança Maggie d'un ton sec. Elle a mis Neil dans le coup. Il n'aimait pas Harry, il l'a tapé. A cause d'un chien. Il l'a *tapé*.

Attentive, tendue, elle l'observa. Le feu était une étrange tentation. Comme l'eau, il poussait doucement les gens à la mort en entretenant chez eux l'illusion qu'il n'y aurait pas de douleur. Approchant ses mains du feu, il étira ses longs doigts comme un pianiste se préparant à jouer. Soudain, il trempa deux doigts dans le verre à moitié rempli et expédia quelques gouttes du pâle xérès dans les flammes qui aussitôt crépitèrent.

— « Ne mets pas tes mains dans le feu. » Mon père avait beau me répéter ça, je le faisais quand même. Un chien, tiens donc ? Ils n'avaient pas les moyens d'avoir un chien.

Ses yeux brillaient. Maggie eut envie de l'apaiser, de le préparer à ce qui l'attendait au matin, une bonne gueule de bois au xérès – un poison, cette boisson – aggravée d'un rhume dégoulinant. Pourtant, elle le soupçonnait en même temps de jouer la comédie.

— Je vous ai dit, à propos de Neil ? Il est entré en douce ici, à la recherche de Viagra. C'est lui qui a pris votre châle. Je l'ai récupéré et étalé sur votre lit. Vous savez, Neil aurait très bien pu se trouver à pêcher sur la jetée le jour où Harry a coulé...

— Le gosse n'était pas un bateau, nom de Dieu ! rugit Henry. Il n'a pas été lancé de la jetée avec une bouteille de champagne. On l'a poussé. Et j'ai lu la déposition, figurez-vous, parce que *lire*, ça, je sais. Alors à votre avis Neil aurait pu faire ça, hein ? Et pourquoi serait-il allé se fourrer dans la tête que j'avais du Viagra ? lança-t-il en se grattant le nez.

Tout plutôt que de le voir recommencer à jouer avec le feu. Se sentant coupable, elle battit en retraite. Elle voulait qu'il arrête tout, même de réciter ses poèmes d'un ton larmoyant comme ça lui était arrivé à elle, à l'occasion, bien que ses goûts en matière de poésie soient devenus nettement plus salaces, et sa mémoire sélective. *Oh mon amour, ne perds pas de temps Avec ton p'tit doigt impuissant, Mais avec ton gros doigt qui remue Occupe-toi de moi, veux-tu ?* se remémora-t-elle.

— Je n'en ai pas la moindre idée, répondit-elle. Vous n'avez qu'à lui demander.

Trempe ta queue dans la moutarde, Il faudrait pas trop que tu tardes, Oh mon amour, oh mon roi, N'attends pas trop, reviens-moi. Et celle-là, d'où venait-elle ? Probablement d'une bouteille de vin vide, comme un génie des *Mille et Une Nuits*, probablement un truc qu'elle avait écrit pour Philip.

— Demander à Neil ? répéta-t-il bêtement, tout à coup sorti de son ivresse, d'une voix pleine d'espoir. Neil ? Ce mec-là ? Si seulement... Où est-il ? Il faut que je lui parle. Si *seulement* c'était lui.

— Il est dehors sur la plage. Il pêche. Avec son chien. Le chien noir.

— Oh, merde... Si seulement...

Fermant les yeux, il reposa son verre avec précaution, se remit debout et s'allongea sur les dessus-de-lit de soie en fixant le plafond, une main passée sous la nuque. Il n'avait pas bonne mine.

— Oui, il faut que je lui parle. Mais de toute évidence pas maintenant. C'en serait fait de ma réputation, commenta-t-il en riant. Toutes mes excuses. Je sais plus où j'en suis. Il faut que je réfléchisse. Pauvres de nous. On en reparlera demain matin.

En rangeant les cassettes, elle remarqua l'écriture soignée de Francesca sur les étiquettes. Puis elle ramassa les deux verres et la bouteille, éteignit la lumière du plafond, remit le pare-feu en place et alla fermer la fenêtre.

— Maggie, ne retournez pas avec votre mari, lança Henry. Regardez ce qu'il a fait de vous. Il a tué toute poésie en vous. Et ne fermez pas la fenêtre, s'il vous plaît, ne la fermez *surtout pas*.

13

Une fois Maggie partie, Henry resta immobile à fixer le plafond. Il vit les fissures qu'il n'avait jamais remarquées auparavant et essaya d'évoquer le visage de Francesca tel qu'il l'avait aperçu, le jour où le bus l'avait emmenée, vingt ans auparavant.

C'était la lumière qui déformait les visages en en changeant le teint. S'il devait la revoir maintenant dans la même lumière qu'à l'époque, il la reconnaîtrait bien entendu, mais il ne l'avait jamais vue sous le ciel gris qui lui avait donné un grain de peau si parfait. Il ne parvenait pas vraiment à retrouver sa physionomie avec son expression si particulière de bonté. Dans le train qui l'emmenait à Warbling, il n'avait pas réussi, malgré ses efforts réitérés, à se faire une idée des traits qu'elle devait avoir maintenant. Tout ce qu'il parvenait à se rappeler aujourd'hui, c'étaient des détails sans rapport les uns avec les autres. Le sourcil proéminent, nettement plus foncé que les cheveux, les pommettes hâlées, l'absence totale de goût pour les bijoux, le profil sur fond de soleil, la main aux ongles rongés écartant l'appareil photo auquel il avait fait traverser un continent. Sa façon bien à elle de nouer ses cheveux sur sa nuque si douce. Il se remémora le bonheur insensé qu'elle lui avait offert quand ils avaient fait l'amour, *A quel âge ai-je commencé à te désirer, Henry ? A cinq, six ou sept ans ?* Lui, en bon mâle qu'il était, se rappelait davantage les plus infimes détails de son corps frêle que son visage. Quelle chaleur il avait trouvée en elle, quelle hospitalité ! Et comme il lui avait été facile d'accepter l'idée que chacun devienne le centre de l'univers de l'autre et qu'il en soit toujours ainsi. Mais il n'avait pas pesé bien lourd devant le destin. Quelle naïveté, quel égoïsme, quelle légèreté de ne pas vouloir accepter un autre ordre des choses ! Non, il n'était pas l'unique amour de sa vie, parce qu'elle en avait plusieurs. Elle avait des priorités absolues, comme son père. « Papa, soupira-t-il, le front ruisselant de sueur. Que ferais-tu à ma place ? »

Se levant du lit, il descendit sur la pointe des pieds jusqu'au palier inférieur, d'où il jeta un coup d'œil vers le rez-de-chaussée : posé sur la balustrade de l'escalier, le châle de Maggie indiquait qu'elle était allée prendre un bain tardif. Quelque part dans la maison, un bruit de tuyauterie. Après avoir regagné sa chambre, Henry prit ses chaussures à la main et fouilla dans sa valise à la recherche de sa cape imperméable ultra-légère si bien rangée qu'il en avait oublié l'existence. L'imper crissa pendant la descente de l'escalier. Il n'enfila ses chaussures que sur le perron de la maison.

Tellement plus facile de faire semblant d'être ivre, le désespoir l'y aidait. Il avait encore le goût métallique de l'alcool au fond de la gorge, surtout celui du xérès, dont il n'avait pourtant bu qu'un verre ; d'ailleurs la bouteille avait duré toute la semaine car il n'aimait pas tellement ça. La tête continua de lui tourner un peu, sa transpiration se glaça. Le froid fit disparaître les derniers effets du vin et de la bière. A mi-chemin entre la maison et le château, sur la plage, c'était là que se trouvait Neil, avait-elle dit. Neil, son dernier espoir. Il ne parlerait pas de lui-même, les autres non plus, d'ailleurs. Il allait falloir le prendre par surprise. Henry se mit à courir doucement.

La brume était si pénétrante qu'il remonta sa capuche sur la tête. L'obscurité n'avait rien d'effrayant quand on n'était pas enfermé. On devait l'entendre à un kilomètre à la ronde. Comme cela faisait des semaines qu'il n'avait pas fait de jogging ou pris le moindre exercice, ses genoux craquaient en signe de protestation et il avait le souffle court. Il n'avait pas les bonnes chaussures. Distinguant là-bas, sur la plage, la lumière d'un feu et l'ombre d'un parapluie noir, il ralentit. S'il traversait la route pour passer du côté de la plage maintenant, il ferait un bruit à réveiller les morts et avancerait moins vite. Aussi resta-t-il du côté ville tout en marchant le plus près possible des bâtiments jusqu'à ce qu'il ait dépassé le feu de camp. Qui n'en était d'ailleurs pas un, mais une lanterne camping-gaz suffisante pour donner un peu de lumière et réchauffer les mains. Avec deux silhouettes autour. S'il sautait directement sur la plage de l'escalier le plus proche, Neil n'aurait pas le temps de dire ouf. Henry avancerait tranquillement vers lui, comme l'aurait fait un autre pêcheur, en lui demandant si ça mordait.

Son atterrissage sur les galets lui sembla faire un boucan infernal. La plage se trouvant plus bas qu'il ne l'avait estimé, il eut l'impression qu'il s'était écrasé au sol. Les deux silhouettes près du parasol bougèrent, avant de se séparer et de doubler de volume. La cape de Henry se mit à battre dans le vent en crissant alors qu'il approchait, prêt à les saluer, comme si cette rencontre en pleine nuit n'avait rien que de très normal. Quand il fit un signe de la main, la cape suivit le mouvement de son bras. La lanterne, brandie par l'une des ombres, l'illumina dans sa course alors qu'il approchait, telle une grosse mite aux grandes ailes de Nylon. Quelqu'un hoqueta. La lampe s'écrasa au sol, le chien aboya et Neil chancela. A peine Henry eut-il entrevu le rictus grimaçant sur le visage de l'homme que ce dernier, plus habitué à se déplacer sur les galets d'une plage, prenait ses jambes à son cou et grimpait les marches que Henry n'avait pas vues, le chien sur ses talons. « Revenez ! » hurla Henry d'une voix à peine plus forte qu'un chuchotement.

Bondissant sur les traces de Neil, il regagna le trottoir pour voir le fuyard s'élancer dans la direction du château et de la jetée. La colère le saisit, comme si l'homme l'avait giflé ou bousculé. *Tout ce que je veux, c'est vous parler. Pourquoi refusez-vous de me parler ?* Tout le monde lui tournait le dos. Excédé, il se remit à courir au petit trot, animé d'une détermination nouvelle. Neil, dont la modeste carrure était encombrée de kilos inutiles, avançait de façon instable et irrégulière, le chien gambadant autour de lui comme s'il s'était agi d'un jeu. Dans la lumière des réverbères, on eût dit un numéro de comiques maladroits. C'est alors que le chien se mit dans les pieds de son maître. Ce dernier, évitant la chute de justesse, en perdit le peu de rythme qu'il avait et ralentit encore sa course. Si l'animal avait voulu lui faire obstacle, il n'aurait pas agi autrement. Neil, qui semblait ne plus savoir où il était ni où il allait, regarda un instant par-dessus son épaule. A cet instant précis, l'animal s'immobilisa et grogna doucement, corps tendu. Puis il repartit comme une flèche en direction de Henry qui le vit arriver sur lui à toute allure, tel un loup affamé.

Figé de terreur, il fixa le maître plutôt que le chien, dans l'attente d'un ordre qui ne venait pas. Persuadé que l'animal allait lui sauter à la gorge, le renverser et le déchiqueter, il serra les poings sous son imperméable. Mais, freinant des quatre fers, le chien se contenta de s'arrêter en dérapant à côté de lui. Henry, qui n'avait pas quitté Neil des yeux, vit les épaules de celui-ci s'affaisser. Traître, sale traître, en plus, maintenant, tu me lâches, semblait-il dire à l'animal. Henry se remit en marche et ne tarda pas à rejoindre Neil. Il n'y avait plus que le chien entre eux. Ils tremblaient tous les deux. Neil de peur, Henry de colère.

— Qu'est-ce qui vous a pris ? hurla Neil.

Ils se trouvaient devant l'un des abris de bus antédiluviens qui, ici et là, défiguraient le front de mer. Bunkers de béton. Neil alla s'y asseoir en grommelant. Henry le rejoignit. Endroit sinistre où se réfugier loin de toute compagnie.

— Merde, continua Neil, je vous ai pris pour un putain de fantôme, moi, avec ce truc qui vous fait comme des ailes. On aurait dit une Walkyrie, sans cheveux et avec une queue, fit-il dans un rire saccadé si rauque qu'on eût dit un râle dénué d'humour.

Henry rabattit sa capuche en arrière. Brûlant de fièvre sous le bunker glacé, il n'avait aucune envie de présenter des excuses. Il était trop furieux pour ça.

— Quel fantôme ?

— Oh, ceux qui vivent là-bas, fit Neil, montrant les remparts du château non loin de là.

— Mon cul, lâcha Henry. C'est de moi que vous aviez peur.

— Si j'avais su que c'était vous, ça m'aurait foutu les jetons aussi, concéda Neil, dont le tremblement commençait à diminuer. Mais non, je courais, un point c'est tout. J'ai toujours cru qu'ils finiraient par sortir un de ces jours.

— Une de ces nuits, corrigea Henry, à bout de souffle.

— Une nuit, bien sûr. De toute façon, quand la chienne m'a lâché, je me suis rendu compte que ça servait à rien. Qu'ils finiraient par m'avoir dans tous les cas. (Il rit de nouveau.) Heureusement, ça n'était que vous. Je devrais être soulagé.

Mal à l'aise, Neil s'installa à l'écart dans un coin de l'abri, manifestement gêné d'avoir affaire à Henry. *Ça n'était que vous.* Il avait l'air complètement abattu.

— Je suppose que je vous dois des excuses, fit-il d'un ton agressif. Pas seulement pour ce soir. J'aurais dû vous faire sortir du château, mais j'étais pas en état. J'aurais pas dû entrer dans votre chambre, mais bon... Pas pu m'en empêcher. Je suis vraiment désolé.

Henry haussa les épaules. Les excuses le désarmaient. Toujours aussi prompt à en présenter qu'à en recevoir, il acquiesça de la tête.

— Vous n'auriez pas trouvé grand-chose, dit-il. Je ne prends que des vitamines. Mais si vous voulez du Viagra, c'est bien facile, vous n'avez qu'à en commander sur Internet, comme tout le monde.

— C'est pas vrai ? s'esclaffa Neil avec un petit rire hystérique de soulagement. Vous êtes sûr ? Nom de Dieu, mais pourquoi est-ce que j'y ai pas pensé plus tôt ? Nom de Dieu ! (Puis, se calmant, il soupira :) Je ferais mieux de m'en tenir à la pêche. Là, au moins, je sais ce que je fais.

— Ça mord ? demanda Henry, histoire de parler.

— C'est pas le but de l'opération.

Il ne comprendrait jamais les Anglais. Comment peut-on pêcher quand on n'a pas envie d'attraper de poissons ?

— Je vous dois une fière chandelle, continua Neil. Vous auriez pu me dénoncer à la police. Avec les empreintes que j'avais laissées partout. Vous auriez pu porter plainte quand vous avez été enfermé dans le château... Maggie aurait pu me balancer pour avoir fait la sourde oreille quand mon bipeur a sonné. Je vous dois une fière chandelle.

D'un geste de la main, Henry mit un terme à la discussion. Il n'avait aucune intention de dire qu'après l'astiquage minutieux de Peter et Tim, les empreintes avaient certainement disparu. Ni qu'il ne lui serait jamais venu à l'idée d'approcher la police – à moins bien sûr que ce soit lui que l'on mette en prison.

— Vous ne me devez rien. Quelques détails, quelques faits, c'est tout.

— Des faits ? s'indigna Neil. Les faits, ça n'est pas mon rayon, à moi. Y a que l'histoire qui m'intéresse.

— C'est justement d'histoire qu'il s'agit. Je n'ai jamais voulu vous poser qu'une seule question : à votre avis, Francesca a-t-elle tué son fils ? (Les mots avaient du mal à sortir. Il s'y prenait comme un manche.) Enfin, les choses en étaient-elles vraiment arrivées à ce point-là ? Vous connaissiez tout le monde, et votre femme refuse obstinément de me parler.

Neil se remit à trembler. L'arrêt de bus les protégeait pourtant de la brise qui chassait la brume. Apparemment repris par la peur qui lui avait fait prendre ses jambes à son cou, il fixa Henry comme si ce dernier était un fantôme issu de ses pires cauchemars.

— Non, pas ça. Ça n'est pas juste.

— C'est parfaitement juste, au contraire. On ne vous a jamais demandé de faire de déposition, n'est-ce pas ? Ça n'était plus la peine, quand ils en sont arrivés à vous. Ils avaient déjà toutes les réponses. Elle les leur avait fournies. Ce qui m'intéresse, c'est votre opinion, rien de plus. Je ne dirai rien à personne, je veux simplement savoir.

Henry s'arrêta là pour ne pas avoir à mentir. Il y eut un silence ponctué seulement par la mer en bruit de fond et le grognement de la chienne qui posa sa tête sur le genou de Henry. A un autre moment ce geste d'allégeance l'aurait rempli d'une absurde satisfaction, mais pour l'instant il fut reconnaissant à l'animal de l'aider à faire sentir à son maître – ou à ce qui lui servait de maître – qu'il était seul. Il était même prêt à admirer Neil Hulme pour ses talents de pêcheur, mais il lui en voulait de laisser cet animal seul à longueur de journée. C'était de la cruauté pure et simple. Le silence s'épaissit. Le tremblement de Neil s'aggrava. On eût dit qu'il allait se communiquer aux cloisons de l'abri.

— Bon, bon, lâcha Henry, se penchant pour caresser les oreilles de la chienne. (Soyeuses, les oreilles, pas si mauvais maître que ça, après tout, plutôt négligent que cruel.) Racontez-moi ce qui s'est passé ce matin-là. Vous êtes allé chercher Tanya pour l'emmener à l'école... Vous étiez donc là-bas...

— Elle a dit ça ? Ah, la salope, la putain de salope... Pourquoi est-ce qu'elle a été me foutre là-dedans ? Je suis bon qu'à ça, moi. A servir d'alibi... Alibi de merde, oui... La salope.

— Non, pas vraiment. Ça veut également dire qu'elle aussi vous sert d'alibi. Pour le cas où quelqu'un en viendrait à se dire que vous étiez tranquillement sur la jetée à rêvasser en pêchant lorsque ce sale gosse se pointe, renverse votre boîte de vers, accroche votre ligne et vous fout en pétard. Et tout ça comme par hasard le jour où vous avez une gueule de bois carabinée, que ça a foiré la veille au soir avec une nana, chienne de vie, et que vous n'êtes pas à prendre avec des pincettes. (Accentuant encore son accent traînant, allongeant de façon grotesque ses voyelles, il réussit une parfaite caricature de l'Américain moyen.) Vous, les pêcheurs, vous avez un caractère de cochon. On n'a pas idée, rester assis comme ça seul pendant des heures, alors que les mecs normaux sont bien au chaud dans les draps avec leur dulcinée...

La réaction ne fut pas exactement celle qu'il avait escomptée. Comme il venait après tout de parodier un shérif de seconde zone dans un film de série B, il n'aurait pas été étonné outre mesure de prendre un coup de poing en pleine figure. Mais il ne s'attendait certes pas au soupir de soulagement et au petit rire nerveux qu'il obtint. La réponse ne proviendrait pas de Neil. Ce n'était pas Neil qui allait lui apporter l'alternative à la solution qu'il avait déjà imaginée.

— C'est tout ? Bon. Dans ce cas, j'avoue. C'est moi qui ai tué ce petit con. Je l'ai jamais aimé, de toute façon. Mauvais mois, février. J'en ai rien à foutre, rien à foutre. Si c'est que ça, je veux bien être pendu. Je croyais que vous alliez dire que... que... que... Nom de Dieu.

Après avoir extirpé un joint d'une poche et un briquet de l'autre, il inspira goulûment une bouffée. Poussé par le démon de la curiosité qui lui susurrait qu'un bout de mégot baveux ne pouvait rien avoir d'extraordinaire, Henry, toute pudibonderie mise de côté, prit le pétard, et, comme il l'avait fait à une époque où les principes ne l'étouffaient pas encore, tira dessus. Puis il le restitua en faisant semblant d'être content, malgré le dégoût que la tige informe avait suscité en lui. Neil, quant à lui, avait cessé de trembler. S'il n'en fallait pas plus pour se réchauffer et se calmer un peu, ça valait le coup d'essayer. Un ultime tremblement, un autre long soupir, et Neil s'appuya contre la paroi de béton inhospitalière. Au-dessus du coin où il était assis, de la mousse avait commencé à pousser. Henry contempla le plafond. Gris, jaune avec des taches noirâtres. Aussi usé, aussi chargé que sa conscience.

— Je croyais que vous alliez dire que c'était évident. Que c'était elle qui l'avait tué. Angela. Elle pouvait pas le blairer, pauvre petit bonhomme. Elle aurait eu tout le temps de le faire, vous voyez, parce que j'étais en retard. Vachement en retard. Et il n'y avait personne, pas un chat. Tout le monde était déjà parti. Lumière allumée, mais personne à la maison, comme sur la *Marie Céleste,* mais avec les portes fermées à clé. Alors, j'ai regardé l'heure et je me suis dit : Bon Dieu, je suis en retard. Ça leur apprendra. Elles m'attendent jamais, elles se servent de moi, c'est tout, elles veulent même pas de ma petite chienne. De toute façon, je l'avais plus, la chienne. (Il prit un air rêveur.) C'est vrai, je l'avais donnée à mamie pour qu'elle la garde un jour ou deux. Je la confie tout le temps à mamie pour un jour ou deux, mais elle se carapate, la garce. Bon, alors, ce matin-là... bon sang, j'ai été content quand Franny a avoué qu'elle avait liquidé le gosse, parce que je croyais que c'était Angela.

— Qui l'a poussé dans un trou sur la jetée ?

Neil contempla ses pieds.

— Oui, elle en était capable, répondit-il en hochant la tête comme pour se convaincre à regret. Elle a un caractère pas possible, si vous l'avez pas remarqué. Quand elle se fout en rogne, ça fait mal.

— Il y avait un pêcheur sur la jetée, commença Henry.

L'unique taffe qu'il avait tirée lui avait tellement fait tourner la tête et l'avait tellement ralenti que quand le joint lui revint il fit seulement semblant de tirer de nouveau dessus avant de le rendre.

— Non, il n'y avait personne, se hâta de répondre Neil. Juste un pébroque et une boîte d'appâts, ça je m'en souviens, comment j'aurais pu oublier ? Avec tous les trucs que je laisse traîner derrière moi, on pourrait croire que je suis un gros friqué. J'arrête pas d'oublier mes affaires partout. Ah, et puis merde, faut que je rentre. (Il se leva, puis se rassit brusquement. De nouveau recroquevillé dans son coin, il reprit sa contemplation du plafond.) C'est pour ça que j'étais en retard. Je suis parti tôt à la pêche et j'ai oublié l'heure, vous savez ce que c'est, quand on est bien. On regarde pas l'heure quand on regarde le bouchon. Et puis mamie a laissé la chienne sortir, alors elle s'est mise à traînailler. Je lui ai flanqué mon pied quelque part et je suis rentré à la maison. Cette chienne, personne n'en veut. Personne n'en a jamais voulu. J'avais l'intention de revenir chercher le pébroque, les vers et les joints. Mais après ce qui s'est passé, je suis jamais revenu. J'allais quand même pas dire qu'ils étaient à moi, hein, à un autre non plus. Il y avait un attirail de pêcheur, mais ça ne veut pas dire qu'il y avait *vraiment* un pêcheur. Parce qu'il était parti depuis longtemps. Vous ne vous êtes quand même pas imaginé que ça pouvait être moi qui avais noyé le gamin ? Je nettoyais mes poissons. Lâchez-moi les baskets. La seule chose que je sais faire, c'est pêcher. Alors maintenant, je vais récupérer ma canne. (L'air agressif, il se tourna vers la chienne, qui avait toujours la tête posée sur le genou de Henry et les yeux fermés, comme si elle craignait d'entendre des propos désobligeants.) Tu viens, oui ou non ?

Henry sentit soudain le poids de la lourde tête. Son pantalon était maintenant taché de bave. Sous ses caresses, l'animal avait sombré dans une sorte de léthargie bienheureuse.

— Où l'emmenez-vous ?

— A la maison, avec moi, s'il est trop tard pour déranger mamie. Ne vous en faites pas pour elle. Elle a un toit et à manger. Même si elle arrête pas de traîner, elle a quelque part où aller.

Le bruit des chaussures sur le sol de béton fit sursauter la chienne, qui se redressa en remuant la queue, fouettant du même coup la jambe de Henry. Neil la gratifia d'une caresse bourrue. Elle ne pourrait jamais compter sur lui.

— Toujours en train de chercher quelque chose, hein ? lança Neil à l'animal. Alors ramène-moi donc à ma canne à pêche, tant que tu y es. Et tant que tu y es, dis-lui... Oh, et puis merde, ne lui dis rien du tout. (Il s'étira les bras au-dessus de la tête.) Dis-lui que je suis incapable de faire du mal à quelqu'un qui ne m'intéresse pas. Comme toi, par exemple. Je suis peut-être pas très gentil avec toi, le chien, je suis même pas foutu de te donner un nom, mais je ne fais du mal qu'à ceux que j'aime.

Indécise, la chienne resta plantée entre les deux hommes à les regarder à tour de rôle.

— J'ai filé une baffe à Harry, mais une seule fois, grogna Neil, devenu soudain plus loquace maintenant qu'il s'était remis à marcher. Je l'ai pas regretté, mais j'ai jamais recommencé. Quand il criait, c'était insupportable, ça vous faisait grincer des dents, j'aurais fait n'importe quoi pour l'arrêter. Mais j'ai pas le courage d'aller plus loin, contrairement à ma femme, ajouta-t-il, se triturant le menton comme pour se rappeler un coup qu'il avait pris en hochant la tête avec un petit sourire entendu. Je suis pas un passionné, moi. Pas comme les deux autres, Fran et Angela. Des vraies furies, celles-là. (Puis, regardant la chienne :) Allez, viens, fifille.

— Continuez, l'encouragea doucement Henry.

Ils rebroussèrent chemin en direction de la plage. La chienne irait avec Neil, il y avait au moins ça de sûr.

Elle trouverait sa canne dans l'obscurité et en serait récompensée.

— Tout le monde a arrêté de rire quand Harry est mort, reprit Neil, montrant l'animal du doigt. Je pensais que Tan voudrait la chienne, malgré tout. Mais non. Pendant des mois, elles ont toutes les deux refusé de me laisser entrer dans la maison. Tan s'est arrêtée de parler et n'est plus allée à l'école. Elles ont passé l'été sur la plage, sans voir personne. C'est seulement en automne que les choses sont redevenues normales. Aussi normales que possible. Quand Noël est revenu, ça n'allait pas trop mal. C'est là que vous êtes arrivé, ducon. (Le mot avait été prononcé sans acrimonie, comme faisant seulement allusion à un fait regrettable. Neil s'arrêta sous l'avant-toit d'un hôtel et, mettant les mains sur ses hanches, fit face à Henry.) Et que vous avez foutu le bordel, tout ça parce que vous étiez persuadé que Francesca était incapable de tuer. Mais comment vous pouvez en être sûr ? Comment peut-on être sûr d'un truc pareil ?

Acquiesçant de la tête, Henry fut saisi d'une soudaine envie de s'expliquer – à lui-même, en tout cas.

— Au début, c'est parti de ma certitude qu'elle était innocente. Qu'elle ne pouvait pas ne pas l'être, dit-il gravement. J'avais une foi inébranlable en sa vertu. Mais ce n'est pas pour cette raison que j'ai continué. C'est parce qu'il y avait des faits qui ne collaient pas... C'est irritant, des faits qui vous résistent. Insultant.

Ils pressèrent un peu le pas à cause du froid, les griffes de la chienne crissant sur l'asphalte.

— Eh bien maintenant que ça colle, vous allez peut-être rentrer bientôt chez vous ?

Accablé par cette éventualité, Henry s'arrêta net. Attentive à ce qui se passait entre les deux hommes, la chienne s'arrêta également, se demandant de qui la querelle allait partir.

— Oui, dit doucement Henry, oui, probablement. (Au loin, la lumière brillait dans sa chambre. Le ciel était d'une clarté menaçante. Peter lui avait dit que les ciels trop dégagés annonçaient en général une tempête et que quand il voyait la côte française de sa fenêtre, c'était mauvais signe. Mieux valait fuir la tempête que l'affronter. Il se tourna vers Neil :) Je vous enverrai du Viagra, c'est le moins que je puisse faire.

— Qu'est-ce que j'ai fait pour mériter ça ? s'étonna Neil, qui n'en revenait pas.

Henry haussa les épaules.

— Vous avez réglé un problème en me faisant regarder la vérité en face.

Ils ne se serrèrent pas la main. Il ne s'agissait pas d'un accord mais de deux hommes qui se séparaient, l'un repartant avec un animal que l'autre aurait bien voulu garder pour lui. La chienne fut la seule à regarder en arrière.

Alors qu'il approchait de la Maison des Sortilèges, Henry remarqua une tête à la fenêtre de sa chambre. Dans une ville de cette taille, on ne pouvait pratiquement rien faire sans que tout le monde soit au courant. Sauf tuer un enfant, jeter des galets dans l'eau, briser les cœurs. Lorsqu'il approcha et fit un signe de la main, la tête disparut mais la fenêtre resta ouverte. Le fait qu'elle le surveillât mit Henry de mauvaise humeur, de même qu'il s'était trouvé bête quand elle était venue à son secours. Il eut envie de l'ignorer et de ne pas entrer, d'aller faire un tour, juste histoire que quelqu'un s'inquiète. Comme il l'avait fait quand il était enfant, comme le faisaient tous les enfants. Sauf Harry, qui préférait sûrement rester tranquillement à l'intérieur plutôt que de sortir quand il faisait froid et qu'il pleuvait. Il était bien trop petit et trop fragile pour se payer le luxe de tenter des fugues. Pauvre gosse, triste vie. Francesca l'aurait aidé à s'améliorer, elle.

Henry s'assit, les jambes coupées. Il eut l'impression que c'était son destin de s'asseoir en face de la grande porte d'entrée, sur le muret de l'autre côté de la rue. A regarder la mer et à se demander combien de temps il allait rester à la contempler. Quand il allait rentrer chez lui, comment, ce qu'il ferait une fois arrivé, à qui il allait écrire, envoyer des e-mails et des fax pour informer les uns et les autres de ce qu'il allait faire. Peu importaient les destinataires.

Elle m'a ensorcelé
De son charme si doux, si tendre,
Et quand j'ai vu de l'amour la blessure
J'ai voulu la garder, la comprendre.

Qui avait écrit ça ? Francesca le saurait. Epuisé, il resta assis, immobile, refusant de grimper les escaliers qui le conduiraient soit à une nuit de rêves agités, soit à Maggie et à ses remontrances, Maggie qui le couvait, montait la garde et ne manquerait pas de lui reprocher d'être sorti. Qu'elle attende, elle n'était pas sa mère, après tout. Pourtant, ça lui faisait plaisir quelque part de savoir que quelqu'un se souciait de lui, c'était une sensation nouvelle. Voilà bien longtemps que personne n'avait noté ses allées et venues. Il avait fini par trouver du plaisir à rentrer dans une maison habitée. De plus, il commençait à s'habituer au froid, il en était certain. Rien ne semblait pouvoir le toucher. Sortant une cigarette, il la fuma dans un état contemplatif.

Dix minutes ? Quinze minutes ? Deux cigarettes, doigts gourds. Incroyable, la différence de temps entre deux personnes qui fument une cigarette. Pour certains, c'est l'affaire de deux minutes, pour d'autres, on a l'impression que ça peut durer jusqu'à une demi-heure. Incroyable, comme le temps passe. Le temps qu'on peut rester en état de choc à contempler le chagrin que l'on éprouve pour un enfant qu'on ne connaît pas et l'admiration que l'on porte aux gens qui ont le sens du sacrifice. Comme quelqu'un qui tombe dans la neige, trouve qu'il y fait bon et se dit qu'il serait agréable de s'y endormir. Il pourrait rester là toute la nuit à regarder la mer, à attendre que la gelée apparaisse. Il pourrait faire une analyse clinique des événements, étiqueter ses conclusions et les mettre dans des flacons. Il pourrait fumer une autre cigarette s'il arrivait à se souvenir où il les avait rangées. C'est alors qu'il se rendit compte que quelque chose venait de le frapper dans le dos. Puis ce fut un autre petit objet qui lui passa au-dessus de la tête et s'écrasa sur le trottoir à côté de lui. Se penchant pour regarder de quoi il s'agissait, il découvrit un flacon marron en mille morceaux et des dizaines de pilules de taille familière mais de couleur indéfinissable dans l'obscurité. Suivit une boîte en plastique, de la grosseur d'une pellicule pour appareil photo. Se penchant pour la ramasser, il en reconnut la forme et l'identifia. C'est alors qu'il se rendit compte qu'il avait du mal à tourner la tête en direction de la fenêtre. C'était comme s'il avait gelé sur pied. Se tâtant les joues des deux mains, il se rendit compte qu'il avait les doigts raides. Tournant les yeux vers la lumière de sa chambre, il vit fuser un autre projectile et comprit. Elle virait tout son stock de vitamines et de produits divers. Si elle avait lancé un cri pour l'avertir, il ne l'avait pas remarqué. Quand il essaya de ramasser un comprimé de ginseng, ses doigts refusèrent de lui obéir. Se levant doucement, il esquissa un geste de reddition. Elle avait raison, il pouvait à peine bouger.

Sacré coup de froid. Tout sembla s'immobiliser autour de lui ; regardant la maison de l'autre côté de la rue, il ne la distingua pas nettement. L'image du garçon qui ne pouvait se servir de sa main droite lui vint à l'esprit.

Un grondement de tonnerre retentit.

Maggie l'attendait derrière la porte, qu'elle referma doucement derrière lui. Puis elle se mit à le pousser pour l'aider à monter. Ses mains étaient d'un blanc cadavérique. L'escalier lui sembla interminable.

— La pneumonie, on peut en mourir, Henry, dit-elle calmement mais avec une pointe d'inquiétude dans la voix.

Rien à faire, ses dents continuaient de claquer. Il n'était plus maître de son corps.

Sous le couvre-lit de soie, il commença à se réchauffer doucement, mais au bout de quelques minutes il était brûlant et avait la poitrine en feu. Elle disparut un long moment et revint avec de l'eau et un comprimé qu'il avala. Amer comme de l'aspirine. Sa brusque fièvre et l'absence de Maggie l'inquiétèrent. Après avoir pendant si longtemps recherché la solitude, il ne voulait plus rester seul.

— Ne partez pas, lui dit-il. Ne partez pas, je vous en supplie.

— Bien sûr que je ne vais pas partir. Je n'aurais jamais dû vous laisser seul.

Sur fond de flammes rougeoyantes, elle lui apparaissait comme une simple silhouette ; elle sentait bon, dans sa robe de chambre d'homme.

— Où a-t-elle mis ses lettres et ses journaux intimes ? demanda-t-il d'un ton irrité, essayant à toute force de garder ouverts ses yeux qui lui résistaient.

— Dans la maisonnette en plastique. Mais il n'y a rien d'intéressant dedans, je vous assure. Rien du tout.

— Ah bon.

Il s'aperçut qu'il lui serrait la main à la broyer et relâcha son étreinte. Il pouvait agripper des objets ; il pouvait compter ses doigts ; il pouvait apprendre à pêcher. Il essaya de nouveau d'évoquer avec le plus de précision possible le visage de Francesca et lui demanda pardon.

Où est Henry ? lui ai-je demandé. Quand il s'agissait de choses importantes, je l'appelais Henry. Je l'ai poussé. C'est un chieur, Harry, il voulait pas me ficher la paix. Quand la chienne est arrivée sur la jetée, il s'est mis à hurler. C'est lui qui a commencé à me pousser, c'est vrai. Mais c'est un bébé, un petit bébé. OU *? J'ai crié de toutes mes forces. J'avais l'impression qu'on nous aurait entendues de l'autre bout de la ville, mais il pleuvait et il y avait le fracas des vagues. Montre-moi* OU. *Non, non et non. Je l'ai traînée sur la jetée, au-delà de l'endroit où il y avait eu un pêcheur. Nous nous sommes mises à courir. Quand on est arrivées au bout, elle m'a montré la rambarde. Elle l'avait enjambée et lui était resté de l'autre côté à pleurnicher. Elle a dit qu'elle essayait de se débarrasser de lui, il ne courait pas assez vite. Elle voulait sauter par-dessus les planches cassées et aller là où c'était interdit, et c'est ce qu'elle a fait. C'était le genre de choses que je lui avais appris à faire. Tout peureux, il était resté en arrière à pleurer parce qu'il était seul. Et puis la chienne est arrivée. La terreur a dû lui donner des ailes et lui faire franchir la barrière. Il s'est précipité vers moi, m'a-t-elle dit, il m'a poussée et il a glissé. Pourtant, c'était rien qu'une chienne,* MA *chienne,* *celle que j'avais pas eue à cause de Harry. Alors, il a glissé dans un trou et il est resté coincé. Je me suis moquée de lui et il a hurlé. Alors, j'ai été le tirer de là. Il avait l'air idiot. Il s'est accroché à moi et il a mordu ma veste, ma belle veste toute neuve. Il a tiré avec ses dents et moi je l'ai repoussé du pied. Il l'avait toute déchirée. J'ai hurlé. Où tu veux aller ? Tu veux aller nager ou tu préfères attendre la chienne ? Tu mords comme un chien ! Alors je l'ai repoussé avec mon pied. Elle était fichue, ma veste, je... Tu l'as tapé à la tête ? Oui. Il est tombé jusqu'en bas la première fois que tu lui as donné un coup de pied ? Non, mais je l'ai entendu cogner l'espèce de poutre, là-dessous. J'ai entendu un boum. Je me suis dit qu'il allait remonter par l'escalier de l'autre côté. Mais je l'ai pas vu. La chienne n'a pas arrêté d'aboyer, n'est-ce pas ? Tu l'as poussé très fort, hein ? OUI OUI, son pull lui remontait jusqu'au cou, il voulait pas lâcher... Ça fait combien de temps ? Elle avait toujours eu un sens précis de la durée, elle se rendait bien compte du temps qu'il fallait pour faire quelque chose. Eh ben, a-t-elle dit, j'ai attendu qu'il remonte, et la chienne a pas arrêté de faire des drôles de bruits, et j'ai pas arrêté de faire l'aller et retour sur la jetée. Un quart d'heure ?*

J'ai eu envie de la tuer sur-le-champ. Je savais qu'il était trop tard pour le sauver. Il savait bien un peu nager, mais personne ne peut résister au courant. J'ai enlevé mon manteau pour plonger, mais elle s'est accrochée à moi en me répétant que ça ne servirait à rien. C'était insupportable. En février, un adulte peut tenir jusqu'à un quart d'heure. Mais il était blessé. Je connais la mer, ici. Elle a été mon terrain de jeu, mon amie, mon ennemie. Je l'ai obligée à tout me raconter dans le détail plusieurs fois en la raccompagnant, au cas où. La chienne était restée assise à hurler au bout de la jetée. Je savais qu'il était mort. Et je savais que celle que je tenais par la peau du cou était une ravissante petite fille qui n'avait aucune idée de ce qu'elle venait de faire. Il n'y avait pas un chat ; personne, jusqu'à la porte, où Angela nous attendait. Et j'ai fait tout raconter à Tanya encore une fois.

C'est pourquoi j'ai su quoi dire quand on m'a interrogée. Je connaissais la cause de toutes les blessures. Je savais qu'ils n'allaient pas tarder à le retrouver. La mer restitue toujours les cadavres. Je savais qu'ils allaient commencer par interroger la famille. C'est entre les personnes qui prétendent s'aimer que des meurtres sont commis. S'ils remontaient jusqu'à Tanya, il serait trop tard. S'ils la séparaient de sa mère, tous les progrès accomplis seraient immédiatement anéantis. Ils l'isoleraient, la placeraient dans un hôpital psychiatrique. Ça ferait une enfant perdue de plus ; une fille sans visage de plus comme celles qui hantent ma prison.

Et cela ne ramènerait pas Harry.

La mer me manque toujours beaucoup. Ça m'empêche de me rappeler que je n'ai plus personne à aimer. Plus d'enfant à aimer. Car je les aimais tous les deux, de tout mon cœur.

Je savais qu'il ne me croirait pas, mais l'aumônier dit que la catharsis fait du bien à l'âme.

L'anniversaire de mon arrivée ici est passé.

Tout a un but, et j'ai atteint le mien. Mon unique objet était d'être crue.

FMC

de la tête. Jusqu'à ce qu'il soit mort. Et j'espère que celle que je tiens par la peau du cou finit sur [illegible] petite fille qui n'avait aucune idée de ce qu'elle venait de faire. Il n'y avait pas un chat ; personne, jusqu'à la porte, où Angèle nous attendait. Et il m'a fait tout recouvrir à l'usine encore une fois.

Et ça, je ne [illegible] pas l'autre.

[illegible] de mon [illegible] ici est passé.

Tout ce [illegible] le [illegible] que [illegible] d'être [illegible].

Fin

14

Après la pluie, la température monta. Il faisait chaud dans le bureau.

— Personne ne le croira, dit Edward. Il a toute sa tête ?

— Pas vraiment. Avec pareille température, personne n'a vraiment toute sa tête, mais il va mieux. Il parle moins et ne délire plus.

La fumée de sa cigarette s'éleva dans l'air en spirale. En quatre jours, Maggie semblait avoir perdu du poids. Ce qui se remarquait le plus sur elle, c'était l'or qu'elle portait aux oreilles. Edward n'en revenait pas qu'elle ait pensé à ses boucles d'oreilles et à sa coiffure.

— Je me suis fait un sang d'encre. J'avais peur que nous l'ayons tué.

— Parle pour toi. Je n'ai joué qu'un rôle mineur. Je n'ai fait qu'avertir le faux oncle Joe.

— Oui. C'est moi qui ai failli le tuer. Moi, Margaret F. Chisholm. Moi.

Elle fixa le profil inerte du poisson. De ses doigts libérés des mitaines noires, Edward tambourina doucement sur le bureau. Puis il toussa pour s'éclaircir la gorge. Maggie fumait cigarette sur cigarette. En dehors de la chambre de Henry, où le tabac avait été banni, elle fumait comme si c'était une question de vie ou de mort.

— Un refroidissement à l'ancienne équivaut à une pneumonie d'aujourd'hui. Il est très lourd, difficile à déplacer et adore se laisser materner. Et puis, on récupère mieux quand on a la conscience claire. Ça m'a permis de me rappeler que j'adore m'occuper d'un homme mais que je déteste le genre macho qui refuse de succomber à la moindre faiblesse.

— Je ne m'étais pas rendu compte que tu avais une âme d'infirmière, mais c'est pourtant le cas, non ? (Il marqua une pause.) Le macho, c'est Philip ? Il est passé ici demander son chemin.

— Parlons-en, de celui-là ! Il est arrivé sans prévenir. J'étais trop occupée avec Henry et les discours interminables qu'il me tenait pendant ses cauchemars. Philip a jeté un regard rapide sur les garçons et la Maison des Sortilèges, puis il a fini par me remarquer. Mon Dieu, comme aveugle, il se pose là ! (Elle étouffa un éclat de rire.) Alors, nous nous sommes regardés. Il est si distingué, dans son costume. Il est *né* en costume.

— Moi aussi, fit Edward, exhibant ses manchettes et tendant les bras pour mettre en évidence ses deux manches noires de longueur inégale.

— Pas le même genre de costume, vous ne courez absolument pas dans la même catégorie. Philip en mourrait de honte, ajouta-t-elle d'un ton léger tout en examinant son mug à café à la recherche d'une fêlure. Henry a aimé les fleurs.

Edward se leva et alla à la fenêtre jeter un coup d'œil dans High Street. De l'endroit où il se trouvait, il voyait les clients de l'épicerie entrer et sortir. Il aimait essayer de deviner ce qu'ils emportaient dans leur sac. D'après sa femme, l'épicier vendait cinq sortes de pommes de terre. La cloche de l'église égrena les douze coups tonitruants de midi, lui rappelant tout le travail qu'il n'avait pas encore abattu et qu'il lui faudrait pourtant accomplir. Il se sentait à la fois soulagé et déprimé. Même si la réalité valait mieux que la fiction, elle n'en était pas gaie pour autant. Un peu comme un moment de répit entre deux migraines. Les tempêtes avaient tout nettoyé, l'hôtel avait été inondé de nouveau, mais moins gravement cette fois-ci. Le propriétaire voulait vendre. C'était le début de la saison des tempêtes. Pas question d'aller à la pêche. Il avait envie de sortir pour profiter de la bénédiction fugitive du soleil.

— Tu ne t'étais pas fait ta petite idée ? lança-t-il par-dessus son épaule.

Maggie secoua la tête. Sa coiffure semblait s'être affaissée.

— Non, mais j'aurais dû. J'avais les éléments pour tout reconstituer comme Henry l'a fait, ça collait si bien avec la personnalité profonde de Francesca, avec ce qu'elle a dû faire. Elle a dû tout se coller sur le dos très vite pour éviter que l'on interroge Tanya, parce que la petite aurait craqué. Henry a vraiment une imagination insensée – ou alors, peut-être qu'il connaissait Francesca bien mieux que nous tous. Sur un plan différent. Il m'a raconté l'histoire dans les moindres détails, comme s'il avait été présent. Et ça tient parfaitement la route. Angela toujours sur la défensive, qui couve Tanya et la coupe du monde extérieur...

— ... Francesca qui cache ses livres de médecine chez quelqu'un qui ne les lira jamais ; qui donne ses cassettes à quelqu'un qui ne les regardera jamais et ne risque donc pas de s'apercevoir qu'elle n'arrêtait pas de filmer Tanya. Par amour et par curiosité. Personne ne devait savoir comment Tanya pouvait parfois se comporter. Personne ne pouvait voir comment était

Harry. Combien la fillette avait changé. Quelle tristesse ! Henry *sait-il* ce qu'il t'a raconté ?

— Oui, il le sait. Il m'a tout répété après avoir dessoûlé, si tu vois ce que je veux dire. Mais s'il n'avait pas été si malade, je ne pense pas qu'il m'en aurait soufflé mot. Il serait resté fermé comme une huître, prétendant ne pas pouvoir parler. D'ailleurs, je ne crois pas que nous puissions parler, nous non plus.

— Non, pas sans permission expresse. J'ai envoyé un fax à la prison. J'attends leur réponse d'un moment à l'autre. Ils vont nous dire si elle accepte de le rencontrer. Si on allait faire un tour avant qu'il ne se remette à pleuvoir ?

— Pas sur la jetée, pas aujourd'hui.

— Non. Au château. On sort par-derrière.

Il était trop connu pour se risquer dans High Street. Par cette journée ensoleillée de fin février où les gens étaient sortis en foule faire des courses auxquelles ils n'auraient autrement pas pensé, il faudrait une demi-heure à Edward pour saluer tout le monde et échanger un mot de politesse avec ses moindres connaissances. Francesca lui avait dit que c'était la même chose pour elle : il lui était impossible de descendre la rue sans y rencontrer les parents d'un enfant, un enfant, ou plus récemment un ex-élève. Tout en espérant qu'il en serait ainsi jusqu'à ce qu'elle rencontre ses ex-élèves en compagnie de leurs enfants, elle devait quand elle n'avait pas le temps faire ses courses une fois la nuit tombée. Essayant de se remémorer ce qu'il lui avait écrit et quel code il avait utilisé pour qu'elle restât la seule à comprendre ses messages, Edward se souvint qu'il avait renoncé à ce genre d'astuce depuis quelque temps déjà, tellement les mots de plus d'une syllabe étaient rarement compris.

Chère F. Un détective (un certain Dr Henry Evans dont je t'ai déjà parlé) a découvert la vérité à propos de T. Pas seulement les circonstances, mais aussi les motivations. Il attend des instructions. Moi aussi. Souhaites-tu le rencontrer ? Si oui, ça peut s'organiser. Type très discret qui restera dans l'ombre si on le lui demande. Pas du tout intéressé. Aussi discret que moi. Désolé de t'informer que l'oncle Joseph Chisholm est décédé. Sincères condoléances. Tu as toute ma sympathie.

— Je ne comprends pas, éclata-t-il. Elle pourrait quand même téléphoner, elle en a le droit. Si elle se faisait du souci, elle pourrait téléphoner. Mais rien.

— Elle en dirait trop. Elle ne peut pas parler maintenant. Tu ne comprends donc pas qu'elle n'a jamais pu ? Henry comprend, lui. Henry comprend tout.

— Pas moi. Pourquoi est-ce qu'il y a autant de gosses aujourd'hui ? Ah, merde, les vacances. Ils piétinent les jonquilles.

Ils approchaient de l'arrière du château, du point de jonction entre la route et le pont au-dessus des douves asséchées, là où se dressait le panneau indiquant les heures d'ouverture. Une vraie bête, ce château. Drôlement trapu. Un énorme champignon inébranlable.

— Presque beau, dans cette lumière, dit-il, si on aime les différentes nuances de gris. Regarde-le, continua Edward. Aussi sinistre qu'une prison.

D'ailleurs une geôle victorienne aurait très bien pu être construite sur ce modèle. A ceci près qu'on l'aurait bâtie pour empêcher les gens d'en sortir et non pour leur en interdire l'accès. Légère différence. Avec un intérieur aussi spartiate que nécessaire, pour le plus grand bien de l'âme. La prison de Francesca devait être mieux équipée, se dit-il avec amertume. Télévision, eau chaude, eau froide, comme si ça changeait quelque chose. Pour elle, oui, certainement, avec son éducation, elle avait l'habitude d'être recluse, se dit-il pour se donner bonne conscience.

— Quel endroit sinistre ! dit-il. Regarde-moi ça. Je me demande pourquoi on se donne la peine de l'entretenir.

— Je vois mal comment faire autrement. On ne peut pas le détruire et il est hors de question qu'il s'écroule.

Ils avaient quitté la route pour passer du côté de la mer, là où le chemin d'herbe coupée marquait la frontière entre les environs et le château engoncé dans sa cuvette protectrice, et longèrent la rambarde extérieure destinée à protéger les imprudents. Il faisait sombre à l'intérieur au niveau de la mer et encore plus sombre en dessous, dans les gaines. Edward chercha du regard les jonquilles que l'on avait l'habitude de planter sur cet espace vert. Il ne savait pas pourquoi, mais elles avaient tendance à fleurir pendant les tempêtes. Toute fleur normale préférerait rester tranquillement sous terre jusqu'à la fin des intempéries et l'arrivée prochaine du printemps. Pas si proche que ça. Il remarqua des pousses vertes, mais un seul bouton jaune aux alentours.

— Comment peux-tu ne pas aimer ce château, Edward ? C'est ton héritage. Regarde.

L'entraînant jusqu'à la rambarde, elle regarda dans les douves. A côté des flaques d'eau, des armées de crocus bleu vif et jaunes se dressaient dans l'ombre. Cotonéaster et hébé, troènes et rhododendrons, toutes plantes amies de l'ombre.

— On peut tout faire pousser ici, clama-t-elle, une vraie pépinière !

Elle le ramena du précipice au banc face à la plage. Le bruit de la mer était apaisant et personne ne s'attardait longtemps à cet endroit à cause du vent qui fouettait les jambes et faisait claquer le fanion.

— Ne sois pas cynique, Edward, je t'en supplie. C'était formidable d'être ici, tu peux me croire. Nous nous installions à cette fenêtre, là-bas. Il fallait rester debout pour voir à l'extérieur, alors on était habitués. Celle-là, là-bas, précisa-t-elle, indiquant du doigt le donjon central où une ridicule petite tourelle de bois dominait le tout, un peu comme un nid couronne un arbre.

— Comment peut-on vivre dans un endroit aussi glacial ? Et qui s'y tenait, à cette fenêtre ?

— Oh, moi, Francesca, mon oncle et ma tante. Après la mort de mes parents.

Elle voulait lui dire autre chose lorsqu'il bondit sur ses pieds, le doigt toujours ganté, tendu, frémissant de fureur et d'angoisse.

— Regarde, non mais regarde ! Nom de Dieu de bon Dieu, mais on devrait les fusiller, ces gens-là ! Regarde-moi ça, mais qui l'a laissée... Bon Dieu de putain de bordel de merde, mais *DESCENDS* ! hurla-t-il, mettant ses mains en porte-voix de part et d'autre de sa bouche et de ses joues gonflées comme celles d'un trompettiste. *DESCENDS !*

Une silhouette dansait sur les murs. Battant des bras pour garder l'équilibre tel un papillon prisonnier d'un rayon de soleil, elle baignait dans l'immense halo de ses cheveux auburn flamboyants qui flottaient au vent. Evoluant sur une musique qu'elle seule entendait, elle passa en sautillant, agile, d'une brique à l'autre le long du mur incliné vers l'intérieur du donjon central. Bras écartés, avec l'élégance d'une ballerine, sans se soucier le moins du monde ni de la hauteur, ni de la pente, ni des restes de gel. Elle s'enhardit, accéléra le mouvement et tenta un saut. Glissant à la réception, elle atterrit accroupie, ses deux jambes grêles repliées de part et d'autre du buste, appuyée sur les mains. Se redressant sans le moindre effort apparent, elle tendit les bras de nouveau et reprit sa progression périlleuse. Attaquant cette fois-ci un pas de l'oie, elle avança en lançant en l'air une jambe tendue et en tendant le bras opposé de façon que la main aille toucher ses orteils. Puis, après s'être assise sur la partie ensoleillée du rempart, elle parcourut d'un regard dénué de peur le gouffre qui s'ouvrait devant elle et plongea la main dans l'une des poches de son blouson à la recherche de quelque chose à mâcher. S'allongeant sur le mur incliné, elle regarda le ciel et replia les jambes comme pour prendre un bain de soleil. Se redressant comme un ressort, elle reprit son numéro, claquant des doigts et se déplaçant au rythme d'une musique inaudible.

— C'est Tanya.

— Ah bon. Nom de Dieu, je vois ce qu'elle voulait dire. Partons. Je n'en peux plus. Elle va tomber, bordel, elle va tomber.

— Jamais de la vie, dit Maggie en l'éloignant. Pas si on la laisse tranquille. Tanya s'épanouit quand on la laisse tranquille.

Dans le bureau d'Edward, la chaleur étouffante était presque devenue intolérable. Tout le monde était parti déjeuner. Au milieu du capharnaüm, sur le bureau, un fax.

Cher Edward, chère Maggie,

Voilà donc la raison pour laquelle tu n'es pas venue me voir, Maggie. Tu n'as pas tenu ta promesse et je ne t'en veux pas pour autant, bien au contraire. Mais qu'y a-t-il de si difficile à ACCEPTER, *tout simplement ? Accepter que de toutes les personnes présentes le matin « en question » j'étais, sans aucun doute, la seule à savoir ce que je faisais ? Le pire est passé, maintenant. Je tiens le coup, ne serait-ce que parce que l'alternative achèverait de me briser le cœur. Ce qu'il en reste. Ne faites* RIEN. JE NE VEUX PAS FAIRE APPEL. *Tant qu'elle n'est pas nettement plus âgée, en tout cas. Ne comprendrez-vous donc jamais les vertus de l'*INACTION *?*

Henry Evans ? Bien sûr que je ne veux pas le voir. Qu'est-ce que tu mijotes ? Apporte-moi des jonquilles, que je puisse les regarder. Fais un jardin et viens m'en parler. Vis ta VIE *et viens m'en parler.*

Telles sont mes instructions formelles.

Dis à Henry Evans de rentrer chez lui.

Je t'aime beaucoup, Maggie Chisholm. Tu es plus qu'une sœur pour moi. Je t'ai donné beaucoup de mauvais conseils autrefois, mais celui-ci vaut le coup.

Edward, va à la pêche.

FMC

Maggie contempla le fax en se demandant ce qu'il en avait coûté à Francesca de l'écrire. Les Chisholm avaient tous un sens aigu de la dignité. *Il faut faire avec ce qu'on a.* Elle se surprit à pleurer, des larmes abondantes qui coulaient toutes seules.

Après s'être coiffé, Henry tenta de trouver dans sa valise en désordre un vêtement qui n'ait pas trop souffert des circonstances ou des tentatives de nettoyage enthousiastes de Tim, toujours plein de bonne volonté mais nettement moins doué que Peter. Il n'avait jamais vraiment remplacé sa casquette d'origine, ce qui était peut-être la cause de son état de santé. Cinquante pour cent du refroidissement du corps se fait par la tête, avait-il entendu dire autrefois. Il en était convaincu, maintenant. D'une certaine façon, il avait pris plaisir ces derniers temps à rester allongé dans sa chambre, à écouter la tempête, s'imaginant qu'il était à la barre d'un gros bateau tranquille qui fendait la mer en direction d'un cap. Cela le changeait des autres rêves où il se voyait couler dans les flots déchaînés, accablé de tristesse et regrettant de n'avoir jamais appris à pêcher.

C'est dans une tenue hétéroclite qu'il descendit, prêt à en remontrer à ses hôtes en matière de ridicule vestimentaire, indifférent. Incapable de prendre une décision, il avait demandé à Ferguson un délai de réflexion concernant son job. Dans ce pays de gens relativement pauvres, il était encore relativement riche. Sentant de nouveau la main de Maggie sur son front fiévreux, il s'entendit lui parler comme jamais il n'avait parlé de sa vie. Mais ce n'était pas avec des paroles qu'il trouverait la solution. La connaissance des faits ne l'aidait en rien à se décider.

— Vous voyez, lança-t-il dans la cuisine à Peter qui servait le thé dans une théière apparemment bien lourde à manipuler, c'est dans notre nature à nous, Américains, de croire que l'on peut tout réparer. Aucun objet cassé qui ne soit réparable. Aucune maladie qui ne soit guérissable. Aucune tragédie à laquelle on ne puisse trouver une fin heureuse. Aucun conflit auquel la négociation ne trouve une solution. Je ne peux rien y faire. Toujours voir l'aspect positif des choses. C'est le secret de notre réussite. Pas de place pour le compromis.

— Mais c'est complètement artificiel. Parce que *tout* est compromis. A quoi bon passer son temps à se bagarrer ? Ce que vous ne parvenez pas à accepter, c'est que la vie est faite de mystères et que nous ne sommes pas *censés* connaître toutes les réponses. La clé de tout ça, c'est l'*acceptation.* Il n'y a rien de tragique à accepter de vivre avec une foule de choses cassées autour de soi. Il faut accepter le destin, de même qu'il faut accepter une bonne dose d'ignorance. Il faut se laisser porter, Henry, aller dans le sens du vent. En fait, on ne peut *jamais* vraiment rien changer.

Henry le suivit dans le jardin où Timothy faisait du nettoyage. Bruit rassurant du balai qui passe régulièrement sur les pavés, ramassant brindilles et feuilles mortes. Par la porte ouverte, Henry constata que la petite maison était vide, à l'exception de deux chemises de papier de couleurs assorties et d'un vieux correspondancier de cuir.

— Je voulais faire un feu, dit Timothy. Histoire de tout détruire.

— Tout quoi ?

— Les objets de Harry. Il est parti, vous comprenez. A mon avis, quelque part, avec sa mère. Je lui ai dit que ça nous était égal, mais je ne crois pas qu'il revienne. On va garder la petite maison au cas où. Peut-être qu'on va y mettre une autruche.

— A votre avis, pourquoi est-il parti ? demanda Henry, la gorge soudain serrée.

— *Vous,* vous savez peut-être, mais pas nous. Et nous ne voulons pas savoir. Ça ne nous regarde pas. Mais quelque chose a été réglé. Il a arrêté de nous tourner entre les pattes. Je crois qu'il a fini par comprendre que tout ça n'était pas complètement inutile. Parce qu'il cherchait quelque chose, vous comprenez. Je ne sais pas ce que c'était et je ne veux pas le savoir, mais il a fini par trouver. Je crois qu'il a fini par comprendre qu'on... l'aimait.

— Ne brûlez pas les lettres ni les affaires, s'il vous plaît.

— Ah bon ?

— Non. Gardez-les. Les cassettes vidéo aussi. Elle voudra les récupérer, un jour.

— Qui, elle ?

— Elle. Quelqu'un.

A la suite des averses et des lessivages répétés au détergent, la petite maison rutilait de propreté. Battues par les intempéries, les couleurs s'étaient adoucies et avaient perdu leur agressivité originelle. Aux yeux de Henry, la maisonnette, avec son air de gâteau glacé dissimulé au milieu des buissons, était tout à fait à sa place dans cet environnement. Peut-être était-il vrai qu'avec le temps les objets finissaient par donner l'impression d'avoir poussé là. Après avoir tourné autour de la maison en reniflant d'un air à la fois dédaigneux et craintif, Senta sembla trouver davantage d'intérêt à venir sentir les chevilles de Henry.

— Le gosse lui manque, commenta Peter. Ils se tenaient compagnie quand nous étions occupés, vous comprenez. Ç'a toujours été comme ça. Nous sommes un peu trop vieux pour elle, c'est ça le problème, pas vrai, Senta ? On n'est pas à la hauteur, hein ?

Henry pensa à l'homme qu'il était seulement deux semaines auparavant et qui aurait sans doute réagi avec dédain devant l'attitude à la fois malicieuse et sentimentale de ces gens qui dialoguaient avec les animaux et les fantômes, la condamnant d'autant plus vivement qu'il l'aurait trouvée épouvantable de sincérité. Il passa le bras autour des épaules grassouillettes de Peter.

— *Vieux ?* Qu'est-ce que vous voulez dire, Peter ? La cinquantaine, c'est l'âge où l'homme comprend enfin ce que c'est que la dignité, l'âge de raison, avec en prime suffisamment d'énergie pour continuer à vivre normalement. J'ai une idée. Ecoutez-moi. Si Harry ne revient pas, ça n'est pas une raison pour que la maison reste vide. Que diriez-vous d'un autre chien ? J'en connais un superbe qui...

— Une superbe chienne noire, reprit Timothy, l'air rêveur. Qui traîne toute la journée et se débrouille toujours pour se dénicher un point de chute la nuit. Mon *rêve.* Vous pouvez me l'amener ? Je n'ai jamais réussi à savoir où elle allait. Oh oui. Mais dites-moi, comment ai-je bien pu deviner ce que vous alliez me proposer ?

— Vous devez être médium, dit Henry d'un ton désinvolte, malgré son cœur qui battait une étrange chamade, *baboum, baboum, baboum,* et sa tête qui tournait. Je crois que je peux vous l'amener, fit-il sans trop réfléchir. En tout cas, Maggie pourra, elle. Nous avons quelque chose à proposer en échange.

— Génial ! hurla Tim, lançant son balai dans les airs.

Henry inspira profondément.

— Vous vous rappelez le soir où je suis arrivé ? Comment avez-vous su que je venais ? Encore une prémonition ?

Peter eut le bon goût d'éviter tout contact oculaire et de fixer ses richelieus rutilants. D'un marron vibrant de piano astiqué et verni, les chaussures formaient un contraste saisissant avec ses chaussettes jaune canari. Certaines personnes avaient décidément le chic pour s'habiller dans les friperies. Et Peter en faisait partie. Il resta planté là, les mains derrière le dos, le regard si fort rivé sur ses souliers que Henry, craignant qu'il ne perdît l'équilibre, esquissa un mouvement pour le rattraper.

— Maggie est obligée de jeter un œil chaque jour sur le registre de l'hôtel pour qu'ils ne fassent pas de bêtises. Elle a dû y trouver votre nom et leur dire de vous envoyer ici. C'est par elle qu'on a appris votre existence.

Henry n'en fut pas autrement surpris. Il fut même plutôt soulagé d'obtenir une réponse franche – tout intéressée qu'elle était – plutôt qu'une autre allusion fumeuse à la télépathie. D'ailleurs, si l'explication avait fait appel à quelque obscur message de Dieu ou du diable, il n'en aurait pas été surpris non plus. Parce que c'en était fini pour lui des surprises. Il était maintenant retombé au niveau de la banalité.

Il savait où se trouvait la chienne, il l'avait observée de sa fenêtre. Il voyait tout de sa fenêtre, comme s'il avait un film de chaque scène. Il pouvait toujours s'installer là-haut et observer les gens sans qu'on le voie. Regarder la chienne pour savoir où elle se réfugiait la nuit. Il savait qu'elle passait chaque jour devant la porte, imagina où elle pouvait se trouver maintenant, probablement sur la plage à profiter des derniers rayons de soleil.

— Excusez-moi, dit-il.

Il ne savait pas pourquoi, mais le soleil lui faisait tourner la tête. C'était un soleil blême, auquel seul le contraste avec la mer donnait quelque brillant. La mer avec ses nuages noirs qui s'étaient massés à l'horizon, prêts à cracher, gronder, siffler, mordre et souffler. *Le dieu Tonnerre s'en fut chevaucher,* récita-t-il intérieurement sans réussir à se souvenir de la suite. Il traversa la route et siffla. Mon unique talent, se dit-il. Je peux siffler une chienne qui ne m'appartient pas. Je peux siffler le vent et être entendu sur une autre planète par une autre espèce que la mienne. La chienne arriva de la plage en gambadant et vint lui renifler les chevilles. Je ferais n'importe quoi pour pouvoir courir comme toi, lui dit Henry. Et à l'intérieur, tiens-toi bien, d'accord ? Dorénavant, c'est moi qui règle tout. Dix jours de nourriture, par exemple. Plus quelque chose pour mamie et des comprimés pour Neil.

La chienne voulait monter mais il s'y opposa. Elle fut accueillie dans la cuisine avec des hurlements de joie. Les escaliers lui semblaient plus longs à chaque fois. A mi-chemin, il entendit une porte claquer mais ne se retourna pas. Il ne voulait pas lui parler maintenant. Toutes les fois que Maggie l'avait vu, il se trouvait dans un état lamentable et c'était elle qui menait le jeu. Chaque fois qu'il avait une mine de déterré, elle brillait de tous ses feux. Chaque fois qu'il était au trente-sixième dessous, elle accourait à la rescousse. Il ne pouvait pas penser à une grossièreté sans qu'elle y ait pensé avant. C'était une fine mouche, une manipulatrice. Comment pareille femme pouvait-elle avoir pareille cousine ? Mais tout de même...

Tout de même...

Tout de même... Une fois en haut, il se sentit faible. Coup d'œil par la fenêtre, histoire de s'assurer que la chienne n'était pas retournée sur la plage. Sur le lit, une copie du fax, impeccable, lettres noires, papier blanc, presque chaude. Henry la lut une fois, deux fois, trois fois, s'imprégnant du message, laissez-moi tranquille, *laissez-moi tranquille,* LAISSEZ-MOI TRANQUILLE, jusqu'au moment où il jugea qu'il avait bien compris. Mais qu'est-ce qu'il avait donc espéré ? De la gratitude ? Pour quoi ? De la part de qui ? Il était venu ici, avait pris l'habitude de dire des gros mots, et alors ? Ça n'avait rien changé. La situation ne s'était pas améliorée, mais au moins il y avait des gens qui en savaient beaucoup plus qu'avant, bordel, même s'ils n'en avaient pas envie. Et s'ils n'avaient rien appris du tout, ç'aurait été la même chose, nom de Dieu ! Il n'y pouvait rien, il n'y avait rien à faire, rien du tout, que dalle, nom de Dieu de bordel de merde ! hurla-t-il en direction du mur.

Bien joué, Mrs Chisholm. Vous pouvez partir, Henry, laissez-nous reprendre le cours de nos vies là où nous en étions. Elle ne veut pas vous voir. Vous pouvez faire ce que vous voulez, maintenant. Merci beaucoup. Il tria ses billets de banque. Le début de son séjour à Warbling l'archaïque lui avait appris que seul l'argent importait. Il se mit à compter avec frénésie : nourriture pour la chienne, pécule pour mamie ; le Viagra, il l'enverrait, pas besoin d'argent ; généreuse provision de marijuana pour P. et T. Edward, lui, avait refusé tout paiement. Le châle n'était plus très net depuis que Maggie le lui avait passé autour du cou lors de sa grosse poussée de fièvre, lorsqu'il lui avait hurlé de ne pas fermer la fenêtre. Il le mit dans une grande enveloppe sur laquelle il écrivit son nom. Elle comprendrait ce que cela signifiait et ne lui demanderait plus jamais rien. Il consulta sa montre. C'était l'heure où l'on se mettait à faire la cuisine.

Sa valise était extraordinairement légère. Pas de potions, pas de sels minéraux, rien d'inutile, juste des antibiotiques dans sa trousse de toilette. Les mouettes, dehors, pétaient la forme, avec toutes les pilules qu'elles avaient picorées, shootées aux vitamines et au ginseng. Essayant de se remonter le moral avec cette idée, il consulta de nouveau sa montre. Les trains partaient à l'heure pile. Le ciel était gris ardoise et le vent menaçant. S'il s'en allait maintenant, tranquillement, il lui faudrait attendre, mais s'il ne partait pas, c'était une épreuve bien pire encore qu'il lui faudrait affronter : celle de n'avoir plus rien à faire, de n'être plus rien. Sa terreur.

Pas de casquette. Il faisait doux pour la saison. Une autre tempête se préparait, ç'allait être horrible. *Horrible* : il se mit à jouer avec le mot, tout en se dirigeant vers la gare. C'était un adjectif très fort. Il réfléchit à ce qu'il pourrait utiliser à la place. *Affreux, épouvantable, terrible, abominable.* Pas beau. La gare était vide, à l'exception de trois gamins avec une bicyclette pour eux trois. Le plus petit était assis et donnait des coups de pied dans les pneus, comme si le pauvre vélo était plus un ennemi qu'un moyen de transport. Henry attendit, se demandant quand le soulagement allait venir. Il récapitula en comptant sur ses doigts ce qu'il avait fait, ce qu'il avait laissé en suspens. Attendit.

15

Les étourneaux, sous la verrière de la gare, lançaient des appels claironnants à l'intention de leurs mères. Avançant jusqu'au bord du quai, il marcha le long de la ligne jaune qu'une inscription sur un panneau interdisait de franchir. Dans l'allée séparant les directions est et ouest, des plantes dépérissaient. Lorsque le ciel vira au noir total, les oiseaux se turent et le vent se leva. Henry tâta la poche poitrine de sa veste encore une fois, comme si ç'allait être la dernière et qu'il fût certain de ne plus jamais refaire ce geste de sa vie. Revenu au XXIe siècle – que Warbling avait réussi à mettre entre parenthèses –, il eut la nette impression qu'il retombait dans la névrose discrète de la vie quotidienne avec ses soucis et ses exigences de concret.

Une femme apparut – la mère des enfants, peut-être –, qui gifla celui qui donnait des coups de pied dans la bicyclette. Bondissant sur ses pieds, prêt à intervenir, Henry se rassit quand, après une brève réprimande, elle extirpa un paquet de chips écrasé de son sac à main. Puis il alla jusqu'au bout du quai et s'installa sur un banc métallique à l'abri du vent. Avec son écharpe bien serrée, ses gants et ses bottines, il avait bien chaud. Peu importait qu'il eût peut-être l'air d'un clochard, l'essentiel était d'être correctement couvert.

J'aurais dû dire au revoir. Pourquoi les gens veulent-ils des au revoir ? Parce que ça permet de clore un chapitre. Imaginant la réaction des deux garçons quand ils se rendraient compte qu'il était parti, il se dit qu'ils ne seraient pas satisfaits par son paiement plus que généreux. Cet aspect des choses n'était pas l'essentiel pour les Anglais qu'il avait connus. Les grosses sommes d'argent ne les motivaient pas. Quel peuple étrange ! Et *elle* ? Hausserait-elle les épaules en se disant qu'elle n'attendait rien d'autre de sa part ? De toute façon, qu'avait-elle espéré de lui ? Ce qu'il avait réussi à obtenir, sans faillir aux promesses ridicules qu'elle avait faites à sa cousine. Mais elle n'avait pas besoin de *lui*. Et si elle avait besoin de quelque chose, elle ne le dirait pas. De l'autre côté du quai, derrière la barrière, les arbres étaient secoués par le vent. Sur le front de mer, les vagues allaient monter très haut. Il aimait bien les grosses vagues, quand elles projetaient des galets jusque dans la rue.

Un train s'arrêta de l'autre côté, véritable projectile de lumière. Probablement le seul train en service, qui allait se rendre jusqu'au terminus avant de revenir prendre les rares voyageurs qui attendaient patiemment sur ce quai avec lui. Pourquoi ne le bombardaient-ils pas de cailloux en signe de protestation ? Jamais plus il ne toucherait au tabac, et il ne mangerait désormais que des nourritures saines.

S'il examinait Maggie de l'extérieur, avec les yeux d'un étranger, que verrait-il ? Quelqu'un qui avait remué ciel et terre pour découvrir la vérité sur sa cousine qu'elle aimait comme une sœur. Quelqu'un qui n'avait cessé de servir les intérêts de cette prétendue meurtrière, qui avait obéi à ses injonctions et lui était resté fidèle malgré l'obstacle des promesses ridicules. Comme si tout ça n'avait rien à voir avec l'amour et la fidélité. Peut-être qu'elle avait raison. Peut-être fallait-il s'abstenir de tout jugement. Quand on *aime* une personne, on ne l'abandonne pas, quoi qu'elle ait fait. Pas davantage qu'Angela n'abandonnerait sa fille ou que Peter n'abandonnerait Tim. On est prêt à *tout*. A mentir, pour commencer. A abuser de l'affection et des sentiments que les autres vous portent. A exploiter leur gentillesse. A se reléguer soi-même au second plan, à se sacrifier.

En s'asseyant sur le banc métallique, Henry s'aperçut qu'il avait une bosse insolite dans le bas de sa veste. Glissant la main dans sa poche, il en extirpa une barre de chocolat et un tube de pastilles de menthe extra-fortes qu'il examina avec soin. Qui avait bien pu faire ça ? Quelqu'un qui savait qu'il avait tendance à oublier de s'alimenter et, dans son état de faiblesse actuelle, avait besoin de petits compléments pour tenir sa glycémie en échec le cas échéant. Vous n'allez pas sortir sans rien manger ! lui avait-elle lancé pas plus tard qu'hier sur ce ton maternel qu'elle avait adopté quand il était malade. Ce n'était pas sa faute à elle s'il était tombé malade, quoique... Lorsqu'il avait refusé de reconnaître les dangers combinés du froid et du choc, et qu'il en avait subi les inévitables conséquences, ce n'était pas sa faute à elle... Mais c'était bien elle qui avait été à l'origine de tout. Il avait beau essayer de se mettre en colère, la barre de chocolat l'en empêchait irrémédiablement.

Il ne trouvait rien à redire dans son attitude de ces derniers jours, ni dans la façon dont elle avait réagi à ce qu'il lui avait dit. Elle avait veillé à ce qu'il ne culpabilise pas d'avoir échoué dans son entreprise, lui avait permis de garder sa dignité. Elle avait été là quand il le fallait, avait su s'éclipser aux bons moments. Elle allait lui manquer, bien sûr qu'elle allait lui manquer. Elle lui avait toujours manqué.

On ne quitte pas les gens comme ça, Henry, et pourtant c'est ce que tu n'arrêtes pas de faire. Dès que les choses se compliquent un peu, à la moindre difficulté, au moindre petit accroc, tu disparais. La voix de son père, la voix de Francesca disant tous les deux la même chose quoique avec des accents différents. Non, protesta-t-il intérieurement, je ne me conduis pas comme ça, plus maintenant. Et je n'ai pas agi comme ça cette fois-ci, ce n'est pas vrai. Personne ne m'a supplié de rester. Ils ne veulent pas de moi, c'est clair. Francesca ne veut pas de moi. *Elle* non plus ne veut pas de moi. *Comment peux-tu le savoir ? Tu ne lui as jamais posé la question.* Peut-être aurait-elle fini par te le dire, si tu lui en avais laissé le temps. Tu n'es pas le seul qui ait besoin d'être rassuré pour pouvoir sortir de sa réserve. Tu n'es pas le seul à fuir la confrontation comme un jeune pur-sang effrayé devant l'obstacle. Francesca aussi. Ou Maggie.

Elle m'a pris pour un imbécile, se répondit-il intérieurement. C'est pour ça que tu vas l'abandonner à son chagrin et la laisser culpabiliser de n'avoir rien dit ? Alors qu'elle a encore cette histoire invraisemblable sur les bras ? Minable. Toi qui as passé la moitié de ta vie à traîner derrière toi des bribes de problèmes affectifs non réglés, qui es-tu pour pouvoir ainsi te permettre de critiquer ? La peur du ridicule est plus lourde à porter que toutes les vitamines, toute l'eau ou tous les vêtements de la terre. Allez. Il y a des moments où l'on ne peut pas laisser les gens sacrifier leur vie personnelle. Même si c'est ce qu'ils veulent.

Henry demanda à l'homme du guichet de garder son sac. Il faut que je retourne faire quelque chose. Vous allez rater le train, dit l'employé. Tant pis, je raterai le train, il en passera d'autres, dans cette gare. Il y a des trains qu'on ferait mieux de ne pas prendre, ajouta-t-il. Il y a des bus qui feraient mieux de ne pas partir à l'heure. Il sortit de la gare.

Henry eut l'impression que le vent allait lui arracher les cheveux de la tête. Les mains bien enfoncées dans les poches, il traversa le parking. Pas de pluie, rien que ce misérable vent qui lui fit descendre la côte à grands pas. Les boutiques étaient en train de fermer et les commerçants installaient des grilles devant leurs vitrines, plus pour les protéger du temps que des casseurs. Dans le creux, près du carrefour, il y eut comme une accalmie, comme s'il était passé dans un autre climat. Puis la route remonta en direction de la côte. Le temps était son adversaire préféré. Lui, au moins, était totalement impartial, impersonnel et indifférent. Avec lui, pas besoin de perdre son temps à raisonner. Les rues se vidaient à vue d'œil, les gens filant chez eux se mettre à l'abri. L'après-midi était terminé avant l'heure. Tout le monde savait ce qu'il fallait faire. On ne discute pas avec le temps anglais, on prend la fuite. Sauf si l'on s'appelle Maggie Chisholm, celle qui aime se cacher dans sa maison, mais qui prend aussi plaisir à sortir dans la tempête.

Debout dans l'embrasure de la porte en face de l'hôtel, il réfléchit à la direction à prendre. Pas de bagages, pas de pluie, le vent était grisant et la mer dans un état de folie splendide. Traversant la rue en direction de l'entrée de la jetée, il s'arrêta à l'abri de la statue du pêcheur. D'une main affectueuse, il toucha le métal froid. La jetée était sa promenade préférée, avait-elle dit, et, malgré les événements, elle était devenue la sienne à lui aussi. Surtout maintenant, avec les vagues gigantesques qui venaient recouvrir les poutres et lécher la passerelle en projetant dans les airs des embruns écumants. La charpente vibrait et bourdonnait sous l'assaut de la mer rugissante. Il se demanda pourquoi personne à la mairie n'avait pris la précaution de fermer la grille, mais c'était ainsi. Le danger était plus apparent que réel et, si la construction devait s'écrouler un jour, ce ne serait pas aujourd'hui. Là-bas, au large, les gros bateaux naviguaient tranquillement. Si le vent le prenait par le travers, il lui suffirait de s'asseoir. De s'asseoir et de *réfléchir,* mais il avait assez réfléchi comme ça. Il avança – d'un pas somme toute assez assuré – sur le *Titanic*, l'œil rivé sur les fenêtres sombres du café à l'extrémité. Là-bas, il aperçut une silhouette accrochée à la rambarde, le dos tourné à la plage.

Allons, dirait-il. *Regardez-moi.* Si vous restez plantée là, vous allez attraper froid, dirait-il, et je ne peux pas vous laisser commettre une imprudence pareille, n'est-ce pas ? Parce que vous ne me laisseriez pas faire, hein ? Vous qui vous occupez de moi quand je suis malade. Qui l'avez fait il y a vingt ans et avez recommencé toute cette semaine. Alors maintenant, je vous le dis, j'en ai assez. C'est mon tour. Vous m'entendez ? Ça suffit, Francesca.

Ses cheveux blonds allaient être poissés d'embruns. Maintenant qu'il la voyait nettement, Henry aurait pu hurler de soulagement. Il n'était pas trop tard, il était revenu à temps cette fois-ci. Alors qu'il approchait, elle alla s'asseoir près de la porte du café sur le banc protégé par l'avant-toit, à l'endroit où il s'était endormi après son petit déjeuner tardif, il y avait un siècle de cela, pour s'apercevoir au réveil que quelqu'un le regardait. Elle ne se rendait absolument pas compte de sa présence. Une image fulgurante vint à l'esprit de Henri, le souvenir vivace et terrifiant de ce visage, dans le car indien déglingué, vingt ans auparavant. Le châle autour du cou, pressé contre son visage, les joues rougies par les larmes. Elle n'avait pas son plus beau visage, ce jour-là, quand elle lui avait dit : *Fais ce qui te semble le mieux,* Henry, et non : *Je t'en supplie, ne me quitte pas, j'ai besoin de toi.* Elle n'avait pas discuté ; Henry, de son côté, n'avait rien proposé. Beau couple d'imbéciles. Il se remémora la scène où il avait couru derrière le car, tapant des poings sur la lunette arrière crasseuse et hurlant : *Attends-moi ! Je ne suis pas un passager ordinaire ! C'est moi ! Je suis revenu !* Et, de même qu'il s'était mis à courir de façon empruntée ce jour-là, il se mit, maladroitement, à courir maintenant.

Tournant la tête et le voyant arriver si balourd, elle eut un sourire incertain. Puis, retournant à ce pour quoi elle était venue ici, elle se remit à pleurer. A sangloter dans un mouchoir trempé par les larmes ou les embruns, impossible de savoir. Reconnaissant d'un coup son visage, il s'arrêta sous le choc. Ce visage en pleurs qui, vu avec vingt ans de moins, retrouvait sa singularité incontournable. C'était ce même visage qui avait pleuré contre la vitre du car. Ça crevait les yeux. Comment avait-il pu en douter un seul instant, comment avait-il pu se laisser abuser par sa taille, ses chaussures à talons bien briquées, ses petits bijoux, le paravent des années, tous ces détails ajoutés les uns aux autres dans l'unique but de l'induire en erreur, comme si une personne n'était pas autre chose que la somme de ses apparences ? A une certaine époque de sa vie, au moment où il prenait tout à la lettre et avait tendance à croire tout ce qu'on lui disait, il en avait su, il en avait ignoré, des choses. En bon scientifique qu'il était, il ne faisait confiance qu'à ses observations personnelles ou à celles provenant de sources dignes de foi. Il était maintenant assis à côté d'elle, face au rugissement de la mer. Tout en imposant silence à son instinct, il essaya de déterminer le moment où il avait percé le secret de son identité. Cela avait-il d'ailleurs de l'importance ? Il était là, elle était là, rien d'autre ne comptait. Il n'y avait qu'elle. Francesca. Maggie. Francesca. L'une en l'autre fondues, mais parfaitement identifiables.

— Chut, fit-il. Ça suffit. Je ne connais qu'une moitié des choses, n'est-ce pas ?

Elle continua de pleurer. En silence ou non ? Le grondement lui interdisait de savoir.

— Ça ne fait rien, dit-il, la prenant par les épaules. Ne croyez pas que ça ait la moindre importance. Le seul problème, c'est que je ne sais pas comment vous appeler, vraiment pas. C'est gênant. Je ne peux pas vous appeler Fran, puisque vous détestez les diminutifs. Je suis surpris que vous ayez accepté *Maggie.* Je préfère Margaret, mais maintenant, je ne pourrais plus m'y habituer. Les changements, c'est fini. Alors vous serez Maggie, d'accord ? Vous vous rongez toujours les ongles, non ? Je n'aurais jamais cru que vous vous teindriez les cheveux. A l'époque, je n'avais pas l'impression que vous étiez du genre à faire ça, mais qui sait ? Et vous aviez l'intention de devenir enseignante.

Elle ne tenta même pas d'arrêter de pleurer. L'attirant plus près de lui, il fouilla dans sa poche à la recherche d'un mouchoir et, tombant sur la barre de chocolat, la lui offrit. Elle eut un petit sourire et refusa de la tête. Ils restèrent assis sans bouger. Elle, incapable de mettre fin à sa crise de larmes, lui, conscient qu'il avait cette fois la situation en main, mais ne se sentant guère capable de masquer les tremblements de sa voix. Ils devaient avoir l'air d'un couple de clochards excentriques, mais qu'est-ce que ça pouvait bien foutre !

— Francesca Margaret Chisholm est en prison, commença Henry d'un ton égal, et Margaret F. pour Francesca Chisholm est avocate. Pourquoi vous être fait appeler Francesca à l'époque où vous êtes allée en Inde ? C'est si important que ça, un nom ? Allez, Maggie, répondez-moi.

Se redressant, elle se moucha énergiquement et tenta de remettre dans sa poche le mouchoir qui tomba vers le sol avant d'être balayé par le vent vers la côte française.

— Parce que c'est un nom beaucoup plus joli que Maggie, dit-elle d'un ton bourru. Je *détestais* Maggie. Et puis, être Francesca, c'était autre chose. C'était un personnage autrement prestigieux, autrement glamour, autrement généreux. C'est d'ailleurs pour cette raison que je me suis mise à voyager. Pour être quelqu'un d'autre. J'aurais bien voulu vivre au château. C'était mon second chez-moi. J'aurais voulu que ses parents soient les miens, j'aurais voulu être aussi bonne qu'elle. Et son père avait beau ne pas être *mon* père, il était aussi gentil que... et il m'aimait comme si... et puis merde. Je devrais pleurer Harry. C'est d'ailleurs ce que je suis en train de faire, je pleure Harry, je pleure sur tout, je ne fais que ça.

Lui-même au bord des larmes, Henry approuva de la tête.

— Et je ne suis pas Francesca, marmonna-t-elle. Je suis ce qui me reste, rien d'autre. Un drôle de mic-mac.

— Vous êtes celle qui se souvenait des poèmes, dit-il. Vous êtes la folle qui s'est occupée de moi et m'a fait... revivre. Celle qui a ri avec moi sans rire de moi. Tout ça, c'est vous. Votre goût pour la comédie ne change rien à cela. Je sais qui vous êtes. La seule chose que je ne sais pas, c'est pourquoi vous vous êtes sentie obligée de continuer à jouer la comédie. Vous ne pouviez donc pas me faire confiance ?

La pluie se mit à tomber, crépitant sur le béton. Elle versa encore quelques larmes qu'elle essuya de sa manche.

— Vous faire confiance ? hurla-t-elle par-dessus les grondements de la tempête. Mais je vous faisais confiance. Seulement je ne pouvais pas tout vous confier. Vous m'auriez méprisée. (Elle renifla.) Quelle sottise que d'avoir emprunté l'identité d'une autre, même à dix-huit ans ! Autoglorification. Quelle raison auriez-vous eue d'aider la pauvre, la naïve Maggie Chisholm qui naviguait sous de fausses couleurs ? Mais je pensais... je pensais... que vous seriez peut-être assez curieux pour vous intéresser à Francesca parce que vous aviez le béguin pour elle. Vous n'avez jamais eu le béguin pour Maggie. Pour moi.

— *Fausses couleurs ?* (Il se rappela où il était. Se souvint de l'histoire qu'il avait lue, à propos de marins en guerre qui arboraient de faux drapeaux pour pouvoir s'approcher de l'ennemi. *Fausses couleurs.*) Vous n'arboriez pas de fausses couleurs, dit-il. Vous vous étiez contentée d'ajouter une rayure ou deux, en modifiant les teintes. De toute façon, je suis daltonien. Je vous *connaissais* bien. (La tempête le força presque à hurler. C'était de la folie que de continuer cette conversation.) Je vous *connais* maintenant et je vous assure qu'il n'y a guère de surprises. C'est vous qui êtes gentille. Mais vous m'avez *utilisé.* Je me moque bien de vos *fausses couleurs*. Vous m'avez ferré comme un poisson et vous m'avez ramené.

— Oui, dit-elle, continuant de pleurer. Désolée. Il n'y avait personne d'autre.

— C'était tout ce qu'il y a de plus calculé.

— Oui ! hurla-t-elle.

— Vous êtes fourbe et malhonnête.

— *OUI ! D'accord,* oui.

La tirant doucement par les cheveux, il lui fit poser la tête sur son épaule. Peu à peu, les pleurs se calmèrent. Il y eut une accalmie, comme si la tempête reprenait son souffle.

— Je suis désolé de vous avoir laissée partir la première fois, dit-il. Jamais je n'aurais dû. Comme ça, ça nous fait un match nul. Pensez-vous que nous pourrions repartir de zéro ?

Stupéfaite, elle redressa la tête. Son visage encore couvert de larmes était pâle et bouffi. Son nez, tout rouge.

— Ne soyez pas ridicule. Pourquoi ?

— Vous avez une cigarette ?

— Je dois en avoir, oui.

Un paquet émergea de son sac. Il regarda ses mains qu'elle ne tentait plus de cacher, blanches, pâles, aux ongles rongés. Glissant la tête à l'abri du vent et de la pluie derrière le pan de veste qu'il avait tendu entre eux, Maggie alluma une première cigarette, puis une seconde.

— Ce n'est pas bon pour vous, observa-t-elle gravement en lui tendant la sienne. Comme je vous l'ai déjà dit il y a vingt ans, vous n'êtes pas obligé de copier mes mauvaises habitudes. Reprenons, pourquoi ?

La première bouffée avait un goût de sel. Plus jamais. La pluie lui mouilla la main. Il se sentait totalement, étonnamment certain, aussi têtu que le mauvais temps.

— Parce que je vous ai toujours aimée. *Vous.* Ça fait longtemps, bien longtemps. Et je veux tout. Chien, jardin, m'occuper de votre cousine. Vous voyez, quoi.

— Vous ne savez pas ce que vous dites. Je ne suis pas Francesca.

— Ce n'est pas Francesca que je veux. C'est vous. Et cette fois-ci, je ne repartirai pas.

Une gigantesque vague s'écrasa contre la jetée près de la grille d'entrée. Là-bas, une silhouette flanquée d'un chien fit un grand geste en leur criant quelque chose qui fut englouti dans le fracas de la mer. La vague éclata en un nuage d'écume qui balaya le sol en sifflant avant de reprendre sournoisement son élan. Une autre lui succéda. A leurs pieds, le sol ne tarda pas à être inondé d'eau bouillonnante. Les vagues frappaient sans relâche, dans un assaut irrégulier mais d'une précision meurtrière. La marée n'avait pas fini de monter. Henry balança sa cigarette.

— Eh bien, douce Margaret, ou nous passons la nuit ici, ou nous prenons nos jambes à notre cou. Que décidez-vous ?

Après lui avoir boutonné sa veste, elle boutonna son manteau tout en jetant un regard de biais à la jetée afin d'évaluer la distance. Tapant le sol de ses hauts talons tel un soldat qui vérifie la circulation du sang dans ses pieds avant le défilé, elle lui prit la main.

— On court, dit-elle. *Allons-y.*

"Sans issue"

Le fond de l'impasse
Frances Fyfield

Emma David, qui aimait la vie, et que tout le monde semblait adorer, est retrouvée assassinée. Cette mort hante sa sœur Elisabeth, qui est officier de police. Et tandis que l'on croyait connaître le meurtrier, d'autres personnes subissent de violentes agressions. Même Elisabeth qui, déprimée, s'isole dans son excentrique appartement londonien situé en haut du beffroi d'une église désaffectée, n'est pas aussi à l'abri d'un dangereux psychopathe qu'elle veut bien le croire…

(Pocket n°11349)

"Le coupable idéal"

Apparences trompeuses

Frances Fyfield

Un mystérieux violeur en série, qui ne laisse jamais derrière lui de traces susceptibles de l'identifier, terrorise la capitale britannique. Mais un faisceau d'indices troublants convergent sur un inspecteur responsable des enquêtes sur les viols, Ryan, qui refuse de se défendre avant de prétendre suivre une piste. Une affaire d'autant plus délicate pour Helen West, procureur de la Couronne à Londres, qu'elle doit bientôt épouser un collègue et ami de Ryan.

(Pocket n°11350)

Achevé d'imprimer sur les presses de

BUSSIÈRE

GROUPE CPI

à Saint-Amand-Montrond (Cher)
en mars 2004

POCKET - 12, avenue d'Italie - 75627 Paris Cedex 13
Tél. : 01-44-16-05-00

— N° d'imp. : 41887. —
Dépôt légal : février 2004.

Imprimé en France